「このままではいずれ日本は沈没する
——電機、機械が軒並みダウンしたいま、
トヨトミが潰れたら日本は終わりです」

「あいつは、日本人の面汚し、アメリカの手先、スパイだ」

「世の中、現場を知らない経営者も政治家も、きれいごとバカだ」

「自動車王国、アメリカは恐ろしい。
本気で潰しにきたら日系メーカーなどあっというまにお陀仏だ」

「ロビイストのほおを金のインゴットで張り倒せ！」

「いいかげんになさらないと、そのうち殺されますよ、豊臣家に」

「黙れっ、企業は決算こそがすべてなんだよっ、
赤字なんかに転落したらおわりだぞっ、きさま責任とれるのかっ」

「ビジネスは戦争なんだ。そして社長は最高指揮官だ。
食うか食われるかだ」

「あいつら、次世代カーの主導権を握るためなら、
人殺しだってやるさ」

「トヨトミ自動車は、狙い撃ちにされ崩壊に追い込まれるか、
欧米メーカーに買収されるか、
IT企業の傘下となるか……ZEVの罠だ」

日本人よ、
これが世界と戦う
巨大企業の
真実だ

梶山三郎

トヨトミの野望

小説・巨大自動車企業

経済記者
梶山三郎

講談社

目次

【おもな登場人物】

武田《たけだ》剛平《ごうへい》　トヨトミ自動車社長
御子柴《みこしば》宏《ひろし》　トヨトミ自動車副社長、武田の後任社長
豊臣《とよとみ》統一《とういち》　豊臣勝一郎の孫、新太郎会長の長男。のちに社長
豊臣《とよとみ》新太郎《しんたろう》　トヨトミ自動車会長
豊臣《とよとみ》芳夫《よしお》　新太郎会長の実弟。新太郎のあとの社長
豊臣《とよとみ》史郎《しろう》　トヨトミ自動車中興の祖。豊臣の分家出身。名誉会長
豊臣《とよとみ》勝一郎《かついちろう》　トヨトミ自動車初代社長
豊臣《とよとみ》太助《たすけ》　豊臣製鋼所を創業。トヨトミグループ創始者
豊臣《とよとみ》麗子《れいこ》　新太郎夫人
武田《たけだ》敏子《としこ》　剛平の妻。五歳年下の経理部時代の後輩社員
九鬼《くき》辰三《たつぞう》　トヨトミグループの商社、豊臣商事専務取締役。トラブルシューター
九鬼《くき》辰彦《たつひこ》　辰三の息子。武田の秘書
吉田《よしだ》拓也《たくや》　研究開発担当取締役。父親も専務取締役を務めた二世役員
斎藤《さいとう》貢《みつぐ》　部品調達担当の副社長。父親は元・国内販売担当常務取締役の二世役員
ドーン・シモンズ　アメリカの投資家、会社乗っ取り屋。株式を大量に買い占めて、高値で買い取りを要求する「グリーンメーラー」（恐喝屋）とよばれる
安本《やすもと》明《あきら》　日本商工新聞（日商新聞）記者

安本《やすもと》沙紀《さき》　安本明の妻。元トヨトミ自動車秘書室社員

王沢心《おうたくしん》　中華人民共和国（中国）の最高指導者、中国共産党総書記

八田《はった》高雄《たかお》　中国トヨトミ総支配人。中国残留孤児、李高春として中国人養父母に育てられる

ホセ・エミリオ　フィリピンの政商

フェルナンド・マルノス　フィリピンの独裁的な大統領

エメラルダ・マルノス　大統領夫人。元ミス・フィリピン

岡村《おかむら》泰弘《やすひろ》　開発企画部課長、統一の「懐刀」。のちに常務から筆頭副社長へ

速水《はやみ》徹《とおる》　トヨトミ自動車テストドライバー。統一が「弟子入り」する

山崎《やまざき》幸二《こうじ》　元大蔵官僚、大臣秘書官など重職を歴任したのちに、衆議院議員

メアリー・ブラント・フレッチャー　保守党の英国女性首相

トニー・ブレッド　フレッチャーの二代あとの英国首相、労働党

堤《つつみ》雅也《まさや》　東京本社総務部付特別渉外担当部長。武田の腹心でワシントンのロビイスト

中西《なかにし》徳蔵《とくぞう》　経営企画部長。持ち株会社設立を目論む武田社長肝煎りの極秘研究会のリーダー

ジョージ・ボッシュ　テキサス州知事、次期大統領候補。ジョン・ボッシュ元大統領の長男

佐橋《さはし》龍之介《りゅうのすけ》　内閣総理大臣

タカコ・レイモンド　堤雅也の秘書

丹波《たんば》進《すすむ》　御子柴の後任社長

明智《あけち》隆二《りゅうじ》　丹波社長の懐刀（副社長）

多野木《たのき》聡《さとし》　日本商工新聞、トヨトミ自動車本社担当班キャップ

装画　平沢下戸
装幀　岡　孝治

トヨトミの野望　小説・巨大自動車企業

序章　荒ぶる夜

一九九五年　秋

「なあ、きみ」

対向車線をギラついたヘッドライトが迫る。男は革張りの豪華なシートから上体を起こし、運転手の瘦《や》せた肩を後ろから軽く二度、叩く。

「もうちょい、スピードを上げたらどうかね」

はいっ、とひきつった声が返る。若い運転手は唇を引き結んで真っ青だ。男は太い首を突き出し、スピードメーターを確認する。午後十一時のハイウェイ、名古屋高速都心環状線。前を行く赤い尾灯は数えるほど。なのに時速六十五キロ。

男は舌打ちをくれた。背後から轟音が襲ってくる。大型トレーラーが右側を接触すれすれに追い抜き、いやがらせのようにハンドルを鋭く切って前をぴたりと塞《ふさ》ぐ。視界いっぱいに錆びたトレーラーの荷台と泥まみれのバンパー。ゴオッ、とエンジンをふかし、真っ黒な排ガスを盛大に吹きつける。男は目を糸のように細めて問う。

「こんなトロトロ走って面白いか？」

ルームミラーに陰影を刻んだ武骨な顔が浮かぶ。いえ、そんな、と運転手はまるで化け物でも見たように首をすくめる。男は、緊張するな、とばかりに、分厚い手で運転手の肩を優しく揉み、耳元で囁《ささや》く。

「おれは昔、東名高速を二百キロでぶっ飛ばしたことがあるぞ」

はったりじゃない。男は若い時分、クルマの運転がことのほか好きだった。前を塞ぐバカでかいアメ車にバンパーすれすれまで接近し、エンジンをブンブン回してあおり、クラクションの連打とパッシングで蹴散らすことなど朝飯前だった。当時の〝走り屋〟の名残か、六十三歳のいまでも遅い運転には無性にいらつく。とくにこんな辛気《しんき》臭い真夜中は。

「おれが許す。アクセル、踏め」

おやめください、と左隣から悲痛な声が飛ぶ。小太り、丸顔。黒縁の丸メガネ。年齢、五十八歳。ほおを火照らせ、決死の形相でいさめる。

「法定速度は六十キロです。警察が網を張っていたらどうします」

険しい眼を据えたまま猪首《いくび》を振る。

「こんな夜に、警察沙汰になるのはまっぴらごめんです」

警察沙汰、か。すうっと熱が引いていく。男は恰幅《かっぷく》のいい身体をシートに沈め、節くれ立った太い指を組み合わせる。運転手の肩が安堵したように上下した。隣に座る丸顔は眉を八の字にゆがめ、悲しげに続ける。

「もう少し、お立場を考えていただかないと」

そうだな、と男は欠伸《あくび》を嚙み殺してうなずく。お立場、ねえ。ウィンドウに映る顔を眺める。年相応の、老いて疲れた男だ。よくやるよ、と声に出さずに呟《つぶや》く。ふつう、この年齢《とし》ならリタイアするか、たとえ現役でも近い将来の安穏な引退生活に思いを馳せるものだろう。夫婦で愉《たの》しむ海外旅行とか、ちょいと奮発して豪華客船の世界一周クルーズとか。が、自分はふつうじゃない。隠居生活など想像したこともない。どうやって過ごせばいいのかもわからない。

男は、着いたら起こせ、とだけ言い置き、瞼を閉じた。昔はいつでも、どこでも眠れた。わずか五分程度であっても熟睡し、慢性的な睡眠不足を補った。いまはちがう。眠れない。神経が怒ったヤマアラシの針毛《トゲ》のようにささくれ立ち、甘い睡眠を寄せつけない。理由はふたつ。加齢と、激変した己の生活だ。高出力のエンジン音が響く。不快な生煮えの時間が過ぎていく。

潜《ひそ》めた声が聞こえる。丸顔が背を丸め、車載電話であちこちに指示を飛ばしている。

「なにをぐずぐずしている、さっさとしろ」「連絡をとらんか、遅れたらただじゃすまさんぞ」「突発の緊急事態、お家《いえ》の一大事だからな」

別人のようなドスの利いた言葉で威《おど》し、受話器を置く。ふう、と脱力し、シートにもたれる。重い沈黙が漂う。

男はタヌキ寝入りを決め込む。ウィンドウの向こうを朧《おぼろ》な名古屋城が移動していく。

十五分後、赤やピンクのネオンが広がる歓楽街、栄。その裏通り。黒塗りの国産高級車は路地を縫い、ハザードランプを点灯させて徐行し、路肩に寄る。

男は停車と同時にドアを開けて降りる。身長百八十センチあまり、体重は公称八十キロで実際は九十キロ近い分厚い巨体。オールバックにまとめた灰色の髪と浅黒い肌。鉄床《かなとこ》に似た頑丈なあごと、岩を鑿《のみ》で荒く削ったようなゴツい顔。男は長い冬眠から醒めた羆《ひぐま》のように、大きな身体を伸ばす。

英国製のダブルスーツに瑠璃色のネクタイ。オパールのカフスボタン。三ヵ月前からスタイリストが付く身分になった。自前のネクタイ五十本、スーツ十着は問答無用で廃棄され、娘のような年齢のスタイリストが吟味した高級品に代わった。外見は完璧だ。だれが見ても一分の隙もない紳士だろう。おかしい。笑ってしまう。ド庶民の出の、いかついおっさんにスタイリストだと？　拳《こぶし》を口に当て、笑いを堪《こら》える。

運転席から慌てて飛び出して恐縮する運転手を「気にするな、こういう性分なんだ」と鷹揚に労《ねぎら》う。せっかちで短気。これればかりは生まれつきだから仕方がない。公式の場なら社会的立場とやらに見合った虚像をいくらでも演じてやる。必要ならフルオーケストラの生演奏をバックに、貴婦人の細い腰を抱えてダンスも踊ってやる。が、今夜は百パーセント非公式、世をはばかる隠密行動だ。素の、虚飾を脱ぎ捨てた己で押すしかない。

淡い水銀灯の下、男は雑居ビルの名前を確認して焦げ茶の革靴を踏み出す。鏡のようなカーフレザーが艶やかに光る。丸顔が短い脚で小走りに駆け、追ってくる。目指すは四階《栄クリーン株式会社》。ガタのきた小さなエレベーターに乗り込む。扉が閉まるや丸顔が沈痛な面持ちで囁く。

「やはり無茶では」

「いまさら遅い」

男はなめし革のようなほおをゆるめて笑う。

「おまえも天下の帝都大学剣道部の出身だろうが。しっかりせんかい」

背中を一発、グローブのような手でどやす。丸顔はつんのめり、壁に手をついてため息をひとつ。男は仁王立ちになり、「おれは東商大の柔道部じゃ」と逞しい胸を張る。

チーン、とチャイムが鳴り、扉が開く。男は丸顔を引き連れ、薄暗い廊下を大股で歩く。突き当たりのインターフォンを押して名乗る。武田剛平《たけだごうへい》。

頑丈なスチールドアが半分ほど開き、若い男が顔を出す。紺のスーツにオレンジのネクタイ。清潔な短髪。眼鼻立ちがツルリと整った顔。一見すると如才ない銀行マンタイプの優男《やさおとこ》だ。

「どちらの武田様、でしょう」

微笑み、慇懃《いんぎん》に訊いてくる。

「怪しい者じゃない」

ひと息おいて言う。

「トヨトミの武田、だ」

優男の表情が変わった。笑みが消え、剣呑《けんのん》なものが浮かぶ。胡散《うさん》臭げに目を細め、首をかしげる。安物のコロンが匂う。上から下へと睨《ね》めつけ、振り返り「部長っ」と大声で呼ぶ。

「トヨトミの武田様、だそうです」

五秒ほどの間をおき、なにぃ、と唸るような声が返る。

「武田って、あの武田さんか」

硬い靴音が迫る。紫色のダブルスーツに黄金色のネクタイ。ほお骨の張った短軀の中年男だ。黄色く濁った目で見上げ、厚い唇をへしまげて問う。

「おたく、本物ですか？」

武田は一歩、踏み出し、のしかかるようにして見下ろす。

「なにが本物か偽物か、よくわからんが、わたしはトヨトミの武田だ。保証するよ」

言ったあと、唇をねじって苦笑する。

「本人が保証するのもおかしな話だな」

部長と呼ばれた中年男はのけぞり、喉仏をごくりと上下させてさらに問う。

「なぜ、こんなとこへ」

「用があるからに決まってるだろう」

真鍮《しんちゅう》のノブをつかみ、ドアを大きく引き開ける。

「わたしも忙しいんだ。さっさとすませよう」

お邪魔するよ、と、ふたりを押しのけるようにして事務所に入る。タバコとほこり、すえた汗の臭いが鼻をつく。

形ばかりの事務机が四つに、観葉植物の鉢。ばかでかいソファセット。さっと立ち上がる人影が三つ。ブラックスーツの三人。いずれも不敵な面構えの若い連中だ。ケンカ上等のチンピラだろう。武田の顔を知らなくて当然。全員、このクソジジイ、とばかりに睨《にら》んでくる。濃い殺気が迫る。武田の身体に久しく忘れていたアドレナリンが満ちてくる。闘気、という名のアドレナリンだ。

栄クリーンは表向き、歓楽街のビル清掃をメインの業務とする清掃会社だが、実態は暴力団の企業舎弟、いわゆるフロント企業である。上部の暴力団は『春日組《かすがぐみ》』。親を持たない独立系、俗にいう一本どっこのヤクザで、武闘派として全国に知られた荒っぽい組織である。

武田は事務所をぐるりと見回し、視線を止める。ソファの端っこで悄然《しょうぜん》とうつむく英国製スーツの男。豊臣統一《とよとみとういち》、三十九歳。わが社の開発企画部次長。筋肉質の中肉中背はジム通いと週末のゴルフ、暴飲暴食とは無縁の規則正しい生活の賜物《たまもの》だ。

「統一くん、迎えにきたよ」

武田は歩み寄り、優しく言う。

「帰ろうか」

統一は見上げ、眩《まぶ》しそうに眼をすがめる。七三分けの短髪と、張りのある褐色の肌。生まれ落ちて以来、銀のスプーンをくわえたまま、腐葉土で育ったタケノコのようにすくすく成長してしまった、端整で生真面目な坊ちゃん顔だ。よりによってこんなトラブルを引き起こすとは。武田はため息を呑みこみ、さあ、とうながす。統一のひび割れた唇が動く。か細い声が漏れる。

「武田さん――いや、社長」

武田は、よくできました、とばかりに軽くうなずく。

そう、世界トップクラスの自動車メーカー、『トヨトミ自動車』の代表取締役社長、武田剛平。率いる社員は国内だけで約七万人。世界全体では二十万人にのぼる。

武田の脳裏に黄金色の数字が並ぶ。年間生産台数三百八十万台。売上高八兆円。経常利益五千億円。いつでも使える手持ちの現金は二兆円。関連会社五百社以上――。

知名度、数字、ともにトップクラスの、押しも押されもせぬ世界的巨大企業の社長に就任して早や三ヵ月。武田の生活は激変した。怒濤《どとう》のように押し寄せる大小のセレモニーと挨拶、全国の工場・研究所視察、東京と名古屋の日帰り往復、政治家・財界人との公式会談、密談。加えて海外への出張と、かの地でのシビアな商談も、王族貴族や元首クラスとの会食もあった。愛知県の本社ビルに戻れば無数の幹部会議と書類決裁、マスコミ取材、夜になると宴会とパーティ、週末のゴルフ。まだ板につかない笑顔、笑顔、そしてそう、作り物の笑顔を振りまいて――。

早朝八時から真夜中まで、秘書室が定めた分刻みのスケジュールをこなす毎日。さすがに疲労が蓄積してきたが、創業家の総領息子に〝社長〟と言われると悪い気はしない。所詮、俗物、と己を卑下しながらも、笑みがこみあげる。

「統一くん、行こう」

腕をとる。

「こんな夜遅く、ガラも空気も悪い部屋にいては大事な身体に障《さわ》る。わたしがあなたのママに怒られちまう」

統一の顔が真っ赤になる。怒りと屈辱。武田は満足気にうなずく。そうだ、いつもそれくらい、生《なま》の感情を出してみろ、と心のなかで叱咤しながら腕を引き、強引に立たせる。

「ちょっと待ってくださいよ、と野太い声が飛ぶ。中年男だ。

「武田さん、勝手に連れ出されちゃ困りますね」

歩み寄ってくる。

「統一さんがおつきあいしている女性の旦那さん、えらい剣幕なんです」

ほおを指でかき、余裕たっぷりに言う。

「その旦那さんからうちの〝親会社〟の幹部に相談がありましてね。そりゃああんまりだ、男の風上にもおけない野郎だ、と〝親会社〟の幹部が怒りまして。しかし、旦那さんの話だけじゃ信用できない。ウラをとらなきゃなりません」

「まるで新聞記者みたいだねえ」

中年男は、なんだとお、とばかりに睨みをくれたが、すぐに笑みを浮かべる。

「そこで、わたしどもが今夜、統一さんに詳しい話をおうかがいしていたところです」

ほう、と武田は首をかしげる。

「どんな話をおうかがいしたんだね。まさか豊臣本家の莫大な財産について、じゃないよな」

中年男は一瞬棒立ちになり、次いで、それはそのう、と言い淀みながらも答える。

「トヨトミ自動車の社員で、しかも豊臣家の血筋だ。本家のジュニアなんですってね。もうびっくりしましたよ」

統一の顔が青ざめる。唇が震え、卒倒寸前に見えた。武田は勝ち誇った顔の中年男を見つめ、半笑いで言う。

「ウソつけ」

きゅっと喉が鳴り、棒を飲み込んだような間抜け面になる。武田は続ける。

「豊臣本家の血筋だからこの薄汚い事務所へ連れ込んだんだろう。トヨトミ自動車からカネをふんだくってやれ、と分不相応に張り切ったのかね」

中年男は毒でも飲んだように顔をしかめ、上等じゃありませんか、と凄む。

「こっちに非はありませんから」

裏稼業の地金《じがね》を出し、ドスを利かせた声を吐く。

「ひとの女に手を出したのは動かせない事実ですよ。武田さん、わかってますか」

武田は無言のまま次の言葉を待つ。部屋に緊迫した空気が張り詰めていく。焦《じ》れた中年男が叩きつけるように言う。

「天下のトヨトミ自動車だろうが筋は通してもらわなきゃ困ります」

筋、か。武田は目配せする。丸顔が不承不承、名刺を差し出す。

「わたしのほうで応対します」

中年男は受け取り、息を呑む。副社長か、とかすれ声が漏れる。そう、トヨトミ自動車副社長の御子《みこ》柴宏《しばひろし》。創造力と決断力は並でも調整能力と根回し、忍耐力は抜群の、武田の大事な片腕だ。御子柴はぐいと胸を張る。

「あなた方のメンツを潰す気はありません。じっくりと話し合い、落とし所を探し出しましょう。交渉に当たるうちの人間はのちほど参ります」

辣腕のビジネスマンの口調で言う。

「しかし、法外なものを要求されては困りますよ。われわれは日々、血の滲むような経営努力で利益をひねり出している、地味で真面目な自動車メーカーですから、無駄ガネはいっさい出せません」

中年男は絶句し、しゃがれ声を絞る。

「そう一方的に決められても困るな。わたしどもの上が納得しません」

「それは大丈夫」

御子柴は即答する。

「春日組の現場を仕切る若頭さんにも、その上の親分さんにも話はついています。それでも足りないようなら、愛知県警の本部長に来てもらいましょうか」

中年男は苦渋の表情で黙りこむ。御子柴はここぞとばかりにまくしたてる。

「あなた方も忙しいのでしょうが、われわれはもっと、遥かに忙しい。タイム・イズ・マネー。尾張の田舎企業が世界を相手に戦うには一分一秒が惜しいのです。ジャスト・オン・タイム。無駄を徹底してはぶき、効率化を極限まで追求しましょう、たゆまぬ努力と工夫で不可能を可能にしましょう。それがわがトヨトミ自動車の尊い教えですっ」

はあ、と中年男は首をひねる。鳩が豆鉄砲を食らったような面《つら》だ。銀行マン風も、ブラックスーツの若い連中も。武田は砂を噛むような思いでこの間抜けな光景を眺めた。

豊臣家の御曹司が、よりによって安クラブの、色気と愛嬌だけが取り柄の若いホステスにひっかかり、のぼせ上がり、しっぽりした仲になったところで背後から怖いおニイさんがご登場、と。典型的な美人局《つつもたせ》だ。まったく。

「統一くん、ダメだよ」

武田は渋い面でかぶりを振る。

「ヤクザの女に手を出したらふつう、これだ」

太い小指を立ててみせる。ジュニアは口を半開きにして見つめる。

「エンコがとぶ」

坊ちゃん顔から血の気が引いていく。

「もっともわたしが若い時分、トヨトミにもエンコを詰めた連中は山ほどいましたがね」

真っ青な顔に変化なし。なんのことかわからないようだ。

「工場の工員たちですよ」

脳裏にいくつもの厳《いか》つい顔が浮かぶ。四十年間、ひたすらハンマーを振り続けて右腕の太さが左腕の二倍になったじいさん、硬い掌《てのひら》にタバコの火を押しつけて涼しい顔でひねり消すおっさん、有名国立大学大学院出のエリートエンジニアを「あいさつがなってない」と殴り飛ばした隻腕《せきわん》の傷痍《しょうい》軍人。どいつもこいつも気合満点だった。

「作業中、工作機械に巻き込まれて指を潰してしまうと、これで安全装置がひとつできる、と喜ぶんだ。次の世代を守れる、若い連中を傷つけなくてすむ、わがトヨトミ自動車はいっそう発展する、とね」

表情を石のようにこわばらせたジュニアに笑いかける。

「いまのオートメーション化された清潔で安全な工場は彼らの血と汗と涙の結晶です。豊臣家の人間なら肝《きも》に銘じておくべき話だと思うけどね」

はい、と殊勝にうなずく。この素直なところがジュニアの取り柄だな、と武田は思う。

「さあ、行こう」

背を押し、ドアに向かう。おらっ、と巻き舌の怒声が響く。ブラックスーツのひとり、眉を剃ったパンチパーマが鬼の形相で迫る。

「おっさん、勝手なことすんなっ」

怒ったゴリラのように歯を剝き、武田の胸倉をつかんでくる。おやめなさいっ、と御子柴が慌てて制止に入る前に武田の身体は反応していた。手首をつかんでひねり、ねじり上げる。柔道仕込みの関節技だ。いてえっ、と絶叫をあげさせ、パンチパーマを突き飛ばす。呆気なくソファに倒れ込む。大学時代、四段を取得した柔道の技は身体に沁み込んでいる。社会人になっても稽古は怠らず、現在七段だ。不摂生がならいのチンピラのひとりやふたり、どれほどのこともない。

「バカか、おまえは」

中年男が間に入る。

「トヨトミの親分につっかかるなんて」

おれはヤクザかよ、と武田は苦笑し、ネクタイを直す。中年男が恐縮し、腰を折る。

「武田さん、すみません。躾《しつけ》がなってなくて」

気にするな、と朗《ほが》らかに返す。

「若いやつはそれくらいの元気があってよろしい。うちの連中にも見習わせたいよ」

ねえ、と統一の肩を軽く叩く。反応なし。田んぼの案山子《かかし》のように固まっている。

「堅気《かたぎ》は朝が早いんだ。失礼するよ」

統一をうながして事務所を出る。

「すぐにうちの者が参りますので」

しんがりを務める御子柴がヤケクソのように大声を出す。

「少々お待ちを」

言い置いてスチールドアを閉める。三人の冷たい靴音が廊下に響く。エレベーターに乗る。統一さん、僭越《せんえつ》ながら、と副社長が言う。

「もう二度とこのようなことはごめんです」

統一は階数表示の数字を睨んだまま動かない。

「あなたは豊臣家の直系です。お立場を考えてください」

返事なし。ふう、と肩を落とす忠臣、御子柴。見てくれはしょぼいおっさんだが、その手際はみごとの一言だ。武田は今夜の出来事を反芻《はんすう》する。つくづく、御子柴がいてよかった、と思う。

すべての始まりは午後九時すぎ、総務部から宴席の御子柴に入った緊急電だ。ジュニアが企業舎弟の事務所に連れ込まれた、と知るや、すぐさま席を外して裏社会の情報通に連絡し、トラブルの全容を調べ上げ、春日組の幹部連中に話をつけた。仕上げは新米社長への報告だ。仮に豊臣家の人間が社のトップなら、いつものように「よきにはからえ」で終わったと思う。が、自分は叩き上げの一庶民。豊臣家とは血縁も姻戚関係もない生粋《きっすい》の使用人だ。年甲斐もなく気が昂《たかぶ》った。電話の向こう、ご冗談でしょう、という御子柴のひきつった声音はいまも耳に残る。

名古屋商工会議所主催のパーティを抜け出し、気を揉む秘書たちに「ゆっくりメシを食ってこい、今夜はお開きだ」と笑みを投げ、ホテルの裏口から迎えの御子柴のクルマに乗り込んだとき、この副社長は呆れ顔でこうのたまった。

「嬉しそうですなあ」

そうだ。社長になって——いや、役員になってはじめて味わう興奮と期待に胸が高鳴った。豊臣家の御曹司が企業舎弟の事務所に監禁。お家の一大事じゃないか。使用人の頭が助けに向かうのは当然のこと。

　エレベーターを降り、武田はジュニアの肩を抱いて玄関に向かう。

「ご苦労」

　御子柴の野太い声が飛ぶ。玄関先で長身銀髪の紳士が一礼する。トヨトミグループの商社『豊臣商事』。その渉外担当専務取締役、九鬼辰三《くきたつぞう》だ。背後に数人の部下が控える。

「頼んだぞ」

　御子柴が小太りの身体をそらし、うってかわって偉そうに言う。

「九鬼くん、報告はわたしに」

「早急に」と九鬼が慇懃に腰を折る。次いで、武田に向けて黙礼を送る。武田は軽くうなずき、統一の背を押す。

「あとは九鬼がきれいに処理してくれます」

　統一がひきつった顔を向ける。武田は冷えた笑みを返す。

「豊臣家に生まれてよかったですね」

　本当にそう思う。

「ふつう、次長クラスだとこうはいかない。よくて左遷、運が悪ければ懲戒免職だ」

　乳母日傘《おんばひがさ》のジュニアは屈辱に顔を赤らめ、下を向く。部下連中がＳＰのように統一を囲み、ミッドナイトブルーのワゴンに誘導していく。

第一章　ふたりの使用人

九鬼に見送られ、御子柴と武田は栄を後にする。行きと同じ、御子柴の専用車。トヨトミ自動車のグレード2『クイーン』。ちなみに最高級車種のグレード1『キング』は社長と会長、名誉会長の専用車である。

「話が早いな」

武田がぼそりと言う。

「明日の朝には報告が来るんだろ」

もちろんです、と御子柴は自信満々にこたえる。

「九鬼のやつ、日頃は遊んでいるようなものです。こういう火急の際こそ働いてもらわなければ」

売上高二兆円、社員二千人の堂々たる総合商社、豊臣商事の幹部とはいえ、グループの盟主、トヨトミ自動車の副社長という高級将校から見たら現場の下士官である。そして豊臣商事は清濁あわせのむ総合商社ゆえ、各方面にネットワークを張り巡らせている。人脈作りの交際費、経費も大財閥系の大手総合商社同様、天井知らずである。なかでも渉外担当の役員、九鬼のネットワークは政財界から闇社会まで、あらゆる分野に及んでおり、別名〝トヨトミグループのトラブルシューター〟。潤沢な資金と人脈であらゆるトラブルを解決してしまう。

武田自身、九鬼には幾度も世話になった。絶体絶命の窮地を救ってもらったこともある。その感謝の意味を込めて、九鬼の長男をトヨトミ自動車に入社させ、武田の社長就任とともに秘書に抜擢した。社長秘書はエリートコースである。ましてトヨトミきっての実力者、武田に見込まれたとなれば将来は役員も夢ではない。

息子の秘書就任を知った九鬼は密かに武田の許《もと》を訪れ、涙ながらに感謝の言葉を述べた。「裏社会をうろつき、汚れきった自分と違い、息子は本社の陽の当たるまっとうな道を堂々と歩いていけそうです。ありがとうございます。このご恩は一生忘れません」と。

冷徹な九鬼がはじめて見せた子会社の悲哀に、武田は柄にもなくもらい泣きしてしまった。

ちなみにトヨトミ自動車を頂点としたグループの忠臣御三家は豊臣商事のほか、世界的自動車部品メーカーの『尾張電子』、それにこれも世界的な部品・トランスミッションメーカー『トヨトミ機械』の三社。別格としてグループの始祖企業『豊臣製鋼所』がある。

「それにしてもわがジュニアはひとが好すぎますな」

御子柴は太い腕を組み、渋面をつくる。

「はすっぱな女の身の上話に同情して得意客となり、せっせと日参し、誘われるまま関係を持ったというのですから」

「貧乏話、か」

「家が貧しくて高校中退を余儀なくされ、健気《けなげ》にも弟妹の進学費用を稼ぐために泣く泣くホステスになった、という嘘八百ですよ。統一さんはすっかり信じ込んでしまったようで」

実際は中学時代から性悪《しょうわる》ヤクザと付き合い、義務教育もまともに修了していない筋金入りの不良娘だという。

「こっちは筋金入りのお坊ちゃんだからな」

武田は半笑いで言う。

「たしかアメリカでも厄介《やっかい》ごとがあっただろう」

はい、と御子柴は得心顔で返す。

「城南義塾大学を卒業後、ＭＢＡ（経営学修士）取得のためボストンのビジネススクールへ留学した際です。同級生のＷＡＳＰ《ワスプ》の娘さんと仲良くなり、結婚してアメリカで暮らす、と駄々をこね、大変だったようです」

「豊臣家の一大事だな」

それはもう、と忠臣は嘆息《たんそく》まじりに言う。

「統一さんは頑固なところがありますからまったく聞き入れず、しまいには勘当騒動にまで発展し、ようやく鉾《ほこ》を収めることになった次第です」

「最後まで突っ張り通し、駆け落ちしていっしょになったら面白かったのにな。お坊ちゃんの限界だ」

「統一さんは本家の長男です。わがままは許されません」

「偉大なる豊臣家に外国の血は入れない、ってことか」

「身分が違います」

御子柴はぴしりと言う。武田は苦笑し、身分ねえ、と言葉を引き取る。

「豊臣家だってそう威張れたもんじゃないだろ。相手がボストンのＷＡＳＰなら上等だ」

そんな、と御子柴が目を丸く剝《む》く。武田は無視して続ける。

「豊臣家といっても天下人、秀吉《ひでよし》とはまったく関係ない。先祖は尾張の貧しい鍛冶屋だろ」

「めっそうもない」

「おれは事実を言ってるんだ」

御子柴は逃げるように前を向き、黙り込む。気まずい空気が流れる。

大正時代、トヨトミグループの創始者、豊臣太助《たすけ》が先祖伝来の鍛冶屋を己の才覚と血の滲む努力で拡大し、近隣から有能な人材を集め、『豊臣製鋼所』を創立。昭和初期、欧米を視察してT型ウォードをはじめとするモータリゼーションの隆盛に圧倒され、「これからは自動車の時代」と国産乗用車の大量生産を目指し、自動車部門を設立している。

大財閥でさえ乗用車の本格的生産には二の足を踏んでいた時代である。超ワンマン、尾張一の変人、と畏怖された太助には卓越した先見の明があったのだろう。この自動車部門がのちに独立を果たし、トヨトミ自動車へと発展している。

第二次世界大戦中は軍の要請で大量のトラックを製造し、名実ともに日本を代表する自動車メーカーとなった。戦後はデフレ不況と労働争議の深刻化で倒産の危機に見舞われながらも、長男の工学博士、トヨトミ自動車の初代社長である豊臣勝一郎《かついちろう》を中心に、鉄の結束力で、USモーターズ、ウォード・モーター、クライスターのビッグスリーに負けない国産乗用車を製造すべく研究・開発を続け、世界トップクラスの自動車メーカーへと続く確かな道筋を築き上げた。

その苦難と栄光に満ちた奇跡のようなサクセスストーリーは素晴《すば》らしいとしか言いようがない。日本政府も国民もこぞって称賛した、燃費がよく故障が少ない国産大衆乗用車『フローラ』（ローマ神話に登場する花と春と豊穣を司る女神）は日本のモータリゼーションの起爆剤となり、欧米でも絶賛され、国益に大いに貢献した。しかし、トヨトミ自動車の歴史はたかだか六十年である。

武田は密かに思う。皇族や大財閥じゃあるまいし、豊臣家でございい、とふんぞり返るのはまだまだ早いだろう、と。社長に就任して以来、その怒りにも似た気持ちは強まるばかりだ。

クイーンは高速のランプに向かう。武田の自宅は名古屋市の西、二十キロあまりに位置する豊臣市にある。御子柴の自宅も同様だ。人口四十万の豊臣市はトヨトミ自動車の企業城下町で、大胆にも自治体名を一企業の創業家の名前に変えてしまった街である。

武田の自宅から本社までクルマで十分足らず。トヨトミの役員は三十四人いるが、ほとんどは豊臣市内に自宅をかまえ、つねに不測の事態に備えている。まるで城を守る家臣団だ。時代錯誤もいいところだ。所詮、尾張の田舎企業。図体がでかいばかりで、中身は昔のままだ。気持ちがどうしようもなく塞ぐ。

「御子柴、つき合え」

はあ、と首をかしげる。

「このままじゃ神経が昂《たかぶ》って眠れそうもない。酒だ」

それはちょっと、と御子柴は左腕を伸ばし、金無垢《むく》のロレックスに眼をやる。

「もう午前零時です。明日も早いですし」

ばかもんっ、胴間声《どうまごえ》を轟かせる。

「クルマ屋は酒をガソリンにして走り回るんだ。そんなお上品なことでやっていけるかっ」

ですが、と御子柴は首をすくめる。眉を八の字にして困惑顔だ。武田はとどめの言葉を投げつける。

「おまえは六人いる副社長の筆頭なんだぞ。つまりナンバー2だ。六人のトップだ。その意味をよく考えろ」

丸顔から困惑が消える。空咳を吐いて身を乗り出し、運転手に行き先の変更を告げる。副社長専用車は速度を緩め、交差点を左折する。

武田の脳裏に眩《まばゆ》い光景が浮かぶ。半年前。濃尾平野に広がる豊臣市のトヨトミ町一番地。トヨトミ自動車本社ビル。四階建て横長の砂色にくすんだビルで、一見すると中規模の総合病院風である。はじめての来訪者はみな一様に、これが世界のトヨトミの本社か？　と目を剝く、築四十年のボロビルである。

よく晴れた春の午後、新社長内定発表の当日。恒例の幹部の呼び込みが行われた。場所は本社四階の社長室。武田はあらたに経営陣に加わる部長連中と昇進する役員を順に呼び込み、面談した。その数、十六人。

みな喜色満面だった。なかでも生産管理担当専務取締役の御子柴は副社長就任を内示したとたん、丸顔を紅潮させて「光栄です。命懸けでやります」と万感の思いを吐露した。武田が「筆頭だから頑張ってくれ」と告げると、ぽかんと口を半開きにしたが、すぐに表情を引き締め、己の胸を拳でどんと叩き、「この命、武田新社長に預けます」と唇を震わせ、涙ぐんだ。

筆頭副社長に抜擢され、次期社長は自分、と思い込んでいるはず。敵に回せば厄介だが、抱き込めばこれほど有用な男もいない。揺るぎない豊臣家への忠誠心と、胸に秘めた底無しの野心。社内各所に張り巡らせた情報網。いずれも自分にはない、いわば弱点だ。その弱点を補ってあまりある逸材。それが忠臣・御子柴だ。武田は横を向き、うっそりとほくそ笑む。

「社長は怖くないのですか」

名古屋駅近くの外資系ホテル。会員制バーの静かな個室で御子柴はカットグラスを片手に訊《き》いてくる。黒檀のテーブルとカッシーナのソファ。クリスタル製のオイルランプ。間接照明のライトが仄《ほの》かな光を放つ、ゆったりとした豪華な空間にモーツァルトのコンツェルトが流れる。武田は葉巻をくゆらしながら返す。

「豊臣家が、か？」

御子柴は息を呑み、そんなあ、と哀れな声を出す。ランプの炎が丸顔に陰影を刻む。

「そういう冗談はどうかと思いますが」

カットグラスをひと口やる。御子柴はバーボン専門だ。昔、米国ケンタッキー州に新設した工場の責任者を務めた時分、荒っぽい工員たちとバーボンを酌み交わしながら親交を深め、根深い人種差別の壁と工場運営に伴う数々の困難を乗り越えたのだという。以来、バーボンを飲むと当時の活力が甦るらしい。丸顔を火照《ほて》らせ、身を乗り出して再度問う。

「真夜中、春日組の企業舎弟事務所に堂々と乗り込まれ、臆することなく話をつけられた。春日組は武闘派で知られ、別名〝殺しの春日〟です。なかなかできることじゃありません」

「どうってことない」

武田は目を細めて葉巻を喫《す》い、逞しい脚を組む。

「おれはフィリピンに七年も飛ばされた男だぞ」

そう。一九七〇年代初頭、武田は突然、フィリピン赴任を命じられた。三十九歳。いまのジュニアと同じ年齢だ。露骨な左遷だった。頭の芯が疼《うず》く。琥珀色のブランデーをあおる。喉が灼け、涙がにじむ。全身が炙《あぶ》られたように熱くなる。

「マルノス独裁政権下のマニラ、つまり戒厳令下の無法都市のビジネスはイコール悪党どもとの付き合いだ」

右の手を握る。鋼《はがね》の冷たい感触が甦る。尖《とが》った硝煙の臭いも。

「わが『フローラ』のグローブボックスに拳銃を忍ばせて移動したもんだよ。弾詰まりの心配がないシンプルな構造のリボルバーに銃弾を装塡《そうてん》し、いつでも撃てるようにしてな」

ランプの炎が揺れる。御子柴の丸顔がゆがむ。武田の脳裏に、死と隣り合わせの日々が甦る。

「商談先の片田舎で反政府ゲリラに襲われ、命からがら逃げたこともある。アクセルを床まで踏み込んで頭を下げ、まだ死にたくねえ、と叫びながらフルスピードで走ったよ」

「なぜ、頭を下げるのですか」

謝罪している場合じゃないでしょう、と言わんばかりだ。武田はそっけなく返す。

「背後でライフルの乾いた銃声が聞こえるんだ。頭をぶち抜かれたくないからな」

御子柴は絶句する。

「名古屋のぶどうヤクザなんぞ可愛《かわい》いもんだ」

グラスを干す。ぶどうではなく武闘ですが、と御子柴が律儀に訂正してブランデーを注ぐ。そして丸顔をしかめ、よくぞここまで、としゃがれ声を絞る。武田は苦い笑みを嚙み締めた。本当だ。幸運とし か言いようがない。マニラまでの己の人生は不運の色に塗り込められていた。

東商大学商学部卒業時、トヨトミ自動車は『トヨトミ自動車工業』（自工）と『トヨトミ自動車販売』（自販）に分かれていた。戦後の経営危機の際、支援に当たった銀行団の要請で製造と販売が分離し、以来、二社体制が続いたのである。そして武田が入社した先は自販。時は一九五〇年代半ば、日本国が戦後の苦境を脱し、経済成長の地固めを整えた、いわば胎動の時代である。

高度成長期を前に、大学の同期の多くは総合商社や日本銀行、都市銀行、生保・損保、製鉄、造船等、一流といわれる業界へ進んだ。しかし、武田は根っからの臍《へそ》まがりである。みなが右を向けば、なぜか左を向いてしまう厄介な性格だ。

当時は二流以下の業界にすぎない自動車産業の成長を見込んだうえで、文系の人間なら販売がよかろう、と自販に就職を決めた。ところがここで大きな誤算が生じる。入社後、自工のほうが遥かに格上、と思い知り、己の判断を悔やむこととなった。

自販の幹部連中はコンプレックス塗《まみ》れの冷や飯食らいばかりで、やる気ゼロ。自然と下の社員も卑屈になり、社内には自工への反発と諦め、恭順と負け犬根性が充満して、活気とは無縁の弛緩《しかん》した空気が漂っていた。

クルマを売るより作る人間が上等とは、どう考えても理解できなかった。高性能のクルマを作る人間も大事だが、売らなければ利益は出ない。つまり、双方とも対等である。内外のライバル社に伍して市場を開拓し、会社を成長させる大事な両輪である。どちらが欠けても会社はバランスを崩し、横転して炎上。終わりだ。

武田は元来、器用な人間ではない。正しいと思うことはすぐ口に出す、損な性分だ。学生時代は友人にさんざん注意された。

「書生っぽの正論がつねに正しいとは限らない」「歯に衣着せぬ率直な物言いは諸刃の剣だ。もう少し大人になれ」「仲間内ではよくても社会人になって苦労するぞ」

友人の忠告は正鵠を射ていた。

入社後の配属先は商学部出の簿記とソロバンの腕を見込まれて本社経理部。武田は「自工の人間に負けてなるものか」と張り切って仕事に取り組んだ。同時に、寸暇を惜しんで自工の工場を訪ね、クルマの生産現場の苦労と工夫を学んだ。製造ラインのベテラン工員と酒を酌み交わし、ざっくばらんなクルマ談義にふけることもあった。

生産現場の仕事の流れを把握した武田は、みずからに次の課題を与えた。得意の数字で産業界全体の流れをつかむべく、「会社四季報」を熟読して上場企業すべての業績と現状を頭に叩き込んだのである。数字はウソをつかない。物事の裏が鮮明に見える。

　当時、経理部が作成する会計帳簿を総勘定元帳《そうかんじょうもとちょう》といい、勘定科目ごとに全取引が記載してあった。支払伝票も余さず添付してあり、会社のカネの流れはすべて把握できた。接待に使った店と金額。取引先への支払いの詳細——。

　経理の仕事に没頭するうちに、おかしなカネの流れが浮かび上がる。役員の不透明な接待費と取引先からのバックマージン疑惑。なぜ、こんな巨額の接待を行ったのか？　生産財、消費財ともに他社から買えばもっと安くなるはず。

　意外なことに、清廉な人格者のイメージの役員が汚れた取引に手を染め、一見無愛想で社員に不人気の役員ほどしっかりしたカネの使い方をしている。武田は人間の裏と表を痛感し、社の体質に幻滅した。

　経理のプロとして見過ごすことができず、上司に訴えた。しかし、言を左右にして逃げるばかりでラチが明かない。仕方なく直接本人を訪ねて問い質すと、鬼の形相で怒鳴られた。

「無礼者っ、きさま、若いのに生意気だっ、経理部の教育がなっとらんっ」

以来、武田は社の上層部に〝融通の利かない危険人物〟と疎《うと》まれ、出世の途《みち》は完全に閉ざされた。

　それでも武田の反骨、直言癖《ちょくげんへき》はいささかも衰えず、上と衝突を繰り返しながらじつに十七年、経理部に在籍し続けた。四、五年で異動を繰り返す社の人事規準に照らせば異常の一言である。

　自販随一の危険人物、厄介者を他の部署が引き取るはずもなく、また本人も意地になって異動願を出さないまま、塩漬けの日々を送ったのである。

　その間、上から振られた仕事に自工への資金援助の陳情があった。もともと自販は過小資本で財務体質が悪く、商売も下手。改善の気運もない。社員の覇気が乏しく、幹部の背任行為が横行しているのだから当然だが、年度末になるとどうしても資金がショートしてしまう。自工に頼み込むしかない。

本来は役員と経理担当部長の仕事だが、みな逃げる。脇目もふらずひたすら逃げる。日頃の怠慢、無気力がウソのような逃げ脚の速さに武田は驚き、呆れた。

仕方なく武田がみずから出向き、自販のシビアな財務状況を説明して頭を下げた。自工の役員に嘲笑と罵詈《ばり》をさんざん浴び、なんとか資金援助に漕ぎつけた。ところが翌年も、その翌年も同じことの繰り返し。いい加減、イヤになる。

さすがに真剣に退社を考えた。みずから起業すべく準備し、仲間を募ったこともある。思い留まったのは守るべき家族がいたからだ。入社五年目、二十七歳のとき結婚した妻、敏子《としこ》。同じ経理部の五歳下の後輩である。

武田の厄介な性格を知り尽くしているだけに、後先を考えぬ短気をいさめ、子供ふたりと暮らす安定した生活の幸せを言葉を尽くして説いた。武田は自暴自棄ともとれる短慮を反省し、鉾を収めた。敏子がいなければさっさと辞めていたと思う。

マニラ左遷直前のポストは経理部月賦調査課長である。その業務内容は販売店の経営状況調査とレポート作成だった。これが非常に緻密なレポートで、「販売店の経営状態がひと目でわかる」と評判になったほど。

もっとも、トヨトミと資本関係のない販売店は経営を丸裸にされるのがイヤで、この『武田レポート』を忌み嫌った。販売店から「武田はやりすぎだ」の声が上がり始め、自販内でも問題視する向きが増えてきた。しかし、筆者は反骨の一匹狼である。いささかも気にすることなく、経営分析のレポートをより過激に、詳しく書き続けた。

各販売店の怒りを買った『武田レポート』の特徴は、ほかに例を見ない徹底した調査能力である。単に財務データを分析するだけではなく、経営者が知らないうちに販売店内に食い込み、シンパをつくり、外部には知られたくない、膨大な生《なま》の情報を引き出してくる点にあった。総会屋顔負けの情報収集力である。

関係者の心胆を寒からしめたこの恐るべきレポートの裏には〝葬式取材〟があった。販売店の経営者や社員、その家族らの訃報が入ると、武田はどんなに忙しかろうが、遠かろうが、必ず葬儀に出た。丁寧に弔いの言葉を述べ、今後の相談に乗ることさえあった。

社内では変人扱いで、「葬式好きの武田」と揶揄《やゆ》されたが、親しい知人にはこう明かしている。

「葬式の時間は会社のデスクに座っているよりずっと有意義。いろんな人間と知り合いになれるし、わざわざ来てくれた、ということで親しく会話もできる。葬式に勝る人脈構築の場はない」

だが、レポートの情報量が充実するにつれ、販売店経営者からの苦情は増えていった。販売店はトヨトミの暖簾《のれん》を出してトヨトミのクルマを販売してくれる、いわば大事な取引先、顧客である。殺到する苦情に頭を痛めた担当役員はついに武田の左遷を決定する。

入社して十七年。国内に引き取り手のない厄介者は海外へ飛ばされた。出世コースの米国、ヨーロッパとは大違いの辺境の地、独裁者フェルナンド・マルノスが支配し、反政府ゲリラが跋扈《ばっこ》するフィリピンである。

社内では口さがない連中から「遠流《おんる》の刑ご愁傷様」「危険人物・武田、哀れフィリピンに死す」と陰口を叩かれ、嘲笑され、武田も片道キップの懲罰人事と覚悟した。三十九歳。すでにサラリーマン人生の中盤戦にさしかかった中年男。女房子供を日本に残した単身赴任だ。なんの希望もなかった。それがまさか――。

ブランデーを飲む。酔いに頭が痺れる。

「なあ、御子柴」

はい？　と赤らんだ丸顔がすがるように見る。武田は穏やかに語りかける。

「人生はなるようにしかならんだろう。おれも、おまえも」

御子柴は中空を見つめ「ですね」と小声で答える。武田は葉巻を喫い、酔いにまかせて言葉を重ねる。

「役人なら己の出世と給料、年金を計算もできるが、民間はどうにもならん。一寸先は闇だ。結局、運とひとの巡り合わせよ」

筆頭副社長は目を伏せ「そうかもしれません」とうなずく。学歴ピラミッドの最高峰、帝都大学法学部出身の御子柴はトヨトミ自工入社後、辛酸を舐めている。生粋の文系でありながら工場に配属され、トヨトミ自動車の真髄である苛烈な生産方式《トヨトミシステム》を叩き込まれたのである。

考案者は戦後のトヨトミを牽引したカリスマ、豊臣《とよとみ》勝一郎《かついちろう》。米国を視察した際、日本ではまだ一般的ではなかったスーパーマーケットの、顧客自身が店員を介さず必要なものを選択し、必要なだけ購入する、その便利で効率的なビジネスに感動した勝一郎は前代未聞の生産方式、トヨトミシステムを構築した。

ジャスト・オン・タイム。〝必要なものを必要なとき必要なだけ〟と意訳したキャッチフレーズのもと、凄まじい効率化が図られた。

勝一郎は「コストダウンのため、トヨトミ自工は今後、倉庫も在庫もいっさい持たない」と高らかに宣言。動揺する下請け会社を集めて、その思想とメリットを徹底して説き、教育した。もともとトヨトミは下請け会社が部品を納めても、在庫になったとは考えず、トヨトミの倉庫で部品を一時預かっているだけ、との解釈を貫いてきた。その一時預かりを今後はやめるまでのこと、との論法である。

下請け会社からすると乱暴極まりない常識外れの言い分だが、トヨトミが言えば正論になる。不満を漏らせば取引を切られるまで。以後、トヨトミの仕事はいっさい入らない。

トヨトミシステムを導入後、生産現場の風景は一変した。下請けはトヨトミの工場から渡される発注カード（部品名、数量、納入日時、納入場所等が記入されている）に従い、部品を作り、カードとともに決められた時間ちょうどに納入することが求められた。

勝一郎は「間に合えばいい、余計なものはいっさい作るな、工場に持ってくるな」と言い続けた。しかし、言うは易《やす》し、行うは難《かた》し、である。

ひと月に一度、十トンの部品を納入していた下請けは、一週間ごとに二トンを運ぶようになり、ときには三日ごとに一トンのこともあった。仮に道路が渋滞し、指定日時に遅れて組み立てラインが止まる〝事故〟が発生した場合、巨額のペナルティを課せられる。逆に余裕をもって三十分早く到着しても、工場構内が混雑する、との理由で外で待機を命じられる。

下請けにとっては踏んだり蹴ったりだが、トヨトミとの取引を継続したければ呑むしかない。

各社の血の滲むような努力の甲斐もあり、トヨトミの工場の在庫はゼロに。倉庫の管理人も、工場内の部品の仕分け作業、搬送作業も不要になった。世界でも例を見ない恐るべき効率化が実現したのである。

同時に自社工場内の合理化も徹底され、部品を溜めることは厳禁。工場内の移動は徒歩ではなく駆け足。生産ラインを担当する工員は手の動きから目の動き、足のさばき方、トイレの時間まで厳しく管理された。

この究極の生産方式の推進に一役買ったのが御子柴である。

「用心棒、大変だったろう」

武田は誘う。御子柴の愚痴と不満を。

「帝都大出の事務屋のおまえが木刀を持ち、睨《にら》みを利かしたらしいな。上も無茶をするもんだ」

が、忠臣御子柴は揺るがない。仕事ですから、と頭をかく。

「若かったからできたのですね。わがトヨトミの発展を思えばこそ、誠心誠意、多方面に協力をお願いして回りました」

それ、と武田は指さす。後退した額に刻みつけられた横五センチほどの傷痕。

「殺されそうになったんだろう」

そんな、と傷痕を片手で押さえ、ひきつった笑みを浮かべる。

「事故ですよ、単なるアクシデント」

声が高くなる。

「わたしの不注意でして」

ちがうだろう、と武田は声に出さずに返す。カリスマ豊臣勝一郎の薫陶を受け、トヨトミシステムの思想と技術を発展させた現場責任者に猪熊次郎《いのくまじろう》がいる。その強烈な闘争心と有無を言わさぬ指導でトヨトミの鬼軍曹、と恐れられた名物男だ。当時、生産管理担当専務取締役である。

自工入社後、トヨトミのメイン工場である本社工場総務部配属となった御子柴は猪熊に見込まれ、担当秘書に。帝都大剣道部で主将を務めたその腕を買われ、ボディーガード役も兼務した。

「工場視察中、スパナが飛んできたらしいな」

工場内に置かれたピストンの山を見つけるや激怒し、池に全部捨ててこい、と怒鳴り、実際に工場内の池に捨てさせた逸話《いつわ》を持つ鬼軍曹である。その苛烈な指導に怒り狂った現場の荒っぽい作業員がアクシデントを装い、猪熊にスパナを投げつけたという。身をていしてかばった御子柴は額に十針縫う裂傷を負い、昏倒。

「注意力散漫だ、と猪熊さんに怒られました」

御子柴はバーボンを飲み、苦い笑みを嚙み締めて語る。

「男は常在戦場、自宅の敷居を跨《また》げばつねに七人の敵に囲まれていると心得よ、と猛烈な説教を食らい、さんざんでした」

武田は、信じられんな、と首を振って返す。

「そんな非情なじいさん、木刀で殴り飛ばしてやれよ」

脳裏に、いまは亡き鬼軍曹の顔が浮かぶ。ちょび髭に猛禽類に似た鋭い目の、マフィアの親分のような強面《こわもて》だ。

「社長、それは間違っています」

御子柴は居住まいを正し、真顔で言う。

「戦後、トヨトミ自動車は倒産寸前まで追い込まれ、苛烈なリストラと日銀および銀行団の支援でやっと生き延びました。初代社長の勝一郎さんは家族にも等しい従業員を大量に馘首《かくしゅ》した責任を負い、退任しているほどです。明日をも知れぬ厳冬の時代を経験した猪熊専務は、自分の城は自分で守る、との信念を貫き、あえて敵役《かたきやく》を買って出たのです」

わかってください、とばかりに唇を引き結び、ぐっと身を乗り出す。怖いくらい真剣な眼差しだ。武田は葉巻を喫い、あごをしゃくって先をうながす。ですから、と丸顔を真っ赤にして訴える。

「コストカットでトヨトミが強くなれば多くの下請けも潤う。逆にトヨトミが甘い経営でライバル社に負けて傾き、倒産してしまえば下請けも終わり。万単位の従業員とその家族が路頭に迷います」

忠臣御子柴の熱弁を聞きながら、鬼軍曹のことを思う。猪熊はあらゆる意味で型破りだった。戦時中に高等工業学校を卒業して、憧れのトヨトミ自動車に採用されるや、感激のあまり家族を説得し、先祖伝来の田畑をすべて売り払い、トヨトミの株を購入したという、恐るべき伝説の持ち主だ。

底無しの馬力と実行力で課長、部長と順調に駆け上がりながらも、その人生はコストカットとともにあった。ストップウォッチ片手に工場内を回り、組み立てラインの工員の動作を厳しくチェック。一秒単位で無駄な動きを削る毎日。

こんなエピソードがある。乗用車一台の部品は約三万点。猪熊はそのすべてを入念にチェックし、このボルトを〇・五ミリ短くできれば三銭の節約になる、と具体的数字を弾き出した。限界までコストカットした部品ひとつひとつを丁寧に積み上げ、一台のクルマの原価五十万円を一万円下げることに成功。百万台売って百億円の利益を社にもたらしたという。

「コストカットで利益を生み出せ」が口癖の鬼軍曹は己にも厳しく、大阪出張の際は、淀川の河原にゴザを敷いて弁当の握り飯をパクつき、冷えた番茶を飲んだ。トヨトミに入社させた娘婿が社の経費で派手に飲み食いしていると知るや、激怒し、社から追い出したうえ、娘を離婚させた。

世間からトヨトミシステムを「乾いたタオルをぎゅうぎゅう絞るようなもの」と揶揄されると胸を張り、こう嘯《うそぶ》いた。

「湿気の多い日本では乾いたタオルもすぐに湿る。絞り続けてなにが悪い」

合理化の余地はいくらでもある、というわけだ。猪熊は死ぬまでトヨトミシステムの正しさを信じて疑わなかったと思う。そして、戦中と戦後の激動の時代を耐え抜き、今日のトヨトミ自動車の礎《いしずえ》を築いた家臣たちはみな、猪熊と同じ叩き上げのトヨトミ信者である。

高度成長期入社の御子柴は違う。本来は情のある知的で温厚な常識人だ。工場や下請け企業に赴き、幹部連中を並べて怒鳴り上げ、無理難題を押しつける鬼軍曹に木刀片手に従う新人社員の心中たるや、察するにあまりある。現場と鬼軍曹の板挟みとなった御子柴は心労のあまり血を吐き、血の小便を流したという。

その男がいまや、関連会社の役員をドスの利《き》いた言葉で威《おど》す、堂々たる筆頭副社長である。

武田は葉巻を噛み締めた。御子柴の変貌に感心している場合じゃない。自分も同じだ。あれは役員になってすぐのころ。銀座で大学柔道部の後輩と遭遇し、ホステスを引き連れ、新橋の飲み屋に流れたことがある。飲んで食って唄って、大騒ぎした後、当時総合商社部長職にあった後輩は武田の顔を凝視し、こうほざいた。「先輩、ガラが悪くなりましたねえ。商社にもなかなかいませんよ」と。

後輩に言わせれば、大学時代の武田は柔道の稽古が終わるとひとり静かに読書していたという。変わってしまったのだ、おれも御子柴も。トヨトミの巨大なピラミッドを這い上がり、つかんだチャンスを放さず、さらにのし上がるために。

「わたしは後悔しておりません」

御子柴が己に念押しするように言う。

「トヨトミにわが人生を捧げて悔いなし、です」

「役人になればよかった、と思ったことはないのか」

武田は軽い口調で訊く。

「大学の同期には霞が関で甘い汁を吸ってる連中も多いんだろう」

関係ありません、と頑なに首を振る。

「民間企業の発展があってこそ、国も栄え、官僚も働き場所を得るのです。つまり、国家の根幹は民間企業です。わがトヨトミは日本国を支えているといっても過言ではありません」

レンズの奥の目に強い光が宿る。フォーカスした先はトヨトミのトップの座、武田の後釜か。現社長は葉巻をクリスタルの灰皿にねじ込んで消し、そういえば、とぼそりと言う。御子柴が食い入るように見つめる。

「剣道部の同期が狙撃されたよな」

目の光が消え、丸顔から血の気が引いていく。

「おまえらの出世頭、警察庁長官が謎のテロリストに銃で撃たれ、瀕死の重傷だ。吃驚《びっくり》したぜ」

今年春、御子柴の下で副主将を務めた警察官僚が早朝、自宅マンションを出たところを何者かに狙撃され、三発の銃弾が背中、腹部等に命中。出血性ショックで一時危篤状態に陥る瀕死の重傷を負っている。犯人は新興宗教関係者と言われたが、いまだ不明。警察のトップが狙撃されるという、日本警察開《かい》闢《びゃく》以来の大事件に日本中が騒然となった。

「人生、なるようにしかならん、ということだ。民間も役人も関係ない」

そうです、と御子柴は丸顔に決意を漲《みなぎ》らせ、大きくうなずく。

「わたしはトヨトミで頑張るのみ、です」

武田はグラスを干し、熱い息を吐く。

「さて、帰るか」

両手で膝を叩き、勢いよく腰を上げる。

「おれたちは所詮、使用人。巷《ちまた》じゃあ、天下のトヨトミの社長でございい、筆頭副社長であるぞ、とでかい面ができても、所詮は殿さまにあごでこき使われる下僕《げぼく》の身だ。せいぜい豊臣家のご機嫌を損ねないよう、身を粉にして奉公するしかないな」

御子柴は肩を落とし、ですね、と呟く。

豊臣統一は自宅に到着するや、迎えに出た妻、清美《きよみ》に「遅くなった」と笑みを投げ、スーツを脱ぎ、ネクタイを外し、風呂に向かった。脱衣室で下着を脱ぎ、湯船に飛び込む。

一秒でも早く、フロント企業のあの陰湿で不快な臭いを流し去りたかった。

大理石の湯船に両脚を伸ばして浸かり、大きく切ったガラス窓から名古屋の夜景を見下ろす。テレビ塔近くに建つ高層マンションの三十階。広々とした五ＬＤＫ。夫婦と子供ふたりの生活には十分すぎる住まいだ。あごまで浸かった湯に身も心も溶けていく。

ふう、とため息をひとつ。自己嫌悪がチクチクと胸を刺す。財閥系大銀行の頭取令嬢である清美は器量も気立てもいい。料理も家事も得意だ。歳暮中元の時期は上司や部下に一筆添え、センスのいい品を贈ってくれる。スーツやネクタイを選ぶ目もたしかだ。自分にはもったいないくらいの女だ。小五の娘と小三の息子も素直で出来がいい。すべて清美のおかげだ。いくら感謝してもしきれない。

ああ、しかし、この自分は——目を閉じ、顔を湯船に突っ込み、ばかやろう、しっかりしろ、色ボケしやがって、と叫ぶ。

顔を上げ、ぴゅっと湯を吐き、湯船の縁にもたれる。とことんダメなやつ、とぼやく。自己嫌悪が増す。あんな小娘に騙《だま》されるとは。情事の後にホテルのロビーでブラックスーツの厳つい男たちに囲まれ、フロント企業の事務所に連れ込まれたときは一巻の終わり、と覚悟した。しかし、武田が現れ、難事は一瞬にして解決した。

青白い怒りがぶり返す。あなたのママに怒られちまう、だと。舐めるのもいい加減にしろ。再度、湯船に頭を突っ込み、たけだ、てめえ、なめんなよっ、と怒鳴る。ああ、気持ちいい。胸がすっとした。勢いよく顔を上げる。お湯が散る。

あなたー、と声がする。まずい。清美だ。なんだーい、と脱衣室に向かって明るく返す。

「お着替え、ここに置きますよ」

ありがとう、とさらに明るく返す。

「それと――」

清美は口ごもり、ひと呼吸おいて続ける。

「あまりストレス、溜めないでくださいね」

まずい、聞かれてた？

「健康がいちばん、家族の幸せがいちばん」

唄うように言い、清美は出ていく。あーあ。ガラス窓に顔を寄せる。美しい夜景が滲む。こんなんでいいのか。人生の選択は正しかったのか？

城南義塾大学法学部を卒業後、米国ボストンのビジネススクールに留学してＭＢＡを取得し、いったんは外資系の証券会社に勤務。出世コースといわれるニューヨーク、そしてロンドンにも駐在した。それなりの営業成績も上げてきた。しかし、どれだけ頑張っても、豊臣家の七光り、と陰口を叩かれ続ける生活にいい加減、嫌気がさした。

世界のどこへ行こうと、なんの仕事に就こうと、豊臣家と離れられない運命なら、いっそど真ん中に飛び込んでやれ、と居直った。社会人になって四年目、二十八歳のときだ。

きょうだいは大蔵官僚に嫁いだ姉がひとり。つまり統一は豊臣本家の総領息子である。それゆえ、トヨトミ自動車入社にはなんの障害もない、むしろ歓迎されると信じた。しかし、代表取締役社長である父、新太郎《しんたろう》の反応は意外なものだった。あの冷徹な言葉はいまも耳にこびりついて離れない。

「おまえを部下に持ちたいと思う人間はトヨトミにはひとりもいない。それでもよければ人事部宛に正式に願書を出せ。合否はしかるべき人間が判断するだろう」

愕然とした。厳しい父親とは承知していたが、これほどとは。結局、統一は願書を出して中途採用の試験を受け、幹部の面接を経てヒラ社員として入社。ナッパ服と呼ばれる灰色の作業服を着せられ、新人工場研修に放り込まれた。オイルまみれになって自動車の構造をイチから学び、トヨトミが世界に誇るトヨトミシステムの思想と実践を叩き込まれた。街のディーラーに出向し、飛び込み営業でクルマを売って回ったこともある。

順調に出世し、三十九歳のいまは花形部署の開発企画部次長。豊臣家の総領息子だから当然、と言われる。七光り、豊臣家の特別人事、と陰口も山ほど叩かれる。しかし、半分、いや三十パーセントくらいは自分の実力だと思いたい——。

ガラスにあの厳つい顔が浮かぶ。武田剛平。

豊臣家とはなんの関係もないサラリーマン社長。しかも本流の自工ではなく、傍流の自販出身。加えて経理部に十七年も塩漬けにされたうえ、マニラに左遷された厄介者。そのマイナスだらけのドン底から這い上がり、トヨトミ自動車のトップに昇りつめた奇跡の男。すべてが常識外れだ。

今夜、武田は武闘派で知られる春日組の企業舎弟を完全に呑んでいた。たったふたりで事務所に乗り込みながら、怯《おび》えも気後《きおく》れも皆無。腕っ節も凄い。凶暴な若い衆をひねり倒して涼しい顔だ。そういえばマニラ駐在時代、武装ゲリラと銃撃戦を繰り広げたとの武勇伝を聞いたことがある。潜《くぐ》ってきた修羅場の数が違う。パワーもエネルギーも度胸も桁外れだ。乳母日傘のぼんぼんとは比較の対象にならない。

エンコを詰めた工員たち。心が震えるエピソードだった。知られざるトヨトミ自動車の裏面を見せられた気がした。

初代社長の勝一郎はときどき、小学生の自分に昔の苦労話を聞かせてくれた。社員にとっては近寄りがたいカリスマでも、自分には優しい祖父だ。どれもこれも信じられないエピソードばかりだった。終戦直後は自動車製造の目途《めど》が立たず、業務転換を本気で考え、長男の新太郎、つまり統一の父親を北海道のかまぼこ工場に出向させたとか、ドジョウの養殖計画に乗り出したとか。社員の給料を賄《まかな》うべく、鉄材でナベやカマをつくって売り、休眠状態の工場を使って進駐軍向けにクリーニング業を営んだこともあったらしい。

その一方で、希代のロマンチストであった勝一郎は空にも興味を抱いた。ロケット技術に関する文献を取り寄せて実用化を検討。フランス製の軽飛行機を実際に購入してエンジンを分解、社のエンジニアを総動員して部品を調べるなど、いまでいうベンチャービジネスのようなこともやっていた。ヘリコプターは試作機の製作までこぎつけている。

もちろんエンコとばしのエピソードはなかった。

祖父に問われたことがある。統一は将来、なんになりたい、と。ぼくは自動車が大好きだからレーシングカーのレーサー、と無邪気に答えると、祖父は一転、厳しい表情で、ばかもん、レーサーは危ないからダメだ、と怒った。幼い孫は震え上がり、じゃあレーサーはやめてタクシーの運転手さんになる、と言い直すと、元の優しい顔に戻って孫の頭を撫で、祖父は笑った。カカカッ、と喉を鳴らして大笑いした。祖父の慧眼《けいがん》は見抜いていたのだろう。意気地なしのこいつはトップの器じゃない、と。

振り返れば、勝一郎の跡を継いで二代目社長となった豊臣史郎《とよとみしろう》（現名誉会長）も凄かった。史郎はトヨトミグループ創始者・豊臣太助の甥（太助の弟の子供）で、勝一郎の従弟に当たる人物。帝都大学工学部出身のエリート技術者で、国産自動車の開発に携わるかたわら、USモーターズ、ウォードに追いつき、追い越せ、と世界を見据えて挑戦を続けた傑物である。

このエネルギーに満ち溢れた分家の秀才は、社長に就任するや、勝一郎が考案した《トヨトミシステム》を優れたエンジニアの目で一から見直して無駄を省き続け、〝コストカットの鬼〟と恐れられた。

日本が高度経済成長期を迎えると他社に先駆けて本格的な量産体制を築く一方、スポーツカーや小型車を相次いで投入。大胆な投資と海外市場を睨む果敢な戦略でフルライン体制を整え、極東の一自動車メーカーを世界トップクラスのメーカーに育て上げた。豊臣史郎は分家出身ながら、まぎれもなきトヨトミ中興の祖である。

史郎の跡を引き継ぎ、三代目社長となった新太郎（統一の父）も、石橋を叩いてなお考える、その堅実な経営でトヨトミの業績を順調に伸ばしてきた。しかし、中興の祖・史郎に較べれば一ランクも二ランクも落ちる。巷間の評価では「新太郎最大の功績は野武士・武田剛平を抜擢し、社長に据えたこと。史郎とはスケールも実力も較べものにならない」とか。

バカな。いくら史郎が優れていようが、所詮、分家の人間。カリスマ豊臣勝一郎の直系の人間こそ、真のトップにふさわしい。

統一は密かな野望を解き放つ。いつか必ず、真のトップになってやる。武田を越えてやる。それが豊臣本家長男の使命だ、宿命だ。

いまの自分は逆立ちしても武田にかなわない。足元にも及ばない。しかし、武田にはない武器がある。血だ、豊臣本家の正統な血だ。

――豊臣家に生まれてよかったですね――

武田の揶揄が耳にこびりついて離れない。ちくしょう。

ああ、よかったよ、羨ましいだろう、と開き直る。一般人の家に生まれていたらこうはいかない。気分が少し晴れる。

ずぶん、と湯船に沈み込む。血だ、おれには豊臣本家の血が流れている、と口に出してみる。不思議なことに、あれほど疎《うと》ましかった豊臣の血が、黄金色の剣に思えてくる。身体中に新しい力が漲《みなぎ》ってくる。

まってろ、武田。来るべき運命の日に備えて、黄金の剣をしっかり研いでおくから。おれをバカにし、見下したおまえに吠え面をかかせてやるから。

第二章　社内事情

ズズッ、と音がした。しまった。武田は舌打ちをくれ、スプーン片手にそっと顔を上げる。

午後零時過ぎ。重厚な格天井《ごうてんじょう》と広々とした空間。黒光りする板張りの床にクリーム色の漆喰壁。モネとルノワールの油絵数点が部屋の豪華さをいや増す。

中央に白いクロスを張った長テーブル。その両側にずらりと並ぶスーツ姿の男たち。談笑しながら優雅に甘エビのスープを味わい、ブルードレスの女性が奏でるバイオリンに耳をかたむける。

ほっと息を吐《つ》いた瞬間、目が合う。対面に座る紅一点、いやトゲのある薔薇《ばら》一輪。藍色の友禅をりゅうと着こなした初老の女。豊臣新太郎会長の妻、麗子《れいこ》だ。しらっとした目で武田を眺め、柳眉《りゅうび》をひそめる。胸の内の罵《ののし》りは手にとるようにわかる。この田舎者が、下品なのよ、恥を知りなさい、と。

その横では白髪のずんぐりした老人が黙々とスプーンを動かす。豊臣新太郎、七十一歳。寡黙で無愛想。東海地方きっての名門大学、国立尾張大学工学部大学院修了の優秀なエンジニアであり、現トヨトミ自動車会長にして産団連（産業団体連合会）会長の重責を担う、いわゆる財界総理でもある。

「けっこうなお味、ですな」

隣に座る御子柴が満足そうに微笑む。

「お披露目もつつがなく終わりましたし」

お披露目――。あらたに役員になった者、または武田や御子柴のように昇進した役員が集まり、豊臣家のドン、豊臣新太郎とその妻麗子に挨拶を行う昼食会である。今回は海外出張組を除く、総勢十三人。もっとも、お披露目といっても各役員が自己紹介と紋切り型の決意を述べ、新太郎が労《ねぎら》いの言葉をかけて終わり。みんなでフレンチのコース料理を食って解散だ。

しかし、気は抜けない。豊臣家の女帝こと、麗子夫人の存在が場に微妙な緊張感を醸《かも》し出す。

そもそも、この会食の場からして麗子が経営するフレンチレストランである。豊臣の本家近くの古民家を買い取り、改造した和洋折衷の建物で、トヨトミグループによる月に数度の貸し切り日以外は一般営業も行っている。東海地方の食通の間では吟味した食材と一流シェフの味で有名な高級店らしい。

骨付きカモ肉のコンフィの皿が運ばれ、全員がメインディッシュに舌鼓を打っているとき、麗子の甲高い声が響いた。

「吉田さん」

白皙《はくせき》の貴公子然とした男が銀のフォークとナイフをおき、緊張の面持ちで背筋を伸ばす。研究開発担当の取締役、吉田拓也《よしだたくや》、五十二歳。新任の最年少役員である。

「期待していますよ」

はい、と吉田は端整な顔を火照らせて一礼する。

「死ぬ気で頑張ります」

「無理しないで」

麗子は優雅に微笑む。皇室にも繫《つな》がる大財閥系の本家から嫁にきた麗子は根っからのお嬢さまだ。万事、屈託がない。

「お父さまはあいかわらずコンサート三昧？」

いえ、と少し眉を曇らせて吉田はこたえる。

「三年ほど前までは毎年、ウィーンフィルのニューイヤーコンサートに出かけておりましたが、もう米寿ですので」

「そんなになるかしら」

「トヨトミを辞めてそろそろ二十年です」

吉田の父親は生産管理担当の専務取締役を務めた重鎮で、三河の名家出身。クラシック音楽と古美術鑑定は玄人はだしの趣味人である。

「最近、英国デッカ社の古いオーディオ装置を手に入れまして、もっぱらＬＰレコードでバッハ専門です」

「それならうちにグールドの珍しいライブ録音盤があるからお持ちになって」

ありがとうございます、と両手を腿《もも》にそろえ、深く頭を下げる。麗子がほっそりした首を回し、くいとあごを上げる。

「斎藤さん」

禿頭《とくとう》の小男。部品調達担当の副社長、斎藤貢《さいとうみつぐ》が背筋を伸ばす。こちらも父親が国内販売担当の常務を務めた生粋のトヨトミ一家である。

トヨトミ自動車には二世の幹部社員が珍しくない。豊臣家は血の繫がりに絶対の信頼を寄せており、社に貢献した忠臣の血縁者を優先して採用するためである。つまり、身元、人物に間違いがない、というわけだ。

二世の役員は育ちがよく、学歴、海外経験も申し分ない、プロトコール（公式儀礼）に長《た》けた、いわゆる上流階級の人間ばかりである。趣味も話題も豊富で、別荘やクルーザーを所有する者も多い。

それに較べて叩き上げの役員は二ランクも三ランクも貧しい。彼らは念願の役員に昇進した時点で自社株の購入を迫られる。その数三千株程度。一株五千円として千五百万円である。さらに、取締役に昇進するような出世組の社員は自宅を建てる際、子会社の『トヨトミハウス』へ発注し、定年までにローンを完済することが暗黙のルールとなっている。

ところが、肝心の資金が心もとない。一般社員から経営者である役員へ移行する際、トヨトミから支払われる退職金は三千五百万円程度である。自社株購入費用の千五百万円と自宅ローン残を払えばいくらも残らない。差し引きゼロになるケースさえあるとか。

過去、知人に勧められるまま他社のハウスメーカーで自宅を建てた若手の部長がいた。彼は激怒した役員から「きみは出世したくないのかっ、後見人のおれの顔に泥を塗る気かっ」と厳しく叱責され、泣く泣く新築の自宅を親族に安く譲り、改めてトヨトミハウスに発注。めでたく役員の座を射止めたものの、後々まで余計なローンの支払いに難儀したという。

一方、二世の役員は親から受け継いだ自社株数万株を保有しており、自宅も相続した豪邸である。莫大な株の配当もあり、もう資産のケタが違うのである。このトヨトミ役員の、ほかに例をみない恐るべき格差は貴族と平民にたとえられるほど。もちろん武田も御子柴も生粋の叩き上げ、由緒正しき平民である。

そして豊臣家の人間は平民より貴族を好む。目の前の麗子は皇室にも繋がる大財閥の出身で、息子統一の嫁も財閥系大銀行の頭取令嬢。娘婿は帝都大法学部出の大蔵官僚である。分家まで含めれば、旧華族を筆頭に大手企業役員、高級官僚、政治家、銀行頭取、弁護士、科学者、大学教授と、この国のエスタブリッシュメントを構成する人間がキラ星のごとく存在する。まさに〝尾張の華麗なる一族〟である。

　もっとも、生粋の叩き上げの武田にすれば、わずか六十年でこれだけの閨閥《けいばつ》をつくり上げた豊臣家の執念とエネルギー、夥《おびただ》しい政略結婚に半ば呆れつつ、感心してしまう。つい、ルーツが尾張の貧しい鍛冶屋のコンプレックスの裏返しでは、と勘繰りたくもなる。

　いずれにせよ豊臣家の人々のセレブ志向は筋金入りで、なかでも女帝、麗子にその傾向が強い。噂では皇族とも親密な付き合いがあり、食材も衣服も日用雑貨も皇室御用達の高級品でなければ満足しないとか。もちろん、テーブルマナーにもうるさい。

「武田さんっ」

　厳しい声が飛ぶ。武田はしゃぶっていたカモ肉の骨を皿におき、ナプキンで指を拭《ぬぐ》い、ついでに口も拭《ふ》き、テーブルに置く。

「あなたもトヨトミの社長なんだからっ」

　麗子は鼻にシワを刻み、燃えるような瞳を向ける。まるで怒った牝豹《めひょう》だ。はい、と武田は軽く頭を下げる。

「死なない程度に頑張ります」

　もうっ、トヨトミの女帝は平手でテーブルを叩き、指を突きつける。ダイヤモンドの指輪がキラリと光る。

「もっとゆっくり食べなさいよ、上品に優雅に会話を楽しんで食べなさいよっ」

　武田は下を向いて苦笑し、アイアコッカはおれよりずっと早メシ、早グソだったぞ、と呟く。

「なんですって」

　麗子が小首をかしげる。社長、穏便に、と隣の御子柴が囁《ささや》く。武田はうなずき、顔の筋肉を励まして笑みを投げる。

「おくさま、このとおり粗忽《そこつ》で無粋な田舎者ですが、今後ともご指導ご鞭撻《べんたつ》のほど、よろしくお願いします」

もとより、役員になってはじめてのお披露目の席で「趣味はパチンコとマージャン、競馬、カラオケスナックで北島三郎の『函館の女《ひと》』をうなること。好物は焼酎とトンコツラーメン、メンタイコ」と自己紹介した時点で評価は最悪だ。これ以上、嫌われようがない。

会長夫人は疑り深い、冷えた目を向ける。全員、固唾《かたず》を呑んで見守る。いや、例外がいた。

「お開きにしようか」

丁寧に切り分けたカモ肉をのんびり食べながら新太郎が言う。

「みんな忙しいんだし、用がある者は帰っていいぞ。まだ食いたきゃ勝手に食えばいい」

だれも立たない。様子見だ。これが毒にも薬にもならない優等生が幅を利《き》かす大企業病なのだろう。

武田はうんざりしながら腰を上げ、では失礼して、と一礼する。御子柴が続く。次いで二、三の人影が動く。

「武田さん、ちょっと」

麗子がこぼれんばかりの笑顔で招く。さっきの牝豹とは別人だ。これが上流社会の女だ。己の都合に合わせて感情を猫の目のように変えながら、いささかも恥じらう素振りをみせない。冗談抜きで、世界は自分を中心に回っている、と信じ切っている。

武田は胸を張り、大股で歩み寄る。麗子は座ったまま、すがるような瞳を向けてくる。

「統一、どうかしら」

母親の顔で問う。

「最近、とても忙しいようで、実家《うち》に顔を見せないから心配なのよ」

「頑張ってますよ」

武田は穏やかな口調で返す。

「統一くんは夜遅くまでテンヤワンヤです。昨夜も栄で――」

社長、と御子柴が後ろから袖を引く。わかってる、と声に出さずに振り払い、続ける。

「厄介で難しいお客さんの接待でした」

「上手《うま》くいきましたの？」

身をのり出してくる。友禅に焚《た》き染《し》めた香が鼻腔をくすぐる。もちろん、と武田は大きくうなずき、この場で昨夜の美人局事件を暴露したらどうなるだろう、とほくそ笑みながら続ける。

「オールトヨトミでつつがなく」

麗子は怪訝《けげん》そうな表情で見つめ、次いで声を潜《ひそ》める。

「そろそろ、どうかしら」

なんのことでしょう、とすっとぼける。麗子はさらに声を絞る。

「役員よ、や・く・い・ん」

さすがは上流階級の女。万事ストレートだ。武田は空咳を吐いて答える。

「最年少の吉田くんが五十二歳ですからねえ」

渋面をつくってみせる。

「三十九ではまだまだ。公私にわたって苦労が足りません」

ぴしりと言う。

「悪党に騙され、泣きの涙で助けを求められてはかなわない。豊臣家の大事な大事な御曹司だけに、われわれも非常に気を遣います」

まあ、と麗子は驚き、すぐに反撃に移る。

「武田さん、これはなに」

右の手を伸ばし、ワイシャツごと腹の贅肉をむんずとつかむ。

「ふつう、社長になったら気苦労と過労でみるみる痩せるというのに、あなた、太ってるじゃない」

「無神経な田舎者ですので」

苦笑し、頭をかく。

「天高く馬肥ゆる秋のせいでしょうか。最近、メシも酒も美味《うま》くて」

麗子は苛立たしげにつかんだ贅肉を揺する。

「これが馬ですってぇ。あなた、まるで豚よ。みっともない」

苦労知らずのお嬢さまは口の悪さも天下一品だ。

「ダイエットしなさい。伊豆の断食道場を紹介するから」

またそのうち、と後退し、一礼して出口に向かう。

「武田」

今度は新太郎だ。ささっと歩み寄る。

「あれ、大丈夫か?」

フォークとナイフを動かしながら訊く。

「万事お任せください」

「よろしい」

カモ肉をゆっくりと味わって嚙む。ほおが隆起する。武田は黙礼し、退《さ》がる。トヨトミの命運を左右する大プロジェクトも新太郎にとってはこの程度だ。所詮、豊臣家の使用人。されど世界に羽ばたくトヨトミ自動車の社長。冗談のようなねじれに眩暈《めまい》がしそうだ。

新太郎は恩人だ。二十年近く前の邂逅《かいこう》が甦る。場所はフィリピンのマニラ。当時、トヨトミ自工副社長の新太郎がマニラを訪ね、武田を評価し、引き上げてくれなければ、いまもアジア各地を駐在して回っていたと思う。

そもそも新太郎のマニラ訪問自体があり得ない僥倖《ぎょうこう》だった。当時、マルノス独裁政権下のフィリピンにはトヨトミ資本の工場はおろか支社もなく、オフィス街の雑居ビル内にかまえたトヨトミ自販マニラ駐在所のみ。スタッフは所長の武田以下、日本人社員ふたり、現地採用フィリピン人三人。ふつうならトヨトミ自工の副社長が足を運ぶことのない、辺境の地である。

ところが新太郎にはプライベートで大いに関係があった。娘婿が大蔵省の高級官僚で、当時外務省に出向し、マニラの日本大使館に一等書記官として勤務。陣中見舞い、と称して娘と幼い孫に会いに来たのである。

案内役をおおせつかった駐在所所長の武田は五日間、行動を共にした。意見を求められるまま、トヨトミ自工と自販の問題点とその解決策を述べた。日本を追われ、アジアの片隅で奮闘するうちに見えてくる瑕疵《かし》もある。生来の直言癖も加わり、自然と厳しい意見になった。

新太郎は黙って耳をかたむけた。遠慮のない直言が豊臣家の御曹司には新鮮だったのだろう。もっとも、直言だけが評価されたとは思っていない。ふたりには秘密がある。

生粋の理系で、蝶の採集と標本作りが趣味という新太郎に「フィリピンにはどんな蝶がいる」と問われた際のこと。モンシロチョウくらいしか知らない武田がかしこまって「夜の蝶ならいくらでも紹介できますが」とこたえると、無愛想な新太郎はひとが変わったように呵々《かか》大笑《たいしょう》し「きみはまことに面白いやつだ」といっきに打ち解けた。そのまま歓楽街エルミタ地区の行きつけのクラブに繰り出し、ゴーゴーバーで遊び、新太郎はきらびやかな夜の蝶を存分に愛でた。

新太郎の帰国後、じきに異動の指示があり、自販本社のアジア担当部長に。四十六歳。堂々たる凱旋帰国だった。

三年後、自工と自販の合併が実現して『トヨトミ自動車』が誕生すると同時に役員に昇格。総勢二十名の役員のうち、自販出身者はたったの二名。フィリピンで終わった、とみられていた男の奇跡の大出世である。武田は新生トヨトミの初代社長に就任した新太郎の片腕として、文字どおり身を粉にして働いた。

一九八〇年代半ば、米国への単独進出の責任者を命ぜられるや、ワシントンを起点に全米を駆け回り、各州の知事や財界人、政府高官と面談。日本との往復を繰り返し、昼も夜も時差も判然としない激務の日々の果て、ケンタッキー州に敷地百七十万坪、輸送用鉄道の引き込み線とテストコースを備えた年産二十五万台の大工場を新設した。


そしてバブル経済最盛期の一九八九年春。トヨトミ自動車は、これまで見たこともない〝アメリカのモンスター〟と戦うことになる。モンスターの名前はドーン・シモンズ。著名な投資家にして乗っ取り屋である。シモンズはトヨトミの関連会社で自動車用ライト大手の『絹川《きぬかわ》製作所』の株式を買い占め、それを高値でトヨトミに買わせることを狙ったグリーンメーラーとして日本に上陸した。

このグリーンメーラーとは、実際に企業を経営する気も能力もないのに、保有した株式を関係者に対して高値での引き取りを要求する者を指す。その投資活動には何ら経済合理性はなく、株主権行使に名を借りた、一種の反社会的行為と見なされている。

企業の敵対的買収防衛戦略などといった概念がまったくなかった時代、日本に襲来した、したたかなグリーンメーラー、ドーン・シモンズを迎え撃ったのが、当時、財務担当専務の武田剛平である。

常々《つねづね》、ビジネスは戦争、と公言する武田は、シモンズとの戦いを前にこんな強烈な檄を飛ばしている。

「これは日本経済を守り抜く戦いである。日本の産業がズタズタにされることだけは避けねばならない。残念ながら、トヨトミは表に出られないが、絹川製作所に対して最大限のバックアップを行うことを約束する。われわれは徹底して戦う覚悟である」

トヨトミが戦うとはいえ、直接鉾《ほこ》を交えることは不可能。なぜならシモンズの戦略はトヨトミを表に引きずり出し、マスコミを利用して米国世論の集中砲火を浴びせ、高値で株を引き取らせることにあったからだ。

日本の仕手筋を使った買い占め工作で絹川製作所の筆頭株主に躍り出たシモンズは開口一番、怒りも露《あらわ》にこう言い放つ。

「トヨトミはわたしより持ち株比率が低いのに、役員を三人も送り込んでいる。とうてい、納得できない」

トヨトミと同じく、日本の大手家電メーカーも役員を派遣していたが、シモンズの剣幕に怖れをなし、即座に引き揚げている。しかし、武田はまったく怯まない。逆に絹川製作所に辣腕の国際弁護士との顧問契約を結ばせ、理路整然と反論させている。

同時に大手証券会社系列の調査会社社長を雇い、シモンズ関係の情報を収集。反撃の材料とした。

ちなみにこの社長、証券マン時代に相場操縦がらみの事件で投獄経験もある海千山千の実力者。ふつうの企業なら前科一犯の男を警戒するが、武田は徹底したリアリストである。使える者は徹底して使うだけだ。

武田の動きと軌を一にするように通産省が調査を開始。絹川製作所も自社が航空機部品（防衛関連）を手掛けていることから、外資（シモンズ）の絹川への出資は外為法《がいためほう》上の審議が必要では、との照会状を通産省に提出。シモンズとの戦いの火蓋が切られた。

絹川製作所は即座に米国のＰＲ会社、ロビーイング会社と提携し、政界対策に取り組む。武田による「シモンズには米国の上院議員が複数、バックに付いている」との極秘情報を元にした対応であった。

手強《てごわ》い相手に焦ったシモンズは米国のテレビ番組に出演。「日米間の投資は双方向になっていない」と顔を真っ赤にして叫んだ。さらに駐米日本大使と半ば強引に面会の約束を取り付け「絹川が米国の株主を無視している」と直訴。ワシントンでもロビー活動を通じて「株式の持ち合いが日本の閉鎖的な商慣行を生み、外資の参入を阻んでいる」と盛んにアピールした。

一連のシモンズの示威行動は米議会の関心を呼んだものの、武田には最後の悪あがきにしか見えなかった。

表に出ることなく沈黙を守り続けたトヨトミも、ここで真打ち登場とばかりに動きだす。社長の豊臣新太郎が、

「シモンズ問題は百パーセント、絹川さんの問題。トヨトミ自動車が裏で糸を引いていることなどあり得ない」

と公式にコメントを発表したのである。裏で武田が豊臣家のドンを動かしたのは言うまでもない。

翌九〇年の株主総会でもシモンズの要求はまったく通らず、「こんな総会運営をしていたら米国では投獄される」と捨て台詞を残して途中退席。大勢は決した。

後日、シモンズは米紙に《オーケー、トヨトミ、オーケー、キヌカワ　わたしはあきらめる》と題し

た、事実上の敗北宣言となる意見広告を掲載。「日本独自のカルテルとは満足に戦えないことがわかった」と最後まで彼一流の〝口撃〟は止むことがないまま、戦いは終わった。

日本産業史上における〝歴史的快挙〟となった勝因はトヨトミがいっさい表に出ず、武田が黒子に徹したことに尽きる。日本最大のエクセレントカンパニー、トヨトミ自動車が少しでも顔を出せば、シモンズは米国の政界、マスコミを総動員して襲いかかり、引き裂いていたはず。戦局を正確に読み切り、敵の挑発に動じることなく的確な手をピンポイントで打ち続けた武田の勝利である。

今年に入って決着した日米自動車協議も、〝陰に武田あり〟と言われた。

トヨトミの社内では通産省の顔色をうかがい、「ＷＴＯ（世界貿易機関）での日米交渉に任せるべきでは」との声が大勢を占めた。しかし武田は、

「トヨトミが赤字になっても通産省は赤字にならんのだぞ、きみらはそれがわかってるのか」

と一貫して反対を唱え、みずから行動に出た。米国で築いた人脈をフルに使い、新太郎とともに社有ヘリコプターで東京は赤坂の米国大使館に乗り込み、駐日大使との直接会談を実現。念には念を、とばかりに米通商代表部の有力ＯＢと連絡を取り合い、大統領とのホットラインも活用して、制裁回避のシナリオを描くことに成功した。

与えられたさまざまな難題をクリアし、これまでの不運を挽回するように出世街道を駆け昇ったが、すんなりと社長になったわけではない。新太郎のあとを継いだ実弟の芳夫《よしお》が持病の高血圧症を悪化させ、わずか二年あまりで退任。急遽、ピンチヒッターとして抜擢されたのである。

運がいい、とつくづく思う。もっとも、いざ社長になってみれば見える風景がまったく違う。外から見ると不沈空母のごときトヨトミ自動車も、実際は内部崩壊寸前だった。

その最たる例が国内販売だ。トヨトミが主力とするセダンに魅力的な商品が現れないまま、国内シェ

アは下降し、トヨトミブランドの生命線であるシェア四〇パーセントを割る月が続いている。中国をはじめとする海外進出も鈍い。

ところが社内に危機感は皆無。みな深刻な大企業病に冒され、トヨトミが経営危機に陥ることなど未来永劫あり得ない、と楽観しきっている。幹部連中でさえそうだ。しかし、世の中に絶対はない。ベルリンの壁が崩壊し、世界を米国と分け合った社会主義国家・ソビエト連邦が消滅したのだ。一民間企業の運命など、ちょっとしたボタンの掛け違いで暗転してしまう。

眼前に広がる茨《いばら》の道に、正直立ち竦《すく》んでしまうときもある。が、迷っている暇はない。もう六十三歳。若くない。毎日が時間との勝負だ。


古民家の薄暗い玄関をくぐり、外に出る。広々としたアプローチに役員用のクルマがずらりと控える。男性秘書が駆け寄ってくる。長身にがっちりした体軀の九鬼辰彦《たつひこ》、三十七歳。役職、係長。豊臣商事専務、九鬼辰三の長男である。

陽光を浴びて光るクルマの群れの向こう、鉄の門扉の前に新聞記者たちの姿がある。業界紙から地元紙、全国紙まで、二十人近くいるだろう。みな、コメントを取ろうと必死だ。

「社長は豊臣家の大番頭ですからな」

隣に立つ御子柴が感に堪えぬように言う。

「大番頭率いる我ら手代《てだい》、丁稚《でっち》どもが当主にどのような言葉をかけられたのか、興味津々なのでしょう」

御子柴、とあごをしゃくる。

「あの記者連中のなかに〝身内〟がいるだろう」

はい、と筆頭副社長は得心顔で返す。

「おりますよ。わたしがお膳立てして取り込んだ〝身内〟が」

「おれのとこへ来るよう言っとけ。一対一の単独取材だ。ただし、カメラマンはなし」

御子柴が丸顔をこわばらせる。

「いつ、でしょう」

「一時間と十五分後だ。事前にそいつのプロフィールも欲しい」

社長っ、と切迫した声が飛ぶ。背後に控える九鬼辰彦だ。手帳片手に早口で告げる。

「その時間は名古屋商工会議所会頭との面談が入っております」

トラブルシューターとして酸いも甘いも嚙み分けた父親と違い、じつに生真面目だ。優秀だが、融通が利かない。親父の半分でも人間が練れてくれれば、と思いながら返す。

「キャンセルだ」

「ひと月前よりお約束です」

「すっとばせ。おれが許す」

それだけ言うと返事も待たずにクルマに乗り込む。社長専用車の『キング』。トヨトミの最高級車だ。直立不動の御子柴と役員数人に見送られて出発する。鉄門を出るや記者がわらわらと駆け寄ってくる。武田は黙殺し、振り切れ、とひと言。助手席の九鬼がうなずき、運転手はクラクションを鳴らしてアクセルを踏む。

トヨトミの本社まで十分足らず。武田は葉巻に火をつけ、シートに放っておいた読みかけの単行本を取り上げる。世界中でベストセラーになった『ソフィーの世界』。子どもでも読める哲学ファンタジーだ。難解で複雑な哲学史を小説仕立てで上手く書いてある。あなたはだれ？　世界はどこからきた？

か。

武田は暇があると本を読む。読書と人生は切っても切れない。古典、現代文学から歴史書、学術書、ミステリーまで、あらゆる分野の本を乱読してきた。ビジネスマンたるもの、司馬遼太郎、城山三郎だけではつまらない。武田の好奇心、知識欲には際限がなかった。

黒澤映画にもなった富田常雄《とみたつねお》の小説『姿三四郎』に感化され、中学、高校、大学と柔道にのめり込んだだけに格闘技も好きだ。夜中、自宅でひとり、酒を飲みながら録画していたK－1や総合格闘技の試合を観戦することもある。小柄ながら不屈の闘志で化け物のようなヘビー級ファイターと渡り合う元空手家、アンディ・フグが気に入っている。若ければ自分もリングに登りたいところだ。

役員になって間もないころ、欧米への出張の際は可能な限り現地の柔道場を訪ね、稽古を所望した。二メートルを超える巨漢と真っ向から組み合い、得意の払い腰で投げ飛ばし、拍手喝采を浴びたこともある。欧米の連中はわかりやすい。力ある者を無条件で、ボス、ビッグボス、と称賛する。まして神秘的な日本武道ならなおさらだ。仕事への恩恵は計りしれない。

大学時代は東京・水道橋の講道館にも出向き、国士舘大や拓大の荒っぽい連中とケンカのような乱取りもやった。完敗した記憶はない。

当時の自分なら総合格闘技でもけっこういい勝負ができると思う。こんなこと、財閥出のお上品な会長夫人の前では口が裂けても言えないが。

約束の時間八分前に安本明《やすもとあきら》は豊臣市のトヨトミ自動車本社ビル四階の社長室に入る。手前に秘書室があり、女性三人、男性ふたりが控えている。

若い女性秘書に迎えられ、奥に進む。クラシック音楽が流れる控え室のソファに座って待つ。

安本明、三十一歳。日本商工新聞名古屋支社トヨトミ自動車担当。東京の本社から名古屋支社に異動になったのが一年と半年前。はじめての新社長単独取材だ。しかも今日の今日で武田直々の指名だという。ふつうはあり得ない。心臓がドキドキする。

一般紙なら政治部、社会部、国際部が出世コースだが、経済専門紙である『日本商工新聞』（通称・日商）は産業部が主流。なかでも日本一の大企業、トヨトミ自動車の本社担当班は出世コースの筆頭である。ちなみに担当班のスタッフは四人。キャップの下に〝兵隊〟と呼ばれるヒラ三人。

最年少の安本は、いわば雑巾がけの使い走り役であり、日常の仕事は資料収集と関係者への夜回り、トヨトミ本社広報部との折衝、ネタの周辺取材、といったところか。社長以下幹部への単独インタビューは通常、キャップの仕事である。

トヨトミ自動車の取材は気を遣う。マスコミにとって最大の広告主だけに、機嫌を損ねてはならない。臍《へそ》をまげられでもしたら社の存亡にかかわる。そこで各社とも日頃から良好な関係を取り結ぶべく策を弄することになる。その最大の策が特集記事である。

日商に限らず、新聞、経済誌は定期的に、自主的に、トヨトミの特集を組む。愚にもつかぬヨイショ記事を満載した特集で、読まされるほうはたまったものではないが、これがトヨトミへの忠誠の証《あかし》となる。

もっとも武田は批判精神ゼロのヨイショ記事にまったく興味がないようで、インタビューは出たがりの役員連中に任せたまま、本人はほとんど出てこない。

それだけに、武田直々の指名取材は貴重だ。安本は己の幸運に感謝した。降って湧いたこの奇跡のようなチャンスをモノにし、さらなるステップアップに繋げねば、と気合が入る。

武田は最高の取材対象だ。お公家《くげ》集団といわれるトヨトミ自動車では珍しい、野武士型の傑物だ。フイリピン左遷から這い上がり、トップまで昇り詰めた驚異の出世譚《しゅっせたん》も異質なら、社長就任の記者会見も異質だった。

会見場はトヨトミ自動車名古屋ビル。質素で有名なこの四階建ての本社ビルとおっつかっつの佇《たたず》まいで、高さこそ十階だが、焦げ茶の薄汚れた築三十五年のビルである。

記者会見の冒頭、自工・自販の合併以来はじめて、豊臣家以外からトップが出る意味を問われると、武田は会見場をぎっしり埋めた記者連中を見据え、こう言い放った。

「時代の流れでしょう。わたし自身、豊臣家は創業家だから尊重するが、人事は公平。このグローバルの時代、血縁に頼っていては衰退するばかり。実力ある者を正しく評価し、しかるべき地位に登用していきます」

強烈な創業家の否定に、居並ぶトヨトミの幹部連中は真っ青になった。ざわつく会見場を見渡し、怖いもの知らずの野武士はさらに強烈な言葉を繰り出した。

「わがトヨトミ自動車はいま、正念場を迎えています。安定と成長の時期が終わり、底無しの衰退期に入ったと言わざるを得ません」

記者の間からどよめきが上がった。実際、業績には陰りが見えていた。トヨトミの主力であるセダンの市場は最近流行のRV車（多目的レジャー用車）に猛烈な勢いで侵食され、国内販売は単月でシェア四〇パーセント割れが続いている。〝四〇パーセントを死守せよ、さもなくば日本全体の雇用に悪影響が生じ、企業の求心力にも陰りが出てしまう〟が共通認識のトヨトミだけにコトは深刻だ。巻き返そうにも、RV車ではヒット商品を生み出せないまま、他社の後塵を拝するばかり。

さらにお隣の中国である。

事実上の自由主義経済に舵《かじ》を切った王沢心《おうたくしん》政権は、市場開放を推し進めており、黄金のバスに乗り遅れるな、とばかりに内外のメーカーが続々と参入。今後の成長は測りしれない。しかし、トヨトミは慎重な社風が災いしてか、明確な戦略を打ち出せないままだ。

つまり、トヨトミは国内海外双方の市場で減速しつつある。新社長はシビアな現実を直視し、旧体制のトヨトミに引導を渡すがごとく、高らかに宣言した。

「トヨトミの敵はトヨトミです。わたしが社長に就任する以上、お公家集団のぬるま湯は許しません。社員諸君はなにも変えないことがもっとも悪いと気づいてほしい。現状維持はイコール堕落です。改革に意欲のない頑迷固陋《がんめいころう》な守旧派はせめて仲間の足を引っ張らないよう、邪魔をしないでいただきたい」

さらに国内シェア四〇パーセントの重要性にも鋭く斬り込んだ。

「日本のメーカーである以上、国内シェアは非常に大事。四〇パーセントを割るか割らないかでは天と地の違いがあります。四〇パーセントの必然性を問われれば、単なる象徴的な数字かもしれない。しかし、経営には明確な目標が必要です。諦めてしまった時点で企業の衰退が始まります。社員諸君は歯を喰いしばり、石に齧《かじ》りついてでも死守してもらいたい。それができないようではトヨトミの未来はありません」

なにか文句があるのか、とばかりにあごを上げ、記者会見場を睥睨《へいげい》する武田に海千山千の記者連中も圧倒され、その後は紋切り型の質問しか出なかったと記憶している。

武田の社長就任後、大学時代の柔道部仲間数人に取材したことがある。すると若き日の意外な姿が見えてきた。曰く、「厳しい稽古の後、ひとり静かにマルクス経済学の専門書を開く姿が忘れがたい。どこか虚無感を漂わせた眠狂四郎《ねむりきょうしろう》のような男だった」「怖い先輩にも平気で意見する鼻っ柱の強い面はあったが、根は穏やかで誠実。特段の統率力や周囲を圧する迫力は感じなかった」「フェアで気さく。ひと付き合いはいいが、徒党は組まない」「無駄口を叩かない寡黙な男。トヨトミ自動車のトップとして苛烈な言葉を放ち、堂々と振る舞う姿はまるで別人」。

学生時代の武田に、後の強烈なリーダーシップに繋がるようなエピソードはない。一方、フィリピン時代のこんな話もある。大手銀行勤務の後輩がマニラ駐在となり、武田に「東商大学のマニラ会を結成しましょう」と持ちかけたところ、一喝。

「そんな暇があるならひとりでも多くのフィリピン人と知り合いになれ、汗をかいて走り回れっ、シシグを肴《さかな》にサンミゲルを飲みまくってマニラの裏の裏まで知り尽くせっ」

シシグは豚肉とニンニク、唐辛子の炒め物で、サンミゲルはフィリピンの有名なビール。ともに武田のお気に入りである。

実際、マニラ時代の武田には悲愴感など微塵《みじん》もなく、「左遷されたなどとは思っていない。むしろチャンスをもらったと感謝している」「日本ではただの兵隊でも、マニラなら大将だ。偉い人間ともさしで会える。こんな経験はほかではできない」とつねに明るく、前向きに、フィリピンの人々と酒を酌み交わし、政府高官・財界人から軍人、町の工場主、商店主、裏社会の顔役まで、ありとあらゆる分野に人脈を築いたとか。

武田は日本人にありがちなアジア人への差別意識を嫌い、社長就任直後の雑誌インタビューではマニラ時代を回想してこう語っている。

〈マニラの人々のことを、愛想笑いを浮かべた情けない貧乏人とか、労働意欲が乏しい怠け者と非難する日本人がいます。しかし、日本も戦後の貧しい時代、ＧＨＱにペコペコしていたでしょう。エアコンのなかった夏は暑くて生産性はガタガタになったものです。会社でステテコ姿になって団扇《うちわ》片手にぼーっとしている連中は山ほどいましたよ。あれと同じ状態がマニラは一年中続くわけです。帰宅しても家は狭くて暑いし、子供も多いから雑魚寝《ざこね》です。満足に寝られるわけがない。一方、日本人はエアコンのきいたオフィスから指示を飛ばして、自宅はメイド付きの豪邸とか高級マンションです。それで現地のひとを小バカにして、仕事をしない、すぐサボる、と決めつけるのはおかしいでしょう。わたしは視野の狭い差別意識が大嫌いなんです〉

マニラで武田と出会い、その能力と胆力、懐の深さ、底知れぬスケールに驚嘆した豊臣新太郎は日本に帰るなり、まわりをどやしつけたという。

「なぜあんな優秀なやつがマニラにいるんだ、おまえらの目は節穴か、いますぐ連れ戻せっ」

ますます興味をそそられた。

社長室のドアが開く。湿った熱気とともにスーツ姿の男たちが出てくる。名古屋市長と地元選出の国会議員、その取り巻き連中だ。みな、へこへこと米つきバッタのように頭を下げながら退出していく。

「安本さん、どうぞ」

女性秘書が案内してくれる。安本は立ち上がり、臍下丹田《せいかたんでん》に力を入れ、足を進める。履き古した革靴がフローリングの床を踏む。広さ二十畳程度の、大トヨトミのトップにしては質素な部屋だ。

以前、日本を代表する重工メーカーの社長室を訪ねたことがあるが、広さはバスケットコートくらいあり、床はふかふかの絨毯。恐る恐る歩くと革靴が埋まって足首をくじきそうだった。二畳はありそうなヨーロピアン・ウォールナットの執務机は鏡面のように滑らかで、翡翠《ひすい》の原石から削り出した虎の置物と、両腕でも抱えきれない巨大な地球儀が鎮座していた。部屋の中央に置かれた黒曜石のテーブルと、それを囲むL字型のアイボリーソファ。優に二十人くらいの会議が開けそうなソファセットに圧倒され、次いで無駄なスペースに呆れた。

「いらっしゃい」

古びたデスクから武田が立ち上がり、両腕を広げて迎えてくれた。一、二……四歩でもう目の前だ。

部屋が狭いからか、大柄な身体がいちだんと大きく見える。輝くばかりの笑顔に面くらい、へどもどしていると、美人のおくさんは元気かね、と訊いてきた。首から上が炙《あぶ》られたように熱くなる。

「きみのおくさん、うちの秘書室のひとだろ。御子柴が紹介したんだって」

さあさあ、とすすめられるままデスクの横にある五人掛けのソファに腰を下ろす。バネがギイと鳴る。一枚板のテーブルを挟んで向き合う。

「結婚して七ヵ月かい。いちばん幸せなころだ」

全部、承知しているようだ。ご指名の理由がわかった気がする。一年あまり前、生産管理担当専務の御子柴から会食に誘われ、指定のフレンチレストランに出向くと、秘書室の女性もいた。牧村沙紀《まきむらさき》。色白の細面の清楚な美女で、安本より四歳下。ど真ん中の好みだった。付き合い、結婚を決めるまで二ヵ月。いまにして思えば、御子柴が仕組んだ見合いだった。

キャップと産業部デスクは大喜びで万歳三唱、仲人は喜色満面の支社長が務めてくれた。さすがに名古屋式の盛大な結婚式は断り、安本の生まれ故郷の東京都八王子市でつつましく執り行ったが、主賓は御子柴専務。沙紀の家族親戚友人もトヨトミ関係者ばかり。トヨトミ自動車からは総務の社員が数名、式の手伝いにかけつけ、花輪も祝電も山と届いた。

沙紀は結婚と同時にトヨトミを退社。それでも日本商工新聞名古屋支社とトヨトミの関係は上々で、広報部も優先してニュースを流してくれる。安本の結婚以来、記事で他社に抜かれたことはない。

もっとも、安本自身は公とプライベートはきっちり分けてきた。新聞記者たるもの、取り込まれてはならない、と今日まで己に言い聞かせてもきたが――。

秘書が紅茶を運んでくる。武田の紅茶好きは有名で、取引先からはしょっちゅう、高級な紅茶セットが贈られてくるという。武田はその武骨な風体に似合わぬ優雅な動作でティーカップをかたむけ、ひと口飲む。そしてカップをソーサーに戻し、正面から見据えてくる。

「安本くん、きみは身内も同然だ」

新社長の重々しい言葉に身がまえる。

「だからリラックスしてわたしの独り言を聞いてくれ」

息を殺して聞き入る。武田はあごをしごき、遠くに目をやる。

「最近は『ダイエン工業』が面白いな」

自動車メーカー、ダイエン工業。旧社名、大阪エンジン工業。昭和初期、オート三輪の量産化に乗り出した、日本で最も古い歴史を誇る自動車メーカーである。小型車にめっぽう強く、かつてはトヨトミ以上の名門企業であった。しかし、セダン型隆盛の流れに乗り切れず、一時業績が低迷。一九六五年にトヨトミと業務提携し、今日に至る。

「じつに面白い」

愉快そうに目を細める。

「うちが株の過半を取得することになったようだし」

ガラガラとなにかが崩れる音がした。新聞記者たるもの取り込まれてはならない——。バカな。記者はスクープをとってナンボだ。震える手でショルダーバッグからメモ帳を取り出そうとして、やめた。武田はメモ、録音を極端に嫌う。他社の記者のケースだが、インタビューの席でメモ帳を開いたとたん、武田は、終わりっ、と立ち上がり、さっさと退席したという。そっとメモ帳を戻し、集中して耳を澄ます。

「たしか東京の『立川《たちかわ》自動車』も、だ」

トラック、バスを手掛ける、世界的な商用車メーカーで、ダイエン同様、業務提携を結んでいる。安本はささくれた唇を舐めて訊く。

「つまり、二社を子会社にする、と」

武田は質問を黙殺し、勝手に喋る。

「正式発表は四日後になるようだね」

かっと全身が熱くなる。深みのあるバリトンが響き渡る。

「わがトヨトミは攻めに出るんだろう。ダイエンと立川を傘下におさめ、より強力な布陣で世界と渡り合う。いずれはUSモーターズやウォード、ドイツのドイチェファーレン（DF）を射程に収めるつもりじゃないかな」

「投資額が気になります」

武田は虚空を見すえ、ぼそりと言う。

「概算で八百億円程度、か」

スクープだ。武田体制は、石橋を叩いてなお考える、と言われた従来の地味で慎重なトヨトミを根こそぎ変えようとしている。凄いことになるぞ。

「以上、年寄りの独り言、終わり」

目尻にシワを刻む。怒ると虎のように怖いが、笑うとなんとも無防備な表情になる。このコントラストも武田の魅力だろう。

「なぜ、わたしに」

決まってるじゃないか、と力みのない口調でこたえる。

「身内だし——」

安本の顔をじっとのぞき込んでくる。

「なにより日商新聞のブランドは抜群だ。新聞業界のトヨトミみたいなもんだ」

なんと応じていいのかわからない。武田は屈託なく語る。

「こと産業界に限っていえば朝日、読売より日商だ。注目度、影響力が違うなあ」

安本は香り高い紅茶で渇いた喉を潤し、声を潜めて告げる。

「明日の朝刊で打ちます」

「あとはまかせる。上手く書いてくれよ」

武田は大きく息を吐き、ソファにもたれ、右手でこめかみを揉む。疲労がにじむ。巨体もひとまわり縮んだような。

「お疲れですか」

「さすがにね」

社長に就任して三ヵ月。各所への挨拶、海外出張等をこなしながら、極秘裏に、自動車メーカー二社の子会社化を実現したのだ。疲労はピークのはず。

「あと十年、若ければね」

そういえば社長就任記者会見でも同じフレーズを聞いた。

――トヨトミの社長は、精神的にも肉体的にもきつい。あと十年若ければ、喜んで引き受けたのですが――

六十三歳の武田は悲愴な覚悟を漲《みなぎ》らせ、老体に鞭打って頑張るしかない、やるからには日本経済のためにも全力を尽くす、と明言した。

目の前の新社長は薄い笑みを浮かべて言う。

「社長業がこんなに厳しいものとは思わなかったよ」

「日本一の大企業ですからね」

豊臣家からのプレッシャーもあるだろうし、との言葉をかろうじて呑み込んだ。武田の後ろ盾は現会長の豊臣新太郎である。実弟芳夫の悲劇の降板という緊急事態に直面した新太郎は愛弟子の武田に頭を下げ、トヨトミの命運を託したのだという。豊臣家からは傲岸不遜な野武士、武田剛平を警戒する声もあったというが、すべての雑音を封じたのが新太郎だ。

「正直、しんどいよ」

武田は別人のように気弱なトーンで言う。

「そろそろ医者に診てもらわなきゃな」

「人間ドックとか？」

ほおをゆるめ、さすがは記者だ、と片眼を瞑《つぶ》る。

「きみの取材が終われば『トヨトミ病院』へ直行だ」

トヨトミ病院はグループ内の総合病院で、百床のベッドと各種リハビリ機器を備えている。ちなみに豊臣市内には託児施設から幼稚園、小中学校、工業高校、工業大学、結婚式場、スーパーマーケット、ホテル、老人ホーム、葬儀場、墓地まで、トヨトミの名が付いたありとあらゆる施設が存在する。ゆりかごから墓場まで、を地でいく圧倒的な企業城下町である。

「一泊二日の検査漬けらしい」

いいタイミングだと思う。

「安本くん、内緒だよ」

武田は声を潜める。

「経営者の健康問題はトップシークレットだ。単なる人間ドックを重病と誤解されては泣くに泣けない。株価の下落で莫大な損害を被《こうむ》ってしまう」

トヨトミグループのスケール、世界経済への影響力を考えれば、ひとつの誤報が数百億円の損失に繋がることもあり得る。

「わかりました」

安本は労いの意味も込めて頭を下げる。トヨトミのトップ。世界二十万人の社員を束ねる総帥。日本の総理が頭を下げ、主要国のトップがこぞって面会を求めるという、その重圧と責任はいかばかりのものか、一新聞記者の自分には想像もつかない。

「十分なチェックを受けてください。いま、武田さんに倒れられては大変です。トヨトミも、日本経済も」

大げさでなく、トヨトミが傾けば日本経済も傾く。心から健康を願った。

「ありがとう、老体に鞭打って頑張るよ」

武田は柔らかな笑みを浮かべる。

「社長を拝命したのも運命だ。やるだけやってみるさ」

よっこらせ、と腰を上げ、右手を差し出してくる。安本は慌てて握る。温かでがっちりとした、すべてを包み込むような大きな手だ。

「今後ともよろしく頼むよ」

胸が熱くなる。

「こちらこそ」

高揚感と充実感に包まれ、安本は社長室を出た。迎えた女性秘書に確認してみる。

「武田社長、これから人間ドックですね」

ノーコメントで通すかと思いきや、あっさり認める。

「やっと検査が実現して、秘書室もほっとしています。社長は忙しすぎましたから」

無防備な笑いを向けてくる。見覚えのある笑顔だ。たしか結婚式にも出席していたはず。沙紀と同じ秘書室だから当然か。つまり、身内に隠す事柄ではない、と。複雑なものが胸を焦がす。が、編集部に電話を入れ、デスクの喜びの雄叫《おたけ》びを聞いた瞬間、抑えていたスクープの喜びが爆発した。記者人生初の朝刊一面だ。

第三章　北京の怪人

午後三時。武田は社長専用車でトヨトミ病院の正面玄関に乗り付け、男性秘書二名とともにエレベーターで八階へ。VIP専用入院フロアの通路を歩き、一般人オフリミットの検査ルームを抜け、病院スタッフ専用のエレベーターで地下まで降りる。駐車場隅に待機していたワゴンに乗り込むと、そのまま名古屋空港、通称小牧空港へ。

カナダ・ボンバルディア社製の社有ジェット機に乗り込み、秋の茜色の夕空へと駆け上がる。沈みゆく太陽を追うようにしてジェット機は飛ぶ。中国北京《ペキン》まで約三時間半。

武田はベンゾジアゼピン系の睡眠薬ハルシオンを服用してアイマスクを着用する。シートを倒し、機内を暗くして睡眠をとる。ハルシオンは海外出張の必需品だ。処方医は依存性を注意したが、もうこれがないと身体がもたない。因果な商売とつくづく思いながら、鉛色の眠りの底へと落ちていく。

北京市の中心部、朝陽区《ちょうようく》。現地時間午後八時。気温六度。名古屋より十度近く低い。オレンジの街灯の下、石畳の歩道を歩く人々はコートやダウン姿がほとんどだ。

アジア競技大会（一九九〇年）用に建設された壮麗な国家オリンピックスポーツセンター近く。銀杏《いちょう》並木が美しい大通りに面した三階建ての重厚なビルは、今夜も光に包まれている。観音開きのドアに《国家特級酒家》、いわゆる国家認定五つ星レストランの証明パネルを誇らしく掲げた、北京でも有数の高級中華料理店である。

黄金色のシャンデリアが輝く広々とした一階フロアには丸テーブルがずらりと並び、スーツやカクテルドレスの中国人に交じって、欧米人の姿も多い。そこここで唐突に噴き上がる哄笑と拍手。酔漢の喚き声と女の嬌声、飛び交うボーイの甲高い声。極彩色のノイズがうねるなか、チャイナドレス姿の女性楽団が奏でる胡弓の音がたおやかに漂う。

二階は別世界のように静かだ。政府高官と外国の要人が使うVIPフロアで、個室が五つほど。その一室で武田は気のおけない会食を愉《たの》しんでいた。

北京ダックにフカヒレの姿煮、燕の巣のスープ、干しアワビ……豪華な大皿がずらりと並ぶ朱塗りの丸テーブルの向こう、男はショットグラスに注いだ白酒《パイチュウ》を豪快にあおり、料理を食らう。恰幅のいい身体にゴマ塩の丸刈り頭、四角い顔、海老茶のダブルスーツと黄金色の蝶ネクタイ。売れない漫才師のような恰好《かっこう》だが、れっきとした『中国トヨトミ』の総支配人である。八田高雄《はったたかお》、五十七歳。中国名、李《り》高春《こうしゅん》。

「武田さんが社長になって嬉しいよ」

脂ぎった赤ら顔をほころばせる。

「大人《たいじん》の風格だもの。トヨトミでは唯一無二の変人だ」

おまえもな、と笑い、武田はショットグラスの白酒を干す。強烈なアルコールが火の球となって喉を下り、胃袋で爆発する。身体の芯から熱が放射し、涙が滲んだ。アルコール度数五十度を超える蒸留酒はウォッカ並みに強烈だ。利《き》くなあ、とうなり、思わず顔をしかめる。八田が金歯を剥いて両手を叩き、呵々大笑する。

八田の人生は数奇だ。日中戦争の最中《さなか》、中国東北部にあった満州国の首都、新京《しんきょう》（現・長春）郊外で生まれるが、七歳で終戦。当時、父親は自動車修理工場を経営し、自宅にはメイドが幾人もいる裕福な生活を送っていたというが、終戦ですべて雲散霧消した。

父親と幼い妹は逃亡の途中、匪賊《ひぞく》に殺され、母親も難民収容施設で病死。天涯孤独の身となった八田は中国人の農家に拾われ、辛くも生き延びている。中国人、李高春として育った八田少年は学業、スポーツともに優秀で、近隣では目立った存在だったという。その一方、日本人として酷《ひど》く差別され、日本鬼子《リーベングイズ》と罵《ののし》られ、理不尽な暴力を受けることもあったらしい。将来を危ぶんだ養父母の勧めで工業大学に進み、卒業後、国有農機具製造工場のエンジニアとして身を立てている。

いつかは祖国日本へ、と願い、密かに日本語の勉強を続けてきた八田に転機が訪れる。一九七一年、文化大革命の最中、日本からトヨトミグループの代表団が訪中。三十三歳の八田はあらゆる手を尽くしてその案内係に採用され、行動を共にする。新京で自動車修理工場を経営していた実家と残留孤児となった己の境遇。悲惨な身の上話にトヨトミ自工の幹部がいたく同情し、以後後見人となってくれた。

翌七二年の日中国交正常化後、八田は中国政府の自動車工業視察団とともに来日。トヨトミ幹部の尽力もあり、日本人、八田高雄の戸籍を取り戻した。その後、幹部の推薦でトヨトミ自動車の社員となり、中国、香港《ホンコン》地区の営業を担当。同時に『中国トヨトミ』の設立にも尽力し、九〇年より総支配人として中国各地のディーラーとの契約と管理業務を一手に握っている。

「武田さんも運がいいよな」

「おまえには負ける」

ぐしし、と八田は笑う。金歯がぎらりと光る。

「たしかにね」

濁った目が遠くを見つめる。

「優しい養父母でよかったよ。奴隷のようにこき使われ、死んでいった日本人の子どもがたくさんいたからね。虐待に強姦、餓死、人身売買。信じられない悲劇を山ほど見てきたよ」

八田は戸籍上は日本人になっても、中国を離れようとしない。田舎の養父母に孝行を尽くし、年老いてからは北京に引き取り、外資系の大病院で看取っている。最近、村に「日本孤児感謝之塔」を建て、養父母の遺志による奨学金制度を設け、村人に大いに感謝されたという。

「ぼくらは日本国から捨てられた棄民《きみん》だからね。頼りの関東軍はさっさと逃げてしまうし、敗戦国日本はGHQのご機嫌をうかがうばかりで大陸に残された貧しい日本人のことなど知らんぷりだ。もう生きているだけで御の字さ」

朗らかな声音が胸に痛い。

「ぼくは人間の器が小さいからこの程度で十分。なあ」

傍らの若い女性を抱き寄せる。秘書という名の愛人。白いブラウスに紺のスカートというシンプルな恰好ながらスタイル抜群だ。モデルでもやっていたのだろう。

八田は独身だ。連れている女は毎回、変わる。来日した際も娘のような年齢の美人をパーティはもちろん、重要な会議にも同行させる。いちおう〝秘書〟だから文句も言えない。

女は八田の膝に乗り、ほぐしたカニの身を、あーん、と口元へ持っていく。八田はとろけそうな笑顔で貪《むさぼ》り食うと尻を叩き、中国語で外で控えるよう命じる。女は腰をくねらせ、バーイ、と手を振りながら出ていく。

「武田さん、あなたの無欲の勝利だよ」

ショットグラスを掲げ、白酒を喉に放り込むようにしてあおる。濡れた唇を掌《てのひら》で拭《ぬぐ》い、武田を値踏みするように凝視する。日本人の幹部で武田を真正面から見つめる人間はそうはいない。決死の覚悟でいさめるときの御子柴くらいか。

八田はすべてに日本人離れしている。噂では中国各地のディーラーにトヨトミ代理店の権利を与えるかわりにリベートを要求し、その総額は日本円で十億とも二十億ともいわれる。中国では燃費がよく故障の少ないトヨトミ車は大人気だ。現物さえあれば買い手はいくらでも付く。ディーラーは巨額のリベートを払っても十分にペイするのだろう。

たとえ不正蓄財が事実でも武田はまったく気にしない。八田は名刺一枚でどこへでも入っていける。黒幇《ヘイバン》と呼ばれるチャイニーズマフィアのアジトから、中国共産党の総本山、中南海《ちゅうなんかい》までＯＫだ。

中国は共産党の国家である。経済システムは市場経済への移行段階にあり、金融・為替政策、外資導入などは党中央が最終的な判断を下す。それは地方政府においても同様で、主要なビジネスはすべて共産党の管轄下にある。その意思決定に際しての情報収集および人脈形成は日本人には想像もできないほどの重みを持つ。それゆえ、中国全土に張り巡らせた八田のパイプは今後のトヨトミのビジネスに測りしれない恩恵をもたらしてくれるはず。

「武田さんは日本人じゃなくてユダヤ人だね」

ストレートな物言いも日本人離れしている。

「カネの力を知り尽くしているもの」

「そうかね」

首をかしげ、武田はフカヒレを食べる。

「おれは豊臣家のしがない雇われ人だよ。安月給でこき使われる哀れな番頭さんだ」

この男を前にすると肩肘を張らなくて済む。おそらく、人間として同類なのだろう。

「そんな可愛いタマじゃないよ」

八田は指を振る。

「あなたの根っ子は、生まれ故郷なのかな。北九州の」

武田は思わず顔をゆがめた。苦い記憶が甦る。故郷、筑豊《ちくほう》だ。武田の実家は炭鉱を経営しており、明治、大正、昭和と栄華を誇った。しかし、一九五〇年代後半から本格化したエネルギー革命の暴風で一転、斜陽に。エネルギーの主役は石炭から石油に代わり、三井、三菱、住友、古河といった大財閥経営の炭鉱も傾いた。個人経営の炭鉱などひとたまりもなく、武田が社会人になって三年後、閉山した。

少年時代、武田は五十畳の大広間を持つお城のような屋敷に住み、使用人が何人もいる豊かな生活を送っている。終戦を十二歳で迎えたが、日本全土を覆った戦後の貧困もまったくの他人事《ひとごと》で、毎日白いご飯と肉魚をふんだんに食い、ふかふかの絹の布団にくるまって寝た。街では炭鉱のお坊ちゃまとして下にもおかぬ扱いだった。

しかし、武田が大学を卒業するころ、暴力的なエネルギー革命は九州の片田舎の小さな炭鉱を直撃。羽振りがよかった父は地獄へと突き落とされた。給料遅配で怒り狂う炭鉱労働者たちに吊るし上げられ、労働争議でもみくちゃにされ、非情な債鬼《さいき》に追われる身となった。

武田は世の無常とカネの怖さを骨の髄まで思い知った。

「トヨトミに就職したのはそのせいかな」

八田が興味津々の表情で問う。

「頭脳明晰な武田さんのことだ。これからは石炭ではなく石油の時代、クルマの時代、と踏んだのかね」

ばかな、と言下に否定する。

「学問より柔道のおれがそんな先まで考えるか。特別な才能のない人間は潔く勤め人になるしかないんだよ。圧倒的な強者に仕《つか》えて禄《ろく》を食《は》む。いつの時代も変わらぬ人間社会のルールだ」

じゃあ武田さん、と片肘をテーブルにつき、上半身を乗り出す。眼がオイルを垂らしたように輝く。

「それともフィリピンかな。左遷されたと噂の」

武田はしばし沈思した後、かもしれん、とぼそりと言う。

「おれはマニラでとことん鍛えられた。裏切りや騙し打ちも山ほど経験したよ」

マニラの蒸し暑い、ねっとりした夜が甦る。眠れぬ夜をいくつすごしたことか。

武田が自販本社から命じられた仕事は借金の取り立てである。相手は有名な政商、ホセ・エミリオ。銀行から航空会社、鉱山、デパートまで、百近い企業を束ねる大財閥のドンで、資産は日本円で一千億円以上といわれた。独裁者フェルナンド・マルノスとその妻、エメラルダに莫大な献金を行い、あらゆる国家利権を手中に収め、側近として振る舞うことを許された、ケタ外れの悪党である。

トヨトミとの関係も深く、当時、ホセはトヨトミ車の組み立てと販売を独占する『マニラモーター』の代表だった。ところがホセはマルノスの威光を背に、収益をすべて親族企業とマラカニアン宮殿に流して涼しい顔。トヨトミへ支払うべき部品代等を踏み倒し続け、延滞金の総額は二十億円にのぼった。

勇躍、ホセとの初交渉に臨んだ武田だが、マニラ流の荒っぽいもてなしに度肝を抜かれた。他愛もない雑談の後、武田が延滞金の話を切り出すと、ホセは柔らかな笑みを浮かべたまま、懐から回転式の拳銃を抜き出し、デスクに置いたのである。笑みは殺気を帯びた冷笑に変わっていた。

これ以上うるさく言うと殺すぞ、とのサインである。武田の負けじ魂に火がついた。理はどう考えてもこっちにある。日本人を舐めるな、とばかりにさっそく実力行使に出た。

自販マニラ駐在所に戻るや、トヨトミからの資金援助をストップ。マニラモーターの利益をすべて管理下においた。激怒したホセは電話で怒鳴りまくった。しかし、武田はいっさい妥協せず、逆に返済を迫った。

怒り心頭に発したホセは手荒い部下を差し向け、露骨な威《おど》しをかけたこともある。武田は「正当な利益を得られなくてはビジネスとはいえない」と一蹴し、逆にホセに返済を迫り続けた。その一方、強硬姿勢の裏でトヨトミ自販本社の決裁を得ず、運転資金を回してやったこともあった。硬軟を使い分けるしたたかさが武田流ビジネスの極意である。

ほかにも政府関係者や税務当局との折衝のなかで、当時は必要とあらばワイロをばら撒いた。もっとも、一介のサラリーマンである武田に余分なキャッシュがあろうはずもない。裏金である。

会社の表の帳簿にはけっして載せられない、裏金作りの手法はこうだ。まず因果を含めた画商から二束三文の絵画を、自販の経費で購入。非合法の裏金作りゆえ、実際の価格とはかけ離れた額（仮に一千万円とする）での購入である。数日後、絵画を画商にキャッシュで買い取らせる。つまり、自販の経費で一千万円の絵画を購入し、これをキャッシュ七百万円で元の画商に別名儀で買い取らせれば、武田の手元に丸々七百万円の裏金が残り、画商も差し引き三百万円の儲けとなる。

絵画売買で得た裏金をせっせと蓄え、ワイロとして派手にばら撒いた武田はフィリピンの政財界にがっちり食い込み、大きなビジネスを次々に成功させた。この大胆な裏金作りをお膳立てしたのは、グループ会社『豊臣商事』のトラブルシューター、九鬼辰三である。九鬼にはいくら感謝してもしきれない。息子、辰彦のトヨトミ自動車入社と社長秘書への抜擢など、安いものである。

ホセはビジネスの勘どころでワイロを湯水のごとく使う武田を「おまえはおれの知っている日本人じゃない、フィリピンのサムライギャングだ」と、悪党政商流の褒め言葉で称え、以後肝胆相照らす仲となった。延滞金も二年で無事回収。そのころホセから、マルノスとエメラルダを紹介してやってもいい、ともったいぶって言われた。武田が、もう三回会った、と返すと唖然としていた。武田は自前の人脈とワイロでマラカニアン宮殿にコネをつけ、すでにマルノス夫妻と面会を果たしていたのである。もちろん、独裁者夫妻にワイロを差し出したことは言うまでもない。

もっとも個人レベルだと、相手が大統領といえど、せいぜい一千万円単位のワイロで収まる。しかし、巨大企業トヨトミともなれば、国家レベルでとてつもない額を求められることも珍しくない。「ここで商売をしたければ場所代《ショバ》を払え」という、いわばヤクザの感覚である。こうなると『豊臣商事』を使ってもどうにもならない。

象徴的なケースが一九七〇年代初頭のインドネシアだろう。当時、日本に石油を直《じか》に売りたいインドネシアが石油掘削会社の設立を要求。金権政治で名を馳せた日本の総理は石油メジャーを通さず石油を輸入する野望を持っており、双方の思惑はきれいに一致した。しかし、肝心の資金がない。そこで引っ張り出されたのがトヨトミである。なんと十億円単位の出資を求められてしまう。

当時人口一億人あまりのインドネシアは将来性豊かな市場である。ビジネスを本格化させたいトヨトミとしては応じないわけにはいかなかった。プロジェクトへの投資、という事実上の莫大なワイロを支払い、石油掘削会社がめでたく誕生。以後、トヨトミのクルマはインドネシアで圧倒的なシェアを握ることになる。

石橋を叩いてなお考える、といわれるトヨトミだが、いざとなれば莫大なワイロを支払うことも厭わない豪胆さがある。この二面性を備えたトヨトミゆえ、武田のような規格外の男が活躍する場もあったのだろう。

ともかく、フィリピンの独裁者夫妻と昵懇《じっこん》の仲となった武田は、フリーパスでマラカニアン宮殿に出入りできる身分となった。

「エメラルダはいい女だったな」

武田はぼそりと言う。八田は眉をひそめて問う。

「あなたの商売相手はマルノス大統領でしょう」

「あのおっさんは貧相で陰気な小男でね。カネと権力がなにより好きな、とてもわかりやすい俗物だ。同じ俗物でもエメラルダはちがう。ミス・フィリピンに輝いたとびっきりの美人で、しかも弁舌さわやかで頭の回転もいい。マルノスが骨抜きになるのもわかるよ」

ぞっこんですね、と八田は肩をすくめる。もちろん、と大きくうなずく。

「当時、四十そこそこの女盛りだ。特命全権大使で世界を回ったときはニクソンも毛沢東《もうたくとう》もカストロも、みんなその魅力に参ったからな。カダフィもフセインも同じだ。ニックネームは鉄《アイアンバタフライ》の蝶だ。権力者をひきつける鱗粉《りんぷん》みたいなものをキラキラ振りまいていたんだろう」

「武田さんともなにかあったのですか」

ばかな、と苦笑する。

「おれは一介の貧しい日本人サラリーマンだ。ただ――」

派手なパフスリーブのシルバードレスとダイヤモンドのネックレス。上等の香水。蜜を垂らしたような亜麻色の肌ときっちり巻き上げた漆黒の髪。エメラルダの艶然とした笑みが浮かぶ。

「説教されたことはある」

ほう、と八田が目を細める。

「あの女、太平洋戦争末期、レイテ島に再上陸したマッカーサーの前で祝福の歌を披露したという、絹のような美声でこう言ったんだ」

武田は噴き出したくなるのをこらえて続ける。

「ミスター武田、もっと誠実に、慎重に生きなさい、でないと大きな後悔しますよ、とな」

八田が爆笑し、拍手する。

「それ、すごいねえ、武田さん」

「だろう。内心、あんたにだけは言われたくない、とつっこみを入れたよ」

「ちがうちがう」

八田が首を振る。

「エメラルダは予言したんでしょ、あなたがトヨトミ自動車のトップに座ることを」

全身がすっと冷える。エメラルダの忠告が聞こえる。誠実に、慎重に――。いまさらふざけるな。シヨットグラスの白酒を干す。脳みそが痺れ、目がくらむ。カラのグラスをテーブルに叩きつける。

「エメラルダは地獄耳だ。ホセからおれの仕事っぷりを聞いてたんだろ。そうに決まっている」

「なるほどね」

納得したのかしないのか、八田はスプーンをとり、燕の巣のスープをズズッと盛大に音を立てて飲む。次いで鶏の腿肉をつかんで食い千切り、饅頭《マントウ》に食らいつく。脂ぎった顔がぎらりとテカる。元残留孤児が発散する精気と生命力にむせ返りそうだ。全身が炙られたように火照る。

「八田、仕事の話だ」

八田は食いかけの饅頭を口に押し込み、ほおをぱんぱんに膨らませて武田を見る。

「ダイエンを子会社にする」

えっと絶句し、目を白黒させる。お茶を飲み、胸を叩き、なんとか饅頭を呑み込んで問う。

「決まったのですか」

「明日の日本商工新聞が一面スクープを打つ。今日の午後、おれが本社で取材を受けてきた」

八田はアッパーカットを食らったようにのけぞり、いよいよですね、とうめく。武田は重々しくうなずく。

「やっとここまできた」

ダイエン工業の中国進出は日本の自動車メーカーのなかで最も古い。一九八四年には中国の国営企業であった『重慶汽車』に技術供与し、小型車を生産ラインに乗せている。

「わがトヨトミは子会社化したダイエンを足がかりに、中国への進出を本格化させる」

八田の表情が厳しくなる。

「トヨトミ本体は中南海に忌み嫌われています。ぼくがいくら努力しても工場建設はおろか、技術供与さえ認めなかった。トヨトミ車の販売とディーラー網の構築が限界だった」

苦渋を滲ませて言う。

「もともとトヨトミは、資本主義を真っ向から否定する文化大革命の最中に代表団を派遣するくらい、中国市場の開拓に熱心だったけどね。国交を結ぶ前のあの熱い関係がなければぼくも日本人に戻り、こうやってトヨトミ中国の総支配人になることもなかった。トヨトミは中国進出のまぎれもないトップランナーだった。ところがいまや周回遅れのビリっけつだもの」

ふう、と嘆息する。

「子会社化はめでたいことだけど、えらい遠回りだね」

そう、気の遠くなるような遠回りだ。もともと、中国政府は一九八〇年代半ば、トヨトミに合弁生産を打診している。ところが当時トヨトミは武田を責任者に、総力戦で米国ケンタッキー州の工場建設の真っ最中であり、とても中国に力を割《さ》く余裕はなかった——とされているが、これは表向きの理由。実は日本に残った幹部連中が、発展途上国とみなしていた中国の市場を軽視し、中国政府ごときが合弁生産の打診とは片腹痛い、とばかりに人員と資本の投下を拒否したのである。

米国でその決定を知った武田は、なんとバカなことを、と怒り、本社に撤回を進言したが、時すでに遅し。中国人はメンツをことのほか重んじる。メンツを叩き潰され、国際的にも恥をかいた中国政府は激怒し、後にトヨトミが中国企業との合弁工場の建設を提案してもけっして認めようとしなかった。

かわりに中国政府が接触、事業化を推進したのがドイツのドイチェファーレン（ＤＦ）である。これはＤＦにとっても渡りに船だった。当時、ＤＦはトヨトミとの米国での市場競争に敗れ、工場撤退を決めていた。ところが捨てる神あれば拾う神あり。中国政府からの打診により、その工場設備をそっくり太平洋を越えて移管することが可能となったのである。

以後、ＤＦは中南海の全面的なバックアップのもと、中国市場を席巻することになる。中国人は最初の井戸を掘ったひとを忘れない——メンツをなにより重視する中国の、これもまたひとつの貌《かお》である。

トヨトミは決定的な失敗を犯した。

九〇年代に入り、急速に膨張する中国市場を前に、門を閉ざされたままのトヨトミは臍《ほぞ》を嚙むしかなかった。前社長の豊臣芳夫が持病の高血圧症を悪化させ、退任に追い込まれたのも、この中国戦略が進展せずストレスを募らせたためといわれる。実際、芳夫は中国出張から帰った直後に脳内出血で倒れており、以後、寝たきり同然となってしまった。

新社長に就任した武田にとって、喫緊《きっきん》の課題が中国市場への本格的進出であり、現地生産の実現である。

あのダイエンをよくぞ、と八田が感嘆の面持ちでボトルの白酒を注ぐ。

「元日本一の名門自動車メーカー、ダイエンはプライドが高くて、ぼくがいくら手助けを頼んでも首を縦にふらなかった」

「トヨトミのトップが頼んでも同じだ。面従腹背ってやつだ。芳夫さんも往生していた。単なる業務提携では限界がある」

「出資比率を高め、子会社にされたら従わざるを得ないもんね」

「カネは有効に使わなきゃな」

八田はボトルをおき、ため息をひとつ。

「やっぱりユダヤ人だ」

ごつごつした両手を組み合わせ、真摯な表情で語りかけてくる。

「ダイエンを橋頭堡《きょうとうほ》に、失われた十年を一刻も早く取り戻さないとね。ぼくもせいいっぱい頑張ります」

武田はショットグラスを高々と掲げて告げる。

「ついでに立川自動車も子会社化する」

ぽかんとした八田を眺めつつ、白酒を喉に放り込むようにしてあおる。舌が痺れ、目の奥がかっと熱くなる。

「立川は世界的な商用車メーカーだ。中南海も大いに興味を示すと思うがな」

ぴゅう、と中国総支配人は口笛を吹く。

「いやあ、凄いね。バスもトラックも傘下に収めるのか。自動車メーカー二社の子会社化は相当な負担だろうけど、中南海は感激するよ。トヨトミはそこまでやってくれるのか、とね」

両手を膝でそろえ、居住まいを正す。

「剛腕とは知っていたけど、いやはや参りました」

ぺこりと頭を下げる。

「八田、明日は忙しくなるぞ」

四角い顔が引き締まる。すっかり仕事モードだ。すでに八田には中国政府高官数名との面会の場を設けるよう指示している。

「日商新聞のスクープもあるし、全員、喜色満面で臨んでくるでしょう」

中南海のなかでも利にさとい面々は朝日、読売、毎日の三大紙より日商の情報を重視する。国運を賭けた経済成長の大事なパートナーである日本企業の動向こそ、十二億人の巨大国家を切り回す中南海が日々注視する最重要事項であり、日商新聞に勝る情報源はない。

「しかし、あのトヨトミがねえ」

感に堪えぬように八田が言う。

「ぼくが入社した当時は本社も工場も研究所も、会社の重要なセクションはぜんぶ尾張に固まっていた。その尾張のなかの異動話が出るだけで幹部や社員が世界の終わりのような深刻な顔をしてるんだもの。世に言う尾張モンロー主義の弊害だ。この会社、大丈夫なのか、と真剣に悩んだよ。立派なクルマを作っているのに、なんて内向きのダサい田舎企業なんだ、と呆れたよ」

武田は苦笑するしかなかった。

「やっとアメリカに工場ができて、これから中国か。歯がゆいほど遅い歩みだけど、武田さんがトップに立った以上、劇的に変わるね。トヨトミは典型的な日本人の会社だけれど、武田さんは地球人だから」

どうかな、とあいまいに返しながら、武田は己が日本人であることを痛感した出来事を思い出した。

フィリピンだ。

武田がマニラに駐在して二年。日本中が驚嘆する出来事があった。元日本帝国陸軍少尉、小野田寛郎《おのだひろお》の帰還である。ルバング島で〝発見〟された五十一歳の小柄な元情報将校、小野田寛郎。毅然、という文字がこれほど似合う男をほかに知らない。

武田はマラカニアン宮殿で執り行われた元日本兵の投降式に出席し、誇り高き日本人を目の当たりにした。

軍人や政府関係者、世界中から集まった報道陣、駐在日本人でごった返すなか、煮しめた雑巾のような軍服と軍帽で現れた小野田は堂々と胸を張って歩いた。当時のフィリピンはまだ第二次大戦中の記憶も生々しく、反日感情は強烈なものがあった。武田自身、反日の洗礼を幾度となく受けている。街中で見知らぬ老婆に突然、唾を吐きかけられたことも、ふらりと入った大衆食堂では好々爺《こうこうや》然とした主人が武田を日本人と知るや、包丁を振り上げ、鬼の形相で罵声を浴びせてきたこともある。

実際、小野田にも憎悪の視線が四方八方から注がれた。しかし、いまだ戦闘の最中にある小野田少尉は一顧だにすることなく、前だけを見て歩き、大統領のマルノスにみごとな敬礼を送った。周囲から、ほうっとため息が漏れたのを憶えている。

次いで、三十年間ジャングルで守り通した軍刀を両手で差し出すと、マルノスは丁寧に受け取り、「第二次大戦は終わった」と告げ、ただちに返却。小野田は再び手にした軍刀を腰に据え、鋭い目を向けたまま一礼した。いまにも抜刀し、斬り殺しそうなド迫力に、マルノスの腰が引けた。あの傍若無人の独裁者が気圧《けお》され、隣に立つエメラルダも日頃の傲慢《ごうまん》さが消え、驚きの顔で見つめるばかり。

〝最後の日本兵〟小野田寛郎は投降式を無事終え、カメラマンの無数のフラッシュを浴びながらマルノスと固い握手を交わし、静かに退がった。

瞬間、背筋が震えるような感動にうめいた。武田自身、右翼でも国粋主義者でもないが、敗戦の焦土から甦った日本国が猛烈に愛おしくなった。マニラで数々の難題に呻吟《しんぎん》し、時に反日感情に晒《さら》され、孤軍奮闘してきたトヨトミの流刑者である己が誇らしくなった。

「倒れてよかったね」

　ぼそりと八田が言う。

「トヨトミにとっての天祐だね」

　なんのことかわからない。タフな元残留孤児は丸テーブルの向こうで意味深に微笑む。

「芳夫さん、だよ」

　前社長の豊臣芳夫。武田は黙って耳をかたむける。

「芳夫さんは頭脳明晰な切れ者だけど、神経質で生真面目で細かいんだな。これで有名なひとだもの」

　ペンを持つ恰好をして空中にすっすっと線を引く。

「新聞各紙を毎朝仔細にチェックし、トヨトミの記事で気に入らない箇所があれば定規を当てて赤線を引き、秘書に抗議させるんだから」

　新車発売の際、ある全国紙が〈目標数字達成に不安要素〉と書いただけで、明確な根拠を示せ、と猛烈な抗議をしたことがある。その新聞のトヨトミ担当記者は一ヵ月間、出入り禁止となった。

「社長の仕事じゃないでしょ。重箱の隅を突っつく作業は平社員に任せればいいんだ。宴席を主催する際も客の席順をどうするか、土産を何にするか、と深刻な顔で頭を悩ませているんだもの。新太郎会長も、これは社長の器じゃない、と後悔したと思うけど、可愛い実弟だものね。むげには切れない。お家騒動が起こっても困るし」

　顔をしかめる。

「芳夫さんが社長に就任して以来、トヨトミは内向きになり、魅力的な新商品も生み出せず、業績は下がる一方だった。芳夫さんは〝トヨトミの自動車が売れないはずがない、業績の悪化は売り方が間違っているからだ〟と見当違いの自信、プライドを抱いて揺るぎなしのお坊ちゃんだ。あのままなら恐ろしいことになっていたと思うよ」

空中に大きく指を舞わせ、こんなふうに、と真っ逆さまに落とす。テーブルをコツンと叩く。

「倒産してもおかしくなかったね」

否定できない。自動車産業は怖い。莫大な投資とランニングコストが発生する工場設備、長期にわたる新商品への研究開発費用、世界を網羅した流通網と販売網、そして三万点の部品を供給する数々のサプライヤー。

図体がでかいだけに舵取りを間違えれば修正は難しい。もたもたしている間に気まぐれな消費者に見放され、操業率が落ちて生産ラインが停まり、万単位の工場スタッフが待機を強いられる。仕事が激減したサプライヤーへの補償、資金援助も生じる。世間から〈トヨトミ銀行〉と畏怖されるほど溜め込んだ余剰資金も熱したフライパンのバターのように溶け出し、あっというまに左前《ひだりまえ》だ。

「豊臣本家の血を引くトップが就任二年で倒れてしまい、本人は大変な災難だったけど、わがトヨトミ自動車には神風だね」

「八田、言葉が過ぎるぞ」

いさめながらも、浮かんでしまう光景がある。本社会長室に武田を呼びつけた新太郎。芳夫の重篤な症状とトヨトミの現状を説明し、新社長就任を懇願した際の、哀しみと安堵が交錯した表情だ。そう、新太郎は実弟が倒れ、再起不能と知り、心の底から安堵していた。巨大ビジネスの非情と残酷。武田は新社長就任を了承しながら、誓った。潰されてなるものか、と。

「ぼくは本当のことしか言わないよ」

八田は肩をすくめ、しれっと続ける。

「新太郎会長は芳夫さんが倒れた直後、〝車椅子の社長がいてもいいじゃないか〟と強がっていたひとだよ。芳夫さんが健康体のままならなにもできなかった。トヨトミという名の巨大戦艦が沈没していくのを為《な》す術《すべ》なく見守るしかなかった。芳夫さんの悲劇はトヨトミのラッキーチャンスだ。そして武田さんは天が遣わした救世主だよ。それは間違いない。けど、トヨトミ本体は――」

焦《じ》らすように言葉を切り、凝視してくる。

「きょぞう、だよね」

虚像？

「トヨトミはきょぞうです。豊臣家を中心に鉄の結束で巨大組織を束ね、世界の市場を確実に開拓していく。百獣の王のライオンより強い、地上最強の巨象でしょう」

そっちの巨象か。酔ったのか、それとも上気したのか、中国総支配人は四角い顔を赤らめて語る。

「しかし、いままでは慎重すぎた。ゆっくりと足場を確認して歩き、勝てる勝負しかしてこなかった。これからは違うよ」

「どう違う」

「武田さんは強烈な鞭《むち》を入れるもの。その最初の一撃が今回の子会社化だ。覚醒した巨象は雄叫びをあげて突っ走るよ」

「暴走したら大変だ」

そう、と八田は真剣な表情でうなずく。

「それがいちばん怖い。巨象は本気になれば百メートルを僅《わず》か九秒で爆走するからね。上手くコントロールできるよう、ぼくも祈っています」

両手を合わせ、拝む真似をする。

「でも、武田さんはちゃんと考えているよね」

胸の内を見透かすように、上目遣いで言う。

「トヨトミを大きく、革命的に変えていくつもりでしょ」

脂ぎったほおをゆがめる。金歯が光る。

「あなたが自由にコントロールできるように」

はっと鼻で笑い、武田はグラスを干す。白酒が火の球となって喉を下る。首筋が灼け、視界がゆがむ。

「クルマは麻薬だ」

己の言葉がどこか遠くで聞こえる。

「一度、手にしたら手放せなくなる。悪魔のような利便性にどっぷり浸《つ》かり、抜け出せなくなる。みな、古くなったら買い換える。新しいものが欲しくなる。クルマと麻薬は同じだ。中国もインドもロシアも、広がる市場は無限だ。おれはクルマという強烈な麻薬を世界中に広めてやる」

「至言だねえ」

元残留孤児がさも愉快そうに笑う。負けるか。トヨトミのトップはとった。これからが勝負だ。眠りから醒めた巨象を調教し、おれの手で自在に動かしてやる。

一ヵ月後、王沢心・中国共産党総書記と豊臣新太郎・トヨトミ自動車会長の電撃会談が実現した。場所は北京中心部、故宮博物院西隣の中南海。東京ドーム二十五個分の面積にふたつの人工池（中海と南海）があり、池の周囲に共産党本部、国務院弁公庁をはじめ、百四十以上の建物と高級幹部の邸宅、執務室、美しい庭園が広がる中南海は、武装警察官に守られた超厳戒エリア、中国政府の心臓部である。出入りは衛兵によって厳しくチェックされ、かの毛沢東も入場証を携帯していたといわれる。

中国人民十二億人を統《す》べる中国のトップが中南海に招く外国の要人は首脳もしくはそれに準ずる政府の重要人物がほとんどで、民間人はレアケースである。

トヨトミ自動車会長が招かれた会談場は中南海に四つある閣（迎賓館）のひとつ、紫光閣。かつて皇帝が外国使節との接見に使用した紫光閣は絨毯から調度品、服務員の制服に至るまで、皇帝のシンボルカラーの黄色に統一された、中南海でも最上級の建物である。この紫光閣で行われた王沢心と豊臣新太郎の会談は中国政府がいかにトヨトミ自動車を重要視しているかの証左として、内外の注目を大いに集めた。

武田は、鮮やかな黄色のサイドテーブルで馥郁《ふくいく》とした中国茶を飲みながら、終始上機嫌のふたりを見守り、中国市場進出の成功を確信した。

世間をあっと言わせたトップ会談の半月後、武田は尾張電子、トヨトミ機械といった有力サプライヤーの経営者十数名を引き連れ、社有ジェット機で改めて極寒の中国を訪問。秘書および通訳を交えた五十名近い集団が北京空港のＶＩＰロビーに出るなり、「まるで大名行列だあ」と大声が飛んできた。ボルサリーノに黒のレザーコート。一瞬、中国マフィアのボスか、と見紛《みまが》うようないでたちだ。

「ようこそ、わがトヨトミの大名行列諸君っ」

中国トヨトミの総支配人、八田高雄が両腕を広げ、大股で歩み寄ってくる。傍らにはミンクコートの美しい秘書。

「いっしょに世界へ羽ばたきましょうや」

緊張と不安でガチガチになっていたトップ連中はいっきに笑みをこぼし、八田さんはあいかわらずだなあ、また秘書が新しくなったんじゃないか、と和《なご》んだ。

「豊臣家の御家老様にして大番頭様、ニーハオッ」

武田の前でボルサリーノをひょいと上げ、四角い顔に笑みを浮かべる。

「八田、頼むぞ」

武田はがっちりと握手を交わし、耳元で囁《ささや》いた。

「こいつらは日本じゃ威張りくさっているが、いったん外国へ出ると借りてきた猫になっちまう。とくに中国は怖いらしい。過去の不義理もあるしな」

「武田さん、仕方ないよ」

片眼を瞑る。

「あなたは猛虎だもの。人間の種類がちがう。トヨトミきっての異端児だ」

「褒めてもなんにも出ないぞ」

「トヨトミの中国進出だけで十分」

武田は半笑いで返す。

「この悪党が」

「その分、トヨトミにたっぷりリターンしますから」

「当然だ」

ふたり、肩を組むようにして迎えの黒塗りの大型リムジン、中国の最高級車『紅旗《こうき》』に乗り込む。

一行は天安門広場の西に位置する人民大会堂に直行し、高官連中と長時間の会談に臨んだ。中国の官僚機構を知り尽くした八田の巧みな進行で会談はスムーズに進み、ダイエン中国工場におけるトヨトミ車の生産が決定した。

第四章　ジュニアの憂鬱

「次長の御憂慮はじつに的を射ておりまして」

長身痩軀《ちょうしんそうく》の中年男。トヨトミ自動車開発企画部課長、岡村泰弘《おかむらやすひろ》は慇懃に言う。

「これからは若者にターゲットを絞っていきませんと」

統一は両腕を組み、チェアにもたれたまま耳をかたむける。デスクの傍《かたわ》らに立つ岡村はここぞとばかりに言葉に力を込める。

「トヨトミは堅実で慎重で手堅いゆえ、おじさん仕様の地味なクルマ、面白みのないクルマ、とのありがたくない評判をいただいております。それを打破するのがわれわれ開発企画の仕事であります」

こほん、と咳をひとつ。

「次長の双肩にかかった責任はじつに大きいかと」

トヨトミ本社ビル三階。午後一時。ガラス窓の向こう、冬の澄んだ青空が高い。

「よほど頑張りませんと、若者を振り向かせる商品の開発は難しいかと思います」

岡村の職位は統一のひとつ下の課長だが、年齢は五つ上、四十四歳。つまり年上の部下である。

統一は己が疑り深い性格だと自覚している。豊臣本家直系の長男という立場上、それは仕方のないことだと思う。多くの社員がこぼれんばかりの笑《え》みと揉《も》み手《て》で近寄ってくるが、統一はその言動を冷静に観察し、密かにランク付けしていた。

露骨なおべっか使いは論外。弁の立つイエスマンも不可。望むべき人物像は的確な意見を示しつつ、自分のために汗をかいてくれる人間だ。その点、岡村はいい。客観的な意見を織り交ぜながら、豊富な知識と卓越した分析力で進むべき道筋を示してくれる。

「たしかになあ」

統一はぼそりと言う。デスクには大手広告代理店に依頼したトヨトミ自動車のイメージ調査報告書。結果は予想どおり。トヨトミのメインユーザーは四十代、五十代の男性。若者の関心の度合いは国内メーカー中、最低ランクだ。その性能のよさと適正な価格、充実したサービス網で猛烈に売れるが、猛烈にダサいクルマ。それがトヨトミだ。

「いくら念願の中国進出をぶちあげてもなあ」

岡村は神妙な面持ちで耳を傾ける。

「自動車メーカーはカネよりロマンだ。やはり乗って楽しいクルマでないとダメだね。若者が憧れるクルマをどんどん出していかないと未来はないよ」

「それはもう」

わが意を得たり、とばかりに岡村がうなずく。統一はあごを上げ、周囲を見回す。ぶち抜きのフロアにデスクがずらりと百以上。あちこちから視線が突き刺さる。が、統一と目が合うなり、みな逃げるように伏せる。

多くの社員が自分の動向を注視している。憎悪と嫉妬、羨望、軽蔑——さまざまな感情が渦巻くなか、いくつもの言葉が聞こえる。「乳母日傘のジュニアになにができる」「お手並み拝見といきましょうか」「もう豊臣家の時代じゃないだろ」「チヤホヤされて勘違いしてんじゃないのか」「迷惑千万、いいかげんどっかへ行ってほしいよ。目障《めざわ》りだ」

　地獄耳の岡村が社内から拾い集め、発言者の実名および収集場所とともに届けてきた陰口の数々。統一自身もトイレや社員食堂、社員サロン等で直《じか》に聞いている。幸か不幸か、地味な風貌で特段のオーラもないため、一般社員のなかに無理なく紛れこんでしまう。陰口は嫌でも耳に入る。

　一度、本社地下にあるサロンの隅でひとりお茶を飲んでいるとき、背後で若い、新入社員とおぼしきグループが噂話を始めたことがある。「ジュニアは転職組なんだろ、無能なおぼっちゃまなんだろ」と面白おかしく語り、「外資系の証券会社をクビになり、仕方なくトヨトミが引き取ったんだってな」「本人はやる気ゼロだってさ」「たんなるお荷物じゃん」。

　さすがに我慢できず、ちょっといいかな、と声をかけた。笑いかけたつもりだが、顔はこわばっていたと思う。お喋りの新入社員は四人。そろって怪訝《けげん》そうに見つめてくる。

「ぼくは証券会社をクビになったわけじゃない。出世コースといわれるニューヨークとロンドンの駐在も経験したし、手前味噌ながら営業成績も上々だった」

　四人の顔色が変わった。驚愕と後悔が浮かぶ。

「ぼくは正式な中途採用試験を受けて入社したんだ。トヨトミ自動車が大好きでね。だから、毎日せいいっぱい頑張っている。きみたちと同じように」

　四人から血の気が失せていく。さすがに可哀想《かわいそう》になり、言葉を和《やわ》らげた。

「だからいっしょに頑張ろう。これも縁だ。今後ともよろしくお願いします」

　頭を下げながら、四人の顔をしっかり胸に刻みつけた。こいつら、絶対に許さない、と念じながら。

以来、社内を移動する際は部下たちといっしょのことが多い。ジュニアの取り巻き、恥知らずの親衛隊、と揶揄されることは承知のうえ。そのほうが目立つし、なにより余計な陰口を聞かなくて済む。四六時中、おべんちゃらと笑顔に囲まれながら、統一は孤独だった。社員たちの本音が見えない。時折、胸倉をつかみ、おまえは本当はおれをどう思っている、と詰問したくなる。もっとも、実際にやったところで本心を語ってくれるはずもないが。

失礼します、と若手社員が駆け寄り、岡村の耳元で囁《ささや》く。わかった、とうなずき、統一に晴れやかな顔を向けてくる。

「次長、用意ができたようです」

そうかい、と統一は弾かれたように立ち上がる。

「行こうか」

トヨトミの白いレーシングジャンパーに腕を通す。岡村も若手も急いでジャンパーを羽織る。ふたりが統一の前後を固めてフロアを出ていく。

本社からクルマで十五分。三十年前、豊臣市の北の山林を切り拓いて造成、整備したテストコースに向かう。

面積四十六万平方メートル。東京ドーム十個分の広さに一周二・五キロの周回コースをはじめ、全長三百メートルの波状悪路、騒音振動試験用の石畳コース、急坂コース、割栗石路《わりぐりいしろ》（打ち割った岩石を敷設した悪路）、コーナリング性能を測るスキッドパッド（半径三十〜百メートルの旋回路）四ヵ所、蛇行コース等を備えた、トヨトミ自慢の総合テストコースである。

ほかにも静岡県に一周約四キロの周回路を備えた高速用コース、北海道に寒冷地用コース、米国アリゾナ州に灼熱試験用コースが設置されており、日夜、さまざまな条件下、苛酷なテストが繰り返されている。

駐車スペースに社有車を停め、金属探知機を潜《くぐ》り、ガードマンのチェックを受けてゲートを通過する。テストコースのパドックに入るなり、ピットビルからジャンパー姿の社員たちが駆け寄ってきた。コースを管轄する車体研究部の面々である。

冬の陽射しの下、爆音と燃焼したガソリンの匂い。眼前の直線路を白いボディの試作車が寒風を切り裂いて疾走し、あっというまにカーブに吸い込まれ、消える。

統一は昂揚した。クルマの性能を吟味し、シビアにデータを検討するテストコースは掛け値なしの別世界だ。社歴も肩書も派閥も関係ない、俗世間と隔絶された聖域である。エンジンの爆音が気持ちよく響く。冬の澄んだ青空とガソリン臭い冷気も心地いい。

総勢十数名の社員に囲まれ、白亜のピットビルに向かう。ようこそ、と野太い声が飛ぶ。レーシングスーツに身を包んだテストドライバーとツナギ姿のエンジニア、メカニックの十人あまりが笑顔で迎えてくれる。統一は握手で応え、本日の訪問の趣旨を説明した。曰く、日々テストカーと白刃《はくじん》を切り結ぶような真剣勝負を繰り広げているドライバーをはじめエンジニア、メカニックのみなさんに新車開発に関する忌憚《きたん》のないご意見、ご要望をお聞かせいただくべく参りました、ともに知恵を出し合い、若者が憧れる素敵なクルマを作りましょう、と。

拍手が巻き起こる。みな笑顔だ。ますます気持ちがいい。と、視界の端、まったく無関心の男がいる。テストカーのボンネットを開け、エンジン調整の真っ最中のドライバーだ。

細身の中背。短髪にそげたほお、鋭い目。浅黒い肌。コホン、と空咳を吐き、統一は歩み寄る。

速水徹《はやみとおる》。四十八歳。テストドライブの鬼、の異名を持つ凄腕。トヨトミのテストドライバーは走行評価担当二百人、個別機能評価担当百人の計三百人から成るが、トップガンと呼ばれる最高技量の持ち主はわずか五人。なかでも速水は、世界の名だたるラリーで優勝を重ね、その実績で数々のスポーツカーの開発に携わってきた極めつきのトップガンである。

「速水さん」

返事なし。スパナ片手に黙々と作業を進める。周囲のスタッフたちが緊張する。次長、と岡村が袖を引く。顔をしかめ、やめときましょう、と囁く。他のスタッフもうなずく。

速水は臨時工から出発し、レースカーのメカニック助手、チーフメカニック、テストドライバー、レーサー、トップガンとのし上がってきた、筋金入りの叩き上げである。職人肌の偏屈で、気難しいことでは人後に落ちない。こんな話がある。以前、本社の部長級の人間が職権を楯に助手席に乗り込み、プロドライバーのテクニックを堪能しようとしたところ、高速ドリフトやスピンターン、フルスピードで突っ込むコーナリングでたっぷり揉まれ、失神して担ぎ出されたという。

この男は難物だ。が、ここで引いてはならない。ジュニアがトップガンにビビって逃げた、との面白おかしい噂となり、あっというまに全社を駆け巡る。

「お忙しいところをすみません。開発企画部の豊臣です」

速水は手を止め、顔を上げる。しらっとした目が統一をとらえる。

「どうも」

頭を下げ、ボンネットを閉める。統一は内心、落胆した。豊臣の人間だから最低限の応対でお茶を濁すとは、所詮、俗物——ちがった。

「忌憚のない意見、とやらですが」

スパナを工具箱に戻しながら語る。

「こっちは命賭けで走ってるんだ。おれは自動車の運転も知らないやつにアドバイスするほど暇じゃありません。あれこれ言われたくもない。豊臣家の人間ならなおさらです。あしからず」

言葉の意味を理解するまで三秒かかった。

「どういうことだっ」

岡村が瞬時に反応する。つねに冷静沈着な男が、顔を真っ赤にしてまくしたてる。

「たかがテストドライバーの分際で、豊臣家の人間をないがしろにするのか」

なんだと、と凄みのある声が這う。速水の目が細まり、殺気を帯びる。が、岡村は怯《ひる》まない。腰が引け、目が泳ぎながらも、唇を震わせて怒鳴り上げる。

「一匹狼を気どるのもいいが、組織あってのテストドライバーだろう。きみは無礼すぎるっ、恥を知れっ」

ふたり、睨《にら》み合う。まあまあ、と統一は間に割って入る。

「課長、たかが、はよくないな」

仲裁が入って安堵したのか、岡村は身体の力を抜き、すみません、次長、と頭を下げる。統一は速水に向き直る。

「速水さん、たしかにわたしは運転を知らない。あなたたちの足元にも及ばない。しかし、トヨトミ車を愛することでは負けないつもりだ」

強い口調で迫る。

「豊臣家の人間ならなおさら、とは聞き捨てなりません。どういうことですか」

気難しいドライバーはぷいと横を向き、言葉足らずでした、とぶっきらぼうに言う。

「おれはいまのトヨトミのあり方が納得できません」

横顔が怖いくらい険しい。

「トヨトミはカネを作る会社じゃなくて自動車を作る会社です」

胸に突き刺さる言葉だった。

「乗ります？」

速水はテストカーのドアを開け、試すように言う。

「おれはドライバーです。こういう場で話すことに慣れていません。続きはクルマのなかで走りながらやりませんか」

ヘルメットをかぶる。

「無理に、とは言いませんが」

「いいですね」

即座に応じる。

「トップガンの助手席なんてめったにあることじゃない」

次長、おやめください、という岡村の悲痛な声を無視し、歩を進める。若いドライバーがヘルメットとレーシンググローブを渡す。

リアシートに測定機器を積んだ試走車の助手席に入り、シートベルトを着装する。

「じゃあ、行きます」

エンジンがブオンとうなり、発進する。統一はシートに張り付き、両足を踏ん張る。醜態を晒《さら》した部長の二の舞は演じまい、と腹の下に力を込める。速水はマニュアル・シフトのテストカーを己の分身のように扱う。右手一本でステアリングを握り、アクセルとクラッチを巧みに操作しながらシフトレバーを動かす。ゴオッ、と轟音が響き、車体が振動する。直線路をいっきに加速。強烈なGが全身にかかる。統一はドア上部のアシストグリップを左手でつかみ、背を丸める。

セカンドからサード、トップへと流れるようにシフトチェンジしてスピードを上げる。が、それも十秒程度だ。速度百五十キロまでいっきに引き上げ、加速が終われば走行は穏やかなものだった。じつに滑らかだ。まったく無理なく周回コースを走る。

「テストドライバーの仕事ってのは地味なものです」

速水が静かな口調で言う。

「ようはクルマの不具合を検出する仕事です。定められた走行パターンを正確に再現して、ぶれのないデータを収集する必要がある。時速百キロを保って一時間、渋滞状態を想定した徐行で一時間。コーナリングを想定したスキッドパッドを朝から晩まで走ることも、でかい石が無数に転がった割栗石路をガッタンゴットン走ることもあります。内臓がひっくり返りそうですよ」

薄く笑う。

「個別機能評価の連中は毎日急ブレーキを踏み、アクセルを限界まで吹かし、バックギアを入れて後方に突っ走り、シフトダウンとシフトアップを繰り返し、ステアリングを左右に回して細かなデータをとります。峠をギンギンに攻めたり、急カーブをドリフトで回るなんて派手なテスト走行はごく一部です。大半は忍耐と正確性が問われる、ルーティンワークですよ」

「頭が下がります」

テストカーはコーナーを流れるように回り、直線路を走る。速水は巧みなシフトの切り替えで速度を一定に保つ。統一は目を閉じてみる。シフトチェンジがまったく感知できない。ごくわずかなエンジン音の変化でようやくギア比の違いがわかるくらいだ。クラッチとアクセル、ブレーキの踏み方も柔らかで注意深い。この、ストレスゼロの走行がプロの証《あかし》なのだろう。速水が言う。

「次長さんは若者向けの、かっこよくて乗り心地のいい新車しか頭にないのだろうが」

視線が険しくなる。

「おれはいまのトヨトミが好きじゃありません」

トップガンは本題に斬り込む。

「昔のトヨトミは違いました。多くの重役はテストコースに足を運んではエンジニアやテストドライバーと〝感覚〟〝フィーリング〟で話をしていました。クルマの性能はともかく、乗り心地は数値では表せません。クルマが心底好きな連中にしかわからない独特の感覚ってものがあるんです。その共通の感覚がない限り、おれたちと込み入った話はできません」

言葉が熱を帯びる。

「会社が巨大化して莫大な利益を追い続けているうちに、よいクルマとはなにか、というごくベーシックなことを考えなくなった。重役も社員も本気でクルマに乗らなくなった。若者のクルマ離れを嘆く前に、クルマに情熱と愛情を持たなくなったわがトヨトミ社員のことを心配したほうがいい。次長、そうは思いませんか」

統一は口を噤んだまま、ただ前方を見た。速度が滑空するように上がっていく。

「武田社長はやり手ですよ。剛腕経営者だ。長年の懸案の中国進出もあっというまに決めてしまった。欧米でも工場を増設していくと聞いています。攻め一辺倒のビジネスでトヨトミの生産台数は飛躍的に伸びるでしょう。しかし――」

エンジン音が高くなる。

「トヨトミは札束を刷っている会社じゃない。素晴らしいクルマを世に出し、人々を感動させる、誇り高き自動車メーカーなんです」

ブロロオッ、と野獣の吠え声のような轟音が腹に響く。シフトレバーをトップからセカンドに叩き込み、アクセルを踏む。ぐっと車体が沈み、アスファルトに吸いつくようにして加速する。身体がシートに圧しつけられる。

「残念ながら武田さんはクルマを愛していない。生粋の文系人間だからエンジンの専門知識は皆無に等しい。学ぼうともしない。テストコースにもドライバーにも興味がない」

統一は喉を絞った。同じ文系でもおれはちがうぞ、と言いたい。が、声が出ない。全身に重しが載ったみたいだ。速水はレバーをトップに入れる。猛り狂った馬が縛《いまし》めから解き放たれたようにダッシュする。フルスピードで急カーブに突っ込む。

「武田社長が興味あるのは数字と権力だけです」

眼前にコンクリートの塀が迫る。全身が総毛立つ。せり上がる悲鳴を呑み込む。脳裏に大破したテストカーが浮かんだ。

「ふざけるな、ですよ」

速水は激突寸前でサイドブレーキを引き上げ、右手一本でステアリングを鋭角に切る。ギャギャーン、と凄まじい音がした。ロックした後輪が軋みを上げ、ドリフトする。車体は身震いしながらアスファルトを滑る。擦《こす》れたタイヤが白煙を噴き上げる。統一は歯を食いしばって強烈なGに耐える。速水はステアリングを右に左に鋭く切り、素早くシフトダウンしてスピードを殺す。ガウッ、とエンジンが小鹿を捕まえた虎のように低くうなる。カーブを抜ける。レバーをセカンドからトップへ。エンジン音が高くなる。直線路を糸を引くように加速する。速水の表情は毫《ごう》も変わらない。

冷や汗が全身を濡らす。感動と恐怖、そして安堵。

「おれはクルマ屋として納得できないな」

なにごともなかったかのようにトップガンは言う。

「数字至上主義の元経理マンがトップの自動車メーカーなど魅力ゼロです。そうは思いませんか」

統一はうなずくことしかできなかった。

「ですよね」

速水が横目で助手席を見る。目尻にシワを刻む。嫌な予感がした。

「さすがは豊臣家の人間。自動車バカのＤＮＡはしっかり受け継がれているんだな」

ガクン、とつんのめる。急ブレーキだ。速水はステアリングを左に切る。車体が傾いて回る、タイヤが悲鳴と白煙を上げる。視界が猛スピードで流れていく。スピンターンだ。ギャギャーンと凄まじい音とともに二回転し、直線路を走る。視界が眩《くら》む。

ぴゅう、と口笛を吹く。

「次長、たいしたもんだ。表情が変わらないもの」

いや、心臓はバクバクして口から飛び出しそうだし、下半身は萎《な》えて失禁寸前だ。

「速水さん、お願いがあります」

かすれ声を絞る。なんです、と眼球だけを動かして問う。

「弟子にしてくれませんか」

弟子？　と首をかしげる。

「そうです。弟子入りして運転をイチから学びたいのです」

懇願しながら、甦る夢がある。幼いころ、レーサーになりたかった。トヨトミのクルマでレースに出て優勝することが夢だった。祖父の勝一郎に一喝され、諦めた弱虫。

「本気、ですか」

トップガンは訝《いぶか》しげに問う。

「トヨトミの御曹司がおれみたいな男に弟子入りしたら、なにを言われるかわかったもんじゃありませんよ」

「速水さんとわたしは同じ自動車バカです。バカはなにを言われても気にしません。でしょう？」

速水は鼻で笑い、じゃあ遠慮はしません、と言うや、シフトレバーをセカンドに叩き込み、アクセルを踏み込む。ゴオンッ、とロケットのように加速する。轟音に鼓膜が震える。凄まじいGに全身がシートに沈み込む。速水はステアリングを左右に切る。タイヤが金切り声をあげ、身体が振られる。車体がばらけそうなS字走行だ。そのまま急カーブに突っ込んで行く。視界が激しく揺れる。ダメ、今度はマジ死ぬ。奥歯を噛んで耐える。

第五章　暴君

「大丈夫か」

廊下を歩きながら武田は問う。

「ジュニア、トップガンに弟子入りしたんだって」

はい、と忠臣御子柴が重々しくうなずく。

「大好きなゴルフも封印され、週一回のペースでテストコースに通っておられます」

「レーサーにでもなる気かよ」

はい、と丸メガネのブリッジを押し上げ、再度うなずく。

「ご本人はその気でしたが、会長に一喝されまして」

「諦めた、と」

「順位を争わない形でレースに参加されるようです」

「なんのこっちゃ」

つまり、と御子柴は背後に警戒の目を送る。社長、副社長付の秘書数人が従う。十二月下旬。全員、今年最後の役員会議を前に緊張の面持ちだ。ほかに人影はない。御子柴が囁《ささや》く。

「レースに参加される場合、トヨトミのクルマが周囲をがっちりガードして走る、と」

「ジュニアの限界だな」

　武田は呆れ顔で言う。

「会長に逆らい、命懸けでレースに参加するならおれも応援してやったのに。宣伝効果抜群だぞ。たとえビリでも話題になる」

　御子柴はため息を漏らし、ぼそりと言う。

「豊臣本家の御曹司ですから」

「もうドリフトくらいできるのか」

　さあ、と首をかしげる。

「しばらくは基本であるブレーキ技術の習得に専念されるようです」

　は、と逞しい肩をすくめ、武田は苦々しげに返す。

「クルマは単なる道具だ。怖れていては上達もしない。アクセルを踏み込んで限界までぶっ飛ばし、スピードに慣れ、接触や追突、スピンの危険を体感しながらコントロールする術《すべ》を体得するんだ。人間が道具に臆し、遠慮しては話にならん。自在にこき使ってこそ道具は真価を発揮する」

「社長とは人間の種類がちがいます」

　きっぱり言う。

「それに、いまのお言葉はトヨトミのトップとしてノーグッドであります」

「内輪の話だ。何事も建て前と本音がある」

　御子柴は憮然として黙り込む。

　武田はトヨトミ自販の経理部時代、ストレスが嵩じると夜の東名高速をぶっ飛ばした。レーサー出身の若い部下からチューンアップした化け物のようなスポーツカーを借り受け、極限のスピードを存分に堪能した。特段、クルマが好きだったわけではない。ままならぬサラリーマン人生の鬱憤《うっぷん》晴らし、気晴らしだ。時速二百キロで走ったこともある。小石を踏んでスピンし、事故っていたら、と思うとぞっとする。トヨトミ自販の人間がなんたる愚挙、とマスコミにさんざん叩かれ、懲戒免職は免れなかっただろう。いや、その前に派手にクラッシュして即死か。苦い笑みを嚙み締める。そう、いつ死んでもおかしくなかった。

大会議室の前に役員の部下や秘書連中が控える。全員、揃って一礼する。武田は露骨に顔をしかめ、形ばかりの返礼をする。

観音扉が開く。いっせいに役員連中が起立する。馬蹄型の巨大なテーブルに約三十人。みな、緊張の面持ちだ。無理もない。本日、トヨトミの将来を左右する、重要な決定が行われるのだから。

馬蹄の中央部に当たる正面席に武田。その左隣に筆頭副社長の御子柴。起立したままの役員連中に着席を促し、武田は腰を下ろす。緊迫した空気が流れる。午後三時。開始の時間だ。が、ドンの姿がない。会長の新太郎は全役員着席後、焦《じ》らすように間をおいて現れる。豊臣本家の威信、というやつだろう。

武田は指で御子柴を招く。なにごとですか、とばかりにチェアを滑らせて身体を傾け、耳を寄せてくる。

「こいつらなんだが」

口元を掌《てのひら》で隠して武田は目配せする。全役員が、なにごとか、とばかりに見つめてくる。武田は小声で続ける。

「なんとも情けなくてな。おれのところへ決裁をもらいに、部下連中をぞろぞろ引き連れて来るバカ者がいる」

社長、と御子柴が困惑の体《てい》でかぶりを振る。無視して囁く。

「うちの会社はよっぽど暇なんだな、と言ってやったら真っ青になって、次からはひとりだ。しかし、おれの質問になにも答えられず、大汗かいて動物園の熊みたいに右往左往してやがる。こんな愚鈍な連中に高いカネを払う意味があるのかね。しかも個室と秘書、専用車の三点セット付きだ」

お願いですからおやめください、と筆頭副社長は丸顔をゆがめる。丸レンズの奥の目が泣きそうだ。異変を察知したのか、役員どもがざわつく。武田は不敵な笑みを返しながら、御子柴の耳元で囁く。

「役員の生殺与奪権はおれが握っている。組合も口を出せない。いずれ叩っ斬ってやるからみてろよ」

武田は近い将来、大ナタを振るう覚悟だった。御子柴は絶句し、見つめる。武田は優しく語りかける。

「心配するな。おまえはおれの右腕だ」

喉仏がごくりと動く。

「いっしょにこのトヨトミを切り回そうぜ」

しかし、とかすれ声が漏れたとき、観音扉が開く。ざざっと役員全員が起立する。豊臣家のドン、豊臣新太郎会長の登場だ。

「みんな座って。タイム・イズ・マネーだ。さっさとすませよう」

秘書が引いた椅子に腰を下ろす。全員が倣《なら》う。

「武田社長」

あごをしゃくる。

「進めてくれ。簡潔にな」

はい、と手元のマイクを引き寄せる。

「会長の御許しを得ましたので本題に入ります」

ひと息おいて言う。

「わが社が全力を注入して開発に取り組んできました『プロメテウス』ですが」

言葉を切り、全員を睥睨《へいげい》する。みな、固唾《かたず》を呑んで見守る。『プロメテウス』はエンジンと電気モーターを併用する、いわゆるハイブリッドカーで、トヨトミが社運を賭けた次世代のクルマである。莫大な資金と多くの優秀な人材を投入し、本格的な研究開発に取り組んで二年あまりになるが、いまだ実用化の目途《めど》は立っていない。会社が設定した量産化は三年後に迫っている。すでに前社長、豊臣芳夫の時代に大々的な記者発表も行い、世間は一九九八年の発売を首を長くして待っている。

「三年後の量産化をいったん忘れてもらいたい」

役員連中の視線が痛い。武田は淡々と、ナパーム弾のような言葉を投げつけた。

「わがトヨトミは一年後の量産化を目指す」

瞬時に爆発する。ええっ、と驚愕の声が上がる。全員、真っ青だ。腰を浮かして呆然自失のやつもいる。無理もない。一ヵ月前に静岡のテストコースで実走テストが始まったが、初日は肝心の電源が入らず、エンジンもかからない。原因もわからない。当然、一ミリも動かなかった。

クルマの座席下に巨大な電池を搭載し、リアシートに複雑な電子回路の制御システムを積み込んだ不恰好な試作車を前に、トヨトミが誇る優秀なエンジニアたちがそろって頭を抱え、立ち尽くし、なかには絶望のあまり涙ぐむ者もいた。

世界中で研究が進みながら、いまだ商品化に至らないハイブリッドカーはきわめて難物だ。エンジン、電池、モーターといった主力部品を緻密に制御するコンピュータ技術が確立されておらず、たとえ実現したとしてもコスト面からしばらくは量産化が不可能、とみられていた。トヨトミはいくつもの巨大な壁の前で立ち往生し、苦悩していたのである。

実走テスト初日の大失敗から不眠不休の調整と修正に取り組んで一週間後、試作車はなんとか走り出し、富士山を望むテストコースにエンジニアたちの怒濤のような歓声と拍手が木霊《こだま》した。が、歓喜も束の間、わずか三百メートル先でストップ。全員、絶望のどん底へと叩き込まれた。

「無理ですっ」

悲痛な声が上がる。研究開発担当の取締役、吉田拓也。元専務取締役を父親に持つ由緒正しき二世にして五十二歳の最年少役員である。白皙《はくせき》の貴公子然とした顔がみるみる上気していく。

「まだまともな走行もできていないのですよ。三年後でもきわめて難しいのに、二年前倒しなんてメチャクチャだ。あと一年で量産体制など絶対に不可能です」

武田は両腕を組み、憤然と返す。

「やってみなきゃわからんだろう」

そんなっ、両手でばんっとテーブルを叩き、吉田は立ち上がる。

「社長もご覧になったじゃありませんか」

決死の形相で訴える。

「量産化うんぬんを口にできるような状況ではありません」

そのとおりだ。十日前、武田みずから社有ヘリで静岡まで飛び、視察した。試作車は五台あったが、一周四キロのコースを走り切るクルマは皆無。三台は途中で電池から黒煙を噴き上げ、消火隊が出動するという悲惨な状況だった。

「不可能を可能にすることがきみら技術スタッフの仕事だろう」

冷徹な口調で告げる。

「チャレンジもせず諦めるのか。きみのエンジニア魂はそんなものか。世界に前例のない新型車は早く出すことに絶対的な意味がある。このハイブリッドカーで世界の自動車産業が変わるかもしれない。少々のエラーを気にして腰が引けていてはいつまでたっても完成しない。四の五の言わずやってみろ。秋の昼食会でほざいたように、死ぬ気で頑張れ」

「無茶です」

吉田は顔に朱を注いで抗弁する。

「失礼ながら、社長は研究、技術開発の本質がわかっていらっしゃらない。気合と勢いでどうにかなる販売とは違います。われわれは一日単位のスケジュールで開発に取り組んでおります。量産化実現まで、気の遠くなるようなデータ収集と分析、改良に改良を重ねた安全性の確保が必要になります」

そうそう、とわが意を得たとばかりに他の役員もうなずく。最年少役員の言葉が勢いを増す。

「いまでもギリギリなのに、二年前倒しなど無茶にもほどがあります。非常識です。無責任な見切り発車だけはやめていただきたい。乱暴すぎますっ」

「おまえ」

こみあげる怒りを抑えて言う。

「販売を舐めてるのか。おれが自販の経理畑出身だから技術のことに口を出すな、と言いたいのか」

吉田の顔が青ざめる。他の役員連中も銅像のように固まっていく。

社長、と御子柴が小声でいさめる。だまっとれ、と一喝して続ける。

「無理、無茶、非常識を克服してこそエンジニアだろうが。トヨトミは残念ながらつねに二番手だ。着実、堅実な社風で『フローラ』をはじめ、大衆車の量産化に成功し、順調に台数を伸ばしてきた。中国進出もいよいよ本格化して、今後も台数は飛躍的に伸びるだろう。欧米における工場新設計画も着実に進んでいる。しかし、肝心の技術は二番煎じばかりだ。トヨトミならぬマネトミ、安易な猿真似で大衆車を大量生産し、莫大なマネーを稼いで富み栄える世界のマネトミ、と揶揄されるゆえんだ。だれも尊敬してくれない」

役員たちの顔が屈辱に染まる。

「四半世紀前の忌まわしい出来事を思い出せ」

屈辱の色がさらに濃くなる。ほおが痙攣《けいれん》し、涙眼の者もいる。

「トヨトミの技術陣が悔し涙にくれ、同業他社に教えを請うた、あの悲劇だ。よもや忘れたとは言わさんぞ」

語りながら、怒りが活火山のマグマのように湧いてくる。

「一九七〇年、米国で発効したマスキー法だ。わがトヨトミは奮戦空しく、一敗地にまみれた」

当時、米国上院議員エドムンド・マスキーによって提案され、制定された排ガス規制法（通称・マスキー法）は世界中の自動車メーカーに衝撃と恐怖をもたらした。向こう五、六年の間に三種類の大気汚染物質［CO（一酸化炭素）、HC（炭化水素）、NOx（窒素酸化物）］を十分の一に減少させよ、という恐るべき要求に、米ビッグスリー（USモーターズ、ウォード、クライスター）すらも「とても現実的ではない」と米議会公聴会で実施延期を求める事態になった。トヨトミも技術陣が検討に検討を重ねた末、クリアできるメーカーは日本にも世界にも存在しない、と結論づけた。

ところが、バイクメーカーから四輪に進出して十年に満たない日本の『サワダ自動車』が画期的な新型エンジンを発表。世界ではじめてマスキー法をクリアしたのである。

トヨトミ社内は創業以来のパニックになり、技術陣は経営陣から猛烈な叱責を食らい、不眠不休で開発に取り組んだが、あえなく失敗。結局、サワダの新型エンジン発表から二ヵ月後、トヨトミは泣く泣く白旗を掲げた。

〝最後発の弱小自動車メーカー〟〝所詮、バイク屋〟と見下していたサワダの軍門に下り、ひたすら頭を下げ、莫大なカネを払い、技術供与の契約を結んだのである。現役員の大半は当時、最前線で戦う係長・主任クラスであり、あの涙にくれた惨《みじ》めな体験は骨の髄まで沁み込んでいる。

「あんな屈辱は二度とゴメンだ」

武田は役員全員を見回し、決闘に臨む剣闘士のように右拳《こぶし》を高く掲げる。

「トヨトミは変わる。画期的な新時代のエコカー『プロメテウス』で世界中の度肝《どぎも》を抜いてやる。それでこそ真の自動車屋だ。おれが社長になったからには〝できません〟〝不可能〟という逃げの言葉は絶対許さんっ」

拳でテーブルを叩く。ドカン、と激しい音が響く。

「無理難題をどんどん押しつける。わかったか、小僧っ」

「わかりません」

吉田は立ったまま、唇を震わせて訴える。

「社運を賭けたプロジェクトです。もう少し時間をください」

甘ったれるなっ、と一刀両断のもとに斬り捨てる。

「恐ろしいほどのカネと人材をつぎ込んでるんだ。わがトヨトミ自動車が血の滲む思いで築き上げた財産をきみらが好き勝手に食い散らかしているんだぞ。三年もダラダラやられちゃかなわん。トヨトミといえど、カネは無尽蔵にあるわけじゃない。会社の業績にも悪影響が出る。これは社長命令だっ、一年で結果を出せっ」

「社長、お願いしますっ」

「ダメだっ」

睨《にら》み合う。大会議室がしんと静まり返る。海の底のような静寂が満ちていく。

「そこらでいいだろう」

のんびりした声が上がる。豊臣新太郎だ。両肘をテーブルにつき、背を丸め、やる気のないベテラン教授のように語る。

「吉田くん、きみの言い分はわかるよ。社運を賭けた『プロメテウス』の開発現場を預かるエンジニアとして当然のことだ」

はい、と吉田はうなずく。新太郎は淡々と語る。

「二年前倒しはたしかに乱暴だよな。現状を鑑《かんが》みれば量産化まで一年は短い。しかし――」

言葉を切り、役員連中を見回す。みな逃げるように目を伏せる。

「世界の情勢を考えればそうも言っておれんのだ。ドイチェファーレン（ＤＦ）がそろそろ実用化に成功する、との極秘情報も入ってきてね」

役員連中がどよめく。顔を見合わせ、本当か、大変だ、ＤＦがついに、と驚きの言葉を交わす。吉田ものけぞり、目を剝く。

「トップランナー以外は意味がない。オール・オア・ナッシング。トップを走り、ゴールした者だけが名誉も利益もごっそり手にする。いわゆる先行者利益だ。二番手以下はその他大勢でひとくくりだ。最先端を行く技術とはそういうものだ」

元社長にして優れたエンジニアでもある新太郎の言葉には千鈞《せんきん》の重みがある。加えて豊臣家のドンとなれば鬼に金棒だ。

それでも開発現場を仕切る吉田は抵抗する。

「しかし、会長」

歯をぎりりっと噛み、悲痛な言葉を絞り出す。

「一年では不可能です」

返事なし。新太郎はただ、冷たい鉛のような目を向ける。吉田は観念したのか、両手をテーブルに突き、深く頭《こうべ》を垂れる。いまにも崩折れそうだ。涙声が漏れる。

「力足らずで申し訳ありません。どうかお許しください」

大会議室に重い沈黙が満ちていく。武田は待った。役員連中も、敗残兵と化した二世もピクリとも動かない。時間が止まったようだ。ガラス窓の外、冬の陽が暮れようとしている。冬枯れの濃尾平野に建つ工場や研究所が暗く沈んでいく。どのくらい経ったのだろう。

「わかった」

新太郎が口を開く。

「ならば、おれの独断で――」

言葉を切り、中空を眺める。

「あと二年にしよう」

一瞬の間をおき、どよめきが広がる。役員連中が驚きの表情だ。吉田が弾かれたように顔を上げる。目を丸く見開いて新太郎を凝視する。信じられない、と言わんばかりだ。新太郎は大儀そうに隣の武田を見る。

「社長、いいかな」

のんびりした声が這う。

「仕方ありませんな」

武田はしぶしぶ同意する。

「わたしは会長の決定に従うだけです」

よろしい、と新太郎は視線を戻す。

「吉田くん、二年で量産化してくれ」

由緒正しき二世役員のほおが薔薇色に染まる。

「やってみます」

新太郎は慈悲深き好々爺《こうこうや》のように微笑み、役員連中を見回す。

「技術陣にはハイブリッドに集中してもらうため、全社を挙げてバックアップする」

余裕たっぷりに畳みかける。

「同時進行中の超低燃費エンジンの開発だが――」

超低燃費エンジン――トヨトミが誇る超ロングセラー大衆車『フローラ』の三〇パーセント増しの燃費向上を目指す、という画期的なエンジンだ。ハイブリッドとの両輪でトヨトミが取り組む、来るべきエコ時代への強力な新技術である。

「一時棚上げだ」

ええっ、と素っ頓狂な声が上がる。御子柴だ。丸顔が真っ青だ。

「となれば会長」

丸メガネのブリッジを押し上げ、ほおをこわばらせて問う。

「ハイブリッド一本でいく、と」

「選択と集中というやつだ」

素っ気なく答え、新太郎は全員に向けて語りかける。

「おれも技術者だからわかるが、ほかに途《みち》があると逃げの姿勢が生まれるんだな。ハイブリッドがダメでも超低燃費エンジンがあるさ、と。いっそ退路を絶って己を追い込んだほうがいい。さすれば限界をクリアする火事場の馬鹿力も生まれる。活路も開ける。ハイブリッド一本に絞ればその分、研究開発費もスタッフも増やせる」

いいことばかりだろう、と言わんばかりだ。役員連中は再び、無言のまま下を向く。突っ立ったままの吉田も同様だ。大会議室に悲愴な空気が漂う。

武田はほくそ笑む。こいつらの胸の内は手にとるようにわかる。遅々として進まぬ開発状況から量産化の延期を予想、いや期待していたはず。社内には、ハイブリッドは二十一世紀に間に合えばいい、と暗黙の合意もできつつあった。仮にハイブリッドが完成しなければ、同時進行の超低燃費エンジンにシフトすればいい。逃げ道はいくらでもある——。

そうは問屋が卸すか。あと二年で『プロメテウス』の量産化。それが譲れるギリギリの線だ。

新太郎はマイペースで独演会を繰り広げる。

「あれは戦後、技術担当役員だった史郎さんとともにアメリカへ渡ったときのことだ」

史郎は後の二代目社長で、トヨトミを世界的自動車メーカーに育て上げた中興の祖である。

「わが社の乗用車をデモンストレーション用に持ち込んだんだ。おれたちは若かった、元気に満ちあふれていた」

遠い目をして語る。

「大東亜戦争で負けた仇《かたき》をとってやる、自動車王国みておれ、USモーターズにウォード、きさまら首を洗って待っておれ、の気概で肩を怒らせて乗り込んだのだがね」

目尻に一本、深いシワを刻む。

「一般道を走っている分にはよかったのだが、ハイウェイになるとねえ」

やはり、と忠臣御子柴が絶妙の合いの手で言葉を引き取る。

「本場のハイウェイを走るには馬力が足りませんか」

「ハイウェイに入る前のこれだ」

手を斜めにしてみせる。

「一般道からハイウェイに繋がるランプでがくんとスピードが落ちるんだな。けっこうな坂道だからねえ」

「当時、日本にはまだ本格的なハイウェイがありません。仕方ないかと思います」

御子柴の慰めを新太郎は、クルマは性能が勝負だ、と一蹴。

「まさか、日本にはハイウェイがありません、どうか大目に見てください、とステッカーをでかでかと貼るわけにもいかんだろう」

御子柴は唇を噛み締める。

「でっかいアメ車からクラクションと罵声を浴びて惨めな思いをしたもんだ。あの強気の史郎さんが涙ぐんでねえ。米国の自動車関係者は、イエローモンキーのちっこいクルマは遊園地がお似合いだ、うちの子供のクリスマスプレゼントに一台もらおうか、と腹を抱えて大笑いだ」

そうですか、と御子柴は肩を落とし、沈痛な面持ちになる。逆に新太郎は拳を握り、顔を紅潮させて語る。

「その屈辱のどん底からトヨトミは這い上がり、雪辱に燃える史郎さんを先頭に、米国人も一目置く低燃費高性能のクルマを開発したんだ。分家の史郎さんが〝トヨトミ中興の祖〟と称えられるまでになった原点には、あのアメリカでの屈辱があるんだな」

分家の史郎さん――役員連中は本家の分家に対する複雑な感情を察知し、一様に神妙な表情になる。が、新太郎は何事もなかったように朗らかに語る。

「だから物事に不可能はないんだよ。当時、日本車を小馬鹿にした青い目のヤンキーどもがいまのトヨトミを見たら吃驚仰天して目を回すだろう」

丸めていた背筋を伸ばす。あごを上げ、役員ひとりひとりに視線を当てる。みな居住まいを正す。

「いまは苦しいだろうが、ここが正念場と覚悟を決め、頑張ってくれたまえ」

両手をテーブルにおき、頭を深々と下げる。

「このとおりだ」

ははあ、と全員が平伏する。吉田も直立不動の姿勢から深く腰を折る。武田も頭を下げながら、ようやるぜ、と呟く。

トヨトミの命運を左右する会議は三十分で終了した。挙手で決をとるまでもなく、一年前倒しのハイブリッドカー『プロメテウス』量産体制が決定したのである。記者発表は明後日。残された期間は二年。退路は断たれた。以後、社内で〝クレイジープロジェクト〟と呼ばれる、常軌を逸した生産計画の始まりだった。

新太郎は秘書たちに囲まれ、武田、御子柴以下役員全員が並んで見送るなか、大勝利を手にした凱旋将軍のように胸を張って引き上げる。悲痛な面持ちの役員たちが足取りも重く続く。顔面蒼白の吉田も技術担当の副社長に叱咤《しった》激励されながら出ていく。

その日は午後四時から本社工場に米商務省の一行が見学に訪れた。商務長官率いる国賓に近い重要な団体ゆえ、武田と御子柴が案内役に立ち、東京ドーム四十個分の広大な敷地に建つメイン工場を回りながら質問に答えた。遥か向こうが霞んで見える巨大な工場で数千人の作業員が整然と生産ラインに立ち、無駄な動きなく組み立て作業に没頭する姿に、みな感嘆の声を上げた。最新鋭の工作機械やロボットが組み立て工程の重要部分を担う光景にも、まるで未来のハイテク工場のようだ、信じられない、と驚きと称賛の言葉が飛び交った。

夜は米国大使と通産大臣をゲストに招いて名古屋市内のホテルで歓迎パーティが催され、トヨトミ自動車を代表して新太郎が乾杯の挨拶に立った。シャンパングラスを片手に流暢な英語で歓迎の言葉を述べた後、ここだけの話ですが、と前置きして会場を見渡す。日頃の寡黙、無愛想がウソのような晴れやかな笑顔だ。

「みなさんが驚き、褒めてくださったトヨトミシステムですが、実はアメリカにルーツがあるのです」

商務省の関係者が食い入るように見つめる。

「わがトヨトミ自動車の初代社長である豊臣勝一郎が一九三〇年代、米国ミシガン州デトロイトを訪問し、見学したウォード社のリバー・ルージュ工場の生産方式に感動して取り入れたものであります」

あれ、とかしこまって聞き入っていた御子柴が囁く。

「たしかに当時のリバー・ルージュ工場は世界の最先端です」

怪訝《けげん》そうな口調だ。

「敷地内に溶鉱炉からガラス工場、ゴム工場、ライン生産用のベルトコンベア、各種工作機械を備え、約十二万人の従業員が働く世界一の巨大工場でしたが……」

首をかしげる。

「わがトヨトミシステムは勝一郎さんが戦後の米国のスーパーマーケットを視察し、そこからヒントを得て考案されたはずです」

「いいんだよ」

武田は苦笑しつつ返す。

「所詮、根拠のない伝説、神話の類いだ。いかようにでも作り変えられる。ＴＰＯを踏まえて臨機応変に語ったほうが面白いだろ。遠来のゲストも喜んでくれる」

どっと会場が沸く。米商務省の面々も、米国大使も笑顔だ。新太郎の張りのある言葉が響く。

「トヨトミは父親であるアメリカの背中を追いかけ、ここまで大きくなりました。感謝、多謝、乾杯！」

シャンパングラスを高々と掲げ、いっきに飲み干す。

「本日はありがとうございます」

輝くばかりの笑みを送る。会場から爆発するような拍手が湧く。口笛を吹く米国人もいる。

「いやはやなんとも」

御子柴が呆れ顔で言う。

「昼間、社運を賭けた『プロメテウス』に一年前倒しの非情な断を下された方が、いまは心の底から笑っておられる。凡人には理解できませんな」

「豊臣家のドンだ。なんでもありだ」

武田は素っ気なく言う。

「そもそも豊臣家の支配形態からして異様だろう」

御子柴が沈痛な面持ちで見つめる。

「ウォード家が持つウォード・モーターの株は四〇パーセントだが、豊臣家はわずか二パーセント程度。それで世界と勝負するトヨトミ自動車を支配して揺るぎなしだ。摩訶不思議な話だよな。資本の論理を超越している。アメリカ人は理解できんだろう」

　武田はシャンパングラスをあおり、毒でも飲んだように顔をしかめる。筆頭副社長はグラスを掲げただけでそっとテーブルに置く。

　パーティ終了後、武田は御子柴を誘い、ふたりきりで飲みに出た。名古屋を代表するビジネス街、丸の内の隠れ家のようなバー。

　アメリカンブラックチェリーの分厚い一枚板を使ったカウンターで武田は葉巻を喫い、ブランデーを飲む。御子柴は胃の調子がすぐれないとかでウーロン茶だ。

「大丈夫なのか」

　御子柴は胃を押さえ、丸顔をしかめる。

「『プロメテウス』の今後が気になりまして」

　武田は鼻で笑う。

「おれたち文系の人間が気を揉《も》んでも仕方なかろう。複雑極まりないハイブリッドのシステムなど素人同然なんだからな。餅は餅屋だ。エンジニアどもに任せとけばいい」

　返事なし。武田は葉巻を美味《うま》そうにふかす。

「いいことを教えてやろう」

　御子柴が見つめてくる。

「技術屋には気をつけろ」

　ブランデーをひと口飲み、葉巻を喫う。口中に芳醇な香りが広がる。

「メーカーの技術屋はとにかくカネを使う。悪気なく使うから始末が悪い。頭ごなしに怒ることもできない。カネの使いすぎだ、と注意するとたんにモチベーションが落ちて、研究開発現場の士気に影響してくる。困ったもんだ」

ふうっと紫煙を吐く。古びたスピーカーからジャズピアノが流れる。陽気で華麗なオスカー・ピーターソンだ。

「おれは、こんなものペイしないだろう、という厄介な投資計画が社長決裁に回ってくると、担当者を呼んでまず褒める」

ひと息おく。

「よくこんな難しいことを考えて企画にしたねえ、立派なもんだ、と褒めちぎる」

それで、と御子柴が目を光らせて問う。

「どう納得させます？」

「プライドをくすぐって持ち上げ、こう〆《シメ》る。いまはトヨトミといえども余裕がない、まことに残念だが今回は諦めてくれ、と頭を下げる。頭はいくら下げてもタダだからな」

「なるほど」

大きくうなずく。次期社長として参考になります、と言わんばかりだ。武田は続ける。

「おれは絶対に無駄な投資はさせない。日本経済を牽引した家電や電機、エレクトロニクスなど大規模メーカーが衰退してきたのは生温《なまぬる》い自己満足の投資のせいだ」

冴えないメーカーを数え、指を折る。片手に余る。

「技術者が高度成長期の思考のまま、薔薇色の未来の夢を描いてバカげた投資を強行し、業績は急降下。経営者が慌てて投資を絞っても後の祭り。現場の士気はとたんにダウンし、魅力的な商品がまったく出なくなるという、地獄のような負のスパイラルに陥ってしまったんだな。つまり、カネと志、消費環境のバランスがとれていなかったということだ」

「ならば『プロメテウス』は勝算あり、ですか」

「当たり前だ」

　横目で睨みをくれる。

「六年後に迫った二十一世紀はエコロジーの時代だ。環境は儲かる。CO_2の増大に地球温暖化。排ガス規制はますます厳しくなり、人類のエコへの関心は飛躍的に高まる。エコ・イコール・トヨトミ、を世界中に知らしめてやる。ハイブリッドはトヨトミに莫大な富をもたらすんだよ」

「しかし、量産化が実現しなければ――」

「実現させるに決まっているだろう」

　もどかしい思いで続ける。

「おれと会長がじっくり話し合い、今日の役員会議を仕組んだんだ」

　ええっ、と絶句する。

「じゃあ、会長の二年で量産化うんぬんは」

「サラリーマン社長のおれが、あと一年で実現しろ、ととんでもない無茶をかまして傲慢な独裁者、非情な悪玉を演じ、過去の屈辱を蒸し返して挑発。役員連中の困惑と怒りがヒートアップしたところで豊臣家のドンのご登場だ。印籠を持った水戸黄門みたいなもんだな。あっというまに収束だ。一年が二年に延び、吉田をはじめ役員連中は大感激だ。豊臣家の恩情に感謝しているうちに超低燃費エンジンという逃げ道を塞がれ、崖っぷちだ」

「下げて上げて、存分に揺さぶった挙げ句、最後、退路を断ち、ハイブリッドカー量産化まで残り二年、と高らかにぶち上げる。みごとなシナリオですね」

　まあな、と武田はうなずく。

「豊臣家のドンが出張ってきた以上、技術陣は必ず二年でやり遂げる。サラリーマン社長の脅しすかしとはレベルが違う。どんな困難が待ち受けていようと、世界のトップランナーになりゴールテープを切る。弱音を吐きやがったら悪玉のおれが首根っ子をつかんででもテープを切らせる。だからおまえは安心してろ」

「いやはやなんとも」

信じられない、とばかりに首を振る。武田は言う。

「これが二パーセントの秘密だな」

はあ、と怪訝そうな筆頭副社長に言葉を選んで告げる。

「いざとなれば豊臣家の旗のもとに集結し、恐ろしいパワーを発揮して危機に立ち向かう。これがトヨトミ自動車の強さの秘密だ。仮に豊臣家の旗がなければ結束力も半減だ。あっというまに並みの自動車メーカーに転落だ」

「つまり、それは――」

忠臣は言い淀み、黙りこむ。

「言いたいことを溜め込むのはよくないぞ。ストレスになって心身を蝕《むしば》む。ポンコツの老体がエンストしちまう。おれとおまえの仲だ。言え」

御子柴は鏡のようなカウンターに目を落とし、これは私人としての考えですが、と前置きして語る。

「まるで新興宗教のようですね」

ぷっ、と噴く。御子柴が眉根を寄せ、剣呑な目を向けてくる。

「いや、失敬。あまりにおかしかったものでな」

ブランデーを飲む。飲まなきゃやってられない。

「新興宗教に決まってるじゃないか」

忠臣はぽかんと見つめる。

「豊臣家は教祖であり、社員は全員、従順な信徒だ。そしておれたちが住む豊臣市は日本で最も完成された宗教都市だ。巷で言われるような企業城下町なんかじゃない」

御子柴の目が宙を彷徨《さまよ》い、逃げるようにカウンターを見つめる。武田は愕然とした。右腕と見込んだ御子柴もこの程度か。骨の髄までトヨトミ教に浸って揺るぎなしだ。

武田の脳裏に浮かぶ光景がある。元日の朝、会長・社長以下、トヨトミの幹部と歴代ＯＢ、主要子会社幹部、取引銀行支店長が豊臣市内の神社に集まり、粛々とお参りを行う、トヨトミの恒例行事である。副社長時代の武田はこの〝トヨトミ流初詣〟にクレームをつけて仕事始めの日に変更した。「単身赴任で頑張っている者もいる、正月くらい家族のもとで過ごさせてやりたい」との至極まっとうな気持ちからだが、幹部の何人かは「元旦でないとどうも収まりが悪いですなあ」と不満タラタラだった。陰で「武田の野郎、豊臣家の伝統行事をないがしろにしやがって」と罵《ののし》る、怒り心頭の役員もいたとか。トヨトミ教の、一筋縄ではいかない手強《てごわ》さを改めて思い知る出来事だった。

「社長」

御子柴がうつむいたまま語りかける。

「限界がありますね」

カウンターに映った己を凝視して言う。

「新興宗教では限界があります。ＵＳモーターズ、ウォード、ＤＦといった世界の巨人とは戦えません」

すっと暗闇に光が射す。武田は言葉を引き取る。

「そうだ。トヨトミ教ではなく、資本社会のルールのもと、社員が一致団結しなくてはな」

御子柴は二呼吸分の沈黙を噛み締め、口を開く。

「そういう時代なのかもしれません」

武田はほおづえをつき、ぼそりと言う。

「おれはトヨトミを変えるつもりだ」

カウンターに映る丸顔がゆがむ。

「しかし、社長」

御子柴は顔を上げ、すがるような目を向けてくる。

「豊臣家の旗は必要ですよね」

武田は焦らすようにブランデーを飲み、葉巻をくゆらす。

「旗は必要だが――」

ふうっと紫煙を吐く。

「錦の御旗《みはた》でいいのかもしれんな」

筆頭副社長は口を半開きにして見つめる。


寒い。底冷えがする。美濃の山間部から冷たい風が吹き込む尾張の冬は厳しい。夜十一時すぎ。インターフォンを押す。たっぷり一分ほど待たされ、スピーカーから応答があった。

「どちらさま?」

初老の女性の声。武田剛平の妻、敏子。

「夜分遅く恐縮です。日本商工新聞の安本と申します」

「まだ帰りませんけど」

敏子のそっけない言葉が返ってきた。

名古屋市内のホテルで催された米国務省一行の歓迎パーティの後、武田は消えた。現場を仕切る広報担当の人間に訊いてもわからない。今夜はなんとしても伝えたいことがあった。プライベートな事柄、トヨトミの社長にとってはゴミのような、とるに足らない出来事と承知しながらも、武田本人に告げなくては気が済まない。二ヵ月前。トヨトミによるダイエン工業、立川自動車の子会社化をスクープして以来、劇的に変わってしまった記者人生。まさか、こんなことになろうとは。

安本は白い息を吐いて訊く。

「今夜はお帰りになるでしょうか」

「さあ、どうでしょう」

敏子は冷ややかに言う。

「お酒かマージャンか。主人が夜、なにをやってるのか、あたしにはちーっともわかりませんから」

安本は朗らかに告げる。

「失礼しました。また日を改めて参ります」

「ごくろうさま」

インターフォンが切れる。安本は玄関前に立ち、武田の自宅を眺めた。豊臣市内の小高い丘を造成した住宅地。防犯を重視したコンクリート塀と鉄門こそ立派だが、家屋はいたってふつうの和風二階家である。敷地も百坪程度か。とてもトヨトミ自動車を率いる社長の邸宅には見えない。

つい、他社と比べてしまう。トヨトミと同じく、戦後急成長を遂げた大手電機メーカーだ。東京に本社を置くこのメーカーは創業者の方針で役員に莫大な報酬が与えられている。創業者いわく「世界を相手にダイナミックなビジネスを展開するわが社は外国からのゲストも多い。役員は夫婦そろってゲスト、知人を招き、華やかなパーティが開ける立派な自宅を持ちなさい。それが世界のビジネスの常識だ」と。実際、役員の自宅は都内の一等地の豪邸ばかりだった。

翻《ひるがえ》ってトヨトミはどうだ。富裕層の二世役員はともかく、サラリーマン社長は尾張の片田舎で地味な戸建て住まいだ。これでは車座の宴会がせいぜいだろう。

トヨトミは徹底したリアリズムの会社である。豊臣市の本社ビルは築四十年の古びた四階建てだが、世界各地の工場には最新鋭の工作機械とコンピュータ制御のロボットの導入を惜しまず、たっぷり敷地をとった研究施設とテストコースも豪華だ。内外の要人が頻繁に訪れる東京本社も煉瓦色の壮麗な高層ビルで、豊臣市の本社ビルとは雲泥の差である。双方を訪れた人間はみな、その冗談のような違いに驚くという。つまり、カネの使い途《みち》の選択と集中である。そして使用人である役員も、世間一般のメーカー並みの報酬で十分、ということだ。

ひゅう、と北風が吹いた。コートの襟を立てる。寒々としたものが胸を焦がす。妻、敏子の応対から、家庭はお世辞にも円満とはいえないようだ。

武田家の家族構成を反芻する。五歳下の敏子とは社内結婚で、子供はふたり。東京在住の息子は大手広告代理店勤務。娘は音大卒業後、高校時代の同級生と結婚して大阪でピアノ教師。頼りの夫はトヨトミ自動車に取り上げられたも同然。しかもマニラの七年間は単身赴任だ。働き盛りの夫がお世辞にも治安が良いとは言えない発展途上国へ左遷され、日本に残された妻は子供ふたりを抱えてどんなに心細く、寂しかったことか。ひとりで家を守り続けてきた敏子に同情してしまう。

夫が社長になっても妻の立ち位置はそれほど変わらない。日本一の大会社とはいえ、トヨトミの根っ子は尾張の田舎企業だ。パーティやゴルフ接待、海外視察に妻同伴の機会など皆無だと思う。少なくとも安本は見たことがない。社長以下、幹部たちは所詮、豊臣家の使用人。それ以上でも以下でもない。

つくづく、特異な企業だと思う。

なかでも武田剛平のキャラクターは特異中の特異だ。さすがに社長になってからは控えているようだが、若い時分「葬式好きの武田」と揶揄された独自の人脈構築術は役員になっても続けていたという。なんでも取引先の関係者の訃報が伝えられ、担当役員が海外出張などで出られないときは、決まって武田が「よし、おれが行く」と手を挙げるや、飛び出していったとか。

一方、自身の冠婚葬祭は「仕事とプライベートは別」といっさい明かさない。トヨトミでは半ば伝説となっている逸話だが、武田の娘が結婚した際も、承知していた人間はヒラから役員まで皆無。呆れ果てた新太郎に「おまえもとことん水臭いやつだな」となじられ、さすがに恐縮したらしいが。

仕事の進め方も独特で、役員になっても時間が空くとマージャンか会食、酒、カラオケで人脈作り。夜は社内の若い連中を集めて他セクションの人間関係や仕事の進捗状況を探り出すこともあったとか。部下が決裁書を持っていくと、競馬新聞でレースの予想を立てながら、ろくに目も通さないで「おまえに任せた」でおしまい。

ところが火急の際は的確な指示で周囲をうならせた。こんな話がある。インドネシアの景気が落ち始め、販売が芳しくない状況に陥ったときのこと。部下がその旨を報告に行くや、血相を変え、「おまえがいますぐインドネシアに飛べ、速攻で在庫車を叩き売ってこいっ」と命令。担当者はその場から空港へ向かい、翌日にはもう在庫を売り払っていたという。

こんな豪快で非常識な男が夫では、妻の苦労も察してあまりある。

安本は踵《きびす》を返し、待機するハイヤーに戻る。と、そのとき、道路の向こうからヘッドライトが接近してくる。目を凝らす。トヨトミの最高級車『キング』。全身が火照る。社長専用車だ。

門の前で停車する。安本は駆け寄り、スモークの入ったリアウィンドウに顔を寄せ、武田さん、日本商工新聞です、と記者証を示す。ウィンドウが音もなく下りる。ぬっと武田の赤ら顔が現れる。充血した目と酒臭い息。額の脂汗。相当、飲《や》ったようだ。

「安本くんじゃないか」

驚きの表情で言う。

「こんな寒い夜に夜討ちか？」

真顔だ。安本の頭の隅で疼《うず》くものがあった。記者の本能がフル回転する。

「ええ、まあ」

言葉を濁し、そっと表情を観察する。武田はシートに身を沈め、前を向く。安本は語りかける。

「ひとつだけお訊きしたいことがありまして」

なんだ、と眉をひそめる。朧《おぼろ》な横顔が警戒している。

「あの情報ですが」

ほおが隆起する。ぎりっと歯を嚙む音が聞こえる。

「ダイエン工業と立川自動車の子会社化です」

ああ、と警戒の翳《かげ》が消える。

「よかったじゃないか」

葉巻を手に、ライターをひねる。洞窟のようなリアシートに細い火が灯る。浮かんだ横顔に安堵の色があった。

「記者として勲章だろう」

「ありがとうございます。しかし――」

ひと息おいて言う。

「社内での評判はさんざんでして」

どうして、と怪訝そうな視線を向けてくる。葉巻の火口《ひぐち》が明るくなる。

「トヨトミに利用された大間抜け、と言われております」

あの屈辱が甦る。スクープは朝刊一面を飾り、他社のウラ取りでもトヨトミ関係者は否定せず、安本は山のような称賛の声を浴びた。本社の幹部からも祝福の電話が入り、記者人生初の一面スクープに酔った。記事から三日後、トヨトミ本社で記者会見が開かれ、ダイエン工業と立川自動車の子会社化を正式に発表。安本の評価はますます高まった。ところがその一ヵ月足らず後、北京から超弩級のニュースが飛び込み、事態は一転する。

豊臣新太郎・トヨトミ自動車会長が武田社長を伴い、中国を極秘裡に訪問。中南海において王沢心・中国共産党総書記との電撃トップ会談が実現、との情報だ。いよいよトヨトミの中国への本格進出が始まる、と大騒ぎになり、一方でこんな噂が囁かれ始める。ダイエン子会社化はこの電撃会談の布石ではなかったのか。

二日後、名古屋の地元紙が驚くべき記事を掲載した。

日本商工新聞のダイエン子会社化のスクープ記事が出た当日、武田社長は北京で中国政府高官数名と密かに面会し、豊臣新太郎と王沢心のトップ会談実現に向けた根回しを行っていた、と。しかも武田はその前夜、秘密裡に社有ジェットで北京入りし——。

読みながら、ウソだろう、と呟いた。これが事実なら、武田は安本の取材に応えたその足で社有ジェット機に乗り込み、北京に向かったことになる。あり得ない。

安本はガセネタだと笑い飛ばした。女性秘書も認めた一泊二日の人間ドックがある。北京を訪問できるわけがない。トヨトミ担当班のキャップにも、産業部デスクにもそう説明した。

しかし、翌日の同紙朝刊が止《とど》めを刺した。北京における武田と中国高官たちとの極秘面会の様子を報じたのだ。にわかスクープ記者は真っ青になった。

あろうことか武田は面会当日の朝出たばかりの日本商工新聞のスクープ記事を話題にし、中国共産党のお歴々も「武田さんの努力と誠意に感謝する」「トヨトミとの雪解けは近い」「トップ会談は間違いなく実現します」と明言。安本は悟った。武田にみごとに嵌められた、と。

キャップは驚き呆れ「おまえのおかげでウチはいい笑いものだ」と嘆いた。産業部デスクは「てめえのスクープはトヨトミの販促材料か、ふざけるなっ、消えろっ」と激怒した。

しかも、朝日、読売といった全国紙ならともかく、ちっぽけな地元紙にスクープ記事の裏側をばらされ、大恥をかかされたのである。

スクープの功績はきれいに消え、逆に、脇が甘い御用記者、のレッテルを貼られた。

安本は車内に首を突っ込むようにして武田に問う。

「スクープ記事を中国高官との面会の材料に使いましたね」

返事なし。武田は前を向き、ただ葉巻を喫う。

「あなたに利用され、地元紙にコケにされたわたしは、トヨトミに尻尾振って使い倒されたアホ記者、と陰口を叩かれております」

ほかにも、女房がトヨトミの元役員秘書だから取り込まれたんだろう、結婚もトヨトミの策略らしい、とも。スクープの衝撃が大きかった分、他社の連中も容赦がない。

「安本くん」

突然、野太い声が返る。

「愚痴を言いにきたのか」

横顔が険しい。

「失敗の鬱憤《うっぷん》を取材対象者にぶつけているようではダメだな。将来性ゼロだ。取材のプロとして恥ずかしいことだ。屈辱をバネに、さらに闘志を燃やしてこそ新聞記者だろう」

首筋がかっと熱くなる。

「勘違いしないでください」

なんだ、とばかりにこっちを見る。

「東京へ異動になりましたので、挨拶を兼ねてまいりました」

ほう、と眉間が狭まった。

「今回の件が理由か」

さあ、と首をひねり、安本は返す。

「仮にそうだとしても――」

百パーセント、そうだ。キャップに言われた。〝笑いものになった記者を置いておくわけにはいかない、おまえもやりにくいだろう、本社へ戻って出直せ〟と。了承するしかなかった。

「宮仕えの身ですから従うまでです」

武田は重々しくうなずく。

「組織の人間とはそういうものだ。頑張りたまえ」

ウィンドウが上がる。待ってください、と両手でしがみつく。ウィンドウが止まる。

「正直に言いましょう」

武田が鋭い目を向けてくる。

「あなたに騙され、惨めでした。怒りもありました。異動を前に、自分の鬱々とした思いをぶちまけたかった。あなたのせいで出世コースから追い出されます、たったの一年八ヵ月でトヨトミ本社担当を外されます、と」

安本はなにかに背を押されるようにまくしたてた。

「しかし、そんなもの、もうどうでもいいです。結局は自己責任です。人生はすべて自己責任です。どういう理由があるにせよ、他人を恨むのは間違っています」

大きく息を吸う。冷気がツンと鼻に沁みる。

「武田さんは十七年もの間、自販の経理部に塩漬けになり、七年間マニラに追いやられた後、四十六歳でやっと帰国。以後、獅子奮迅の活躍でトヨトミ自動車の社長までのぼりつめました。己の不遇を嘆き、腐っていてはなにも始まらない。武田さんが他人を恨み、マニラで不貞腐《ふてくさ》れていたらそこで終わっていた。人生は自分で切り拓かなきゃダメです」

「言いたいことはそれだけかね」

いえ、と首を振る。

「ここからはトヨトミ担当の記者として質問します」

剛腕社長と睨み合う。

「今夜、わたしの顔を認めたときですけど」

声のトーンを落とす。

「夜討ち取材か、と驚きましたよね」

表情の変化を観察しながら、言葉を選んで告げる。

「つまり、極秘のニュースがあるのでは」

武田は前を向く。一瞬、ほおが緩んだように見えたのは気のせいか。

「餞別《せんべつ》をやろう」

安本は身がまえた。

「たしかに腐らず諦めず、動き続ければなにかに当たる」

はあ？　禅問答か？　これが餞別？　武田はぼそりと言う。

「今夜のきみのように」

じゃあ、餞別は――。

「今日の午後、今年最後の役員会議があってね」

重いバリトンが響く。

「『プロメテウス』の発売が一年前倒しになった」

なんだと。ハイブリッドカー『プロメテウス』は一九九八年発売予定だ。つまり、あと三年で量産化が既定路線だ。しかし、一年前倒しになると残された期間はたったの二年。事実だとするととんでもない事態だ。安本は、冷静に、落ちつけ、と己に言いきかせて問う。

「一九九七年ですか」

そうだ、と葉巻を美味そうにくゆらす。

「ドイチェファーレンの実用化が近い。うかうかしておれん」

猛追するＤＦ。噂には聞いていたが、トヨトミが先手を打ったとなれば信憑性はかなり高い。

それと――。武田は言葉を重ねる。

「超低燃費エンジンの開発は中止だ」

二大プロジェクトのうち片方をとりやめ、となればトヨトミは退路を絶ったことになる。

「記者発表は明後日」

ウィンドウが上がり、武田が消える。モーターがうなる。鉄門が開き、黒塗りの『キング』が吸い込まれる。

安本は白い息を吐いて走った。ハイヤーに戻り、運転手に「支社へ」と告げ、車載電話の受話器をつかむ。かじかむ指で編集部の番号を押し、耳に当てる。ツーコールで出た。

「キャップ、安本です。面白いネタがあります」

なにぃ、と不審を露にした声が耳朶《じだ》を刺す。無理もない。こっちは〝前科持ち〟の記者なのだから。

「トヨトミの『プロメテウス』、発売、一年前倒し。今日の本社役員会議で決定です」

ちょっと待て、とキャップが叫ぶ。

「一年先送りの間違いじゃないのか」

当然の疑問だ。トヨトミが社運を賭けた、と言われる次世代エコカー『プロメテウス』はいまだ試走を公開していない。トヨトミの関係者からも、九八年は難しい、二十一世紀に間に合えばラッキーで は、との冷めた声が多々聞かれる。この状況で一年前倒しなど、想定外の外だ。

「おれを信じてください」

おまえが言うか、と己につっこみを入れつつ、言葉を重ねる。

「明日の朝刊で打ちましょう。おれに書かせてください」

返事なし。ハイヤーは高速道路に上がり、疾走する。彼方に名古屋市の光の海が見える。受話器を握り締める。

「トヨトミ担当の最後の記事です。おれが書きます」

二呼吸の沈黙の後、こっちでウラをとっておく、と重い声がした。安本は返す。

「手持ちの未確認情報、ふたつ送ります」

頭を整理して告げる。

「ＤＦのハイブリッド実用化近し。トヨトミの超低燃費エンジンプロジェクト中止」

絶句する気配があった。が、すぐに野太い返事が鼓膜を叩く。

「よし、わかった」

声音が一転、昂揚する。

「それもこっちに任せろ。記者を総動員してウラを取る」

キャップの興奮が手にとるようにわかる。安本は釘を刺す。

「だれに当ててもかまいませんが、武田社長だけはやめてください」

なにぃ、とうなり声がした。

「じゃあ、このネタ元は」

あと三十分で上がります、と告げ、受話器を置く。最終締め切りまで約一時間半。メモ帳を開き、原稿を書きながら考える。今回のネタも利用されるのか？　ちがう。これは餞別だ。武田剛平、という男の正体が見えない。冷徹な剛腕経営者。トヨトミの利のためなら記者ひとりを騙し、人生を暗転させても毛の先ほどの痛痒《つうよう》も感じない狡猾で非情な男。

先輩記者のエピソードが甦る。数年前の春闘だ。夜、トヨトミ本社ビル近くの広大なグラウンドに数千人の組合員を集めて行われた決起集会。巨大な赤旗がたなびき、インターナショナルが唄われるなか、壇上でマイクをつかみ、苛酷な労働環境の是正を訴える労組幹部たち。最後列で腕組みして見入る副社長の武田。カクテルライトが煌々と灯るグラウンドとスピーカーの割れた大音声《だいおんじょう》。拳を突き上げる労働者の歓声と怒声。ビリビリ震える春の夜気。

先輩記者は武田の横に立ち、労組幹部の悲痛な訴えを聞いた。

グローバル化の推進で多忙を極める現場、トヨトミシステムに追いまくられる工場労働者たち、日々のノルマの重圧、ストレスと疲労、家庭を守る妻の心労、子供たちの無邪気な笑顔、弱い立場の子会社への苛烈なコストカット要求――。

突然、武田のほおが光った。涙だった。記者は驚き、とっさに、鬼の目にも涙ですね、と冗談めかして言ったところ、武田は沈痛な面持ちで、生きることは難儀だな、とうめくようにこう語った。

「ビジネスは戦争だ。労組の諸君の要求を丸呑みすればうちは世界のライバル社に負ける。いまの水準の給料はとうてい払えない。おれたち幹部は寝ても覚めても経営のことを死に物狂いで考え、汗水を垂らして行動し、トヨトミを発展させなくてはならない。牙を剥いて襲いかかる他メーカーを蹴散らし、トヨトミはもちろん、子会社、サプライヤーの社員とその家族の生活を守らねばならんのだ。戦争は負けたら終わりだ。なにも残らない。焼け野原だけだ」

武田は顔を伏せ、太い指で涙を拭った。

怒濤のようなシュプレヒコールが轟く夜のグラウンドで、先輩記者は武田剛平の隠された一面に触れた気がしたという。

ならば、この餞別スクープも武田が心の底に秘めた情の為せる業《わざ》なのか。それとも単なる気まぐれか。安本にはわからなかった。

『プロメテウス』に関する情報とデータを総動員しながらペンを走らせる。これが最後の記事かと思うと感慨深いものがある。

頭の隅で囁く声がある。大丈夫なのか？　と訊いてくる。安本は歯を嚙み、所詮プライベート、と頭から追いやろうとした。が、ダメだ。

意地の悪い声が囁く。おまえの女房はトヨトミ自動車の企業城下町、豊臣市の生まれ育ちだろう。そんな世間知らずが生き馬の目を抜く東京でやっていけるのか？　しかも女房はいま大事な身体——。

安本は小さくかぶりを振った。沙紀の妊娠がわかったのは一ヵ月前。そして異動の内示が一週間前。初産《ういざん》を控え、未知の大都市東京での新生活はさすがに不憫だ。しかも、夫は昼も夜も駆け回る新聞記者だ。妊婦のサポートは物理的に不可能だと思う。

安本は熟慮の末、こう勧めた。

「豊臣市の実家に戻り、落ちついた環境のなかで出産したほうがいい。東京での生活はそれからでも遅くない」と。

答えは意外なものだった。いつもは大人しくて従順な沙紀が、そんなの嫌です、絶対嫌っ、と瞳を潤ませ、熱っぽい口調で訴えたのだ。沙紀はこうも言った。

「結婚して一年にもならない夫婦が別れて住んでどうするの。わたし東京に行くから。この子といっしょについていくから」

腹部を愛おしそうに撫でる沙紀は、もう母親の顔だった。自分ももうすぐ父親だ。沙紀の覚悟に応え、家族を守っていかねば。安本は疾走するハイヤーのなか、懸命にペンを走らせた。

第六章　ハイブリッド

一九九六年　春

「いやあ、強い強い」

男は白いタオルで首筋の汗を拭い、チェアに腰を下ろす。筋肉質の痩身にテニスウェアがよく似合っている。

「右サイドラインぎりぎりのショット、手も足も出ないよ」

悔しそうにラケットを振り、ベンチに立てかける。統一もラケットをおき、隣に座る。よく晴れた土曜日の午後。春の陽射しがまぶしい。

名古屋市の東部に位置する高級住宅地。起伏に富んだ閑静なこの地に豊臣家の迎賓館を兼ねた豪壮な屋敷があった。豊臣家のドン新太郎も、息子の統一も、本宅とは別に、おもに週末を過ごす別宅をこの屋敷内に持っている。

敷地三千坪。周囲をぐるりと高さ二・五メートルの煉瓦塀が囲み、観音開きの鉄扉《てっぴ》が塞ぐ正門横には警備員室。トヨトミの社員が三交代二十四時間体制で警護に当たり、不審人物、不審車輛があれば即、所轄署へのホットラインを使い、通報する。警察官が駆けつけるまで三分を超えることはない。さらに巡回パトカーが三十分ごとに警戒して回る。

広大な敷地内には世界的な建築家が設計した洋風と和風の住居棟、それに会議室が置かれ、ほかに竹林に囲まれた茶室、飛び込み板付きのプール、ガーデンパーティが可能な英国風庭園、暖炉が備わったゲストハウス数棟、それにテニスコートがある。

「統一くんは最近、レースカーの運転ばかりだろう」

男は浅黒い顔をほころばせて語る。

「ゴルフも封印したと聞いたから、テニスなんて見向きもされないと心配してたんだぜ」

そんなあ、と統一は手を振る。

「どこかで情報が錯綜してますね」

執事が運んできた冷たいレモンジュースを飲む。

「大事な接待があればゴルフもやるし、山崎さんが相手ならちゃんとテニスも付き合いますよ」

山崎幸二《やまざきこうじ》、四十八歳。元大蔵官僚で銀行局勤務が長く、大臣秘書官などを歴任し、いまは与党・民自党所属の衆議院議員。帝都大時代は体育会のテニス部で鳴らし、ヨットもスキーもこなすスポーツマンである。

統一との出会いは約十五年前にさかのぼる。当時、統一は外資系証券会社のニューヨーク支店勤務で、駆け出しの証券マン。一方、山崎は大蔵省からハーバード大学に研究員として出向中の身。そして山崎の大蔵省の後輩が統一の姉の夫、つまり義兄である。このトヨトミの華麗なる閨閥《けいばつ》がふたりをごく自然に近づけ、ひと回り近い年齢差を超えて肝胆相照《かんたんあいて》らす仲となった。

面倒見のいい山崎は毎週金曜日になると統一のニューヨークのマンションに金融関係の知人を招き、

ホームパーティを催してくれた。男ふたりで食料と酒を買い出しに行き、カクテルを作り、ゲストにステーキを焼いて振る舞うのである。統一は山崎のサポートのもと、すっかりリラックスした金融関係者を相手にせっせと営業活動を行い、仕事の成果に繋げた。山崎は社会人の先輩として細かなアドバイスもくれた。曰く、「会社には朝一番に行って掃除をしろ」「電話は真っ先に取れ」「お客さまの荷物を持ってタクシーに乗せ、見えなくなるまでしっかり見送れ」。

つまり、いたずらにアメリカナイズされることなく、日本人らしく謙虚に誠実に振る舞え、ということだ。

いまも腹蔵なく語り合える元大蔵官僚は頼れる兄貴分であり、頭脳明晰なアドバイザーでもある。山崎と会うといつも心が晴れ晴れとする。山崎と同年輩のトップガン、速水が陰なら、山崎は底抜けの陽だ。

「最近のトヨトミ自動車、生まれ変わったみたいだねえ。会う人会う人がみな血眼《ちまなこ》だもの。大トヨトミの余裕は雲散霧消だね」

山崎はレモンジュースを飲みながら屈託なく言う。

「やはり剛腕武田剛平の力かな」

気持ちが沈む。山崎はかまわず語る。

「ハイブリッドカーなんかメチャクチャらしいじゃないか。社内じゃあまりの強引さから〝クレイジープロジェクト〟と呼ばれてるんだってね」

統一は額に冷たいタオルを当てながら耳をかたむける。

「社運を賭けた『プロメテウス』を一年前倒しで量産化すると発表し、世間の度肝《どぎも》を抜いたと思ったら、最近はヨーロッパでも暗躍しているようじゃないか」

元大蔵官僚にして与党国会議員の山崎の許《もと》には日々、内外のさまざまな情報が山のように入る。もちろん、日本一の大企業、トヨトミの内部情報もその例外ではない。が、さすがに〝暗躍〟は聞き捨てならない。

「暗躍、ですか」

そう、と目を細め、サングラスをかける。表情が消える。

「フランスとイギリスを両天秤にかけて操っているって話だ」

まさか、と統一は笑った。

「本当だよ。ヨーロッパに建設する新工場だけど、英仏の間で決着してないんだろ」

そのとおりだ。ヨーロッパの現在の生産拠点は一九九二年に稼働した英国工場である。そしてトヨトミが低迷する欧州市場にテコ入れをすべく、新工場の建設計画を示唆した際、英国に強烈な対抗心を燃やすフランスが、「次はこっちだ」と主張。英国も「トヨトミと英国は一体」と譲らず、膠着状態に陥っていた。長らく進出が叶わなかった中国に優るとも劣らない重要な懸案事項である。

名門自動車メーカーが多数存在するヨーロッパでのビジネスは難しい。さかのぼれば英国での工場建設にも複雑な背景があった。始まりは一九七八年秋の英国王女の来日である。王女は自動車メーカー見学の際、日本を代表するトヨトミではなく、英国に工場を持つ日本第二の自動車メーカー『ヤマト自動車』を選択。袖にされたトヨトミは屈辱を舐め、とどめとばかりにヤマト自動車のトップから「尾張の田舎企業じゃ英国王女の接待は無理、と判断されたのでしょう」と嘲笑されて当時の社長、豊臣史郎が激怒。この瞬間から英国進出が悲願となった。

折りも折り、高い失業率と長期の経済低迷に悩む英国は雇用と税収を生み出す海外からの投資を求めていた。工場建設になんの障害もないかと思われたが、何事にも慎重なトヨトミはふたつのリスクで悩むことになる。

英国に工場をつくればロールス・ロイスやベントレー、ローバーなど超名門メーカーが反対運動を起こすかもしれない。仮に英国で生産したクルマを欧州大陸に輸出できたとしても、重大な問題が生じる可能性がある。ドーバー海峡を隔てたライバル関係が仇《あだ》となり、英国とフランスを中心とする欧州大陸の間で貿易摩擦が起こり、トヨトミはその責任を問われるかもしれない――。

苦慮したトヨトミが鉄の女、メアリー・ブラント・フレッチャー首相の胸の内を探ると「英国メーカーの休眠工場を使用せずに新しい工場を作り、政治的混乱さえ招かねばウェルカム」とわかり、熟慮の末、英国政府に次のような提案をした。完成車生産拠点をイングランドのダービシャー州に、エンジン工場をウェールズに分離して建設、と。

自動車メーカーの常識からいえば完成車工場とエンジン工場は同じ場所にあったほうが効率的だが、政治的配慮からあえて分離したのである。すなわち、ダービシャーは労働党の一大拠点、対するウェールズはフレッチャー率いる保守党の地盤で有力官僚の出身地。

この二大政党に配慮する案を目にしたフレッチャーは鉄の女らしからぬ笑みを浮かべて了承したという。英国首相官邸でトヨトミの代表が面会した際、こんな言葉を送っている。

「トヨトミの資本は日本だが、英国企業としてわたしが断固、守ってみせる」

フレッチャーとの蜜月を築いたトヨトミだけに、次はフランス、と簡単にはいかないのである。

統一はふくらはぎに消炎剤をすり込みながら言う。

「たしかに武田社長はやり手ですが、ヨーロッパの二大国を相手に駆け引きができるだけの力量はないでしょう。所詮、極東の島国、日本の一民間企業のトップ、それも――」

一瞬躊躇したが、するりと出てしまう。

「サラリーマン社長ですよ」

首から上がカッと炙られたように熱くなる。つい、口を滑らせてしまった。自己嫌悪が身を絞る。醜い表情を見られまいと顔を伏せた。

「それはちがうな」

山崎がぴしりと返す。

「武田さんは中央政界でも一目置かれているよ。きみには申し訳ないけど、天下の豊臣家にまったく遠慮せず、次々に大胆な手を仕掛け、みごとな成果を出し続けている。生半可な肝っ玉じゃないね。彼はトヨトミの、いや日本国の救世主だよ」

そんな大げさな。が、山崎は拳を握り、ほおを紅潮させて語る。

「あの底知れぬスケールと度胸、実行力。政治家になっても超一流だ。総理大臣の座も夢ではないだろう」

ずいぶんと惚れこんだものですね、と皮肉ってみたが聞いちゃいない。

「日本市場でシェア四〇パーセント、年間三百万台生産を死守すると宣言して就任一年目から実行してみせた。国内で十万単位の雇用を守り、その一方で世界に進出して莫大な外貨を稼ぎ、日本の技術力と日本人の声望を高らしむる。これぞ国士だよ、サムライだよ。ちょいと小金をつかんだら、すぐに海外に拠点を移し、税金逃れに血道《ちみち》を上げるような小賢しいＩＴ屋や金融屋とはモノがちがうよ、モノが」

「まあ、クルマよりはマネーが大好きなひとですからね」

山崎が怪訝《けげん》そうに首をかしげる。統一は続ける。

「本物の自動車メーカーなら本格的なレースに目を向けてもいいんじゃありませんか」

「ラリーには力を入れてるだろ」

たしかに過去、ＷＲＣ（世界ラリー選手権）では四回優勝している。しかし、いまは参加自体が中断しており、武田時代になって以後、モータースポーツへの熱は失せるばかりだ。統一はここぞとばかりに不満をぶちまける。

「どうせならトヨトミの規模、資力、知名度に見合ったレースに参加すべきですよ」

「たとえば？」

たとえば、そう。

「日本人が大好きなＦ１とか」

言いながら、あり得ない、と思った。武田剛平とＦ１。究極のミスマッチだ。が、山崎の反応は意外なものだった。

「やるんじゃないの」

素っ気なく言う。

「武田さんは必要とあらばやると思うよ。なんといっても自動車業界一のビッグイベントだもの。トヨトミがＦ１参加、となったら世界的ニュースだしね。宣伝効果抜群だ」

思わずうなずきそうになる。たしかに山崎の言うとおりかもしれない。規格外の武田なら、いや、武田だからこそ、Ｆ１。

「さあ、もう一ゲーム」

山崎が立ち上がり、ラケットをびゅんびゅん振る。

「今度は叩きのめしてやるから」

よおし。グラスを干してラケットをしごく。

「返り討ちにしてあげますよ」

ふたり、駆け足でコートに戻る。さあ、来いっ、中腰のファイティングポーズをとった国会議員が叫ぶ。

「遠慮しませんよ」

豊臣家の御曹司は大きく伸びあがり、ボールを投げ、腕をしならせてサーブを打つ。けだるい春の午後、深山の別荘地のような空間で小気味いいボールの音が響いた。

ヨーロッパを攻略すべく、武田は慎重に、大胆に動いた。まず、新聞テレビ等のメディアを通してフランスへ、次のような秋波を送った。

「ルノー、プジョーなど、洒落た小型車を作り出す能力は抜群。加えて国民の美的センスは世界一で文化も洗練されている。フランスは地政学上もヨーロッパの中心であり、新工場の立地としてこれほど魅力的な国はない。われわれトヨトミ自動車は本格的なヨーロッパ開拓の橋頭堡になる、と確信している」

一方、英国に対しては一九九七年一月、同国の経済紙フィナンシャル・タイムズ一面に武田のシビアなインタビューが掲載された。

「英国がEU（欧州連合）の通貨統合に加わらなければ、トヨトミは対英投資を今後控える」

一九九三年に発足したEUのユーロ導入が二年後（一九九九年一月）に迫るなか、武田はポンド体制堅持を掲げる英国に牽制球を投げたのである。つまり、英国がポンドのままだと統一通貨ユーロとの間に為替変動リスクが生じる。ポンド高になれば英国で生産したクルマの価格競争力がユーロ圏では消滅してしまう――。

もっとも武田自身、金融政策の自由を優先する英国政府がユーロに切り替える可能性はゼロと見ており、一面記事の狙いは英国側への現実的なシグナル、トヨトミの追加投資に呼応した補助金の交付を迫ることにあった。

同時にかの国の政局を睨《にら》んだ布石の意味合いもある。英国は鉄の女フレッチャー以来、十八年に及ぶ長期保守政権が終焉を迎え、四十三歳のトニー・ブレッドに率いられた労働党が政権を奪取すると見られていた。武田は将来の労働党政権に〝踏み絵〟を迫っていたのである。ブレッドよ、保守党と同じようにトヨトミを支援するのか、否か、と。その回答は鮮烈な、これ以上ない形で出た。

四ヵ月後の九七年五月。労働党のブレッド政権が誕生。翌九八年一月九日、若き新首相は初来日。成田空港に到着したブレッド一行が向かった先は首相官邸でも皇居でもなく、ホテルニューオークニだった。待ちかまえていたのは満面の笑みを浮かべた武田である。

内外の記者を前にブレッドと武田の緊急共同記者会見が開かれ、武田は「英国にエンジンの新工場を建設するため一億五千万ポンド（約三百三十億円）を追加投資し、三百人を新規雇用する」と発表。笑顔のブレッドは武田と力強い握手を交わし、歓迎の意を示した。トヨトミはもちろん、英国からの補助金も引き出している。

英国を大胆に揺さぶり、若き盟主ブレッドを極東の島国の一私企業の会見場にひっぱり出した武田は、その一方でフランスでの工場建設もまとめあげている。パリから北東へ高速鉄道ＴＧＶで約二時間。ベルギーとの国境に近いさびれた旧炭田地区。エネルギー革命で敗れ去った兵《つわもの》どもの夢の跡地をトヨトミ仏工場の建設予定地に選び、フランス政府を歓喜させた。

武田は英仏両国を天秤にかけ、これ以上はない形で本格的なヨーロッパ進出を果たしたのである。

話を日本に戻す。衆議院議員の山崎幸二とテニスを愉しんでから三ヵ月後、統一は驚くべき話を聞いた。梅雨時の、いまにも鉛色の空が泣き出しそうな暗い午後、場所は豊臣市のテストコース。週一のドライビングレッスン終了後である。

休憩室のテーブルでコーヒーを飲みながら速水は、そういえば、とこう言った。

「Ｆ１、いくらしいですね」

なんのことかわからなかった。トヨトミが誇るトップガンは続けた。

「武田社長です」

「Ｆ１の見学、ですか」

ちがいます、と微笑む。

「参戦ですよ」

一瞬、頭が空白になった。

「つまり、わがトヨトミがＦ１に参戦――」

言葉が続かない。速水が引き取る。

「おれたちの間じゃあ、もっぱらの噂ですよ。武田社長の指揮下、社内に極秘チームを作り、Ｆ１参戦へ向けて検討が始まっているらしい」

目を細めて嬉しそうだ。

「うちの社長、やるときはやりますね。これまでのトップとはスケールと決断力が段違いだ」

おっと、と肩をすくめ、「豊臣家の人間と違って、複雑なしがらみがないからできるんでしょうが」と付言する。統一は渇いた喉をコーヒーで湿らせ、口を開いた。

「事実なら凄いですね」

速水はうなずく。

「検討で終わる可能性もあります。しかし――」

ひと呼吸おく。

「実行するんじゃないかな。武田剛平とはそういう男でしょう。あのひとはいまやトヨトミの救世主ですから」

なんと応えていいのかわからない。

「F1は半世紀近く前、英国で第一戦が開催されたヨーロッパ発祥のモータースポーツです。F1参戦はトヨトミがヨーロッパを制し、世界一の自動車メーカーを目指すなら避けて通れない道だ」

「世界一、ですか」

あの世界の巨人、USモーターズやウォード、DFを超える、というのか？　速水の言葉は迷いがなかった。

「社長就任以来の動きはじつにダイナミックじゃありませんか。世界一を目指しているに決まっている。中国、ヨーロッパ、と攻めに攻めて、まるでブルドーザーだ。海外出張も日帰りでこなしているんでしょう。もう六十四歳ですよ。化け物みたいな社長だ。プロレーサーにもあんなタフなひとはいませんよ」

恐れ入りました、と言わんばかりだ。偏屈なトップガンの言葉とは思えなかった。半年あまり前、あれほど武田を嫌っていた男が、いまは認めている。いや、絶賛だ。これが中央政界からも一目置かれているという武田のカリスマ、実力、スケールなのだろうか。統一は遠くを眺めた。鉛色の曇天の下、尾張のなだらかな山々が連なっている。気が滅入る。

己の仕事を振り返る。開発企画部に異動になって三年近く。手がけたクルマは二種。『フローラ』の新モデルと、七人乗りミニバン。いずれもスタイリッシュなデザインのスポーツタイプ。乗り心地と鋭角的な足回りを重視して企画したが、まあまあの売り上げだ。よくも悪くもなく、ほどほど。毒にも薬にもならない中庸。平凡な自分にふさわしい仕事だ。しかし、これではダメだ。トヨトミのトップを狙うなど、おこがましいにも程がある。

ため息が出た。目指すべき頂《いただき》が遠ざかっていく。豊臣本家の血を武器にしようにも、相手が射程内にいなければどうにもならない。がっくりと頭を垂れた。


一九九七年の春先、トヨトミ自動車は大激震に見舞われる。トヨトミグループ御三家のひとつ『トヨトミ機械』の岡崎工場で火災が発生。工場一棟が全焼したのである。トヨトミ自動車は上を下への大騒ぎとなり、経営の根幹を揺るがしかねない深刻な局面を迎える。というのも、この工場はＰＶ（プロポーショニングバルブ）と呼ばれるブレーキの油圧を前輪後輪に振り分ける重要部品の生産工場であり、ＰＶの生産拠点はここ一ヵ所のみ。すべてのＰＶを『トヨトミ機械』に発注していたトヨトミ自動車は全工場への供給がストップしてしまう、という恐ろしい事態に為す術もなく、自動車生産そのものが全面的に停止してしまった。

折りも折り、消費税が三パーセントから五パーセントに引き上げられる寸前の駆け込み需要期と重なり、トヨトミグループ全体が大パニックに陥ってしまう。少なくとも一ヵ月、長引けば二ヵ月以上、全面的な操業停止に追い込まれる、とだれもが覚悟したが、トップの武田だけは冷静だった。浮き足立つ幹部連中を前に「トヨトミグループの底力を見せるまたとないチャンス」「この前代未聞の危機をパワーに変えてみせろ」と強烈な檄を飛ばし、みずから陣頭指揮をとった。

即刻、本社に下請けの中小部品メーカーを集め、代替生産の協力を要請。常日頃から苛烈なトヨトミシステムで鍛え上げられた一騎当千の強者《つわもの》メーカーばかりである。武田の要請を聴き終えるや、お家《いえ》の一大事、とばかりに腕を撫《ぶ》し、各社が争うようにして復旧に向けて走り出した。

ある下請けメーカーなど、PV生産は未経験にもかかわらず、みずから設計図を取り寄せ、汎用の工作機械でああでもない、こうでもない、と工夫してPVを作り上げ、トヨトミのエリートエンジニアたちを驚嘆させた。

指示書も契約書もないなか、各下請けメーカーはトヨトミ自動車と武田を信じてみずから考え、工夫し、二十四時間体制でPV製造に取り組んだのである。結果、全面操業停止はわずか五日間で解消、通常の生産体制に戻している。

このトヨトミの奇跡の復旧に内外のマスコミは驚きと称賛の記事を掲載し、米国の経済誌など「驚異的な復旧。米国の自動車メーカーでは不可能。日本のトヨトミは魔術師の集団か？　トヨトミを率いる武田剛平は無敵のサムライ将軍か？」と褒めちぎった。

もっとも武田には礼賛の言葉など耳の垢にもならない。火災事故の原因とそこから波及する悪影響をシビアに分析し、リスクヘッジの甘さを深く反省。この火災事故を重要部品の分散生産強化に取り組む絶好の機会、ととらえ、自動車生産体制の改革に乗り出している。

初夏、東京大手町にある日本商工新聞本社。夜、安本明は編集部のデスクでパソコンを打つ手を止め、早刷りの朝刊に目をやりながら、ため息を嚙み殺した。
《トヨトミ自動車、米ウェストバージニア州でエンジン製造工場建設決定。現地雇用は五百人前後》
景気のいい見出しの後、次のような記事が続いた。
《投資一千億円の新工場建設に州知事は喜びを隠さず、こうコメントした。「武田さんは偉大な経営者。このトヨトミの最新鋭工場が日米友好の新たな架け橋となると信じています。日本国が誇るナイス

ガイ、武田剛平社長に深く感謝します」。新工場の本格稼働は九九年春を予定──》

「先輩、凄いでしょう」

顔を上げた。丸刈りの男が見下ろしている。逞しい短軀にほお骨の張った太々《ふてぶて》しい面がまえ。自動車担当記者、秋田博之《あきたひろゆき》。まだ三十前の若手だが、なかなかのやり手だ。

「やっぱり武田社長は違いますね。従来の守りの姿勢から一転、中国、欧米、とガンガン攻めて、グローバル化へ一直線だもの。トヨトミらしからぬ野武士型の剛腕経営者、トヨトミの救世主、ともっぱらの評判です。『トヨトミ機械』の工場火災の際も抜群のリーダーシップを発揮して〝乱世に強い武田〟を世に知らしめたし」

安本はうなずいた。

「スケールがケタ外れだよな。発想も行動力もピカイチだし、希代の経営者だと思うよ。潜《くぐ》ってきた修羅場の数が違う。当分、武田時代は続くんじゃないかな」

ですよね、と秋田は意味深な笑みを浮かべる。

「先輩は以前、武田社長の単独インタビュー、とってますもんね」

歯をぎりっと嚙んだ。屈辱の過去が身を絞る。

「やはり説得力があるよなあ」

安本はこわばった顔を励まし、笑みを浮かべる。

「昔の話だ。武田さんとはもうなんの関係もない」

でも、と秋田は腰をかがめ、指で天井を示し、声を潜《ひそ》める。

「うちの上は安本先輩のこと、評価してますよ」

ばかな。秋田は顔を近づけ、耳に吹き込むようにして言う。

「ダイエン工業と立川自動車の子会社化はあの記事が出た時点では立派なスクープだし、ハイブリッドカー『プロメテウス』の量産化一年前倒しもみごとでした。おまけに超低燃費エンジン開発の中止まですっぱ抜いている。なかなかできることじゃありません」

そうかな、と素っ気なく応えながらも、内心、嬉しかった。たしかに『プロメテウス』量産化一年前倒しのスクープは支社でも本社でも評価された。キャップも「これでチャラだ」と喜んでくれた。実際、本社への異動でも目立ったペナルティはなく、いまは電機担当という上々のポジションにいる。

「武田社長にあれだけ食い込んでいた記者を別セクションではもったいない、との声もあるようです」

食い込んだ？　とんでもない。

「おれは利用されただけだ」

いやいや、と秋田は太い首を振る。

「一本目のスクープはともかく、二本目はちがうでしょ。先輩のおくさん、元トヨトミ本社の秘書室だし」

こめかみがひきつる。おっとお、と秋田は両手を掲げる。

「そんな怖い顔をしないでください。おくさんが元トヨトミって事実も少しはスクープに寄与したでしょう。まったくのゼロとは言わせませんよ」

安本は新聞を乱暴に畳み、デスクに放り投げ、腰を上げる。

「先輩、ちょいとお待ちを」

秋田が似合わない神妙な表情で言う。

「ひとつだけ、訊きたいことがありまして」

周囲に警戒の目をやって囁《ささや》く。

「『プロメテウス』なんですけど、難しいって話、聞いていませんか」

安本は黙って次の言葉を待つ。秋田はあごをしごき、目をすがめる。

「いえね。技術陣が匙を投げたって噂なんですよ。今年末の量産化はとても無理だと」

「単なる噂だろ」

岩のような顔が固まる。

「武田剛平が一年前倒しと明言したんだ。なにがあってもやり遂げるさ。トヨトミはそういう会社だ。覚えておけ」

安本は言ったあと、舌に浮いた苦いものを呑み込む。

「おまえの質問に答える」

ひと呼吸おいて告げる。

「おれはもうトヨトミとはなんの関係もない。女房もだ。だから精度の高い情報も無責任な噂話も聞いていない。悪いな」

それだけ言うと返事も待たず、さっさとドアに向かう。廊下の自販機でアイスティーを買って飲む。冷たくて甘い紅茶が全身の熱を冷ます。ふう、と息を吐く。

東京の本社に異動になって早や一年半。抜いた抜かれたで命を削る新聞記者は全員、表の言動と胸の奥底にしまい込んだ本音は別だ。

叶うなら名古屋支社に戻りたい。バブル経済崩壊以後、経済も政治もかつての輝きを失ったまま、沈みゆくこの日本で孤軍奮闘するトヨトミ自動車。世界と果敢に戦う超大企業の最前線を取材し、武田が現役社長のうちに再び単独インタビューを行ってみたい。雪辱戦だ。今度はもう少しマシな取材ができると思う。

脳裏に浮かぶ顔がある。妻の沙紀だ。さすがに出産の前後一ヵ月は豊臣市の実家に戻ったが、まだ首もすわらぬ乳児を抱え、この東京でよく頑張ってきた。連日の夜泣きに耐え、熱が出たといっては病院に走り、当てにならない多忙な夫を恨むこともなく育児に励んでくれた。わが妻ながら天晴《あっぱ》れと言うほかない。第一子は女の子。名前は優子《ゆうこ》。沙紀とふたりで決めた。安本優子。シンプルで真っすぐな感じが気に入っている。

沙紀は名古屋に帰りたくないのだろうか。優子もそろそろ一歳。公園デビューを無事済ませ、育児教室に通い、親しいママ友もできたとはいえ、東京には地縁も血縁もない。寂しいに決まっている。理想を描いてみる。名古屋支社のトヨトミ本社担当に異動、バリバリの出世コースへの復帰——よほどの僥倖《ぎょうこう》がなければ無理だろう。組織も現実もそう甘くはない。

廊下でひとり、アイスティーを飲む。編集部の喧騒がさざ波のように伝わる。さあ、もうひと頑張り。安本は顔を両手で叩いて活を入れ、仕事に戻った。

一九九七年末、トヨトミは世界初の量産ハイブリッドカー『プロメテウス』を予定どおり発売。世間の注目を大いに集めた。

ふつう、新車発売の報道は専門誌や業界紙、一般紙の経済欄に限られるが、『プロメテウス』はちがった。一般紙の社会面からテレビニュース、海外メディアまで、《新時代のエコカー》《常に二番手、三番手の慎重トヨトミが堂々トップに》《これぞトヨトミの底力》《同クラスのガソリンカーに比べて約二倍の燃費実現》と大々的に報じ、ライバル自動車メーカーはもちろん、トヨトミ関係者をも驚かせた。

プロジェクトを率いた武田は東京本社を拠点に五日間、分単位の宣伝販促活動をこなした。報道発表会で国内外の記者の質問に答え、有力ディーラーのセレモニー、パーティに出席した。ほかにも運輸省・通産省ほか、関係官庁への挨拶、記者会見、インタビュー。

ディーラーではお客を相手にセールストークを行い、展示車輌の運転席で笑顔を見せるサービスまで披露した。その多忙を極めたスケジュールの終盤、一度だけ筆頭副社長の御子柴と極秘の打ち合わせを行っている。

場所は市ヶ谷にある東京本社。地上二十五階、地下五階の煉瓦色の自社ビルで、総ガラス張りの一階ロビーには創業期のレトロな乗用車が展示してある。豊臣市の骨董品のような本社ビルとはまったく違う、壮麗な高層ビルで、完成して十五年になる。もっとも世界的な自動車メーカーとなったいま、東京本社の社員は、ビル自体はともかく、立地にはいささか不満もあるようで「丸の内か大手町、せめて虎ノ門、青山あたりに東京本社ビルを新築できないものか」「市ヶ谷は論外。百歩譲って新宿副都心が限界」等々、移転をうながす声が絶えない。

しかし、華美を嫌い、質実剛健を旨《むね》とするトヨトミの社風は必要以上に目立つことを許さない。武田自身、東京本社ビルの新築も移転も考えたことはない。所詮、尾張の田舎メーカー。華のお江戸で無駄ガネを使う余裕があれば、新車の研究開発に回す。それが豊臣家を含むトヨトミ自動車上層部の共通認識である。

上京の際の拠点となる社長室は東京の街を見下ろす最上階にあった。

午前七時。秘書が買ってきたサンドイッチを摂りながら、御子柴と向き合う。

「まずは予定どおり、発売となってメデタシです」

浮かない顔で筆頭副社長が言う。

「失礼ながら〝クレイジープロジェクト〟と呼ばれた量産化計画です。一時はどうなるかと思いましたが」

武田はサンドイッチを食い、紅茶を飲む。

「おれは実現させると言っただろう」

はあ、と忠臣御子柴は首を垂れる。

「どうした、辛気《しんき》臭いツラをして」

その、まあ、と口ごもりながらも語る。

「世界初のハイブリッドです。採算割れは覚悟していましたが、まさかこういう形になるとは」

車体価格二百十五万円。同クラスのガソリンエンジン車が百五十万あまりだから、四〇パーセントほど割高になる。それでも採算ラインからは程遠い。武田は苦笑しつつ返す。

「世間じゃあ二百十五万はバッテリーオンリーの価格、と言われているようだが、当たらずとも遠からずだ。一台、売るごとに百万からの赤字が出ている」

御子柴の丸顔がこわばる。武田は淡々と言う。

「まず優先すべきは量産化の実現だ。この際、採算割れなど度外視だ」

じゃあ最初から、と筆頭副社長がうめく。

「当たり前だ。おれも会長も、利益が出るなどはなっから期待していない」

「しかし、吉田くんら開発陣はそのことを――」

「もちろん知らない」

ガランとした早朝の社長室に太い声が響く。

「一年近く前、憔悴しきってフラフラの吉田が、とても採算が合いません、と言ってきた。ここらが潮時かと思ってな」

量産化は可能だが、膨大な赤字になる、と苦渋の表情で明かした吉田。逆に言えば、採算さえ度外視すれば期日までの量産化は可能、ということだ。そのことを確認すると、優等生の二世役員はキツネにつままれたような顔で、もちろんです、と答えた。

「おれはこう言ってやったよ」

紅茶をひと口飲み、続ける。

「ここまで来たら採算を度外視して期限までに量産化を実現しろ、おれが全責任を持つ、とな」

「では、技術陣にぎりぎりまで頑張らせて、採算度外視、というジョーカーを切った、と」

「最初から甘いことを言うと、技術屋はその気になってマイペースでのんびりやるからな。ガツン、と蹴飛ばし、シャブ中の犬っころみたいに突っ走らせて、体力気力を全部絞り切ったところで温情を見せる。すると感激してリセットし、ますます頑張るってわけだ」

なるほど、と御子柴は神妙な顔でうなずく。

「会長から全幅の信頼をおかれた社長ゆえ、可能な荒業《あらわざ》ですな。しかし」

丸メガネのブリッジを指で押し上げる。細い目が鋭くなる。

「売れば売るほど、赤字は膨らみます」

武田は鼻で笑い、返す。

「つまり、無駄な投資はさせない、と明言したわりには甘いと言いたいのか」

「そういうことです」

「心配するな。話題になったわりには売れていない」

しれっと返す。

「やはり価格がネックだ。この分だと年間二万台もいかないだろう。つまり赤字もたいして膨らまない。せいぜい二百億程度だ」

サンドイッチの最後のひときれを食い終わり、紅茶を飲む。葉巻に火をつけ、悠々と食後の一服を楽しむ。呆然と見つめる副社長に、リラックスしろ、と笑いかけ、とどめの言葉を投げ込む。

「トヨトミ・イコール・ハイブリッドのイメージが世界中に定着したんだ。宣伝効果はお釣りがくる。世界市場で戦う巨大企業には巨大企業の商売のやり方があるんだよ」

では、と御子柴が尻をひねり、身を乗り出す。丸顔が赤らむ。

「吉田くんらがあれだけ頑張った『プロメテウス』も単なる宣伝のためだと」

「ばかな。これは誇り高きトヨトミの〝クレイジープロジェクト〟だぞ」

葉巻を指にはさみ、余裕たっぷりに告げる。

「次の手はちゃんと打ってある。ハイブリッドカーは間違いなく世界を席巻する。二十一世紀はエコの時代、わがトヨトミ飛躍の時代だ」

御子柴の目が泳ぐ。さて、と紫煙を吐く。

「仕事だ。さっさとすませよう」

はい、と御子柴は神妙な表情でうなずく。武田は単刀直入に斬り込む。

「役員人事だ」

四人の名前を告げる。ゆっくりと、ひとりひとりを御子柴の脳みそに刻みつけるように。

「辞めてもらう」

丸顔が青ざめる。

「来年春でお役御免だ。任期途中だから事実上のクビだな。再就職の準備もあるだろう。早めに伝えておきたい。頼んだぞ」

返事も待たず腰を浮かす。待ってください、と御子柴は決死の形相で引き留める。

「社長、無茶です。この人事はさすがに」

「無理だと言うのか」

「はい」

「おれは無能な役員はいらない。いずれ叩っ斬ってやる、と宣言したはずだ。『プロメテウス』も無事量産化が実現したし、いい頃合いだ。こいつら四バカは全員、会社を食い物にするシロアリ、金食い虫だ。個室と秘書、専用車の三点セットで満足しきっている」

全員ではありません、とハンカチで額の汗を拭う。

「無理なのはひとりだけです」

武田は座り直し、葉巻を振って先をうながす。御子柴は空咳を吐き、緊張の面持ちで言う。

「部品調達担当副社長の斎藤貢です。彼はやめましょう」

禿頭《とくとう》の小男。生粋の二世。予想どおりの言葉に武田はほくそえむ。

「父親が国内販売担当の元常務だからか」

「豊臣家にがっちり食い込んでいます。彼はよくない」

バカな、武田は指を振る。

「斎藤はダメだ。派手に飲み食いした請求書を納入業者に回して恬《てん》として恥じない、セコくて小狡《こずる》い野郎だ。死にもの狂いでグローバル化を目指すトヨトミに不要な邪魔者だ。おれが許す。さっさと素ッ首《そくび》を刎《は》ねてしまえ。遠慮するな」

命じながらムカムカする。斎藤は二世重役の典型で、父親の財産で購入した豪邸やマンションを複数所有し、私有の大型クルーザーで楽しむトローリングが趣味の、押しも押されもせぬ富裕層である。

部品調達は製造ラインの肝《きも》を握る、自動車メーカーの最重要セクションである。それゆえ、記者の夜回りも多い。ところが斎藤は帰宅する〝自宅〟を頻繁に変えるため、記者は居所の把握に難儀し、それをまた楽しんでいるフシがあるから始末が悪い。加えて、すべての〝自宅〟にワインを貯蔵するワインセラーがあり、機嫌がいいと居所を探し当てた記者を豪華な応接室に招き、クラシック音楽を聴きながらワインボトルのコルク栓を抜き、講釈付きで注ぐという。調子のいい記者がワインを褒めちぎると、斎藤はこぼれんばかりの笑みを浮かべ、こんな極《き》め台詞《ぜりふ》を吐くとか。

「きみに特別に一本プレゼントしよう。うちのワインセラーから好きなものを持って帰りたまえ」

まさに貴族のような暮らしだが、親がかりの似非《えせ》貴族だけに底は浅い。呑ん兵衛の新任記者が「じゃあ遠慮なく」とロマネコンティを抱えてさっさと帰ろうとしたところ、「それだけはやめてっ」と血相を変えて阻止したという情けないエピソードもある。

最近は武田の思惑を察知したのか、夜回りの記者にしきりに「わたしの人事情報を知らないか」と訊いて失笑を買っているとか。

「おれは下請けの弱みにつけこんで高いメシや酒をたかる野郎が大嫌いなんだ」

一日も早く、あんな恥さらしの穀潰《ごくつぶ》しは追い払わねばならない。腹の底から凶暴なものが湧いてくる。

「再就職先はおまえに任せる」

観念したのか、御子柴は肩を落とす。ただし、と武田は言葉を継ぐ。

「御三家とそれに準ずる会社はダメだ」

『尾張電子』『トヨトミ機械』『豊臣商事』の御三家はトヨトミ自動車副社長クラスの〝天下り先〟である。その一段下の優良子会社群もダメとなれば、苛烈な懲罰人事、と世間に知れ渡る。それこそが武田の狙いだった。叩き上げの武田剛平は温情溢れる豊臣家の殿さま連中とはちがう、と社内外に知らしめる強烈なデモンストレーションである。

御子柴は信じられない、とばかりにかぶりを振って問う。

「社長は二世がお嫌いですか」

武田は舌打ちをくれ、忌々しげに言う。

「好き嫌いで人事を行うようでは会社も末期状態だ。未来はない」

胸に鈍い痛みが広がる。上に忌み嫌われた己の過去。アジア地区のドサ回りで終わってもおかしくなかったサラリーマン人生。

「二世もピンキリだ。おれは優秀なやつなら性格、私生活に多少難があっても徹底して登用する」

「キリが斎藤だとすると、ピンはさしずめ吉田くんですか」

吉田拓也。研究開発担当の取締役として、みごと『プロメテウス』量産化を実現したエンジニア。

「吉田もなかなかのやり手だが、所詮は優等生。ピンまではいかない」

脳裏に浮かぶ顔がある。シニカルな色男。背筋がゾクリとした。御子柴を睨みつける。

「さっさと斎藤に三行半《みくだりはん》を突きつけてこい。四の五の言うようなら、おれのとこへ寄こせ」

めっそうもない、と丸顔をひきつらせて両手を掲げる。

「わたしにお任せを」

立ち上がり、一礼してそそくさと出ていく。テーブルにはまったく手をつけていないサンドイッチと冷めた紅茶。

武田は下げに来た秘書の九鬼辰彦に今夜、緊急で一件、面談を入れるよう命じた。「午後十一時までびっしりです」と難色を示す生真面目な九鬼に、「何時でもかまわん」と相手の名を告げると、納得して引っ込む。

葉巻をくゆらしながら二十五階の社長室から東京の街を眺める。朝陽の下、苔色の水をたたえた外濠《そとぼり》とＪＲ市ケ谷駅。その向こうに上智大学のキャンパスと教会、青灰色の空。彼方に広がる森は皇居だ。東京はいい。尾張は広大な田舎だが、東京は世界と繫がるメトロポリスだ。社長に就任して二年あまり。ここまではおおむね順調にきている。武田は葉巻を噛み、薄く笑った。

第七章　異端児

その夜。午後十一時過ぎ。千代田区麹町《こうじまち》一丁目。英国大使館近くに立つ二十階建ての高層ビル。トヨトミ自動車の子会社である『アイチ不動産』が管理する物件で、十五階から上は分譲マンションになっている。そのオフィス部分の十三階と十四階はまるごとトヨトミ自動車の接待施設『トヨトミ麹町倶楽部』である。もっとも看板の類いはいっさいなく、住所も電話番号も公表していない。外部にはその存在自体がシークレットの特殊な閉鎖空間である。

武田が帝国ホテルでの財界人との会談を終え、約束の時間に五分ほど遅れて駆けつけると、その男は仄《ほの》かな光が包むクラシカルなバーのカウンターでひとり、携帯電話を片手に話しこんでいた。

携帯電話は年々、急速な勢いで普及している。新しもの好きの派手な連中、多忙を極める職種の人間はほぼ全員、所持していると思う。テレビ屋とか広告屋、株屋、青年実業家、芸能関係者。武田の秘書たちも所持しており、四六時中使っている。車載電話とちがい、いつでもどこでも通話可能な点が画期的だ。ポケットベルなど比較にならない。そのうち、サラリーマン全員が持つようになるだろう。当然、ポケベルは用無しになる。時代は刻一刻と変わっている。時代の波に乗り遅れた古い商品はあっというまに消費者の関心を失い、凶暴な濁流に呑み込まれ、消えていく。ポケベルのように。筑豊の炭鉱のように。

自動車業界も同じだ。〝ガソリンエンジンが永遠〟などあり得ない。ハイブリッドカーが実現したように、電気自動車、燃料電池自動車（水素自動車）も遠からず伸《の》してくるだろう。コンピュータと人工衛星を駆使した自動運転も本格化するはず。ガソリンも運転手もいらない自動車。そんなものが街中を走り回るころは自動車の概念さえ大きく変わり、自動車ではない別の名称が生まれているかもしれない。企業も人も世の変化を拒否した時点でアウトだ。どんな巨大企業でも崩壊する。

カウンターの男は武田を認めるなり、携帯電話のアンテナをしまい、懐に収め、どうも、とカットグラスを掲げる。そげたほおと軽くウェーブした髪。アーモンド型の目と隆起した鼻。浅黒い肌。辛子《からし》色のジャケットにネイビーブルーのシルクシャツ。バタ臭い色男だが、れっきとしたトヨトミ自動車の社員である。

「さきにやってました」

ウィスキーをぐいと美味そうに飲む。武田は片手を挙げ、招く。

「スツールはきつい。ソファに移ってくれ」

承知、とブラックレザーのスツールから立ち上がり、颯爽とした身のこなしで歩いてくる。手足の長い九頭身。知らない人間が見たら、シニアのファッションモデルと勘違いしてもおかしくない。

堤雅也《つつみまさや》、四十五歳。東京本社総務部付特別渉外担当部長。もっとも部長とはいえ、部下ゼロの一匹狼であり、ふだんは日本とアメリカを股にかけて活動し、日米両国の政財界に深く食い込んでいる。

「社長、さすがに寄る年波には勝てませんか」

屈託なく言う。

「ばかもん。おれが今朝からセレモニーと取材、会談を何件こなしたと思っている」

太い指を折る。八本まで数えてやめた。

「大トヨトミの社長さんは大変ですね」

他人事のように言い、堤はソファに腰を下ろす。武田は疲弊しきった巨体を投げ出すようにして座る。

黒服のボーイにスコッチのソーダ割りをオーダーする。この『トヨトミ麴町倶楽部』の運営は日本でも屈指の老舗《しにせ》ホテルに委託してある。倶楽部内には本格的なバーのほかに和洋中を揃えたレストラン、カフェ、宿泊可能なゲストルームまで完備しており、利用者はトヨトミ自動車の役員に限られている。主に政治家、財界人、官僚、有力マスコミ人との密談、接待に使用され、海外の首脳クラスがお忍びで訪れることも珍しくない。もちろん、武田も日本政府の重鎮や海外の要人を伴い、幾度となく利用している。CMに起用している金髪碧眼のハリウッド女優と夜、ここでメシを食ったこともある。

一般社員はオフリミットのこの排他的エリアで、唯一の例外が堤である。部長職ながら、その特殊なポジションゆえ、『トヨトミ麴町倶楽部』の利用は無制限に認められている。

「社長、緊急の用件ってのはなんです。まさかサシで忘年会ってわけじゃないんでしょ」

興味津々の顔で問う。武田はソファに巨体を沈め、リラックスした表情で返す。

「公式行事を百本以上こなすとさすがに疲れる。ちょいとおまえと面白い話をしたくなった」

「ぼくはお笑い芸人ですか」

白い歯をみせて快活に笑う。つられて武田もほおをゆるめる。堤と会うと気分が昂揚する。じつに愉快だ。

度胸と行動力、ユーモアに満ちた人たらしの女たらし。群れを嫌うアウトロー気質。強靭な心身を持つタフネゴシエーター。そしてピカイチの実力——北京の元残留孤児・八田高雄、マニラの政商ホセ・

エミリオと同じ、濃厚な尖《とが》った匂いをまとう男だ。もっとも堤のほうが遥かに恵まれた育ちで、エピキュリアン（快楽主義者）の傾向も強い。しかも父親はトヨトミ自動車の海外担当副社長を務めた、生粋の二世である。

父親のアメリカ赴任に伴って中学時代からニューヨークで暮らし、そのまま英国式のボーディングスクールで寮生活を送り、ハーバード大学へ。優秀な成績で卒業後、経営大学院（ビジネススクール）へ進み、MBAを取得。ニューヨークのコンサルタント会社に勤務し、二十七歳で日本へ帰国している。

堤は父親の勧めもあり、トヨトミ自動車に入社。その一点の瑕疵《かし》もない経歴と能力から、豊臣市の本社海外戦略本部という超エリート部門に配属され、だれもが将来を嘱望した。ところがこの、米国帰りのスーパーマンのような二世には組織人として致命的な欠点があった。無類の遊び好きで、夕刻になると「田舎は退屈だあ、気がおかしくなりそうだ、リセットしなきゃやってられない」と屈託なく言い放ち、タクシーをチャーター。草深い豊臣市から名古屋の歓楽街、栄まで遠征して〝クラブ活動〟に勤《いそ》しむ始末。

ついには栄で一、二を争う有名クラブの美人ママふたりといい仲になり、大騒動に発展した。嫉妬にかられたふたりが本社に押し掛け、堤を呼び出し、ロビーのど真ん中で、どっちを選ぶのかはっきりしろ、と迫ったのである。堤は、どっちにしようかな、と悩みに悩んだ末、「ごめんね、どっちも大好きなんだよ」とふたりを抱き寄せ、一件落着。偶然通りかかった取引先の幹部は、派手な恋愛ゲームを繰り広げる美男美女を前に、てっきりテレビか映画のロケと思いこみ、三人にサインを求め、記念写真に収まったという。

もっとも、この前代未聞の大騒動を知った本社上層部は激怒し、トヨトミ始まって以来の破廉恥男、恥を知れっ、と面罵《めんば》する古手の幹部もいたとか。しかし、堤には馬耳東風で、恋に法則、規律はありません、己の心の思うまま素直に自由に愉しむべし、と笑顔でのたまう始末。

世界的な自動車メーカーとはいえ、ルーツは尾張の鍛冶屋。地味で堅実な社風である。ニューヨーク育ちのエピキュリアン、堤の入社および豊臣市本社の中枢部門配属は端《はな》っから無理があった。

いくら二世のサラブレッドでもこれは酷《ひど》い、まるでニューヨークの種馬だ、と本社を追い出され、三十歳で東京本社に。この米国帰りの奔放な種馬に仕事を与えたのが、当時渉外担当役員の武田である。堤の特異な経歴と優れた頭脳、日本人離れしたスケールを考慮し、永田町・霞が関担当スタッフとして登用。武田の直属の部下として自由裁量権を与え、政界官界に人脈を作るよう指示した。

尾張の田舎町から華の東京へ。身も心も解き放たれた堤は潤沢な資金とトヨトミの看板、実力者武田の庇護の下、スマートな振る舞いと巧みな弁舌であっというまに各所に太いパイプを築き、東京本社の期待に応えてみせた。

もともとトヨトミの政治力は、政財界にめっぽう強い電力会社の幹部をして「うちの百倍はある」と悔しがらせたほど凄い。監督官庁の運輸、通産をはじめ、役所関連は帝都大出身の幹部候補社員を貼りつかせ、大学時代の先輩、同期、後輩から内部情報を収集。大手金融機関のＭＯＦ担（対大蔵省折衝担当者）と同様、抜群の政治力を発揮してきた。

政界にはトヨトミグループの桁外れの組織力、集票力、政治資金をバックに社員を選挙対策要員として食い込ませ、関連企業を通じて政治献金も行い、大物政治家を幾人も取り込んでいる。

そして武田が惚れこんだ唯一無二のトヨトミ二世、堤雅也の仕事は従来の政治力を発展させたロビー活動、いわばロビイストとしての活動である。

武田は堤が持つ無尽蔵のエネルギーを無駄使いさせまいと、東京での人脈作りが一段落するや米国へ向かわせた。折りも折り、武田が米国への本格的進出の責任者を命ぜられ、単独工場の新設に邁進していた時期である。

トヨトミ自動車のワシントン事務所を起点に、社有ジェット機で全米を駆け回り、各州の知事や財界人、政府高官と面談を重ね、最終的にケンタッキー工場の新設が決定した。

通訳兼秘書として同行した堤は学生時代の人脈も駆使しながら米国の政財界に強力なパイプを構築。米国政府に日本人初のロビイストとして正式登録し、以後、武田の片腕となり、日米を股にかけてロビー活動を行ってきた。かの怪物グリーンメーラー、ドーン・シモンズとの戦いも、堤の情報がなければ大変な苦戦を強いられていたはず。少なくとも、日本の産業史に燦然《さんぜん》と輝く歴史的大勝利はなかっただろう。

日本ではロビイストという職業は不明確であり、胡散臭《うさんくさ》い目で見られがちである。しかし、米国は違う。政府が認めたロビイストによるロビー活動は合法であり、社会的地位も高い。そして堤はトヨトミの看板を背負った日本人ロビイストとして、州知事全員と電話一本で話ができる関係を築いている。

〝トヨトミグループのトラブルシューター〟豊臣商事役員・九鬼辰三を闇社会に通暁した〈陰〉とするなら、堤雅也は表社会で輝く〈陽〉だ。

太陽のような笑顔が言う。

「社長、どうせなら面白い仕事をやりましょうよ」

もちろんだ、と武田は届いたグラスを軽く掲げ、スコッチソーダを飲む。喉で心地よく弾け、熱い活力のようなものが胃の腑に沁み込んでいく。

「堤、アメリカを強くしてくれんか」

アメリカを？　と堤は首をかしげる。

「すでに世界最強の超大国にして凶暴な軍事国家、非情な経済国家、あらゆる差別が横行する格差国家ですけど。神聖ローマ帝国より強力で無慈悲でしょう。芸術部門では圧倒的に劣りますが」

「アメリカのトヨトミだ」

拝聴しましょう、と笑みを消す。

「自動車王国、アメリカを本格的に切り崩したいと思っている。しかし、やりすぎると報復が怖い。USモーターズ、ウォード、クライスターのビッグスリーはアメリカの宝、ヤンキーの魂に等しい存在だ。細心の注意を払って攻め入りたい」

己が抱く危惧、恐怖、野望を率直に、包み隠さず告げる。武田がここまで晒《さら》け出す人間は堤だけだ。この二世には野心がない。組織人が抱く上昇志向もゼロだ。根っからのローンウルフなのだろう。ゆえに寝首をかかれる心配がない。

「本格的な勝負を仕掛けるにはロビー活動が致命的に弱い。今の体制ではダメだ」

「ニューヨークとワシントン、ロサンゼルスも頑張っていますけどね」

米国の心臓部である東海岸メガロポリスの要衝ふたつと、環境問題の意識が高い西海岸のリベラルの都に事務所を置き、辣腕のロビイストたちを高報酬で雇い、十年以上前から日夜、ロビー活動に従事させていた。ヨーロッパも同様で、ロンドンとパリに事務所がある。

「堤、時代は動いているんだ」

諭《さと》すように言う。

「わがトヨトミも変化しなければ生きていけない。前例、伝統、成功体験の墨守《ぼくしゅ》、憧憬《しょうけい》は破滅への第一歩だ。おれの代でトヨトミを潰すわけにはいかない」

またまた、と堤が苦笑する。

「そんな大げさな。トヨトミがぶっ潰れるわけないでしょう。どっかの雑誌に書いてありましたよ。トヨトミは明日クルマの製造を止めても全社員が向こう三十年間遊んで暮らせる、と。トヨトミ銀行はそれくらい莫大なカネを持ってるって」

「アホか」

無責任な雑誌記事を一刀両断に斬り捨てる。

「自動車メーカーなど脆《もろ》いもんだ。国の規制ひとつで右往左往して会社が傾く。外野は〟大銀行並みのトヨトミ銀行〟と面白がってヨタ記事を書き殴ってくれるが、内情がまったくわかっていない。トヨトミ自動車は世界中で一ヵ月に五千億円からのキャッシュが出ていくんだぞ。クルマが売れなくなり、製造ラインが止まれば終わりだ」

おそらく、半年もたないはず。

「極東の自動車メーカーがいい気になって、おかげさんで大儲けしています、なんて間抜け面をしているとばっさりやられる。とくに自動車王国、アメリカは恐ろしい。本気で潰しにきたら日系メーカーなどあっというまにお陀仏だ」

異端のトヨトミ二世の顔がこわばる。

「おれはトヨトミの政治力を高め、分厚い防御壁を築きたい。優秀なロビイストがいたら迷わずスカウトしろ。カネに糸目はつけない」

「札束でほおを張り飛ばしますか」

武田はかぶりを振る。

「どうせなら金のインゴットで張り飛ばせ。一発ＫＯだ」

ピュウ、と口笛を吹き、堤は肩をすくめる。

「さすがは武田社長。ぼくが尊敬する唯《ただ》ひとりの日本人だ」

アメリカ育ちのエリートは物言いもストレートだ。

「それで、攻め入る道具はなんです？」

興味津々の面持ちで問う。

「まさか大衆車『フローラ』の生産工場増設、なんて眠たいことは言いっこなしですよ」

堤、おまえ、と低い声で凄む。

「おれを舐めてるのか」

とんでもない、とあごをぐいと上げ、挑むように見つめてくる堤。まったく臆していない。武田は一呼吸おいて告げる。

「ピックアップトラックだ」

えっ、と絶句する。ざまあみろ。武田は溜飲を下げつつ、止《とど》めの言葉を繰り出す。

「しかもフルサイズ車の現地生産だ」

端整な顔から血の気が引いていく。

「マジですか」

かすれ声が這う。つねに冷静沈着な男が仰天している。無理もない。フルサイズのピックアップトラックは米国の聖域である。

日本では自動車の輸入関税はゼロなのに、米国はフルサイズのピックアップトラックの輸入には驚くほど高い関税をかけている。ボンネットがあり、開放式荷台が付いたタフで巨大なピックアップトラックはビッグスリーの稼ぎ頭であり、利益の大半を弾き出しているといっても過言ではない。西部開拓時代のシンボル、幌馬車を彷彿とさせるクラシカルなスタイルは米国市民の郷愁を誘い、商用から通勤通学、レジャー、ファミリーカーとして広く深く愛されている。

このトラック兼乗用車のピックアップトラックは構造がいたってシンプル。トヨトミ自動車の技術部門スタッフによれば「プラモデルのように簡単に作れる」という。もっとも、価格は日本円にして五百万円前後から高級車は一千万円超、とかなり高価だ。その分、利益率も高く、「製造ラインさえ設置してしまえば濡れ手で粟のぼろ儲け」とか。

メイド・イン・アメリカの代表格、ピックアップトラックを日本メーカーが米国内で生産・販売となれば、黄金の米櫃《こめびつ》に両手を突っ込むようなもの。米国の政官民、揃って激しい反発が予想される。そこで優れたロビイストによる多岐の活動が必要となる。海千山千のロビイストを束ね、来るべきピックアップトラック生産に向けて政財界および官界に根回しを行う——この重責を任せられる日本人は堤以外、いない。

「たのむ」

武田は両手を腿におき、深く頭を下げた。

「堤、いっしょに自動車王国と戦おうじゃないか」

よしてください、と鋭い声が飛ぶ。堤が険しい目を向けてくる。

「頭を下げられても困ります。そんなことでぼくの心が動くと思ったら大間違いだ」

突き放すように言う。

「社長は豊臣家の殿さま連中とちがって、必要とあらば悪魔にも、街角の犬っころにも頭を下げられる人間だ。頭はいくら下げてもタダだし、社長は余計なプライドがありませんから」

なるほど、とうなずく。

「おれの懇願には価値がないのか」

「他人はいざしらず。ぼくは社長の言葉だけでけっこう。値千金《あたいせんきん》の重みがあります」

にっと笑う。

「やりますよ」

ウィスキーを美味《うま》そうに飲む。

「ハーバード同期のクソ生意気な連中も偉くなったし、ホワイトハウスや財務省、国防総省、投資銀行から引っこ抜いてやります」

「頼んだぞ」

「承知っ」

堤はグラスを勢いよく合わせ、チアーズッ、と干すや、立ち上がる。武田も腰を上げる。あれほど重かった身体がいやに軽い。新たなエネルギーが注ぎ込まれた気がする。

ふたり、バーを出てエレベーターホールに向かう。

「年が明けたらワシントンに入ります」

「正月は東京か？」

まさか、と鼻で笑う。

「カンクンでガールフレンドとダイビング三昧ですよ。命の洗濯ってやつです」

独身の堤は女をとっかえひっかえだ。が、北京の八田とちがって公然と連れ歩くことはない。プライベートもいっさい明かさない。群れることを嫌うアウトローなりの美学なのだろう。

「カリブの鮮やかなターコイズブルーの海に、白いパウダーサンドの砂浜。青と白のコントラストが抜群なんだなあ。この世に天国があるとしたら、ああいうとこでしょう。テキーラもステーキも美味いし」

眩しそうに目を細める。羨ましいねえ、と武田は微笑む。

「メキシコのリゾート地だな。ユカタン半島の先端の」

あれ、と堤は驚きの顔を向ける。

「ご存じでしたか」

そりゃあまあ、と目をそらす。

「それくらいは、な。おれも引退したらゆっくりしたい」

「おくさんと世界一周ですか」

どきりとした。堤は朗らかに言う。

「いつか実現するといいですね」

あいまいにうなずき、妻、敏子のことを思う。

先日、東京駅で『豪華クルーズ船　百日間世界一周の旅』と銘打ったパンフレットを見かけて一冊拝借。名古屋までの新幹線で目を通した。目玉の寄港地としてカンクンの紹介もあった。敏子を連れていってやりたいと思った。

社長に就任した際、周囲の期待と歓喜、興奮をよそに、敏子だけは六十三歳の夫を気遣い、激務とプレッシャーを心配して浮かぬ顔だった。それは、マニラに赴任するときと同じ顔に見えた。独裁者フェルナンド・マルノスが支配する政情不安定な国で七年もの単身赴任。日本に残った敏子は子供ふたりを抱えてさぞかし不安だったはず。

社長就任で心配げな敏子を前に、強烈な懺悔《ざんげ》の念が湧き、つい背を押されるように言ってしまった。

「引退したら豪華客船で世界一周でも行くか」と。

敏子は、まあ、と目を大きく見張り、次いで、楽しみね、と福々しい温顔をほころばせた。

あれから二年と四ヵ月。役員時代の三割増しの激務に嬉々として勤しむ夫に、敏子はすっかり諦めモードだ。

夜中、帰宅するや、東京駅から持ち帰ったパンフレットを差し出し、懺悔するように告げた。

「引退後の暇つぶしにどうだ。年寄りばかりの世界一周敬老船だが、ダンス教室やマジックショーもあるらしい。パナマ運河とスエズ運河が面白そうだな。メシも和洋中と食い放題だ」

しかし、敏子は冷たい一瞥をくれたきり、スーツにブラシをかけながら、「あなたは百日間も我慢できないでしょう。太平洋の真ん中で突然、帰る、とダダをこねられても困るわ」で終わり。パンフレットを受け取りもしなかった。

子供ふたりが独立し、たったひとりで家を守る敏子。気がつけばもう還暦だ。切なくなる。カンクン、この世の天国か。この分だと夫婦そろって本物の天国行きのほうが早いかもしれない。

社長、と堤がエレベーターの階数表示を眺めながら問う。

「豊臣家はどうです。しっかりバックアップしてくれますか」

武田は素っ気なく返す。

「いまのところは、な」

そうですか、と堤はしらっとした顔で言う。

「新太郎会長は社長に頼り切りだからな。絶大な信頼、ってやつですかね」

堤は苦笑まじりに語る。

「ぼくの親父みたいに副社長で終わればともかく、社長は大変だ。対外的にはトップでも、所詮、豊臣家の使用人だもの」

「あいかわらずストレートな野郎だな」

堤はぺろっと舌を出し、首をすくめる。

「すいません、こういう性分なんで」

下りのエレベーターが到着する。

「社長、気をつけてくださいよ」

扉が開く。武田はゆっくりと、足元を確かめるように乗り込む。

「豊臣家は血の繫がり以外、信用していません」

なにをいまさら、と笑い飛ばしたかった。しかし、できない。頭脳明晰な二世の顔があまりに真剣だったから。

「その血にも序列があって、本家が一番です。分家はないがしろですよ」

顔をゆがめて吐き捨てる。

「名誉会長のことを陰で、分家の分際で偉そうだ、とかなんとか、パージしているそうじゃありませんか」

八十五歳になる名誉会長、豊臣史郎。まだまだ元気だが、このところ、パーティや式典で見かけた記憶がない。堤はいっきにまくしたてる。

「本家が厄介者扱いしてるって話ですよ。名誉会長が表に出てくると新太郎会長の影が薄くなるから邪魔なんです」

あり得る。史郎はトヨトミ中興の祖、と謳われる大物だ。純粋に経営者の資質と実績で見ると、その差は歴然だ。新太郎とは格が違う。そういえば昔、パーティが開かれると史郎には内外の要人が列を成して群がったが、現役社長の新太郎のまわりは社のヒラメ幹部とチップ目当てのコンパニオンばかり。新太郎の胸中たるや察するにあまりある。

「中興の祖も用済みになれば捨てられるだけだ。本家にあらずんば豊臣家にあらず、ってことでしょう」

上手いこと言うもんだ、と褒めてやったが聞いちゃいない。さらにヒートアップする。

「まして社長なんか分家どころか二世でもない叩き上げだ。弊履《へいり》のごとく棄てられますよ」

言うだけ言うとすっきりしたのか、笑顔で頭を下げる。

「おやすみなさい」

扉が閉まり、武田を乗せたエレベーターは降りていく。堤の自宅は上だ。マンション部の最上階（二十階）にある眺望抜群の三ＬＤＫにひとりで住んでいる。夜の接待や会合を終え、ゲストを送り出せばあとは自分の時間だ。下りのエレベーターでゲストを見送り、上りのエレベーターで自宅直行だ。究極の職住接近だが、何事も合理的な堤には心地いいのだろう。

気をつけてくださいよ、か。堤の警告がトゲとなり、刺さったまま抜けない。地下ロビーで秘書の九鬼辰彦に迎えられ、クルマに乗り込む。

「親父はどうだ」

トヨトミグループのトラブルシューター、『豊臣商事』渉外担当専務取締役の九鬼辰三が体調不良を訴え、検査入院して二週間になる。助手席の九鬼は一礼し、「来春まではもたないと思います」と冷静に言う。愕然とした。

「末期の肝臓がんでした」

長年の激務と不摂生、数々の裏仕事のストレスが病魔を引き寄せたのだろう。その責任の一端は自分にもある。

「見舞いに行きたいのだが」

ありがとうございます、と再び頭を下げ、九鬼は続ける。

「お気持ちだけ頂戴いたします」

はじめて聞く冷えた声音《こわね》だった。

「父は会社関係の方々には衰えた姿を見せたくない、と申しております」

そうか、と疲れた息を吐き、武田はシートにもたれる。豊臣家とトヨトミグループの〝お庭番〟として懸命に働き、心身を磨り減らす汚れ仕事で疲弊し、前のめりに倒れた男の意地、いや怒りなのか。ならば、この自分も近い将来、同じ運命に見舞われるのだろう。堤の言葉が耳にへばりついて離れない。

弊履のごとく、か。


クリスマスの夜、破竹の勢いで攻め続けた一九九七年の掉尾《ちょうび》を飾る朗報がもたらされた。武田が米国の経済誌で世界最優秀経営者のひとりに選出されたのである。社長就任時、八兆円の売上高はいまや十二兆円まで上昇した。世界戦略も着々と進んでいる。社内でも「トヨトミを立て直した救世主」の声まで出て、武田の名声は高まるばかりだ。

巨大自動車メーカーの社長にして豊臣家の使用人、武田剛平は世界有数の経営者に祭り上げられ、なんとも面映《おもはゆ》い正月を過ごすことになった。

第八章　萌　芽

武田の社長業にほころびが見え始めたのは年明けの一九九八年一月半ばである。英国の若き新首相、トニー・ブレッドを東京のホテルニューオークニに迎え、かの地への新工場建設を派手にぶち上げてから一週間後、空を鉛色の雲が覆う陰鬱な午前十一時。大阪の関西支社で新年の挨拶と訓示を終えた直後、秘書が御子柴からの電話を取り次いできた。支社の応接ルームで受話器を耳に当てるなり、社長、もうしわけありません、と筆頭副社長のひきつった声が飛び込んできた。

「人事がひっくり返りそうです」

なんのことかわからなかった。が、次の言葉に一瞬、頭が真っ白になった。

「斎藤貢の人事です」

部品調達担当副社長の斎藤貢。昨年末、御子柴を通じて退任を勧めている。併せて天下り先の関連会社も紹介し、斎藤は気落ちしながらも了承した、との報告を受けているが——。

「なにがあった」

冷静に問い返す。

「忙しい。簡潔に説明しろ」

わかりました、と御子柴が言う。

「斎藤は突然の人事が納得できなかったようで、豊臣家に泣きつきました」

なにぃ。豊臣家の人間だと？　感情のメーターがぐんと上昇する。冷静になれ、と己を叱咤《しった》しながらも、我慢できない。いったいどこのどいつに泣きついた？　本家はあり得ない。ならば分家か？　豊臣の名の威光にすがる隠居組か？　それとも、どこかの関連会社にまぎれ込んだ豊臣家に繋がる勘違い野郎か？　しゃらくさい。武田は膨れ上がる怒りに背を押され、怒鳴り上げる。

「いったいどういうことだっ」

周囲の人間がぎょっと目を剝く。受話器の向こう、御子柴が、すみません、と囁《ささや》く。ますます腹が立つ。感情のメーターが振りきれそうだ。

「全役員の人事権は社長のおれにある。会長もおれに一任して、すべてを任せている。斎藤の野郎、豊臣家のどいつに泣きつきやがったっ」

それがその、とか細い声が這う。

「新太郎会長の意向もありまして」

絶句した。会長が？　あり得ない。

「もう、ほとほと困ってしまいまして」

泣きそうな忠臣の声が耳朶《じだ》を刺す。

「わかった」

頭に昇った血が引いていく。

「おれが会長に直接話そう」

受話器を秘書に戻し、次の会合に向かう。大阪商工会議所のお偉方と昼食会および講演会。その他、午後に控えるふたつの予定、子会社ダイエン工業の工場視察とディーラー訪問を速攻でこなせば豊臣市に午後五時までに帰れる。武田は秘書に会長との面会の設定を指示しながら、もやっとした嫌なものを感じた。

午後五時。豊臣市の本社ビル。会長室の豊臣新太郎は武田の姿を認めるなり、片手を挙げ、すまんな、とひと言。ドイツ製のチェアから大儀そうに立ち上がり、秘書を下がらせる。

ふたり、中央のソファに座る。

「会長、突然の面会、恐縮です」

わかっている、と渋面になり、ぼそぼそ語る。

「おまえの怒りももっともだ。しかし、斎藤の件は大目に見てくれんか」

「あの野郎——いえ、斎藤は会長にどうほざいて泣きついたんです」

ちがう、誤解だ、と手を軽く振る。

「おれじゃなくて芳夫だ」

前社長の芳夫に？　寝たきり状態の芳夫になにを？

「入院先の病院に赴き、土下座をして、トヨトミに残りたい、と懇願したらしい。再就職先も気に食わなかったようだ」

御子柴が天下り先に用意したポジションは広告会社『尾張アド』の社長だ。世間的には無名の子会社ながら年商五百億円の堂々たる二部上場企業である。ボンクラ二世にはもったいない優良企業、とだれもが納得するだろう。人情家の御子柴ゆえの温情処置だ。

おれなら、と武田は思う。おれなら車体製造会社の現場責任者に据え、自動車製造のなんたるかを一から叩き込んでやるのに、と。作業着姿で汗とオイルまみれになって工場を駆け回ればあのボンクラも少しは現場の苦労がわかるだろう。

「斎藤の親父には世話になった」

新太郎がぼそりと喋る。

「国内販売担当の役員でな。日本中を駆け回ってトヨトミ車の強力な販売網を築いた大功労者だ」

そんなことは関係ない、と言いたいのを我慢して聞き入る。

「若い芳夫を親身になって鍛え上げた恩人でもある。貢はその恩人の息子だから芳夫も目をかけてきた。つまり可愛い子飼いだ。泣きつかれたらなんとかしたい。それがひとの情だろう」

「情では企業の経営はできません」

新太郎は目を伏せる。武田は続ける。

「では、百歩譲りまして、任期途中ではなく任期満了ではどうでしょう」

返事なし。

「却下、ですか」

「こんな年寄りを苛《いじ》めるな」と豊臣家のドンはしゃがれ声を絞る。

「却下などできるか。おれはおまえにこうやって頼むしかないんだよ」

武田はなにも言わず、次の言葉を待った。

「おれは芳夫が不憫でな」

訥々《とつとつ》と語る。

「たった二年で社長退任だ。思っていたことの十分の一もできなかった。さぞかし無念だろう」

唇を嚙む。目が潤む。

「久しぶりに部下に頼られ、なんとか力になりたい、と思ったんだ。あの頑固でプライドの高い弟がはじめておれに頼みごとをしてきよった。兄貴、斎藤を残してやってくれないか、武田を説得してくれないか、と呂律《ろれつ》の回らないか細い声で必死に――」

あとは言葉にならなかった。武田は返す。

「会長はわたしにすべてを任せる、とおっしゃいました」

ああ、と新太郎は背を丸める。

「言ったよ。おまえの力を見込んでトヨトミの将来を託した。期待以上にやってくれている」

「経営上のことならともかく、情がからんだ瑣末な事柄は正直、どうかと思います。失礼ながら、会長の職掌《しょくしょう》ではありません」

返事なし。背を丸めたまま動かない。

「これ一度きりにしていただきます」

立ち上がる。

「斎藤の人事は白紙に戻します」

新太郎はゆっくりと腰を上げ、頭を下げる。白髪が乱れる。

「すまんな」

武田は黙礼して部屋を後にした。廊下を歩きながら背筋がぞくりとした。新太郎はまったく変わっていない。豊臣の血がからめばどんな無理でも押し通す血統主義者。堤の言葉が聞こえる。

――豊臣家は血の繋がり以外、信用していません――

このままでは本当にピンチヒッターで終わってしまう。急がねば。眠りからやっと醒めた巨象が自由に、心おきなく走り回れるように。

一九九八年四月初旬。満開の桜が散り始めたころ、九鬼辰三が逝った。享年六十五。トラブルシューター、と謳われた男の壮烈な戦死だった。

夏。東京・千代田区内幸町の日本記者クラブで武田剛平の記者会見が開かれ、約五百席のホールは内外の記者で満員となった。

日本を代表する剛腕経営者の経営理念を拝聴するまたとない機会である。日本商工新聞の安本明は自動車担当、秋田博之に頼み込み、席を確保した。

たいしたもんだな、と隣席の秋田がぼやき混じりに言う。

「海外の新聞テレビの特派員、全員来てるでしょ」

ホールを埋める記者の半分近くは外国人だ。フリートークに近い記者会見とあり、みな、ざっくばらんな雰囲気だ。

「いまや日本を代表する国際人ですよね。政治家もプロスポーツ選手も太刀打ちできないもんなあ」

会場がどよめく。武田の登場だ。光沢のある濃紺のスーツに瑠璃色のネクタイ、焦げ茶の革靴。

演壇の前に立ち、悠然と会場を見回す。押し出しのいい巨体と重厚な風格。余裕に満ちた柔らかな表情。剛と柔を併せ持つ、何ものにも動じない春風駘蕩《しゅんぷうたいとう》の気が漂う。幹事社の記者が武田の経歴を簡単に述べ、記者会見が始まる。

「みなさん、挙手して質問をどうぞ」

武田は鷹揚にうながす。

「こういう機会はめったにない。政治、社会問題、経済、芸術、なんでもいいですよ。芸能関係でもいい」

手元のマイクを引き寄せる。

「松田聖子さんのビビビ婚なんてユニークですな。ああいうふうに感性で再婚できたら幸せでしょう」

会場にさざ波のような笑いが起きる。

米国の女性記者が手を挙げ、起立して質問する。

「最近の映画でお好きなものはありますか」

「ジャック・ニコルソンの『恋愛小説家』が面白かったですね」

笑みを浮かべて答える。

「毒のあるユーモアと人生の機微を炙り出す箴言《しんげん》にあふれて、さすがはアメリカを代表する名優です。ニコルソンの作品では『さらば冬のかもめ』と『カッコーの巣の上で』がとくに好きなのですが、そういったシリアスな作品とは違う新たな魅力を見せてくれました」

記者は瞳を輝かせてさらに問う。

「『恋愛小説家』はどこでご覧になりました?」

武田は愉快げに目を細める。

「あなたのお国に向かう飛行機のなかです。それくらいしか自由になる時間がないもので。しかし、今年はあと三十本くらいは観られそうですよ」

女性記者は快活に笑い、タフで感性豊かな武田社長の健康とさらなる活躍を祈っています、と述べて座る。次いで男性記者が立ち上がる。フランスの新聞社だ。

「バブル経済の崩壊についてどのような感想をお持ちですか」

「日本人の精神の荒廃が招いた惨事です」

武田は一転、語気も表情も厳しく言い放つ。

「とくに経営者の堕落が酷《ひど》い。会社の利益と自分の名声しか考えず、従業員の幸せや企業の社会的責任に無関心な輩《やから》が多すぎます。国民と国全体の利益を考えないトップは経営者と呼ぶに値しません。単なる経営屋です。恥知らずの経営屋がバブル経済の膨張と崩壊を招き、日本をこんな惨めな国家にしてしまったのです」

しかし、と生真面目そうな仏人記者は切り返す。

「トヨトミ自動車も利益を追求する企業です。日本一の大企業です。失礼ながら、いまのお言葉は天に唾を吐くことになりませんか」

会場がしんと静まる。みな、息を殺して武田の言葉を待つ。が、当人は感情の揺れを微塵も見せずに語る。

「わがトヨトミ自動車は製造業です。カネを右から左に流して利益を得たことも、株で儲けたことも、社業外の怪しい投資話に乗ったこともありません。ひたすら自動車を製造し、世界中で販売して稼いでまいりました」

言葉が熱を帯びる。

「製造現場は汗とオイルにまみれて日々、一銭一厘のコストダウンに努力しています。そうしたときに、空調のきいたオフィスの財務部門にいる人間が、相場の上げ下げを前に、何億円儲けた、何億円損した、と一喜一憂していたら製造現場のモラルがダウンしてしまう。本業のモラルダウンが起こったときに企業は終わります。どのような大企業、優良企業であっても坂道を転がるがごとく、崩壊の一途《いっと》を辿《たど》ります」

おもむろに右の腕を伸ばし、仏人記者に指を突きつける。

「社に戻ってお調べになればわかるが、わがトヨトミ自動車はバブルの火傷《やけど》はいっさい負っておりません。この一事《いちじ》のみであなたの言葉は的外れ、となりますな」

仏人記者は顔を真っ赤にして黙りこむ。次いで日本の全国紙の中年記者が質問に立つ。

「先日、米国の格付け会社がトヨトミの長期債の格付けを最上級のトリプルAから一段格下げの方向で検討すると発表しました。これについて武田社長は――」

許せませんっ、と質問を遮って大音声《だいおんじょう》が響き渡る。平手で演壇をドカンと叩き、肩を怒らせ、鬼の形相で訴える。

「債券の格付けの基準は償還能力です。トヨトミはいつでも、いくらでも返せます。うちは格下げされる覚えはまったくない。日本の国といっしょにされては困ります」

みな、押し黙って聞き入る。

「聞くところによれば終身雇用制が格付けのマイナス材料とのことだが、笑止千万。終身雇用制こそが日本国の経済成長を支え、国民を豊かに、幸せにしてきました。欧米の企業のように少し業績が傾けば即座に従業員を解雇し、幹部連中はべらぼうな高給を食《は》んで知らん顔。そういう血も涙もない非情な会社といっしょにしてほしくない」

ホールに雷鳴のような言葉が轟く。

「仮にわが社の業績が悪化した場合、われわれは会社の資産を吐き出し、幹部連中が粥《かゆ》をすすってでも断固として社員の雇用を守ります。雇用は会社の聖域です。万策尽きて聖域に手をかけるようなことがあれば、わたしは責任を取り、即刻社を退きます。それがトヨトミのルールです」

パチパチ……とホールの隅で遠慮がちに拍手が起こり、それがまたたく間に大きくなる。日本人の記者たちだ。隣の秋田も拍手し、安本も倣《なら》う。割れんばかりの拍手のなか、外国人記者たちはそろって複雑な表情だ。

「武田社長、アジテーターとしても抜群ですね」

秋田が囁く。

「海千山千の記者どもが感激の面持ちだもの。このまま政界に進出しても与党三役くらいなれるかも。そうは思いません？」

ああ、まあ、と安本はあいまいにうなずく。実業と政治は違う。すんなり与党の重鎮に収まるとも思えないが、天運に恵まれた武田なら可能性はゼロじゃない。

しかし、と秋田が言葉を継ぐ。

「先輩、釈迦に説法を承知で言いますが、トヨトミの終身雇用の対象はあくまで社員です。工場労働者の主力を担う期間工は蚊帳の外だ」

「景気、業績の調整弁だからな」

そういうこと、と秋田は渋い顔で返す。

「景気、業績が悪くなれば、ばっさばっさと斬りますよ。そのための期間工だ。外国人記者は期間工の実態を知らないから突っ込めない。トヨトミのしたたかさ、怖さがわかっていないんだな」

「武田の怖さも、な」

秋田は大きくうなずく。

「だから日本人記者は期間工の問題には触れない。触れた時点で即出入り禁止だ。広告も入らなくなります。この不景気の時代、日本最大の広告主からオフリミットを食らったら会社が傾く。記者が路頭に迷うことになる」

拍手が収まり、質問が再開される。若い韓国人記者が立ち上がる。緊張の面持ちだ。

「武田さん、同じ東アジアの仲間、ライバルとしてぜひお訊きしたいことがあります」

ホール内に緊張が走る。武田は「どうぞ」とひと言。韓国人記者が問う。

「世界一は目指さないのですか」

微妙な静寂が訪れる。韓国人記者は上気した顔で続ける。

「もの凄い勢いで世界進出を続けてきたトヨトミの目指す先は世界一以外、存在しない気がします。わたしの考えは間違っていますか」

武田はグラスの水をひと口飲み、答える。

「間違っていませんよ」

おおっ、と会場から驚きの声が上がる。

「トヨトミはこれまで〝世界一〟という言葉を封印してきました。世間の評価はともかく、生き残ることに必死で、とてもそこまで頭が回らなかったからです。しかし」

睥睨《へいげい》するように見回す。

「わたしも社長になって三年。社運を賭けた『プロメテウス』も世に出ました。いよいよ勝負のときです」

みな固唾《かたず》を呑んで見守る。

「世界シェアで先を行くUSモーターズやウォード、ドイチェファーレンに追いつきたくないか、と問われれば、やはり追いつき、追い越したい」

拳を握り、言葉に力を込める。

「日本国はバブル崩壊から立ち直れないまま無残な姿を晒しております。それだけに日本企業の底力を世界に見せつけたい。ナンバーワンになることが覇権主義と言われようと、わたしにも会長にもその強い執念があります」

豊臣家のドン、新太郎がもっとも信頼する男、武田剛平。つまり、全トヨトミが一丸となって世界一を目指す、と明言したも同然だ。

武田社長、と手を挙げる。ええっ、と秋田がのけぞる。ちょいと先輩、セクションが違う、と袖を引く秋田を無視して安本は立ち上がり、身元を名乗る。武田は、どうぞ、と表情を変えずに言う。

「あと何年、社長を続けられますか？」

武田は思案するように天井を眺め、次いで口を開く。

「経営者は数字で評価されます」

己に言い聞かせるような言葉だった。

「幸い、社長就任後の数字は順調に推移しております。この数字を武器に、経営者としてもう少しトヨトミを強くしたい。世界のどこに出ても負けない強靭な土台をつくり、次の人間にバトンタッチすることがわたしの役目です」

「一年や二年では無理ですね」

「わたしは愚図《ぐず》な鈍牛ですからね」

笑顔も見せずに言う。安本はうなずき、告げる。

「では一刻も早く人間ドックに入るべきです。ますます激務になるでしょうから」

人間ドック？　と記者連中が顔を見合わせる。秋田も怪訝《けげん》な表情だ。

「約束してください」

武田が破顔する。

「そうだね。人間ドックに入る、入る、と言ってどこか遠くへ逃げる野郎もいるからね。わかりました。入りましょう」

はい次、と質問を募《つの》る。ＮＨＫの女性記者が挙手し、立ち上がる。安本は黙礼し、座る。

「なんですか、人間ドックって」

秋田が問う。安本はしれっと答える。

「もう六十五だぞ。それで世界中を飛び回ってるんだから、誰だって心配になるだろ」

ふーん、と両腕を組み、いまいち納得していないふうだが、すぐに顔を寄せ、囁く。

「でもね、先輩」

意味ありげな表情で言う。

「トヨトミを本気で強靭な体質にしようと思うなら、これを排除しなきゃ」

拳をつくり、額に当てる。

「目の上のタンコブ、豊臣家」

どきりとした。

「武田はしたたかだ。噂じゃあ、すでに動いているらしいですよ」

マジか、と声を潜《ひそ》めて訊いた。

「武田ならやるでしょう」

秋田は確信を持って言う。

「あれだけの男ですよ。現状に満足しているはずがない。強靭にするってことはつまり豊臣家の排除ですよ。それに――」

言い淀む。どうした、と先をうながす。秋田は前を向く。

「人事でひと悶着《もんちゃく》あったようです」

なんだと？

「役員人事を会長にひっくり返されたって話です。豊臣家はますます目の上のタンコブでしょう」

どおっ、と歓声が上がる。ＮＨＫの女性記者相手に企業の倫理と存在意義を熱く説く武田。怖いものなしだ。

「罅《ひび》じゃないか」

ひび、と秋田は復唱する。

「そう、罅、亀裂だ」

安本は言う。

「武田剛平と豊臣新太郎。ふたりの鉄の絆《きずな》に罅が入り始めたんじゃないのか」

しばし間をおき、そうかも、と横顔がうなずく。

「所詮、サラリーマン社長です。豊臣家とは住む世界も見える光景も違う」

ホールに割れんばかりの拍手が鳴り響く。質疑応答を終えた武田が両手を挙げ、記者たちに会心の笑みを送る。その笑顔が消えるのも時間の問題に思えた。


記者会見から二ヵ月後。秋の穏やかな昼下がり。武田は本社社長室に腹心の御子柴を呼び、指示を与えた。「本気でやるぞ、準備しろ」と。御子柴の丸顔がこわばり、丸メガネの奥の目が宙を彷徨《さまよ》う。ふいに疑念がかすめる。が、すぐに否定する。過度の緊張のためだろう、と思った。御子柴の忠誠を疑わなかった。いや、疑う余地はなかった。自分と御子柴は人生観、価値観に違いはあれど、ことトヨトミ自動車への想いは一致している。さらなる発展を願う気持ちに齟齬は微塵もない。

その一週間後、御子柴が経営企画部長の中西徳蔵《なかにしとくぞう》を伴い、社長室を訪れた。中西は弁護士の資格を持つ切れ者で、御子柴が極秘に立ち上げた研究会のリーダーである。

「社長、やっとですね」

弁護士らしい知的な温顔《おんがん》をほころばせる。

「このときを一日千秋の思いで待っておりました」

武田は重々しくうなずく。

「トヨトミの将来がかかっている。頑張ってくれ」

研究会の検討事項はトヨトミグループにおける持ち株会社設立の利点と可能性である。真のグローバル企業を目指そうとするなら、豊臣家支配の経営では限界がある。一刻も早く前近代的経営形態を脱ぎ捨てねばならない。しかし、豊臣家のドン、新太郎が素直に応じるとも思えない。騒乱は避けられないだろう。流す血は覚悟している。せめて理論武装だけは万全にしなくては。

「社長、これは時代の趨勢です」

中西が励ますように言う。

「君臨すれど統治せず。豊臣家には天皇家になっていただく必要があります」

温顔が緊張を帯びる。

「社長以外、この難事は成就できません」

「頼む」

武田はすがるように右手を差し出し、握手を求める。中西ががっちり握り返す。

傍らに立つ御子柴が厳しい表情で見つめる。覚悟を決めたのだろう。いつになく切迫した面持ちだ。

武田は一週間前、ちらと頭をかすめた疑念を恥じた。賽《さい》は投げられたのだ。もう引き返すことはできない。

明けて一九九九年一月末、トヨトミ自動車名古屋ビルで緊急記者会見が開かれた。Ｆ１への正式参戦表明である。

左右の席に御子柴筆頭副社長以下、役員連中を従えた武田。内外の記者を前に、珍しく上気した面持ちでＦ１への意気込みを語る。

「ヨーロッパにおけるシェア拡大はわがトヨトミの悲願であります。名門の欧州メーカーと伍し、勝ち残るにはＦ１への参戦は不可欠。極東の島国、日本のクルマもＦ１で立派に戦えることを証明し、ヨーロッパの消費者を振り向かせたい。加えて、欧州自動車文化の華であるＦ１に参戦することで、世界市場でのブランドイメージをより高める狙いもあります。トヨトミは全力を挙げてＦ１に挑戦することをお約束する」

さらに「Ｆ１参戦で若者へトヨトミ車をアピールし、おじさんのクルマ、というありがたくない印象も払拭し、新生トヨトミを誕生させる覚悟」と続ける。記者たちも日本が世界に誇る巨大自動車メーカー、トヨトミのＦ１参戦表明に興奮が隠せない様子で、みな目を輝かせ、熱心にメモをとる。カメラのフラッシュが連続して光る。

統一は会見場の後ろに立ち、熱弁を振るう武田を複雑な心持ちで眺めた。カーレースをなにより愛するこの自分が、豊臣家の嫡男である豊臣統一が、あの光り輝く場にもっともふさわしいはず。

開発企画部から欧州本部営業担当部長へ異動になって一年あまり。ヨーロッパにおけるＦ１人気の凄さ、影響力の高さは肌身で感じている。ミハエル・シューマッハなど、サッカーやラグビーを含むすべてのスポーツの頂点に君臨する王さまだ。

ならば、あの席に座るべきは自分ではないか？　トップガン速水の弟子にして豊臣家の嫡男。しかも、草レースとはいえラリーに出場する現役のレーサーでもあるこの豊臣統一こそ、内外の記者を前にF1参戦について熱く語る資格があるのでは。

武田は所詮、数字至上主義のビジネスマン。モータースポーツ界の頂点F1も、叩き上げのサラリーマン社長にとっては宣伝材料にすぎない。あの男の脳みそにはロマンの欠片《かけら》もない。あるのは数字とコストカット、利益のみだ。豊臣家の嫡男である自分がモータースポーツに寄せる情熱とは較ぶべくもない。この状況はおかしい。納得できない――。

小さくかぶりを振った。武田はトヨトミ自動車の堂々たるトップにして、いまや〝トヨトミの救世主〟と謳われる世界的経営者である。翻《ひるがえ》って、この自分は豊臣家の嫡男とはいえ、対外的には無名に等しい一部長職。レーサーと名乗っても、周囲をトヨトミのクルマにがっちり守られての柔《やわ》な草レースだ。御曹司の道楽、お気楽なレースごっこ、と陰口も山ほど叩かれている。

勝負にならない。差は開くばかりだ。武田の満面の笑みを眺めながら、つくづく自分は運が悪かった、と思い知る。武田さえいなければ。いや、武田の存在なしにはトヨトミ自動車はここまで発展しなかった。正直、前社長の芳夫叔父では現状維持がせいぜい。武田の大胆な決断と果敢な実行力、そして(認めたくはないが)強烈なカリスマ性がなければ世界を席巻するグローバル化も実現しなかった。F1参戦など、夢のまた夢――。

統一は聳《そび》える矛盾の壁の前で立ちすくむしかなかった。明日はあるのか。この平凡な小心者の男に、明日はあるのか？

第九章　去りゆく男

武田が突然の呼び出しを受けたのは四月に入ってすぐ。場所は名古屋市郊外の『トヨトミ産業博物館』。トヨトミ自動車の祖業である豊臣製鋼所の跡地に建設された、企業博物館である。

午後七時。すでに閉門した出入り口の鉄柵を守衛に開けてもらい、社長専用車の『キング』を玄関前に付ける。緊張した面持ちの秘書に、待つように言い置き、武田は外に出た。冷たい夜気に肌が粟立つ。

春の陽はとっくに落ち、あたりには青暗い闇が迫っていた。ふいに一陣の風が吹き、水銀灯の下を桜の花が舞った。薄い闇を透かして、敷地内に乱立する満開の桜の樹が見える。

武田は気まぐれな風に舞い散る桜をしばし眺め、革靴を踏み出した。玄関から大理石張りのロビーに入る。しん、と静まり返っている。カツン、コツン、と靴音だけが響く。

年に幾度か、大切なゲストを案内して訪れることがある。大きく切ったガラス窓から降り注ぐ陽光と間接照明。展示されたスポーツカーに乗り込み、ハンドルを握る子供たちの歓声と笑顔。見学者たちの真剣な眼差しと驚嘆のため息。心地よいＢＧＭと女性ガイドの澄んだ張りのある声。天井が高く、通路が広い館内はトヨトミの歴史と栄光を鮮やかに伝え、武田は訪れるたびに誇らしい気分になった。

それがいまはどうだ。照明が落ち、申し訳程度に非常灯がともる館内は暗く沈んで、まるでパリのカタコンベ（地下納骨堂）のようだ。昭和初期のクラシックカーが朧《おぼろ》に浮かび上がる。壁にはトヨトミ自動車を創り上げてきた偉人たちの巨大な――畳一枚分はありそうな――パネル写真と豊臣家の家族写真。ともに豪華な遺影となって夜の博物館を陰鬱に彩《いろど》る。

森閑《しんかん》としたロビーを抜け、奥に進む。戦後の工場を再現した一画。ナッパ服の作業員を模した等身大の人形が数体。鋼板をハンマーで叩き、トラックの下に潜《もぐ》って修理する作業員たち。開け放ったボンネットの内部をのぞき込み、エンジン調整に余念のないオイル塗《まみ》れの男も、カンカン帽に背広姿で監督するエンジニアらしき男も忠実に再現されている。みな、いまにも動き出しそうだ。

と、視界の隅が揺れる。木箱に座り、背を丸めていた人影がゆっくりと立ち上がる。ソフト帽にゆったりとしたスーツ。コツン、とステッキの音が響く。小柄な老人。豊臣新太郎である。

「武田、すまんな」

新太郎が歩み寄ってくる。

「こんな花冷えの夜に」

いえ、とかぶりを振る。

「会長直々のお話とあらば、いつ、どこへでも参上します」

新太郎は部下の胸の内を推し量るように眼を据える。五秒ほど凝視し、身体を反転させる。

「歩こうか」

通路を奥へと進む。武田も従う。ふたりの靴音とステッキの音が冷たく響く。

「よくやってるな」

新太郎がぼそりと言う。

「おれがおまえを社長に据えてそろそろ四年か。十分、合格点だ」

据えて——頼み込んでの間違いだろう。が、ドンは絶対だ。恐縮です、と答え、次の言葉を待つ。靴音が止まる。不気味な静寂が満ちていく。

「ほら、あれ」

ステッキを水平に伸ばす。その先には、淡い光を浴びた鋳物《いもの》工場の内部が。草創期の開発現場を再現したエリアである。

「エンジン鋳造の真っ最中だ。悪戦苦闘の毎日だったなあ」

新太郎が遠い目をして言う。

「アメリカから輸入したシボレーを分解して、製鋼所の一画でまったく同じエンジンを作ろうと、無謀な挑戦を試みたんだな。大財閥も手を出しかねていた乗用車の量産化に、町工場に毛の生えたような作業場で挑み始めたのだから、狂気の沙汰だ。外部の人間は、百人中百人が失敗するとせせら笑っていたらしい」

ボロの作業服姿の人形を使い、草創期の様子を忠実に再現している。時は一九三〇年代初頭、世界大恐慌の真っ只中である。カネも技術もないなか、豊臣太助・勝一郎父子のロマンと情熱だけを武器に挑んだ、想像を絶する苦闘の光景だ。

鋳型の木枠をハンマーで叩いて外し、砂を固めた鋳型からエンジンを取り出す作業員たち。煤《すす》と汗にまみれた顔が、油を塗ったようにギラついている。

「おれはまだ十歳になるかならないかのチビだったが、鬼気迫る形相の作業員たちが真っ赤に煮えたぎる溶鉄を砂でつくった鋳型に注ぎ、祈るような表情で完成を待っていた姿を憶えているよ。だが、出来上がったエンジンは強度不足でことごとくダメだ。ヒビが入り、割れたエンジンもあった。みな、肩を落とし、泣いていたよ」

　作業着姿の人形たちを愛おしそうに見つめる。

「親父の勝一郎は失敗するたびに枯渇寸前の資金を補充すべく、銀行や後援企業を駆けずりまわってカネをかき集め、上京して大学の工学博士たちに鋳造技術の助言を求める日々だ。尾張に戻れば工場に寝泊まりして作業員たちを叱咤激励、率先してエンジンの鋳造に取り組んでいた。いつも睡眠不足で目を真っ赤にしてたなあ」

「あらゆる失敗を味わった、と聞いております」

　そう、とうなずく。

「真夜中、注いだ溶鉄が爆発し、オレンジ色の火の雨を降らせたこともあったらしい。掛け値なしの命懸けだ。汗と涙と火傷《やけど》の毎日だ。工場の隅には不良品のエンジンが山となって積まれていたよ。暗闇を手さぐりで進むような作業を一年近く続けて、やっとエンジンが完成したんだ。鋳造したエンジンにシャフトを嵌めこみ、セルを回し、空気を震わす轟音とともに作動したときはみんな号泣して、大変だった。親父も喜んでねえ。あの黄金色の光景と感涙、雄叫びはいまもここに」

　拳で己の胸を叩く。

「鮮やかに残っておる」

　横顔が険しくなる。

「トヨトミ自動車は豊臣家の血の結晶だ。それがわかるのは豊臣家の人間だけだ」

　毅然とした言葉だった。武田、と囁《ささや》く。

「不満か？」

　武田はなんのことかわからず、次の言葉を待った。

「豊臣家のことが不満か？」

この場に呼ばれた理由が見えた。それでも抵抗を試みる。

「失礼ながら、言葉の意味がわかりかねます」

新太郎は鼻で笑い、厳しい口調で返す。

「社内で極秘の研究会を結成しているだろう」

漏れた、か？

「持ち株会社設立の可能性を探っているそうじゃないか」

武田はうめき、その場に立ち尽くす。

「持ち株会社設立とはつまり、ホールディングカンパニーとやらを設けてわが豊臣家を神棚に祀《まつ》り上《あ》げ、トヨトミグループの実業はおまえが全部牛耳るという魂胆だろう」

ダメだ。逃げ場がない。内部情報が漏れた。武田は歯噛みし、情報の出処を推測する。わからない。武田の意を受けた御子柴が信用のおける人間ばかり選びぬき、密かに始めた研究会。メンバーは御子柴以下、経営企画部長の中西徳蔵、社外の公認会計士や渉外弁護士など六人。裏切られた？　だれに？ばかな。信じろ。うろたえるな。豊臣家のドンが畳みかける。

「武田、豊臣家をないがしろにする気か。おまえはそこまで増長したのか」

お待ちください、と声を張り上げる。悲痛な声音が夜の博物館に殷々《いんいん》と木霊《こだま》する。

「それは誤解です。あくまでもトヨトミ自動車の将来を思っての行動でありまして」

額を脂汗が伝う。研究会の存在がばれた以上、正面突破しかない。肚《はら》を決める。

「豊臣家は尊重しますが、本物のグローバル企業を目指すなら、これまでの企業形態では限界がありま す。それに、持ち株会社うんぬんはまだ検討段階でありまして。煩雑な法的問題に加え、形態も純粋持ち株会社方式、事業持ち株会社方式などがございます。持ち株会社化に伴うメリット、デメリットも精査したうえで、正式に書面にまとめまして会長にご報告しようと考えておりました。やっと覚醒した巨象を自由に走り回らせるには――」

もういいっ、と野太いドンの声が飛ぶ。

「結論を言え。おまえは持ち株会社制に移行すべき、と思うわけだな」

「時代の趨勢とトヨトミの将来を勘案すれば、ベターかと」

額の脂汗を手の甲で拭う。

「けっしてベストではございませんが」

「メリットを挙げてみろ」

「トヨトミ自動車本体を中心に『尾張電子』『トヨトミ機械』『豊臣商事』以下の主要子会社を持ち株会社の下にまとめあげることで、グループ全体の戦略をコントロールできます。新事業の立ち上げもスムーズに進みます。ざっと噛み砕いて申し上げれば、ビジネスのスピードが格段にアップします。海外展開も同様です。さらに」

大きく息を吸って言う。

「尾張電子、トヨトミ機械の二社はともに売り上げが二兆円を超えるワールドワイドな大企業です。他社への部品供給も日に日に増えております。早晩、トヨトミからの売り上げシェア、つまり依存率は五割を切り、トヨトミグループ離脱も現実味を帯びるかと」

「肥大化した子会社の謀反《むほん》だな」

「持ち株会社を置くことで有力子会社の謀反も防ぐことができます。加えて」

情報を整理して告げる。

「持ち株会社の設立によって、有力子会社に対する敵対的買収が事実上不可能になります。つまり、ドーン・シモンズのようなグリーンメーラーがいくら買収を仕掛けようとしても手も足も出ないわけです。また持ち株会社と傘下企業は、いわば複数の事業からなる一つの企業体ゆえ、リスクが分散し、決定的なダメージを受けにくくなります」

「デメリットはなんだ」

「持ち株会社の傘下に入ることによって、有力子会社三社のトヨトミ色が強くなり、サワダ自動車やヤマト自動車との仕事がしづらくなります。売り上げを若干落とすかもしれません」

「ほかになにがあるんだ」

「持ち株会社傘下の各会社が業績不振に陥った場合、グループ全体に信用不安が連鎖し、資本市場において本来の実力より過小評価されるケースが生じます。わがトヨトミ自動車の株価も実力とは関係なく下がる、というわけです。つまりコングロマリット・ディスカウント、ですな」

あり得ない。トヨトミ自動車の業績さえ良好ならばグループ企業はなんら問題ない。トヨトミ自動車の業績が低下するときはグループ全体が沈下するとき、そして日本経済が終焉を迎えるときだ。

「ほかにデメリットは労組の混乱でしょうか。労働条件を交渉する際の交渉窓口が当該会社か持ち株会社かで迷う――」

つまらんっ、と新太郎は顔をゆがめ、邪険に手を振る。

「つまらんぞ、武田。おまえからくだらん一般論など聞きたくないっ」

割れ鐘のような大声が響き渡る。

「仮に持ち株会社を設立した場合、豊臣家はどうなる。所詮、お飾りだろうが」

とんでもない、と武田は言下に否定する。

「トヨトミグループの精神的支柱として、全体に睨《にら》みを利かせていただきます」

「君臨すれど統治せず――天皇家みたいなものか」

返す言葉がない。

「名前と権威のみで力はない。つまり豊臣家が経営に参画することは許さない、ということだろう」

それは違います、と武田は前に回る。ふたり、向き合う。小柄な新太郎が鬼の形相で見上げ、礫《つぶて》のような言葉を投げつける。

「豊臣家は旗かっ」

武田はのけぞる。新太郎が一歩、踏み込んでくる。

「使い勝手のいい錦の御旗として利用するのか」

やられた。研究会の討議内容が全部、筒抜けだ。武田は裏切りを確信し、最後の抵抗を試みる。

「会長、よくお聞きください」

沸騰しそうな頭で言葉を選び、告げる。

「ホールディングカンパニーは世の流れです。日本経済、いえ世界経済さえ左右しかねないトヨトミのような巨大企業が、二パーセント程度の株式を所有する豊臣家の意向で針路を定める時代はとっくの昔に終わっております」

うるさいっ。ステッキを床に叩きつける。小気味いい乾いた音が響き渡る。かーん、かーん、と木霊となって暗闇に吸い込まれる。

「小賢《こざか》しい経営論などどうでもいいわいっ、黙っとれ」

一喝し、続ける。

「おまえの得意の言説に従えば、情実の経営ではなく、資本の論理に基づいた公明正大な経営を構築する、ということだな」

そのとおり、と心のなかで告げる。斎藤の人事をひっくり返した、あの豊臣家の情にからんだ横槍を許していてはダメだ。トヨトミ自動車の将来はない。

「とにかくだ」

新太郎は興奮を冷ますように肩を上下させ、大きく息を吸う。

「持ち株会社など許さんぞ。人は株のために働くのではない。人は人のために働くのだ。おれの目の黒いうちは絶対許さん。わかったな、武田」

これが結論、とばかりに言う。武田は頭を下げるしかなかった。終わった。身体の芯が冷えていく。落胆と、それに倍する怒りが湧き上がる。

「会長、ひとつだけ」

冷静な声で問う。

「だれが漏らしました」

新太郎はほおをゆるめる。

「おまえも脇が甘いな」

ソフト帽のつばをしごき、深くかぶり直す。

「わがトヨトミを心から愛する者に決まっておる」

愛する者。忠臣。浮かぶ顔はただひとつ。

「武田、いい頃合いだろう」

素っ気なく言う。

「おれももう七十五だ。おまえに譲る」

なにを？

「財界活動だ」

息を詰めて聞き入る。

「おまえは日経協（日本経営者協会）の会長をやれ。根回しはもう済んでいる」

有無を言わさぬ口調で命じる。

「おれは産団連（産業団体連合会）の会長を辞める。トヨトミの財界活動はおまえに任せた」

武田は両足を踏ん張り、声を励ます。

「では、日経協会長とトヨトミの社長業を兼務しろと？」

新太郎は目を細める。

「激務で鳴る産団連会長ではなく、日経協なら可能かもしれんな」

日本政府の経済政策に財界を代表して提言を行う産団連。そのトップである産団連会長は影響力と注目度の高さから〝財界総理〟の異名を奉られるほど。一方、日経協は大企業経営者の立場から議論と提言を行う組織であり、あくまでも健全な労使関係の構築が目的である。ときに総理大臣にも直言を辞さない産団連とは立ち位置が違う。たしかに日経協会長ならトヨトミ自動車の社長業と兼務も可能かもしれない。が、いまの新太郎が兼務をすんなりと認めるとも思えない。案の定、続きがあった。

「だが、じきに一本化だ」

一本化？　新太郎は焦《じ》らすように二呼吸おいて言う。

「産団連と日経協の統合だ」

たしか以前、新太郎は「財界にもリストラが必要。いつまでも無駄な肥満体ではよくない」と強烈な持論をぶち、異色の産団連会長として注目されたことがある。武田は黙って聞き入る。

「加盟企業がほとんど重複しており、日経協は労使間の対立の軟化とともに存在意義を失いつつある。何事も合理化の時代だ。ゆえに三年後を目途《めど》に産団連が日経協を吸収する形で統合だ。そして栄《は》えある初代会長は――」

すっと右の手に握ったステッキが上がる。石突きを武田の喉元に向ける。

「武田、おまえだよ」

晴れやかな声が耳朶を舐める。

「おれが段取りはつけている」

左手の指二本を掲げる。勝利のVサイン？　いや、トヨトミ自動車ふたり目の財界トップ、ということだろう。豊臣家の正統な血を引く当主と、叩き上げの使用人。新太郎は満足気に語る。

「これでトヨトミも真の名門企業の仲間入りだ」

過去を追慕するように遠くを眺める。

「昔は製鉄や電力、銀行の幹部に、尾張の自動車屋ごときが財界活動など百年早い、顔を洗って出直してこい、とさんざんばかにされて、ずいぶんと悔しい思いもしたもんだ」

「どれも明治維新以降、国家とともにあった基幹産業ですから」

ああ、とうなずく。

「とくに製鉄会社には徹底していじめられた。貴重な鉄を売ってやる、とつねに上から目線で、こっちは米つきバッタのように頭を下げて懇願し、必要量をなんとか仕入れたもんだ」

屈辱の記憶が甦ったのか、忌々しげに語る。

「しかし、高度成長期を迎えて自動車業界は大きな得意先となった。製鉄会社も態度を改め、同等のビジネスパートナーとして付き合わざるを得なくなった。だが、そんな生温い蜜月は長くは続かない。日本の自動車業界は努力に努力を重ねて右肩上がりの成長を続けた。世界に本格的に進出し、立場は逆転した。いっきに抜き去り、製鉄業界の上に立ったんだな」

声に愉悦の色がまじる。

「わがトヨトミは上得意のお客さんだ。次々に厳しい要望を出して、鉄鋼の品質と価格、納品期日、全部こっちで決めてやった」

シワの寄った目尻に冷たい笑みが浮かぶ。

「ある製鉄会社の幹部はこう愚痴ったよ。きみらはうちのことを蕎麦屋の出前と思ってやしないか、とね」

「製鉄会社もいまは重要なサプライヤーのひとつ、です」

「おれたちがトヨトミシステムを教えてやったのさ」

ざまあみろ、と言わんばかりだ。豊臣家のドンは血走った睨みをくれてくる。

「おまえは歴史的な財界団体統合の責任者として、トヨトミの看板を背負い、財界をまとめあげることになる。生半可なことでは許されんぞ」

武田はかぶりを振った。

「そういう事情であればトヨトミの社長業との兼務は不可能かと」

新太郎の目が尖り、ほおが隆起する。ステッキの石突きがぐいと喉元の寸前まで迫る。いまにも突き込みそうな迫力だ。

「ならばトヨトミの社長業を譲れ。簡単な話だ」

脳天に鈍い衝撃があった。つまり、社長退任。所詮、豊臣家の使用人。己の立場を改めて思い知る。終わってしまえば呆気《あっけ》ない。トヨトミの救世主、などともてはやされて舞い上がり、世界のどこに出しても恥ずかしくないホールディングカンパニーを夢想した自分がバカに思える。トヨトミ自動車はどこまでいっても尾張の土着企業、社員の大多数が豊臣家を盲信する〝新興宗教〟だ。

「わかったな」

うなずくしかなかった。突然、ビリッと夜気が震える。わあっはっはあっ、夜の博物館に高らかな笑い声が轟く。新太郎が仁王立ちになって、腹の底から笑う。鼓膜がジンジンする。博物館の隅々にまで響き渡り、木霊になって消える。

「武田よ。おまえは社長になってすぐの幹部会議でこんな戯《ざ》れ言《ごと》をほざいたらしいな」

中空を眺め、芝居がかった口調で語る。

「産団連の会長なんていうのは斜陽産業の、勲章狙いのトップがやるもんだ。成長産業のトップは忙しくて財界活動なんかやっておられん。勲章のことを考える暇も余裕もない。このたび、わがトヨトミ自動車が産団連会長を出したということは、自動車業界も斜陽産業になりかけているということだぞ――こう言うたよな」

言った。幹部会議の席で、産団連会長に嬉々として就任した新太郎を揶揄して、言った。役員全員で大笑いした。

「そんな失礼なことを言いましたか?」

頭をかく。タヌキにはタヌキで対抗するに限る。

「最近、年齢と激務のせいか、とんと物覚えが悪くなりまして。たしかに潮時ですな。もう財界活動くらいしかできません」

再度、笑い声が轟く。七十五歳の年齢を感じさせない、爆発するような笑いだ。ああ、愉快愉快、おまえは本当に愉快なやつだ、と新太郎が目尻の涙を指で拭うのを待ち、ところで会長、と武田は声を潜《ひそ》めて問う。

「わたしの後任は誰に？」

すっと笑みが消え、峻厳《しゅんげん》な豊臣家当主の貌《かお》が現れる。

「おまえが決めろ。退任する社長の責務だ」

当然だろう、と言わんばかりだ。

「じっくり吟味して、おれのメガネにかなうやつを連れてこい」

つまり、あいつしかいないということか。

豊臣家のドンはステッキをつき、背を向ける。

「四年間、ご苦労だった」

ずんぐりした背中が去っていく。武田はその場に突っ立ったまま見送った。豊臣家のドンが暗闇に溶けるように消えていく。


翌日、午後。武田は社長室に御子柴を呼びつけ、単刀直入に訊いた。持ち株会社の件、会長に御注進におよんだな、と。デスク前に直立した御子柴は覚悟していたのか、あっさり認めた。

「わたしの独断です。中西をはじめ、研究会の他のメンバーはいっさい関係ありません」

ほう、と両腕を組み、チェアにもたれてさらに問う。

「なぜ、会長に？」

「やはり恩義ある会長に隠したまま、このような重大なコトを進めるのは道理にもとるかと」

丸顔に大汗をかいて弁解する。

「社長のトヨトミ自動車を思う気持ちは重々承知しておりますが、こればかりはいささか――」

「乱暴すぎる、と言うのか」

はい、とハンカチで汗を拭う。

「もちろん、不肖御子柴宏が社長の信頼を裏切った事実は動きません。しかし、会長はわかってくださいます」

なるほど、と武田はうなずき、右肘をデスクに突く。

「昨夜、会長とサシで会ってな」

右の手刀を首に当て、刎《は》ねる真似をする。

「あっさりこれだ」

丸レンズの奥の眼が見開かれる。

「おれは社長を退《しりぞ》くことになった。明日にでもプレス発表し、六月の株主総会で正式決定だ」

御子柴は唇を噛み締め、凝視してくる。怒りと悲哀がごちゃまぜになった奇妙な表情だ。武田はじっくり観察して告げる。

「もちろん、プレス発表では次期社長の名前も記すことになる」

御子柴の目が光を帯びる。隠しようもない生の感情だ。

「天下のトヨトミ自動車たるもの、人事はスムーズに進めなければならない。そこらの十把一からげの企業のような醜い人事のゴタゴタがあってはならない。トップ人事ならなおさらだ。そこでわが会長は――」

焦らすべく、たっぷり間をおく。筆頭副社長は息を殺して待つ。丸顔が紅潮し、天ぷら油を塗ったようにぎらつく。武田は告げる。

「おれに一任するとのことだ」

ぷう、と詰めていた息を吐く。落胆と絶望。肩を落とし、それでも御子柴は目をそらさない。武田は湧き上がる苦笑を噛み締めた。こいつの胸の内は手に取るようにわかる。

いい気になった社長に唆《そそのか》され、持ち株会社設立という豊臣家のタブーに本気で手を突っ込んでしまえばタダじゃ済まない。豊臣家の怒りを買い、下手したら暴走社長とともに沈没だ。それより、すべてを暴露して会長に忠誠心を売り込んだほうがよっぽどいい。見返りに新社長の座をゲットできるかもしれない——。

愚直な忠臣なりの一か八かの賭けだろう。その一方で、密告者も同罪、と揃って素ッ首を刎ねられることもあり得る。相手は豊臣家のドンだ。新太郎から見たら、ふたりとも単なる叩き上げの使用人。いかようにも処理できる。おかしい。笑える。

「社長、次はだれです」

焦れた筆頭副社長が怖い顔で迫る。一か八かの賭けに敗れた絶望と悔恨を隠さず、怒りの形相で問う。

「わがトヨトミ自動車の次を担う野郎はいったいどこのだれですっ」

憤懣やるかたない口調でまくしたてる。

「吉田ですか、丹波ですか。それとも——」

豊臣家お気に入りの役員連中をかたっぱしから並べていく。弾が尽きたころを見計らい、武田はそっと指を突きつける。

「おまえだよ」

ぽかん、と見つめる。口が半開きになった間抜け面だ。武田はぐいと身を乗り出す。

「だから、おまえしかいないだろう。筆頭副社長」

御子柴はのけぞり、一歩後退する。

「豊臣家への揺るがぬ忠誠心と、社長のおれを裏切っておきながら恬《てん》として恥じない肝っ玉」

丸顔が屈辱に染まる。

「皮肉じゃないぞ。本心だ」

武田は軽い調子で言う。

「幸い、おれがこの四年間で敷いてきた路線は順調だ。分不相応な冒険をしなければここ四、五年は大丈夫だろう。地味で不器用なおまえでもなんとか務まるはずだ」

新社長は目をすがめ、複雑な表情になる。武田は無視して続ける。

「健康に気をつかい、豊臣家にあらん限りの忠誠を尽くし、ストレスを溜め込まず、せいぜい頑張ることだ。以上」

行け、と手を振る。が、御子柴は動かない。銅像のように固まったまま口を開く。

「社長、大丈夫でしょうか」

不安げな顔で訊いてくる。

「わたしは陰でこう囁かれていることを知っております」

咳払いをして言う。

「取り柄は誠実さとクソ真面目な性格。せいぜい工場長の器。大トヨトミを束ね、国際政治の流れを見極め、世界のライバルメーカーと戦う才覚は持ち合わせていない。なぜ、ナンバー2の筆頭副社長をやっているのか、トヨトミ自動車最大の謎である、と」

「それで？」

御子柴は下を向き、ぼそりと言う。

「当たっていると思います」

おれもだ、と言いそうになり、寸前で呑み込む。御子柴は悲痛な面持ちで続ける。

「こんなわたしですが、大トヨトミの舵取りが務まるでしょうか」

社長の座をゲットすべく、乾坤一擲《けんこんいってき》の勝負に出たはいいが、いざ現実のことになると怖くなったのだろう。当然だ。その動向が世界経済にも影響を与える、日本一の大企業のトップだ。しかも、後ろには豊臣家が控えている。

「大丈夫だ」

武田は即答する。

「己をじつに正しく、シビアに客観視できるおまえならできる。勘違いも、暴走もないだろう」

はあ、と丸顔を上げる。いまいち納得していない表情だ。なあ、御子柴よ、と優しく語りかける。

「この緊急事態を任せられるのはおまえしかいない。おれが後継者として指名したんだ。自信を持てよ」

返事なし。

「おれが決めた社長人事だ。受けられないなら社を去れ」

わかりました、と頭を下げる。

「謹《つつし》んで受けさせていただきます」

武田は軽くうなずき、ところで、と声を低めて問う。

「おまえ、会長に――」

丸顔が不安そうにゆがむ。

「斜陽産業のトップが財界活動とかなんとか、そんな話も御注進したことがあるのか」

五秒ほど沈思し、さあ、と首をかしげて御子柴は問い返す。

「それは持ち株会社のことに関連する事柄ですか？」

「いや、いい」

武田は無理に笑みを浮かべる。

「おれの勘違いだ。忘れろ」

まったく、なんて役員たちだ。言動はすべて豊臣家のドンに筒抜けか。いまさらながら冷や汗が出る。

「ということでおれは緊急の社長退任に向けてメチャクチャ忙しくなる。行け」

野良犬を追い払うように手を振る。御子柴は直立不動の姿勢をとり、深く腰を折って下がる。せかせかと速足で出ていく。とても社長には見えない。せいぜい工場長だろう。自己申告どおりだ。


その夜遅く、いつものように『キング』で自宅に戻ると、門の前にトヨトミ番の記者たちが集結していた。思わず舌打ちが出た。

「なにかありましたか？」

助手席の秘書、九鬼辰彦が携帯電話を取り出しながら訊く。武田は無言のまま、駆け寄ってくる記者連中を見つめた。

「殺気だってますよ」

携帯電話を操作する。本社に連絡を入れ、工場事故等、緊急事態が生じていないか問い合わせるつもりだろう。

「九鬼、落ちつけ」

ドアに手をかける。

「おまえは帰れ。おれは記者どもの相手をしなきゃいかん」

怪訝《けげん》そうな九鬼に「門を開けろ」と言い置いて外に出る。花冷えの夜気が首筋から入り込む。思わず身震いした。どっと記者連中が取り囲む。十人はいるだろう。みな、飢えた狼のように目をギラつかせている。

「焦《あせ》るな。たっぷり相手をしてやるから」

モーターがうなり、鉄門が開く。

「みんな、入れ」

記者たちがどよめく。公私をきっちり分ける武田はふだん、記者を自宅に上げることはない。が、今夜は特別だ。

玄関先で迎えた妻の敏子はさすがに驚いたようだが、すぐに笑みを浮かべ、記者たちを応接室に案内した。粗末なソファセットがあるだけの十畳間。ソファはすぐに埋まり、半分の記者が突っ立ったまま武田の言葉を待った。

「社長退任の話だろ」

口火を切ってやる。本当ですか、と鋭い声が飛ぶ。その前に、と片手で制す。

「だれから聞いたんだ。会長か？」

いえ、と全員が首を振る。重い沈黙をはさみ、中年の記者が言う。

「御子柴副社長です」

あの野郎。

「プレス発表は明日だが特別に教えてやる、と申されて」

そうだ。

「喜色満面だっただろう」

それはもう、と全員がうなずく。脳裏に弾けそうな丸顔が浮かぶ。してやったりの呵々大笑が聞こえ
敏子が紅茶を運んでくる。武田は棚からブランデーを取り出し、記者連中に笑みを向ける。

「今夜は冷えるから特別にこれを入れてやろう」

封を切り、栓を抜こうとしたが、上手く抜けない。意思とは関係なく、手が震える。情けない。焦れば焦るほど、抜けない。

「社長、やりましょうか」

見かねた若手記者が声をかける。うるさいっ、と怒声が出る。自分が自分でないような、おかしな感覚のなかで、武田は栓を抜き、紅茶のカップに注いで回った。カチカチと鳴るカップとブランデーボトルの音が耳障《みみざわ》りだ。おれが我を失っている？　武田剛平が？　ばかな。たかが社長退任ごときで——が、手は震え続け、耳障りな音は消えなかった。

全員に注ぎ終わり、質問に答える。当たり障りのない質疑応答が十分も続くと、記者が次々に消えていく。これ以上いても無駄、と見切ったのだろう。朝刊にぶち込む記事の〆切りもある。

二十分で全員が消えた。ぼんやりと座ったまま残されたティーカップを見つめる。ほとんど紅茶が残っている。半分は口もつけていない。おれのブランデーティーがそんなに嫌か？　すっかり冷えた紅茶をすする。たったの四年か。売り上げは就任時の八兆円から十五兆円へと倍増した。海外進出も盤石だ。心残りはふたつ。世界一のシェアを獲得できなかったこと。それと持ち株会社——。

お疲れさまでした、と声がする。我に返る。敏子がカップを片付けながら言う。

「長い間、頑張ったわね」

福々しい顔がほころぶ。嬉しさを隠しきれないのだろう。胸が痛い。敏子は向日葵《ひまわり》のような笑顔で続ける。

「フルスピードで走り続けてきたんだから、ここらで少しゆっくりしなさいな」

武田は空咳を吐いて告げる。退任後は日経協会長に就任し、財界活動が忙しくなる、と。敏子は一転、表情を曇らせた。糟糠《そうこう》の妻は悲しげにうつむき、こう言った。

「いいかげんになさらないと、そのうち殺されますよ」

だれにだ、と問うと、間髪入れず返す。

「豊臣家に」

第十章　スキャンダル

六月。株主総会で御子柴宏・新社長が誕生し、武田剛平は会長に、豊臣新太郎は名誉会長に就任。新生トヨトミ自動車がスタートした。

同時に武田は日経協の会長にも就任。名古屋と東京を週二回のペースで往復する財界活動が始まった。

御子柴は武田が敷いた海外拡大路線を忠実に継承し、米国インディアナ州に新工場を建設。フルサイズの大型ピックアップトラック生産に乗り出した。トヨトミ自動車は満を持して米国の聖域へ攻め入ったのである。さらに、当初年産十万台と明言していた生産能力を、その舌の根も乾かないうちに十五万台に引き上げ、追加した五万台分は大型ミニバンを生産、と発表。大型ミニバンもピックアップトラックに優るとも劣らぬ、利益率の高いクルマである。

黄金の米櫃に両手を突っ込まれ、いいようにかき回されるビッグスリーの怒りと反発たるや凄まじいものがあったが、政界も財界も特段、非難の声を上げることもなく、静観のかまえに終始した。表向き、トヨトミ自動車が雇用や税収面で米国に多大な利益をもたらしている以上、非難するには当たらない、との理由だ。しかし、実際は武田の懐刀、堤雅也と、彼がスカウトした凄腕のロビイストたちの精力的なロビー活動の賜物《たまもの》である。

もっとも、武田はこの不気味な凪《なぎ》がいつまでも続くと思うほど能天気ではない。米国は怖い。本気で怒れば極東の一自動車メーカーなどひとたまりもない。ゆえに切り札の堤を投入し、ロビー活動を本格化させたのだが、さらに二の矢も放っていた。インディアナ州に次ぐテキサス州での新工場計画である。しかも、大型ピックアップトラック専用の巨大工場建設、という強烈な毒矢だ。火に油を注ぐ行為、と思いきや、武田には練りに練った計算があった。

テキサス州は共和党の重鎮、元大統領ジョン・ボッシュの地元であり、次期大統領とも噂される長男、ジョージ・ボッシュ州知事もいる。日本人の顔をしたユダヤ人、の異名をとる武田には、テキサス州を押さえれば当分、アメリカは大丈夫、との読みがあった。実際、ジョージ・ボッシュは二〇〇一年、米国大統領となり、武田の読みはみごとに当たるのだが、後年、このテキサス工場がトヨトミ自動車の重大なアキレス腱になるとはまだ誰も想像すらしていない。

話を戻す。武田は米国進出へのリスクヘッジとして、さらに次の手まで打っていた。民主党の重鎮にして大財閥の当主、ロックフェロー上院議員のお膝元、ウェストバージニア州に変速機工場建設を計画。現政権の民主党にも配慮したのである。

ともかく、武田路線に丸ごと乗っかった御子柴新社長の船出は順調そのもので、新時代のエコカー『プロメテウス』も大幅に性能がアップした新バージョンを発売。売れば売るほど赤字が膨れ上がった初代とちがい、きっちり利益が出る最先端のハイブリッドカーである。

なお、この二代目『プロメテウス』は、後に自動車業界の伝説となる華やかな宣伝戦略が展開された。

オスカーを受賞した有名男優ら環境問題に敏感なハリウッドスターたちに無償で貸し出し、世界中が注目するアカデミー賞授賞式に乗り付けてもらったのである。いつもは化け物のような巨大リムジンで現れるセレブが質素な日本製のセダンで次々に登場したのだから、集まったマスコミも大興奮。なにかの冗談か？　新手のパフォーマンスか？　それとも新作映画の宣伝か？　右往左往した挙げ句、地球環境に配慮したトヨトミのハイブリッドカーと知るや、またたく間に世界中に報道された。

一躍世界ブランドとなった『プロメテウス』は売れに売れて生産が追いつかず、注文から納車まで一年待ちという異常事態まで生じた。そしてこの前代未聞の宣伝戦略も武田の懐刀、凄腕ロビイストの堤雅也の仕事である。

「しかし、納得してるのかね」

大手町の日本商工新聞本社。午前二時。嵐のような〆切りの攻防も終わり、がらんとした編集部で安本明は後輩の秋田博之相手に愚痴っていた。

「武田さん、もっとやりたかったんだろ」

缶ビールを飲み、疲労と絶望の混じったげっぷを漏らして言う。

「日経協の会長に就任し、豊臣新太郎に代わって財界活動に専念する、となったけど、四年は短すぎるよな」

「そりゃあもう」

自動車担当の秋田はナッツを齧《かじ》りながら言う。

「まあ、三年後には産団連と統合するという、われわれ一般人にとっちゃあどうでもいい計画もあるようだし、その栄えある初代会長含みで引き受けた、と解説する輩もいます」

「武田さんは財界活動なんか興味ないだろ。勲章と名誉がなにより嫌いな偏屈、変人だぞ」

過去、〝官僚ごときが民間人に勲章で差をつけるとはちゃんちゃらおかしい、叙勲制度は思い違いも甚だしい時代錯誤のガラクタ、官僚は恥を知れっ〟と吠え、世の喝采を浴びたこともある。そのとおり、と秋田もうなずく。

「せめてあと二年やって、トヨトミが名実ともに世界一の自動車メーカーになる日を見たかったでしょう」

「自分の意思で辞めたとは思えないな」

安本の脳裏に一年前の記者会見の光景が浮かぶ。東京・千代田区内幸町の日本記者クラブで内外の記者を前に、ビッグスリーに追いつき、追い越したい、と明言した武田。やる気満々だった。

「新任は豊臣家への忠誠心と誠実さだけが取り柄の御子柴宏かぁ」

秋田が欠伸《あくび》まじりにぼやく。

「まあ、武田路線を忠実になぞればいいだけだから、なにも問題ないとは思いますけど。現に海外進出も国内シェアも順調のようだし」

だれがやっても同じ、と言わんばかりだ。安本はそっと首を回し、まわりにひとがいないことを確認して問う。

「武田更迭、やはり豊臣家がらみだろう」

どうですかね、と秋田は缶ビールをかたむけ、毒でも飲んだように顔をしかめる。そして一点を睨《にら》み、ここだけの話ですよ、と断って声を潜《ひそ》める。

「持ち株会社設立への極秘計画が漏れ、ドン新太郎の逆鱗に触れたって噂です」

ガツン、と脳天に一撃を食らったような衝撃があった。そうか。やはり武田は脱豊臣家をもくろんだのか。安本はさらに問う。

「豊臣家のドンは、世界的経営者となった剛腕武田にトヨトミ自動車を乗っ取られる、とでも思ったんだろうか」

秋田は悔しげにかぶりを振る。

「――図体はでかくても所詮、尾張の田舎企業なんですよ」

否定できない。あの武田でさえ脱豊臣家に失敗した以上、当分は豊臣家が支配する田舎企業のままだろう。売り上げ十五兆円の田舎企業。まったく、なんて会社だ。

「しかし、空白は生まれたんですよ」

空白？　秋田はナッツを口に放り込み、ガリガリ嚙んで言う。

「新太郎は名誉会長に退き、取締役としては残りましたが、代表権は返上しています」

あ、と声が出た。

「じゃあ、トヨトミ自動車創業以来、はじめて――」

そう、と自動車担当記者はうなずく。

「創業以来、豊臣家がはじめて代表権を手放したわけです。武田改革も少しは功を奏したのかもしれません」

違うな、と安本は言下に否定する。

「豊臣家がそんなに甘いものか。すぐに新手《あらて》を送りこんでくるさ」

そんなもんでしょうか、と秋田はナッツを宙高く放り、ぱくりと口でキャッチする。

「そんなもんさ。剛腕武田を使うだけ使い、売り上げを八兆円から十五兆円に伸ばし、トヨトミの体力を盤石にしたうえで放逐。再び豊臣家の天下が来るってわけだ。トヨトミの救世主、と謳われた男になんとも酷《むご》い仕打ちだよな」

ふう、とため息を漏らして言う。

「中興の祖である豊臣史郎も分家というだけで単なる長老扱いだからな。豊臣本家のプライドと非情はおれたち庶民の想像を遥かに超えているよ」

語りながら、胸を冷たい風が吹き抜けていくようだった。これで現役社長のうちに再インタビューを、という密かな夢も終わった。そして、名古屋支社のトヨトミ担当に異動し、出世コースに復帰する、という夢も。

安本はビールを干し、アルミ缶を握り締めた。ペキペキ、と情けない音とともに潰れた。


安本の予想は当たった。翌二〇〇〇年六月の株主総会で欧州本部営業担当部長の豊臣統一が国内販売担当取締役に就任。弱冠四十四歳の最年少役員誕生である。

一週間後、統一は取締役就任を記念して、内輪のパーティを開催した。場所は名古屋市一のビジネス街、丸の内に建つオフィスビル。十階建ての鮮やかなシルバーのビルは東京麴町の高層ビルと同じ『アイチ不動産』が管理する物件で、一階にイタリアの高級ファッションブランドが入居するほか、地元テレビ局や在京大企業の名古屋支社がテナントとなっていた。ちなみに一階に豪華な店舗をかまえるイタリア高級ブランドは統一のお気に入りで、ビジネスバッグから靴、財布、時計まで、ここから購入している。

屋上は全面、芝生を張った庭園となっており、もっぱら豊臣家が主催するガーデンパーティに使われる。

初夏の風が吹き渡る午後七時。ビル群の向こうに太陽が沈んでいく。オレンジの残光がまぶしい。寿司やフレンチ、中華、イタリアンの屋台が並び、ジャズピアノのライブ演奏が流れるなか、約百人のゲストが統一を中心に、談笑している。ゲストは大学時代の友人と恩師、名古屋財界の関係者、それにトヨトミ自動車の親しい同僚のほか、気のおけない人間ばかりである。統一はリラックスした気分で酒を愉しみ、ゲストたちの祝福の言葉に笑顔で応えた。

「統一くん、おめでとう」

タキシードに黒の蝶ネクタイ、白麻のポケットチーフ。一分の隙もないダンディな男がシャンパングラスを掲げる。

「トヨトミ自動車の堂々たる役員かい。前途洋々だね」

浅黒い顔をほころばせる。元大蔵官僚の与党衆議院議員、山崎幸二。

「恐縮です」

グラスを合わせる。

「きみもいよいよ射程圏内に入ったね」

山崎はシャンパンをひと口飲み、意味ありげな笑みを浮かべる。

「豊臣家のプリンスもキングの座が見えてきただろう」

ほおが熱くなる。

「藪から棒になにをおっしゃいます」

声が上ずってしまう。

「役員とはいえ、末席のぺーぺーですよ。まずは雑巾がけから学ばせていただきます」

いやいや、と山崎は首を振る。

「きみと同じかそれ以上の能力の人間は珍しくない。天下のトヨトミ自動車なら優に百人はいるだろう」

聞きようによってはずいぶんと失礼な物言いだが、不思議と腹が立たない。山崎のストレートな物言いは、約二十年前、ニューヨークで出逢ったときから変わらない。耳に痛いこともズバズバ指摘してくれる、ありがたい兄貴分だ。たしかに自分より優秀な人間は百人どころか二百人でも足りないだろう。それが現実だ。

しかし、と山崎があたりをはばかるように小声で言う。

「豊臣家の血を引く役員はきみだけだ。つまり強烈な、唯一無二のアドバンテージに身を包み、きみは経営陣のなかに堂々と入ったわけだ。わかるよね」

ええ、まあ、と言葉を濁す。アルコールが回ってきたのか、山崎はほおを火照らせて語る。

「四十四歳で役員だぜ。期待するな、と言うほうが間違っている。豊臣家の正統なプリンス誕生に、周囲はみな、期待している」

そんなあ、と笑う。

「プレッシャーをかけないでくださいよ」

ちがう、誤解するな、と厳しい口調で言う。

「その逆だよ」

統一は黙って聞き入った。

「武田剛平という希代の経営者が社長の座を降りたいま、きみにのしかかっていた重しはきれいに消えてしまった」

重し——たしかにそうかもしれない。その証拠に、いまの自分は軽やかで自由だ。役員就任を祝して内輪のパーティを臆面もなく開けるくらいに。

「御子柴社長は豊臣家にひたすら忠実な、人当たりのいいバランス感覚に優れた好人物だ」

裏を返せば、毒にも薬にもならない小物、ということか。

「御子柴社長は豊臣家の意を汲《く》み、しっかりきみを引き上げてくれた」

ぐん、と頭に血が昇る。

「親父が——いえ、名誉会長が裏で手を回した、というのですか」

気色《けしき》ばんでしまう。が、山崎は、そう怒るなよ、と余裕たっぷりに返す。

「そんなこと、だれも言ってないだろ。第一、新太郎さんはどこかの中小企業のワンマン創業者みたいにわかりやすい人間じゃないよ」

そのとおりだ。父新太郎は怖いくらいシビアで冷徹な男。剛腕武田ならともかく、御子柴ごときに頼み込むはずがない。

「以心伝心ってやつだよ。御子柴さんはきわめて優れた忠臣だ。殿さまがなにを考えているのか、部下にどう動いてほしいのか、瞬時に把握し、行動に移せる、じつに得がたい才能の持ち主だ。トヨトミ自動車の社長にふさわしい資質かどうかはまた別にしてね」

どうやら褒めているようだが、そう聞こえないところがシニカルな山崎らしい。

「その御子柴さんが、きみのことを役員にふさわしいと判断して引き上げてくれたんだ。しかも、他の豊臣家の人間を全員、外に出したうえでね」

トヨトミ自動車には豊臣分家出身の社員が複数いる。うち、統一と同じ部長級の人間ふたりは定期異動で『尾張電子』と『トヨトミ機械』の役員に転じた。本家の嫡男である自分を役員に引き上げるための地ならしである。

「武田さんではとてもそうはいかない」

はい、とうなだれた。いつか必ず武田を越えてやる、と誓った昔の自分が無性に恥ずかしくなる。結局、戦わずして武田は経営の第一線から身を引き、自分は新たな経営陣に組み入れられてしまった。

こんなことでいいのか？　お気楽に、自社ビルの屋上でガーデンパーティなんか開いてる場合か？

自己嫌悪が身を絞る。ジャズピアノの軽やかな調べとゲストたちの華やかな談笑。カクテルドレスとタキシードの人々。ホント、こんなこと、やってる余裕はないはず。

「それでいいのさ」

山崎がこちらの胸の内を見透かしたように言う。

「きみはじっとしていたらいい。必要以上にプレッシャーを感じて余計なこと、たとえば果敢に戦おうとか抵抗しようとか、そんな勇ましいことを考えてはいけない。ただ、自然体で待てばいい。創業家出身の由緒正しき新役員としてでんとかまえていればいい。そのうち、川の水が海に流れ込むように、おさまるべき場所にちゃんとおさまるから」

それはつまり、と口ごもりながらも統一は訊いた。

「柿が熟して落ちるまで待て、ということですか」

いいねえ、と山崎は破顔する。白い歯がまぶしい。

「よくわかってるじゃないか。完璧だ」

ひと呼吸おいて続ける。

「棚からぼたもち、とも言うけどね」

屈辱が全身を噛む。

「そういう生き方は好きじゃありません」

声が震えてしまう。

「あまりに他人《ひと》任せじゃありませんか」

「だって仕方ないだろ」

山崎は飲み物のトレイを持つボーイを手招きし、バーボンソーダのグラスを取り、いっきに半分干す。ふう、と熱い息を吐いて語る。

「きみは豊臣本家の嫡男、銀のスプーンをくわえて生まれた御曹司なんだから」

これが結論、と言わんばかりだ。

「最年少の役員でございい、と張り切ってあれこれ動けばまわりが迷惑する。プリンスはただ待てばいいんだよ」

諭《さと》すように言う。

「創業家の御曹司は世襲を強行しようとはしないものだよ。待ちの姿勢を崩さず、適当な時期が来たら幹部の神輿《みこし》に担がれ、社長に就任するのが常道だ。世襲容認の社内世論が決しない段階では交代時期や側近人事をめぐり、暗闘が起きるのが世の常だ。生臭い政治の世界と同じようにね」

反論したい。が、適当な言葉が見つからない。

「新太郎さんを見習えよ」

唇を噛む。

「新太郎さんは他人の意見をよく聞いた。聞く耳を持っていたからこそ、野に埋もれ、朽ち果てる寸前だった武田剛平という希代の傑物を見出し、トヨトミ自動車を今日の隆盛に繋げたんだ」

つまり、豊臣本家の人間は二代続けて無能で愚図だから、黙って有能な使用人が現れるのを待てってことか？　それってあんまりじゃないか？

健闘を祈る、と山崎は笑顔で手を振り、さっさと華やかな談笑の輪に入っていく。女たちの嬌声が上がる。

どこまでいっても豊臣本家の人間。それ以上でも以下でもない。視界の端が鈍く光る。西の方向だ。目をすがめる。やけに赤い。とっくに沈んだ太陽が藍色の空を鮮血の色に染めていく。大小のビル群が血を吸ったように赤い。頭の芯にぽっと熱が湧く。

ふいに、死んでやろうか、と思った。黒々とした凶暴なものが膨張する。庭園の柵を駆けのぼり、派手に跳んでやろうか。シャンパンに酔ったタキシード姿の豊臣ジュニアが路上に叩きつけられ、頭を砕き、鮮血のなかで絶命したら、末代までの語り草だろう。

おかしい。笑える。そんな度胸や破滅志向は爪の先ほどもない、ごく平凡な男のくせに。

統一はテーブルのシャンパンボトルをつかみ、いくぞおっ、と気合一発、ラッパ飲みした。周囲がおっ、とどよめき、歓声と拍手が上がる。甲高い指笛が宙を切り裂いて飛ぶ。さすが最年少役員、と胴間声がかかる。いよおっ、豊臣本家の王子さま、と酔っ払いが叫ぶ。いくつもの爆笑が破裂する。野卑な笑いとけたたましい嬌声がガーデン中に轟き、名古屋の夜空へと吸い込まれていく。

トヨトミのプリンス、と呼ばれる中年男は泣きながら、ひたすらシャンパンを飲んだ。

二〇〇二年、トヨトミ自動車が正式にＦ１参戦し、モータースポーツファンを歓喜させた年の五月、財界に大きな動きがあった。産団連（産業団体連合会）と日経協（日本経営者協会）が統合され、日本産業団体連合会が誕生したのである。トヨトミ自動車会長の武田剛平は初代会長に就任。以後、世間にモノ申す財界総理として、その苛烈な発言の数々は世を賑《にぎ》わし、ときに物議を醸《かも》すことになる。

たとえば、有名になった「腹切り」発言がある。不況を大義名分として横行する企業のリストラをこう看破したのだ。

「わが国では社長が社員のクビを切ると〝優れた経営者〟ともてはやす、じつにおかしな風潮があります。馘首する社員の数が多ければ多いほど、株価も上がる、という摩訶不思議な経済現象もある。それをいいことに、膨大な赤字を垂れ流しながら大量の社員を機械的にリストラし、その一方で出張の飛行機はファーストクラス、ゴルフもグルメも愉しむ、高級ワインは飲む、というふざけた経営者がそこここにいるではありませんか。こんな馬鹿な話が許されていいはずがない。社員のクビを切るなら、経営者は当然、みずから腹を切るべきです」

自分にも厳しい武田は経営者の心得をこう説く。

「寝ても覚めても経営のことを考える。それが経営者の本来の姿です。経営者になった以上、血ヘドを吐く覚悟で仕事に取り組まなければならない。あまり自慢すべきことではないが、トヨトミの役員はよく病気で死ぬわけです。過労からくるストレス、体調不良。役員の日常は苛酷のひと言です。豊臣市という愛知県の田舎に本社をかまえ、そこから東京、大阪、福岡、海外との間を行き来する。土日も関係ない。最終の新幹線で名古屋に戻り、夜中の一時二時に帰宅しても、翌朝八時には本社で会議が始まる。わたしも海外に機中泊の日帰り出張はザラでした。出張のない日は毎晩、パーティや接待で酒を酌み交わし、政財官界との人脈作りに励む。ときには最新の極秘情報を取りに行くこともある。こんな生活を年中やって心身を酷使したら、それは死なないほうがおかしいわな。わたしは鈍感なのか、柔道の鍛錬が効いたのか、幸運にも生き残ったが、現役中に死んでいった仲間は山ほどいますよ。いい悪いは別にして、それがビジネスの世界。社員とその家族を食わせていく者の責務です」

バブル経済の不良債権に苦しむ大手銀行に対し、日本政府が総額十二兆円あまりの公的資金を投入した際も辛辣な言葉が並んだ。こんな具合に。

「一銭一厘の単位で、血の滲むようなコスト削減をしている製造業に較べると、メガバンクは無軌道、無責任と言わざるを得ない。不思議に思うのは、銀行も都内の一等地にあんな国賓を接待する迎賓館のような本店ビルをよく造ったな、ということ。リストラの一環でいざビルを売ろうとしても売れません。借りてくれる企業もない。天井はべらぼうに高いし、広すぎるし、床は全面大理石。せいぜい美術館、コンサートホール、超高級なフランス料理店くらいしかないでしょう。わたしはそんな料理店、行ったこともないし、また行こうとも思わないけど(笑)。ともかく、あんな無意味に豪華な建物で仕事をしている銀行に、コスト削減をしろ、と言っても無駄でしょうな。彼らは理解できません」

銀行を舌鋒鋭く糾弾する一方、借り手の責任も厳しい口調で問う。

「企業経営者が口にする《貸し手責任》という言葉に吃驚仰天《びっくりぎょうてん》しました。頼まれたから借りてやったとか、審査して貸したんだから銀行にも責任がある、とめちゃくちゃな言い訳をして平然としている。そういう卑怯な経営者が増えてきたことが日本の停滞、活力のなさに繋がったのでは。借りたものは必ず返す。なにがあっても、命懸けで返す。これが世間の常識でしょう」

その歯に衣着せぬ物言いと経営者としての抜群の実績を見込まれ、国民の間から、日本国の次期総理に、との声が上がった際は「自分は〝財界総理〟というバッタもんで十分。お釣りがくる」と笑いつつ、政府への厳しい要望を開陳した。

「わたしが総理になったら、まず大臣全員の辞表を預かる。そして大臣は担当省庁の次官の辞表を、次官は各局長の辞表を預かり、不退転の覚悟で政治改革を進める。国家財政が破綻の危機に直面している日本の政治改革は、いわば革命と同義です。革命は命を捨ててやるもの。それくらいの覚悟がなければ日本国の総理はできません」

武田自身、財界代表として日本の将来を憂え「このままではいずれ日本は沈没する」とかなり踏み込んだ提言も行っている。その最たるものが人口減である。

「人口政策と雇用はどの国でも政府の最重要課題のはず。ところが人口減少問題に対する日本の危機意識の薄さはどうしたものか。頼りの外国人労働者に関しては、頭脳労働、肉体労働のいずれも本質的な議論はまったく進んでいない。政府内の会議でも外国人を入れたら治安が乱れるとか、隣近所でいっしょになるのは嫌だとか、そんなくだらないことばかり言い合っている。しまいには、日本人は日本人だけでやればいいんだ、人口が減ってもかまわない、八千万人でもやっていける、とメチャクチャなことを言い出す人も出てくる」

安易な、その場しのぎの玉虫色の政府の対策に真っ向から異議を唱える。

「彼らは、足りない分は高齢者とか家庭の女性、ＩＴ技術で補える、と主張するが、会社をやっている人間からみればそんなバカな話はない。人には適材適所というものがあります。なかでも日本の主力産業であるモノづくりは計画的に優れた人材を育成する必要がある。国が率先して優秀な若い外国人を招き、集中的に教育を施す等、大胆な移民政策をとらない限り、国力は衰退する一方です。このままでは近い将来、日本は間違いなく終わります」

さらに、日本人の精神の変容にも果敢に斬り込み、こんな厳しい意見を述べている。

「日本人だけでやっていけるなど、根拠のない精神主義的な話。時代錯誤も甚だしい。第二次大戦前に言っていたことと同じです。最近、単純で排他的なナショナリズムの傾向が強くなっている。由々しきことです。明治維新のときも外国人の知恵を借りています。いま、われわれが外国人に助けを求めて、どうして悪いのか。わたしにはまったく理解できません。誤解を恐れずに言えば、日本はアメリカのような移民国家になってもいいと思う。このまま国が縮み、沈没して終わるよりは遥かにいい」

これには各界から批判が殺到した。曰く〈日本人の面汚し〉〈財界を代表する人物の言葉とは思えない〉〈アメリカの手先、スパイ〉等々。

しかし、日本人の顔をしたユダヤ人、武田はまったく怯《ひる》むことなく「シビアなビジネスの世界を知らない人間の戯《ざ》れ言《ごと》、悔しければ代案を出してみなさい、わたしを納得させてみなさい」と一蹴。テレビの経済番組にも出席し、多くの論客と渡り合い、ことごとく論破してみせた。超巨大企業、トヨトミ自動車を率い、世界のライバルに伍し、勝ち抜いてきた希代の経営者である。討論の場は独壇場と化した。トヨトミ自動車の改革を途半《みちなか》ばで諦めざるを得なかった鬱憤を晴らすように、武田の言動は過激さを増すばかりだった。

時に政府にも噛みつき、財界総理の名をほしいままにした武田は本物の総理とも昵懇の仲となっている。当時の総理大臣はその強烈な個性で〝孤高の奇人〟のニックネームを持つ佐橋《さはし》龍《りゅう》之介《のすけ》。派閥に頼らず、カネもばらまかず、利権も求めず、独身のまま（離婚歴あり）総理まで昇りつめた奇人佐橋と変人武田は初対面から笑顔で語り合い、酒を酌み交わした。

よほどウマがあったのか、トヨトミ自動車の接待施設『トヨトミ麹町倶楽部』でも幾度となくふたりきりで会食し、天下国家を論じている。口さがない連中は〝奇人変人倶楽部〟と揶揄したが、ふたりはまったく気にしない。肝胆相照らす仲となった奇人と変人は互いに協力を惜しまなかった。

武田は国政選挙でトヨトミグループを挙げての決起集会をお膳立てするなど協力し、佐橋はトヨトミの米国進出をバックアップ。武田を盟友ジョージ・ボッシュ大統領に紹介した。

折りも折り、ボッシュ大統領の地元テキサス州ではピックアップトラック専用工場建設の真っ最中である。ボッシュ大統領の後ろ盾を得て、〝米国の聖域〟といわれるピックアップトラックの専用工場建設はトラブルもなく順調に進んだ。

ボッシュ―佐橋ラインをがっちりつかみ、トヨトミの米国進出はより勢いを増したが、国内で由々しき問題が発生してしまう。勲章の色、である。

武田はトヨトミの社長、会長、産団連会長を歴任しているが、これは豊臣家のドン、新太郎とまったく同じ経歴である。政府の叙勲のルールに従えば、授与される勲章もともに〈旭日大綬章《きょくじつだいじゅしょう》〉で同じ色になる。これに激怒したのが女帝、麗子であった。

「使用人と豊臣家当主の勲章の色が同じでいいわけがない、絶対に許せません、納得できませんっ」とヒステリックに怒鳴りまくり、その怒りの金切り声は武田の耳にまで届いた。

新太郎は恐妻家である。皇室に繫がる大財閥の出身で、プライドの高い麗子にまったく頭が上がらない。このままでは想定外の大問題に発展する、と危惧した武田は素早く手を打った。盟友、佐橋龍之介総理と極秘に会い、新太郎にワンランク上の勲章、〈桐花大綬章《とうかだいじゅしょう》〉が授与されるよう根回しを行ったのである。過去、〈桐花大綬章〉を生前に受けた経済人は前身の〈勲一等旭日桐花大綬章〉から数えても松下幸之助らわずか三人のみ。四人目の栄誉に、怒れる女帝も一転、笑顔の貴婦人となり、一件落着。武田はほっと安堵の息を吐いた。

豊臣家とのトラブルは極力避けることにしている。自分のためではない。今後も会社員人生が続く、武田派と言われる者たちのためである。身近では恩人、九鬼辰三の息子、九鬼辰彦が会長秘書として頑張っている。持ち株会社の研究会をリードした中西徳蔵も役員が目前だ。彼らの出世の邪魔はしたくない。余計な勘繰りを招かないためにも〈旭日大綬章〉は素直に頂戴することにしている。

もとより武田は勲章にまったく興味がない。政府が勝手にランク付けして与える単なるブリキだと思っている。しかし、エスタブリッシュメントの人々はその色に異様にこだわる。尾張の貧しい鍛冶屋から成りあがった豊臣家はとくにその傾向が強い。

〈桐花大綬章〉を正式に授与されるには、専属スタッフを数人付け、内閣府に提出する資料も会議室ひと部屋では足りないと言われる。それほどまでの労力を費やしても、勲章が欲しいのである。リアリストの武田にはとうてい理解できない世界だった。

武田体制を引き継いだ御子柴の社長業は順風満帆で、二〇〇二年度は日本企業初の経常利益一兆円超えを記録。海外展開も順調で、北米生産累計一千万台も達成している。悲願の世界一に向けて驀進《ばくしん》するトヨトミ自動車に死角らしきものは皆無、と思われたが、意外な場所から厄介な火の手が上がる。米国、ニューヨークの現地法人『アメリカ・トヨトミ』で重大なトラブルが発生したのである。法人の代表取締役社長、堤雅也が招いた前代未聞の〝事件〟であった。

二〇〇四年二月、夜。堤は失意のどん底にいた。零下五度。ミッドタウンにあるオフィスを出た堤はコートの襟を立て、あてもなく歩いた。耳の奥にはまだ強烈な怒声が残っている。

「おれはおまえに騙されたっ、恥を知れっ、おまえとは永久に絶交だっ」

ハーバードで同期の悪友で、もともとは投資銀行のマネージングディレクターとして鳴らした優秀な男、マイケル・ブラッドレー、五十一歳。六年あまり前、当時のトヨトミ社長、武田剛平にアメリカでのロビー活動を命ぜられ、巨額の報酬でスカウトした凄腕ロビイストのひとりである。

武田の密命を帯びた堤は東京からニューヨークに住居を移し、水を得た魚のごとく活躍した。みずから十人あまりのロビイストをスカウトし、武田の期待に応えるべく、次々に難題をクリアしていった。

不可能と言われたピックアップトラックの現地生産を軌道に乗せ、その一方でビッグスリーの反発をシャットアウト。さらにハイブリッドカー『プロメテウス』とハリウッドスターをカップリングすることに成功し、アカデミー賞授賞式でその知名度を飛躍的にアップさせた。堤の指揮のもと、ロビイストたちは政財界の要人と密接な関係を築き、巧みなロビー活動で米国とトヨトミの摩擦を回避し続けた。毎年、莫大な経費が消えていったが、それを遥かに上回る利益をトヨトミにもたらしている。

ところが、武田が解任に等しい突然の社長交代劇で降板するや、状況は一変した。新社長の御子柴は小賢しい日本人経営者そのもので、豊臣家の意向のまま、経費のカットを強化。二〇〇一年、9・11テロが発生し、米国経済が一時ダウンするや、トヨトミ本社は、無駄ガネは一セントも使わせない、とばかりに強烈に締め上げてきた。領収書のない経費を湯水のごとく使うロビー活動は目の敵《かたき》にされ、予算も縮小の一途。

堤がいくら抗議しようが、アメリカ法人は日本本社の管轄下、無条件で従う立場にある、と建て前論に終始。まったく聞く耳を持たなかった。

嫌気がさした優秀なロビイストたちは、約束がちがう、トヨトミは卑怯だ、と怒り、櫛《くし》の歯が欠けるように辞めていった。ホワイトハウスで政策立案に携わった元大統領補佐官も、米国自動車産業の戦略図を描いてきた経済学博士も辞めた。それでもただひとり、ハーバードの悪友、ブラッドレーだけは堤に懇願されるまま、残ってくれたが、今夜、その忍耐も切れたようだ。

本社の命令で報酬の三〇パーセントが削減されることになった、と告げるや、顔を赤らめ怒りを爆発させた。怒れる赤鬼と化した悪友はありとあらゆる罵詈《ばり》を浴びせ、てめえみてえな会社人間のチキン野郎はとっとと極東のちっぽけな島国に帰っちまえ、と強烈な捨て台詞を残して消えた。

街灯の下、吐く息がミルクのように白い。大通りを無数のヘッドライトが行き交い、クラクションが鳴る。のしかかるように聳《そび》える高層ビル群と鮮やかなネオンの海。トヨトミ自動車ほか、日本企業の色鮮やかな電飾看板も多数ある。歩道にはオフタイムを愉しむビジネスマンとお上りさんの観光客たち。けたたましい歓声と笑い声。ストリートミュージシャンのアルトサックスが聞こえる。哀愁たっぷりに『枯葉《かれは》』を奏でる。いつもと変わらぬニューヨークの夜だ。しかし、自分の心はもう壊れそうだ。

武田がいたから頑張れた。女性問題で数々のトラブルを抱え、草深い豊臣市の本社を追い出されたとき、辞めよう、と決意した。トヨトミの副社長まで務め、功成り名を遂げた父親には自慢の会社でも、自分とは水と油の旧態依然とした純和風組織だと痛感した。まだ三十歳。アメリカへ戻り、コンサルタントで食っていこうと思った。ところが異動先の東京本社で異端の傑物、武田剛平に出会い、運命は変わった。

当時、渉外担当役員の武田は、女遊び、大いにけっこう、と発破をかけ、日本では珍しいロビイストとして政界官界を自由に泳がせてくれた。日本人離れしたスケールと度胸、明敏な分析力と大胆な戦略。堤は武田に惚れこみ、トヨトミに骨を埋めようと決意した。

あれから二十年あまり。すべては変わった。自分はニューヨークで矢尽き刀折れた五十二歳のくたびれた男になり、武田はトヨトミの救世主から日本の財界総理へ。時の流れとはいえ、あまりの変わりように頭がクラクラする。

足を止め、夜空を見上げる。巨大な摩天楼が光の壁となってのしかかってくる。視界が揺れる。ふいにバランスを失い、よろめく。

ボスっ、と声がした。両足を踏ん張り、振り返る。歩道に女がいた。ベージュのコートにセミロングヘア。ダルメシアンカラーのマフラー。細い眉をゆがめ、心配げな表情だ。

「大丈夫ですか？」

タカコ・レイモンド。三十八歳。『アメリカ・トヨトミ』社長秘書。つまり、堤の秘書である。

「大丈夫って、なにが」

つっけんどんな物言いになってしまう。タカコは思い詰めた表情で言う。凄い怒鳴り声がしましたから、と。

聞こえたのか。全身を熱い恥辱が包む。

「それで尾《つ》けてきたのか」

タカコの表情がこわばる。ぎゅっと噛んだ唇と、潤んだ瞳。いまにも涙が落ちそうだ。堤はひょいと肩をすくめ、穏やかに言う。

「べつに非難したわけじゃない」

大きく息を吸う。頭が冷えてくる。

「悪かったね」

いえ、とタカコはうつむく。

「真っ青な顔で出ていかれましたから、タダごとじゃないと思いまして」

「ダメなボスだよ」

頭をかき、自嘲めいた笑みを浮かべる。

「片腕と頼んでいたマイクに去られ、動揺してたんだ。とてもトップの器じゃないね。笑っちゃうね」

そんな、とタカコはほおを火照らせて言う。黒い瞳がネオンを映して輝く。

「だれでもそんな夜はあります。それが人間です。人生です。恥じることはありません」

心に沁み入る言葉だった。

「まして、ミスター・ブラッドレーはボスの大事なビジネスパートナーであり、唯一無二の親友でしたから」

心が沈む。堤は顔の筋肉を励まして苦笑し、軽い調子で返す。

「恋人にこっぴどく振られたモテない男みたいに狼狽《ろうばい》してしまったよ。まるでウディ・アレンのコメディだな」

「ボスが悪いわけではありません。トヨトミでは日本の本社の意向は絶対ですから」

タカコ・レイモンド。在米日系でもハーフでもない、千葉県出身の生粋の日本人。その特異な経歴を反芻する。大学卒業後、ミュージカル女優を目指して単身渡米。日系人相手のピアノバーで働きながらレッスンを受け、オーディションに挑戦するも、たいした役はもらえないまま三年。夢破れ、以後はニューヨーク在住の邦人および日系企業の通訳、オフィスの事務処理、日本からやってくるマスコミのコーディネイトをこなして、ひとりで暮らしてきた。八年前、三十歳で米人ビジネスマンと結婚。帰化して米国籍も取得し、やっと幸せをつかんだのも束の間、二〇〇一年の9・11テロがすべてを破壊した。世界貿易センタービル内のオフィスにいた夫は骨の欠片《かけら》も見つかっていないという。

もともと、日本人との結婚に反対だった夫の実家とは即、絶縁状態に。米国人タカコ・レイモンドとしてひとりで生きていくしかなかった。

一年前、『アメリカ・トヨトミ』に採用され、以後、三人いる社長秘書のひとり（事務担当）として勤務している。商談や出張、接待に付き添う男性秘書ふたりと違い、タカコの仕事はもっぱら内勤の事務処理と来客の応対、それに堤のスケジュール調整だ。

タカコの印象は寡黙で真面目。いつも淡々と手際よく仕事をこなす、地味で勤勉な女性。他の米国人社員と違い、権利を声高に言《い》い募《つの》ることも、急な残業に不満を漏らすこともない。たしか今夜も残業のはず。米国籍とはいえ、メンタリティは日本人だ。

でも、と髪をかき上げる。

「思ったよりお元気そうでよかったです」

ふっと微笑む。ドキリとした。年甲斐もなく胸がざわつく。笑うと表情が一変する。華やかで、たおやかで、そして美しい。ミュージカル女優を目指してニューヨークへ来たのだ。当然か。

「どうだろう」

咳払いをして堤は言う。

「夕食がまだならいっしょに」

顔が熱くなる。返事なし。さらに咳払いをして続ける。

「心配させたみたいだし、日頃の仕事への感謝もこめてぜひ、ご馳走させてくれないかな」

まったく、ニューヨークの種馬、と言われたプレイボーイがなんて様《ざま》だ。おたおたしやがって。タカコは小首をかしげる。ダメか？

「喜んで」

弾んだ声が耳朶を撫でる。タカコは目を三日月にして微笑む。

「どこへ連れていってくださるのですか」

「ブルックリンに美味いイタメシ屋があるんだけど。シチリア出身の太ったロバート・デ・ニーロみたいな親父がやってる」

ゴッドファーザー、大好きです、と快活に笑う。こっちまで嬉しくなる。タクシーを止め、乗り込む。キューバ難民だという若いドライバーの英語は訛《なま》りがきつくて往生したが、ブルックリン橋を渡るころには三人で映画『ブエナ・ビスタ・ソシアル・クラブ』の話題で盛り上がった。

ブルックリンの夜景が迫る。金と銀をちりばめた光の城だ。ラジオから流れる陽気なサルサに合わせてドライバーが唄う。ボス、とタカコが耳元で囁《ささや》く。

「頑張って」

腕をつかんでくる。

「応援してます」

ネバー・ギブ・アップッ、と堤は腕をまげ、大仰《おおぎょう》に目を剝き、力コブをつくってみせる。爆笑が弾ける。タカコは口に手を当てて笑う。愉快だ。やっぱり女性はいい。タカコが身体を寄せてくる。甘い香水が鼻腔をくすぐる。ますます気分がいい。愉しい夜になりそうだ。

五月。新緑のころ、堤雅也は愛知県豊臣市の本社ビルを訪ねた。

正面玄関の手前でタクシーを停めて降りる。独特の匂いが鼻をつく。周囲の工場・研究所が吐き出すオイルと排ガス、それに尾張の土と草をブレンドした、昔と変わらない豊臣市の匂いだ。気が滅入る。このままUターンして帰りたくなる。だが、本社ビルは昔とは大違いだ。

堤は腰に両手を当て、そっくり返って見上げる。眩しい。初夏の陽光を反射してビルの巨大な壁面が輝く。あの四階建ての刑務所のようなボロビルが、いまは二十階建て全面ガラス張りの、超近代的なビルへと変貌した。地下は三階まであるらしい。この本社ビル、高さも凄いが、幅も凄い。縦横がほぼ同じの、がっちりしたスクエアなビルだ。こうやって間近で眺めると、太陽を反射したガラスの壁がどこまでも続いているようにしか見えない。シュールと言うか、斬新というか、あまりの大胆さにため息が出てしまう。

一年前の竣工式の際は、名古屋の政財界人に加え、東京からも国会議員と官僚を呼んで盛大なパーティを開き、和服姿のミス豊臣市と地元中学校のブラスバンドが宴《うたげ》に華を添えた、と地味でセンスのない社内報で読んだ。

屈強なガードマンに社員証を示し、無駄に大きな正面玄関を入る。ほう、と思わず声が出た。黒御影《みかげ》石《いし》の床と高い天井。豪華な体育館のようなロビーが広がる。

左右にずらりと並んだグレード1、グレード2の高級車。それに、北米の富裕層を狙った超高級セダン『ゼウス』も鎮座している。トヨトミは「米国の高級車、リンカーンとキャデラックを総合的に凌駕するハイクオリティカー」と位置付けているが、実際、その燃費と足回りのよさ、そして故障の少なさ、カジュアルかつスポーティなスタイルは高級ブランドのアメ車を上回ってあまりあると思う。

もっともＢＭＷ、ベンツとはいい勝負を繰り広げている。圧倒的なドイツ車のブランド力に加え、走行性能と操縦安定性、耐久力には日本車とは違った種類の本質的な強さがある。残念ながら中国を中心とする東アジア諸国では後塵を拝しており、ヨーロッパの分厚い自動車文化の前ではトヨトミといえど、越えるに越えられない、最後の、そして決定的な壁が存在した。

ともかく、いまやトヨトミのフラッグシップ・カーとなった『ゼウス』は、こと日本市場に限っては米国製高級車を蹴散らし、ＢＭＷとベンツのオーナーも確実に取り込みつつある。

正面の来客カウンターで三人の美女が待つ。思わず足が停まる。三人、そろって微笑む。新築ビル同様、女性社員の質も変わったようだ。甲乙つけがたい。どれにしようかな。品定めに入る。ニューヨークの種馬の本能だ。

「堤っ」

野太い声が飛ぶ。弾かれたように振り返る。大股で歩み寄ってくるダブルスーツの紳士。武骨な顔と巨体。トヨトミ自動車会長にして日本産業団体連合会会長。武田剛平だ。社長退任直後に会ってからもう五年。七十一歳。眼光の鋭さはあいかわらずだが、さすがに足取りが重い。

「遠路はるばる御苦労だった」

挨拶もそこそこに、肩を抱くようにして言う。

「余計なことを言うなよ。冷静に対応しろ」

シビアな現実が重くのしかかる。痛恨の失敗だった。まさか、あの女が。大和撫子のタカコ・レイモンドが。

「幸い、いまは現地の新聞報道で収まっている。おれたちは早急に対策を練らねばならない」

はい、とうなずくしかなかった。あの厳冬の夜、タカコと食事をした後、クラブで踊ってバーで飲み、酔い覚ましに散歩をして帰った。最後、タカコをタクシーに乗せてやり、ドライバーに料金と多めのチップを渡して別れた。

翌日、タカコは会社を休んだ。無断欠勤だ。以後、二度と現れることはなかった。二週間後、地元のタブロイド紙にデカデカと《トヨトミの幹部、秘書に執拗なセクハラ》の大見出しが躍った。

タカコ・レイモンドは堤に酒を強要され、バーやクラブで身体を触られたうえ、性交を迫られたと主張。深夜、なんとか振り切って逃れ、最悪の事態は避けられたが、身の毛もよだつ恐怖と恥辱で深刻なPTSD（心的外傷後ストレス障害）を発症、自宅から出られなくなった、とタブロイド紙記者に涙ながらに語ったという。

さらに現地法人『アメリカ・トヨトミ』と日本の『トヨトミ自動車』を相手取り、ご丁寧にもPTSDの診断書を添え、一億ドル（百七億円）という法外な損害賠償請求訴訟を提起。堤は生涯最大の危機に陥ったことを悟った。

以後は嵐のような日々だった。醜聞《スキャンダル》が専門のイエロージャーナリズムの取材攻勢のおかげで出社もできず、ホテルを転々とする毎日。タカコからコトの真意を聞こうにも完全シャットアウト。代理で現れたWASPの若い弁護士が言うには、彼女は、クビになりたくなければセックスに応じろ、と卑劣な脅迫を日常的に受けていたと明言しているという。

「武田会長、ぼくはセクハラなどしていません」

広々としたエレベーターホールを歩きながら、堤は息巻く。

「裁判で争えば九十九パーセント勝てます。逆にぼくが名誉毀損で訴えてもいい」

エレベーターに乗り込む。堤よ、と武田がぼそりと言う。

「おまえは根っからの女好きだ」

確信を持って言う。

「だが、嫌がる女にしつこく破廉恥な行為をするほど、野暮天《やぼてん》じゃない」

宙を睨み、憤然とした表情で言う。

「嵌《は》められたんだろ」

そうです、と堤はか細い声で答える。

「みごとにやられました」

「隙があったな」

返す言葉がない。

「心身のバランスが酷《ひど》く崩れていたのだろう。訴訟社会のアメリカで、女性秘書と深夜、ふたりきりで飲み歩くなど、狂気の沙汰だ。軽薄すぎる。少なくとも〝ニューヨークの種馬〟の遊び方じゃない」

すべてお見通しのようだ。

すみません、と頭を下げる。

「迂闊《うかつ》でした。いまさら反省しても後の祭りですが、彼女の証言はめちゃくちゃです」

堤も手をこまねいていたわけじゃない。フィリップ・マーロウも真っ青の、辣腕私立探偵を雇い、調査させたところ、タカコと弁護士は恋人同士で、ピンポイントで堤を狙い、接近してきた節があった。働き者の探偵はついでに依頼主の行状も調べ上げ「これだけ女性関係が派手なら狙われて当然」と呆れ顔だった。

探偵が日本語を使えたら、身から出た錆、自業自得、と的確な言葉で表現したと思う。もちろん、わがマーロウは当夜利用したタクシーの陽気なキューバ難民ドライバーと、太ったデ・ニーロことイタメシ屋の親父からも証言を得ている。曰く、男と女はとても親しげだった、女が嫌がっているふうには見えなかった、と。裁判になれば反撃の材料になるはず。

「ミュージカル女優を目指してニューヨークに来た女です。演技のプロです。涙ながらの演技でタブロイド紙記者や町医者を騙すくらい朝飯前でしょう。赤子《あかご》の手をひねるようなものだ。しかもキレ者の弁護士もグルときたら――」

「着いたぞ」

エレベーターが十九階で停まる。黒御影石のホールと、その先、豪華な絨毯を敷き詰めた廊下が一直線に伸びる。壁は重厚なブラックウォルナット材。そして廊下の左右にずらりと並ぶ堅牢なドア。モーツァルトのピアノコンツェルトが流れ、白檀《びゃくだん》のお香が薫る。思わず背筋が伸びてしまう荘厳な雰囲気漂う異空間だ。

「ここは――」

「役員フロアだ」

なに？　堤は首をかしげた。今回の来日目的は訴訟を受けて立つうえでの法廷戦術を含む、善後策の話し合いだ。殺風景なリノリウム床の会議室に連れ込まれ、パイプ椅子に座り、法務セクションのスタッフと顧問弁護士から厳しい事情聴取を受ける、と覚悟して来たが。

「だれに会います？」

「社長だ。いちおう、トヨトミのトップだからな」

豊臣家の忠犬ポチ、御子柴宏。なんとなく見えてきた。会長の武田みずから一階ロビーまで迎えに現れ、役員フロアに直行した理由が。もしかして――。

「会長」

「おまえは余計なことを言うなよ。おれに全部任せておけ」

武田はそれっきり唇を引き結んで歩く。社長室のドアの前で秘書が迎え、内部に招き入れる。丸顔を火照らせた御子柴が待っていた。堤を認めるなり、「厄介なことをしてくれたな」とうなるように言う。堤は黙って頭を下げた。

「御子柴、ここでやるのか」

武田の問いに、いえ、と首を振り、さっさと外に出る。廊下を奥に向かって歩く。

「いっきに決めたほうがよかろうとのことで」

最奥のドアを開ける。女性秘書が迎え、案内する。広々とした執務室に入る。正面のデスクに白髪のずんぐりした老人。名誉会長の豊臣新太郎だ。今年八十歳になるはず。その傍らに立つ中年男はジュニアの統一。総務担当専務取締役だ。

「よう来た」

新太郎が立ち上がり、ステッキをついて歩く。息子の統一が従者のように付き添い、豊臣家のドンは屋久杉の大テーブルを囲むソファに腰を下ろす。

「御子柴、ご苦労だった」

新太郎は、消えろ、とばかりに軽くステッキを振る。はっ、と直立し、腰を深く折って御子柴は出ていく。社長といえど、豊臣家のドンの前では単なる使用人、ゲストの案内係だ。

「武田、堤、座れ」

あごをしゃくり、鷹揚にうながす。ふたり、テーブルの反対側に座る。統一は新太郎の傍らに控えて立つ。

「名誉会長、今日はお時間をとっていただき、ありがとうございます」

武田が慇懃に頭を下げる。堤も続く。新太郎は黙ったまま、感情のうかがえない目を向ける。

「武田会長、困ったものです」

張りのある声が飛ぶ。ジュニアだ。端整な顔を怒りにゆがめて言う。

「こともあろうに女性秘書への卑劣なセクハラで一億ドルの損害賠償請求ですよ。どうしてくれるんですっ」

堤はあごを上げ、胸を張って返す。

「専務、神に誓ってセクハラなどしていません。ぼくは——」

堤っ、と武田が一喝。

「きさまは黙っとれっ」

血走ったもの凄い目で睨んでくる。堤はひょいと肩をすくめ、口を閉じた。

「名誉会長、状況を説明します」

武田は厳《おごそ》かに、新太郎だけを見て言う。

「現在、堤のセクハラ疑惑を報じている媒体は地元ニューヨークの取るに足らないタブロイド紙です。しかし、裁判が本格化すればニューヨーク・タイムズやワシントン・ポストなどクオリティペーパーも動くでしょう。トヨトミ幹部の由々しき問題が裁判の席で満天下に晒されるわけですから」

「大変なダメージですね。わがトヨトミのブランドに泥を塗る、じつに破廉恥な事件だ」

統一の辛辣な言葉を黙殺して武田は語りかける。

「そうなれば日本のマスコミもクオリティペーパーの記事を引用する形で報じると思われます」

言葉を切り、ひと呼吸入れる。

「つまり、いまはトヨトミの圧倒的な広告の力で主要メディアを抑え込んでいますが、それも長くは続かない、ということです」

堤は唇をぎゅっと嚙み締めた。トヨトミの広告出稿量は日本一。年間約一千億円に達する莫大な広告費に、新聞も出版社もテレビも、一流どころはすべてひれ伏して群がり、その恩恵を受けている。トヨトミの機嫌を損ね、広告を引き揚げられては一大事。経営に大きな支障が出てしまう。ゆえに日本のマスコミはトヨトミ関連のスキャンダルをほとんど取り上げない。仮に取り上げても中立の立場を堅持する。日本のマスコミ業界の常識である。

「大ごとにならないうちに終息させねばなりません」

これが結論、とばかりに武田は言う。

「傷口が小さいうちに塞ぎましょう」

やはり。堤は腹の底に落胆をひとつ、放り込み、口を開く。

「失礼してひと言」

堤っ、と再度睨む武田に「会長、ぼくの名誉がかかっています」と毅然と返す。

「裁判は勝てます。証拠も集めつつあります」

武田の武骨な顔がゆがむ。

「おまえの勝ち負けなど、もうどうでもいい」

唇をへしまげ、シビアな言葉を叩きつける。

「長期の裁判になり、世間の関心を集めてしまうことが問題なんだ。場合によってはトヨトミブランドが重大なダメージを被《こうむ》る」

堤は呆然と見つめた。武田の苦渋の表情が胸に痛い。

「堤さんはいろいろお盛んみたいですし」

統一が軽い調子で言葉を引き取る。

「ほら、大女優とのスキャンダルもあったじゃありませんか」

首筋が炙《あぶ》られたように熱くなる。それをこの場で言うか？　恥辱を噛み締めて反論する。

「あれはスキャンダルではなく、プライベートの恋愛です」

そうだ。恋愛だ。五年前、パリに向かう航空機のファーストクラスで隣り合わせた女。日本人ならだれもが知っている有名女優だった。ひとまわり近く年上だが、話してみると、美術に映画、クラシック音楽から文学、東西冷戦の終結まで、話題が尽きず、そのままパリのレストランで食事をした。聡明で立ち居振る舞いも優雅。他人に心配りができる、とても素敵な女性だった。年齢差を超えて恋に落ち、一年ほど付き合った。別れは必然だったと思う。

「お互い独身ですし、だれからも文句を言われる筋合いはありません」

「しかし、書かれてしまったじゃありませんか」

統一はいたぶるように言う。

「あんなみっともない形で」

堤は逃げるように目を伏せた。別れた後、なにもなければほろ苦い恋の想い出で終わったのだが、一年前、彼女が小説を出した。書き下ろしの恋愛小説だ。

女性ジャーナリストと国際派弁護士の、儚《はかな》い線香花火のような恋。男のモデルは自分だった。彼女は出逢いの場面からレストランの会話、セーヌ河沿いのデート、甘いピロートーク、年齢からくるセックスの際の生々しい困惑などを、微に入り細を穿《うが》って書いていた。

プロの作家ではない分、技巧や言い回し、比喩を放棄した、剝き出しのリアリティがあった。

読んだときは正直、ショックを受けた。が、それは彼女の生き方だ。別れた男がとやかく言うものでもない。日本では小説のモデルを堤と推測し、揶揄する声が多々あることも承知していた。所詮、海の向こうの雑音と達観したつもりでも、こうやって面と向かい、難詰《なんきつ》されると心乱れるものがある。

「単なる創作じゃありませんか」

声が上ずってしまう。

「専務のような大トヨトミの幹部が問題にされることではありません」

「しかし、うちの役員はみな、堤さんがモデルだと知り、呆れていますよ。社員にも広まりつつある」

容赦なく傷口に塩をすり込んでくる。

「広告代理店も承知しているようです。天下のトヨトミには凄いプレイボーイがいる、ともっぱらの噂です」

「よしてください」

ぴしりと言う。

「そんなくだらない話をするために帰国したんじゃない」

「くだらない話?」

ジュニアが気色ばむ。

「裁判の過程で、あなたのこの華麗なアバンチュールが出てくる可能性は十分ある。そのほかの、ドン・ファンのごとき女漁りの数々もだ。そうなったらどうなります? トヨトミの幹部は仕事もせずに遊び呆《ほう》けている、高い給料をもらって女の尻を追っかけまわして、挙げ句のはては女性秘書にセクハラか、とんでもないピンク企業だ、と笑われますよ。トヨトミは世界の笑いものだ」

顔から血の気が引いていくのがわかった。脳裏に、経費締め付けと人員削減後の辛い日々が甦る。自腹を切って米国運輸省高官を高級レストランで接待し、徹夜でまとめあげたレポートの要旨を説明した。運輸行政に力を持つ上院議員を休暇先のアカプルコでやっとつかまえ、政治資金の提供を申し出つつ陳情を行ったこともある。三顧の礼で招いたロビイストを泣く泣くリストラし、罵声を浴び、ブラッドレーをはじめ、かけがえのない友人を幾人も失くした。ストレスと過労で入院したこともある。それをこのジュニアは――。

気がつけば立ち上がり、睨み合っていた。統一が、やるのか、とばかりに眉間に筋を刻み、顔を寄せてくる。その目には憎悪と蔑《さげす》みがあった。堤の胸にふっと疑問が灯った。おれはここまで嫌われるようなことをしたか？

「そこまで」

ドン新太郎が声をかける。

「ケンカは後でやれ。おれが立会人になってもいいぞ。とことん、気の済むまでやれ。おれは本気のケンカが大好きでな。堤、名誉会長の息子だからと遠慮する必要はないぞ」

さも愉快げに呵々大笑する。毒気を抜かれ、堤は腰を下ろした。統一もつまらなそうに横を向く。

「武田、本題に入れ」

はい、と武田は何事もなかったかのように語る。

「和解を提案します」

和解――堤は糸が切れたマリオネットのようにうなだれた。役員フロアに直行した時点で覚悟はしていたが、いざ武田の口から聞くと、なんともやるせない。

「先方も和解を望んでいるようでして、早ければ早いほどいいかと」

武田さん、と統一が言葉を挟む。

「あばずれ女の請求は一億ドルですよ。いったいいくらでまとめる気です」

さて、と武田は首をひねり「半分か、それとも四分の一か」と呑気《のんき》に答える。

「いずれにせよ、日本円で十億は下らないでしょう」

じゅうおく〜う、と統一は目を剝く。

「安いものです」

武田は淡々と言う。

「長期の裁判になって致命的なイメージダウンを被れば一千億円からの損失になります。もちろん和解の内容は未来永劫、いっさい外に漏れません。それが和解成立の絶対条件ですから」

ジュニアが堤を一瞥する。

「この遊び人のために十億ですか」

憤懣《ふんまん》やるかたない口調で言う。

「わたしはとうてい、納得できないな」

統一さんっ、と武田の野太い声が飛ぶ。ジュニアはアッパーカットを食らったグリーンボーイのようにのけぞる。

「この堤が辣腕のロビイストをまとめあげ、成し遂げた仕事を正当に評価してやりませんか」

武田は切々と語る。

「米国内でピックアップトラックの大量生産と販売が実現したのはロビイストの力があったからこそです。乗っ取り屋、ドーン・シモンズとの戦いも同様です。ハリウッドスターを巻き込んだ『プロメテウス』の世界規模の販売促進もあります。堤らの仕事の価値は一千億や二千億ではききません。将来にわたってトヨトミ自動車に大変な利益をもたらしてくれます。ただの遊び人にできる仕事ではありません」

統一は気圧《けお》されるように息を呑んだが、すぐに、昔はともかく、と声を張り上げて反論する。

「現在、トヨトミ自動車は米国全土に確固たる生産体制と販売網を築いています。トヨトミブランドの認知度も全日本企業でナンバーワンです。いまさら使途不明金にも等しい莫大なカネを湯水のごとく使い、仕事内容も判然としないロビイストなる輩を雇ってイリーガルなダーティビジネスを実行するなど、言語道断、前時代的もいいところです。わたしはロビイストという人種を絶対に認めません」

憎悪と蔑みの理由が見えた。イリーガルなダーティビジネス――。それは高度な知識と交渉術が求められるロビイストではなく、フィクサー、総会屋、悪徳弁護士、ブラックジャーナリストの類いだろう。ジュニアはロビイストのなんたるかがまったくわかっていない。またわかろうともしない。

「トヨトミはクルマを作って売る会社です」

統一は意気揚々と語る。

「働き者の労働者が額に汗して生産ラインを稼働させ、クルマを一台一台組み立て、一銭一厘をコストカットして利益を出す、きわめて不器用で生真面目な製造メーカーです。質実剛健を誇りとする日本の自動車会社なのです。そのトヨトミで、莫大な経費を使ってニューヨークやワシントン、ロサンゼルスといった華やかな大都会で派手に飲み食いし、勝手気ままに動き回るロビイストはいりません」

勝ち誇った顔で堤を見下ろす。

「現に予算をカットし、組織を縮小してもアメリカの業績は右肩上がりです。つまり必要ないということだ。少なくともロビイストのリストラは継続すべきです」

元凶はこいつか。ロビー活動の予算を縮小し、苛烈なリストラを強いてきた豊臣本家のジュニア。一生、こいつとは水と油だ。天敵だ。堤は憎悪のこもった目で睨んだ。

武田よ、と新太郎が呼びかける。

「ひとつだけ確認したいのだが」

のんびりした口調で言う。

「おまえは以前、おれに説教を垂れたよな。情がからんだ瑣末な事柄は正直、どうかと思います、と」

武田は無言のまま宙を眺める。

「だが、財界活動と社の会長職で多忙を極めるおまえが必死に、眼の色を変えて和解案をまとめるべく奔走するその理由は、この堤への情ゆえ、だろう」

武田は重々しくうなずく。

「それと、わがトヨトミへの汲めども尽きぬ泉のごとき愛です」

ドンが唇をねじって冷笑する。

「あいかわらず愉快だな」

「愛嬌が取り柄ですので」

ふん、と鼻を鳴らし、堤、と呼びかける。

「きみの父上には世話になった。トヨトミが世界に羽ばたこうとする高度成長期、海外担当の副社長として獅子奮迅の活躍を見せてくれた。感謝してもしきれんよ」

ステッキをつき、どっこらせ、と腰を上げる。

「和解案、承知した」

ありがとうございます、と武田が頭を下げる。堤もぐいと後頭部を押されるまま、下げる。視界の端に、冷然と見下ろすジュニアの顔があった。これまで味わったことのない屈辱が身を焦がす。

辞去の挨拶もそこそこに、ふたりして名誉会長室を出る。

「堤、よく辛抱した」

絨毯を敷き詰めた廊下を歩きながら武田が言う。

「あとは任せろ。おれが上手くまとめてやる」

堤は言おうか言うまいか迷ったが、結局口にした。

「ぼくはタカコ・レイモンドにセクハラなどしていません」

目の奥が熱くなる。

「ぼくの名誉を尊重してくださるなら、裁判で闘ってほしかった」

「おれを見損なったか」

堤は無言のまま柔らかな絨毯を踏んで歩いた。黒御影石のエレベーターホールで振り返る。一直線に伸びる絨毯の廊下とブラックウォルナットの壁。

「昔、親父が言っていました」

記憶を辿《たど》って語る。

「トヨトミの本社は凄いんだぞ、役員フロアの廊下はいつもオイル塗《まみ》れなんだ、と」

自信と誇りに満ちた父親の笑顔が甦る。

「全役員がしょっちゅう工場を見て回り、技術者や作業員と膝詰めで話し合い、生産ラインを前に改善と研究を重ねるから靴がオイルで汚れるのだそうです。そのオイル塗れの靴のまま役員室に駆け込み、ばりばり仕事をこなすんですね。子供のぼくは、ダサい会社だな、と思いましたが、こうやって無駄に豪華な新社屋を眺めると、親父はいい時代に働いたな、と思いますよ」

本当にそう思う。トヨトミは変わりすぎた。

「いまなら、高価な絨毯を汚しやがって、と損害賠償ものだ。いや――」

やるせない気持ちを抑え込んで堤は言う。

「その前に一階ロビーでガードマンにつまみ出されていますね。豪華な本社ビルに汚い靴で入るんじゃない、と」

「こんなもんじゃないぞ」

武田が言う。

「三年後、名古屋駅前に五十階建ての高層ビルをぶっ建てる。地下は九階まであるそうだ」

「核戦争でも起こるんですかね」

さあ、と武田は首をひねる。エレベーターの扉が開く。ふたりして乗り込む。

「堤、おれが悪いんだ」

降下していくエレベーターのなかで武田は絞り出すように言う。

「財界活動とトヨトミの会長職で追いまくられ、ロビー活動を擁護してやる余裕がなかった」

よしてください、と堤はかぶりを振る。

「社長の座を解任同然で追われた武田さんですよ」

武田の顔が屈辱に染まる。かまわず堤は言う。

「ぼくは頼ることなどできません。また頼ったところで豊臣家の意向に逆らうことは不可能です。それがトヨトミ自動車です。武田さんはなにもできません」

沈黙が流れる。9、8、7と階数を示すデジタル数字が変化していく。

堤は舌に浮いた苦いものを噛み締め、武田さん、と呼びかける。武田が充血した目を向けてくる。

「ジュニア、ロビイストを蛇蝎《だかつ》のごとく嫌ってますね」

武田は無念の面持ちでうなずく。堤は軽く息を吸い、言葉を継ぐ。

「武田さんのことも」

返事なし。4、3――。気持ちの悪い浮遊感が全身を包む。

「長いことお世話になりました」

堤は軽く一礼する。

「和解が成立したら、トヨトミを辞めます。これ以上、在籍しても仕事もなさそうだし」

「辞めてどうする」

「もうニューヨークはこりごりです。西海岸で経営コンサルタントでもやりますよ。一流企業は無理でも、シリコンバレーの将来有望なハイテク企業なら大丈夫じゃないかな」

扉が開く。一階ロビーに出る。

「武田さん、ここでけっこうです」

肩を並べて歩く武田を制する。

「このへんでひとりにしてください。ぼくはひとりが好きなんです。では」

軽く手を挙げ、背を向ける。広々としたロビーを途中まで歩き、振り返ると、武田がまだ立っていた。じっと見ている。息子を心配する老父のような眼差《まなざ》しだ。切ないものが胸を焦がす。こうやって離れて眺めると、年齢相応の老人そのものだ。ひとまわりもふたまわりも小さくなった気がする。七十一歳、か。堤は軽く頭を下げ、小走りに駆けた。冷たい靴音が豪華な新社屋に響く。なんてことだ。自分ももう五十二だ。激しい後悔が突き上げる。

玄関を出てタクシーに乗る。本社の敷地を出て国道を走る。左右にパチンコホールや外食チェーン、中古車屋が連なる、典型的な田舎の道路だ。

右手に灰色の建物が見えてくる。トヨトミの本社工場だ。従業員一万人が働き、年間十万台を生産するメイン工場。正門から仕事を終えた作業服の集団が出てくる。若い男女のグループが笑顔ではしゃいでいる。自転車で先を急ぐ壮年の男は家族の許《もと》へ帰るのか。女性が運転席で待つフローラの後部座席にはぱんぱんに膨らんだショッピングバッグがある。夕食の買い物の帰り、夫を拾うのだろう。迎えに来た妻子とハイタッチし、幼い息子をひょいと肩車して帰っていく男もいる。

視界が潤《うる》む。鼻の奥が熱くなり、咳き込むように嗚咽した。情けない。タクシーの後部座席で背を丸め、ハンカチで涙を拭った。自分にはなかった人生。毎日決まった時間に働き、ささやかな報酬を得て、愛する家族とともに生きる堅実で平凡な人生。胸を冷たい風が吹き抜けていくようだった。

卑劣なセクハラ中年の烙印を押された五十二歳、独身。もうじき無職。堤雅也は声を殺して泣いた。

第十一章　クーデター

二〇〇五年。社長の御子柴宏が退任した。その年、売上高は二十一兆円に達し、日本企業としてはじめての二十兆円超えを実現。御子柴は武田剛平より一年長い六年間、社長業を務め上げ、退《しりぞ》いたのである。

武田時代の売り上げ十五兆円から二十一兆円へと、じつに六兆円アップさせた御子柴。やっと名経営者と称えられるかと思われたが、〝せいぜい工場長の器〟との評価は変わらなかった。それより、御子柴が丸ごと乗っかって業績を伸ばした武田の海外拡大路線を褒めたたえる声のほうがずっと多かった。凡庸な忠臣、御子柴でさえ後継が務まる武田路線の底力、と。

新社長に就任したのは丹波《たんば》進《すすむ》。経営企画や秘書室、海外戦略部、宣伝広報という〝社内官僚の王道〟を歩いてきた、経歴も見た目もスマートな男で、趣味はコーラス。トヨトミ自動車のコーラス部部長を長年務めており、興にのればスナックのカラオケでベートーベンの『歓喜の歌』を、チューハイ片手にドイツ語でうなるという、高尚なのか低俗なのかわからない特技の持ち主でもある。

もっとも、これで文系のサラリーマン社長が三代続いたことになり、いよいよ脱豊臣家が現実味を帯びてきた、と見る向きもあれば、大政奉還の準備、と受け取る者もいた。

その理由として〝トヨトミの救世主〟武田剛平が敷いた海外拡大路線を進むしかない軽量級社長が二代続いたことで、次は満を持して豊臣家の出番、と踏んだのである。ところが、豊臣家筆頭の候補者はあの豊臣統一。真面目で実直だが、スケール感に乏しく、とても社長の器ではない、との見立てが大勢を占めている。

ともあれ、新社長が決まればおのずと首脳部の人事も動く。武田剛平は会長から相談役になり、御子柴宏は社長から会長に。そしてジュニアこと豊臣統一も品質管理担当の副社長に昇格した。ちなみに豊臣家のドン、豊臣新太郎は名誉会長のまま変わらず。

一介の相談役となった武田は当面、日本産業団体連合会会長として財界活動に専念することになるが、それも残り一年。希代の経営者、武田剛平も表舞台から退場する日が近づいていた。

海外拡大の武田路線を引き継ぎ、新たな舵取りを担う丹波は、豊臣家の忠臣・御子柴宏と違い、したたかな能吏《のうり》の面を持っていた。

平凡な自分が大トヨトミの社長として巨大組織をコントロールし、業績を上げるには優れた実務家が必要になる、と冷静に判断。片腕と頼む筆頭副社長に、カミソリ、の異名を持つ切れ者、明智隆二《あけちりゅうじ》を据えた。

明智は帝都大学法学部卒業後、英国に留学。ケンブリッジ大学大学院で法学修士の学位を得てトヨトミに入社したスーパーエリートである。トヨトミの企業法務関係を一手に握り、外資が仕掛ける買収や理不尽な訴訟をことごとく退けてきた、いわばトヨトミの防波堤である。

丹波と明智。能吏とカミソリのコンビは、〝乾いたタオルをなお絞る〟と言われたトヨトミ伝統の苛烈なコストカットをさらに推進して高利益体質を強化。同時に武田路線を踏襲した大胆な海外戦略が功を奏し、二〇〇七年には新車年間販売台数で過去最高の九百三十万台を達成。難攻不落だったビッグスリーの牙城を崩し、王者USモーターズに次いで世界二位を記録した。

いよいよ悲願の世界一も見えてきたが、その一方でわが世の春を謳歌する丹波に慢心が生じていた。親族の厚遇と、そこから派生したなんともセコい醜聞である。

主人公は丹波の娘婿。ひとり娘を猫っ可愛《かわい》がりしていた丹波は、損保会社に勤務する婿に請《こ》われるまま子会社の『トヨトミクレジット』に中途入社させている。この『トヨトミクレジット』、トヨトミグループの金融サービス全般を一手に引き受ける、安定、高給、ノー残業の三拍子揃った超優良ホワイト企業である。

ところがこの婿殿の行状が度しがたかった。とんでもない遊び人で、岳父の権勢をバックに毎晩、栄の高級クラブを飲み歩き、請求書を会社に回して恬《てん》として恥じない。加えて課長クラスにもかかわらず、出社は昼近くの重役出勤。さすがに問題になり、役員が注意したところ、逆ギレして面罵する始末。驚き呆れた役員は「こんなバカ者の中途入社を許すとは丹波社長もヤキが回った」と嘆き、退社してしまった。

これ幸いとばかりに婿殿の御乱行は勢いを増し、遊びが過ぎて会社に回せない高額の請求書を新聞社に回すようになった。トヨトミ自動車の取材に熱心な日本商工新聞名古屋支社である。岳父から得たトヨトミの内部情報との引き替え、と噂された。

これにはトヨトミ自動車も無視できず、新聞社に苦情を申し入れ、婿殿は名古屋から東京へ転勤となった。

もっともこの転勤、懲罰でもなんでもなく、婿殿の妻、つまり丹波の娘が息子（丹波の孫）の教育のため東京に帰りたい、と父親に泣きつき、東京転勤となったのである。

東京支社の婿殿はたいした仕事もないのをいいことに、御乱行はエスカレートするばかり。毎夜の銀座の〝クラブ活動〟と重役出勤に加え、二日酔いによる無断欠勤も頻発するありさま。「いくらトヨトミ自動車社長の娘婿でもやりすぎだろう」と社内で大顰蹙《ひんしゅく》を買った。

とばっちりを受けたのは日本商工新聞名古屋支社の記者である。トヨトミ自動車本社担当という花形セクションに所属していながら、婿殿の請求書を処理したかどで、北海道へ左遷。哀れ、出世コースから転落してしまった。

その欠員を埋めるべく、白羽の矢が立ったのが、日本商工新聞本社の電機担当、安本明である。以前、名古屋支社でトヨトミ本社を担当し、複数のスクープをモノにした実力が買われ、急遽デスク待遇での異動が打診された。安本が二つ返事で了承したのは言うまでもない。

ところがここで誤算が生じる。妻、沙紀の反応である。その日の夜遅く、自宅マンションへ帰り、お茶漬けをかきこみながら異動の内示を伝えたところ、意外な言葉が返ってきた。

故郷へのUターンに大喜び、と思いきや、沙紀は色をなして反対。転勤はイヤ、絶対に東京を離れない、と頑なに拒否するその理由を問うと、中学受験を控えた娘、優子のためだという。名古屋にも私立中学は山ほどある。どうにも納得できず、さらに問うと白状した。豊臣市が死ぬほど嫌だ、と。

愕然とする夫に、妻は「この世に生まれたときからトヨトミオンリーだった」と、長年溜め込んでいた故郷への憎悪を吐き出した。

トヨトミ病院で生まれ、トヨトミ系列の幼稚園に通い、スポーツクラブで水泳と体操を習い、歴代のトヨトミの名車がずらりと並んだオートモービル産業技術館でゴーカートに乗って遊んだ。小学校は正門横に立つトヨトミグループ創始者、豊臣太助の銅像に見守られて門をくぐることから一日が始まり、先生のピアノ伴奏に合わせて豊臣家を称える歌を唄った。

図書館で豊臣太助とその息子勝一郎の伝記を読み、感想文を書く授業もあった。遠足で豊臣太助生誕の地を訪ねた。山奥の田んぼに囲まれた茅葺《かやぶ》き屋根の古民家だ。近所のお年寄りのガイドさんたちから、親孝行で働き者で頭のいい親切な鍛冶屋の太助さんの話を山ほど聞いた。神様みたいなひとだ、と本気で思った。

中学入学後は社会科の副読本で豊臣家の偉人たちの生涯とトヨトミシステムの革新性を学び、課外授業の時間はトヨトミが差し向けたバスで博物館や記念館を回り、世界が称賛するトヨトミ自動車の苦闘と栄光の歴史をみっちり学習した。

父は本社工場の叩き上げのメカニックで、母は社員寮の賄い婦。親戚はもちろん、友人の親もきょうだいもトヨトミで働く人間がほとんど。組み立て工場、ディーラー、修理工場、トヨトミ系列のホテルに結婚式場、葬儀場、スーパーマーケット、病院……。

豊臣の街を走るクルマはタクシーからトラック、バス、商用車、自家用車までトヨトミかその系列のものばかり。

住宅、教育、自動車など各種ローンはトヨトミクレジット。旅行は『トヨトミトラベル』。魔法の呪文「わたしはトヨトミで働いています」を唱えれば、銀行も信金も揉み手ですり寄ってくる。なんの不自由も不満もなかった。

トヨトミこそは世界一、幸せの象徴。そう信じて疑わなかった。地元の高校を卒業するまでは。

名古屋の短大に通うようになると、少し違和感を覚えた。トヨトミのライバル社のクルマも外国車も、ごくふつうに走っている。クラスメートに天皇陛下や総理大臣よりずっと有名な創業者・豊臣太助と、その長男でトヨトミ自動車初代社長・豊臣勝一郎の名前を知らないひとがいる。世界に誇るトヨトミシステムに首をかしげるひともいる。自宅に帰ってその話をすると、両親は「失礼な話だ」と怒った。

一度、こんなことがあった。クラスメートのひとりが、「トヨトミシステムは非人道的。工場で働く人間はまるで機械の一部みたい。時代遅れよ」と笑った。瞬間、頭に血が昇った。父を、母を、地元の友をバカにされた気がして、色をなして反論した。トヨトミシステムが戦後の日本を復興し、世界に冠たる経済大国に押し上げたのよ、トヨトミの労働者はひとり残らず幸せなのよ、と。その場にいた全員が引いた。が、豊臣市出身と知ると、みなあいまいな笑みを浮かべて納得した。頭から冷水を浴びせられた気がした。自分はどこかおかしいのかも、と不安になった。

短大卒業後、両親が勧めるまま、トヨトミ本社に入社。一族郎党が集まって祝ってくれた。全員が、沙紀は一族の誇り、本社の社員は神様も同然、と泣かんばかりに喜んでくれた。しかし、沙紀に芽生えた違和感は深まるばかりだった。

秘書室に配属され、役員秘書になると、急に世界が開けた。訪ねてくるゲストにはいろんなひとがいた。財界人から芸能人、外国のビジネスマン、スポーツ選手、東京のマスコミ人。いつしか外の世界に憧れ、それは願望となり、悲願になった。

「そこへ現れたのが新聞記者のおれか」

そう、と沙紀はうなずく。

「しかも東京のひとだし」

「出身は多摩の八王子だけどな」

沙紀は大きくかぶりを振る。

「八王子も立川も奥多摩も、豊臣市の人間にとっては東京なのよ」

「そんなもんかね」

「とにかく、東京の新聞記者、というだけで心が躍ったわ」

複雑なものが胸を焦がす。安本は冷たい水を飲み、気持ちを落ちつかせて訊いた。

「それが結婚の決め手か？」

沙紀は息を呑み、次いで「それは違うわ、そんなことあり得ない」と上ずった声で弁解し、ぎこちない笑みを浮かべた。そして、懺悔《ざんげ》するように現在の心境を告白する。

「あなたと東京へ移り住んで、視界がぱあっと明るくなったの。それはもう感動的なくらい」

遠くを見る瞳が輝く。

「頭を覆っていた灰色の霧が晴れ、広い世界の向こうまで見渡せるようになった。これが人間のまっとうな暮らし、と実感した。東京は自由で開放的で、さまざまな価値観のひとが集い、さまざまな文化が融合しているわ」

沙紀は唄うように語った。

「子供を育てるなら東京よ。優子には快活に愉快に、素晴らしい人生を送ってほしい。海外も存分に見させてやりたい。可能な限りの教育を施し、多くの選択肢を与えたいの。それが親であるわたしたちの責任よ。いまさら豊臣市に帰るなんて絶対にイヤ」

顔をこわばらせる。

「あなたのお仕事の大変さも、名古屋支社で雪辱を果たしたい気持ちもわかるけど、わたしはダメ。絶対ダメ。優子と東京に残るわ」

無理強いすれば離婚しかねない勢いだった。安本は諦め、単身赴任することにした。四十三歳。トヨトミ担当を離れて十二年が経っていた。

翌二〇〇八年はトヨトミ自動車にとって激動の年となった。三月期の決算で営業利益が過去最高の二兆三千億円を記録。その想像を絶する稼ぎっぷりが世間の注目を集め、トヨトミは名実ともに日本を代表するスーパーカンパニーとなった。

この勢いに乗るべく攻めの姿勢を加速させ、一千万台の販売目標（前年九百三十万台でUSモーターズに次ぎ世界二位）を設定。それに併せて生産体制の拡充も急ピッチで進められた。念願の世界一はもう目の前である。トヨトミ自動車はグループを挙げて、まだどの自動車メーカーも成し遂げていない一千万台販売に向けてひた走った。

ところがこの怒濤の疾走に急ブレーキがかかる。九月に発生したリーマンショックである。投資銀行リーマン・ブラザーズが破綻。負債総額六千億ドル（約六十四兆円）という史上最大の倒産により、不動産、株式等多分野の資産価値が暴落。世界経済はいっきに奈落の底に。米国の自動車業界全体も音をたてて地盤沈下した。USモーターズ、ウォード、クライスターのビッグスリーも揃って歴史的な販売減に直面し、パニック状態に。

米国への比重を高めていたトヨトミも例外ではなかった。前のめりになって拡大した米国の諸工場が、いっきに過剰設備となって経営にのしかかってきた。

なかでもトヨトミの運命を暗転させた〝A級戦犯〟が米国テキサス工場だった。武田剛平がジョージ・ボッシュ大統領の地元に置いた大型ピックアップトラック専用の巨大工場である。

リーマンショックが招いた経済危機により高価で利益率の高い大型ピックアップトラックの売れ行きはいっきに冷え込んだ。結局、テキサス工場は三ヵ月もの操業停止を強いられ、専用工場の弱点をみごとに露呈してしまう。

本来、石橋を叩いてなお考える、と言われたトヨトミはリスクヘッジが得意である。売れ行きに変動があっても生産ラインの稼働が落ちないよう、一本のラインで複数のクルマを生産する〝混流生産〟はリスクヘッジの最たるもの。ところが、作れば作るほどボロ儲けのピックアップ生産に目が眩《くら》み、武田以降のサラリーマン社長ふたりはリスクをまったく無視してしまったのである。実際、ラインは五年にわたってフル回転で多大な利益をもたらしたが、その分、反動も大きかった。

テキサス工場ほどではないにせよ、似たような事態は各地で次々に発生している。北米最大のケンタッキー工場では一週間の操業停止を余儀なくされ、ほかにも二交代制勤務から一交代制勤務に変更する工場が続出した。

結局、この年の販売台数は一千万台の販売目標を大幅に下回る約九百万台で終わるものの、意外な結果が待っていた。トヨトミが絶対王者のＵＳモーターズを抜き、史上はじめて世界トップの座についたのである。

ＵＳモーターズは八十年近く君臨してきた世界一の座を、あろうことか東洋の自動車メーカーに明け渡す屈辱に見舞われ、栄光のモーターシティ、デトロイトは厳冬の時代を迎えた。歴史的なこの交代劇はトヨトミ以上にＵＳモーターズの減産が著しかったことの証左だが、ともかく、棚からぼたもち式の、なんとも冴えない悲願の世界一奪取である。しかし、これがトヨトミ自動車の絶頂期であり、裏では迫りくる危機を察知した豊臣家が密かに動き始めていた。

二〇〇八年十月下旬。リーマンショック発生から一ヵ月後。場所は名古屋市内の古びた寺である。午後六時。晩秋の埃《ほこり》っぽい冷気が降りた境内の奥。丘陵を造成して墓地が広がっている。その頂上に向かってひとりの男が歩いていた。水銀灯の下、コートを腕に抱え、息を喘がせて、墓石に囲まれた階段を上る。中肉中背の引き締まった身体に濃紺のスーツ。豊臣統一である。目指すは豊臣家の墓所。頂上近くの日当たりのいい場所に、トヨトミグループ創始者の太助をはじめ、歴代の豊臣家の人間が眠っていた。

最後の階段を踏んで墓所に上がり、ひと息入れる。汗ばんだ身体に冷気が心地いい。

統一はあたりを見回す。ツゲの生け垣に囲まれた小奇麗な一画。ごくふつうの墓石が二十基前後。奥にクスノキやシラカシなど常緑樹が茂るほかはなんの変哲もない墓所である。知らない人間が見たら、とても豊臣家の墓所とは思わないだろう。仰々しい顕彰碑や石塔の類いはいっさいなく、各墓前の一年中絶えることのない美しい切り花を除けば、じつに質素な墓所である。しかも、豊臣家の一族だけでなく、功績のあった番頭たちも葬られている。大企業の創業家と使用人がともに眠る墓所はそうはないだろう。はじめて訪れた人間はみな、その質素な設《しつら》えに一様に驚く。大トヨトミの墓所がここですか、と。

統一自身、有名企業の創業家でここまで質素な墓所は見たことがない。以前、一代でホテル、別荘地、リゾート施設、デパート等の大コンツェルンを築いた、ワンマンで有名な不動産王の墓所を見学したことがある。鎌倉の広大な霊園内にある前方後円墳型の、仁徳天皇陵のようなバカでかい墓に度肝を抜かれ、さらに社員が一年中、三百六十五日二十四時間、交代で泊まり込みの墓守《はかもり》を行い、朝夕二回、巨大な鐘を突いて慰霊すると聞き、吃驚仰天した。

翻《ひるがえ》って、この墓所は嫌みなくらい質素だ。しかし、これが質実剛健を旨とする豊臣家の墓所だ。血と汗と涙でトヨトミ自動車の礎《いしずえ》を築いた人々、世間の嘲笑と逆風をものともせず全世界に生産体制と販路を広げた人々。ここは偉大なる豊臣家一族と番頭たちが眠る、神聖なる場所だ。

冷たい風がひゅうと吹く。木々の葉がカサカサ音をたて、線香の香りがした。陽が落ち、薄闇が漂いはじめた墓所の奥まった場所。太助の墓前に屈み込む人影がある。統一はコートを入り口横の石造りのベンチに置くや、速足で向かう。

「名誉会長、遅くなりました」

一礼し、新太郎の背後で同じように屈み込んで手を合わせる。次いでトヨトミ自動車初代社長・勝一郎の墓前。線香を手向《たむ》ける。瞑目し、祈りながら、胸をチクリと刺すものがある。質実剛健を地でいったこの偉人たちがいまのトヨトミの惨状を見たら、どう思うだろう。巨大タンカーのようなでっかい本社ビルを建てながら、リーマンショックでテキサス工場の一時閉鎖を強いられ、他の工場でも減産体制が加速するというガタガタの体たらく。おそらく、こっぴどく怒鳴られ、オイルが染みついた分厚い手で張り倒されるだろう。

「統一っ」

ビクン、とした。バネ仕掛けの人形のように立ち上がる。父、新太郎がステッキをつき、目深にかぶったソフト帽の下からじっと見ている。薄闇に溶けそうな顔が言う。

「おれがここへ呼んだ理由がわかるか？」

はい、と冷や汗を垂らしながら考える。本日昼過ぎ、直接電話が入り、墓所へひとりで来るよう、問答無用で命じられたのだ。すべての予定をキャンセルして駆けつけた。思い当たることはただひとつ。

「豊臣家の代表として、豊臣家の御先祖さまに祈るわけですよね」

「なにを？」

「リーマンショックで業績悪化のわがトヨトミ自動車がなんとか危機を乗り切れますように、と」

ばっかもん、と雷鳴のような怒声が夜の墓所に響き渡る。

「きさまの覚悟を述べるため、だろうが」

覚悟？　統一、と一転、囁《ささや》くように言う。

「トヨトミのトップ、やる気があるか」

トップ——全身が硬直した。

「それはいずれ」

額の汗を手の甲で拭う。品質管理担当副社長に就任して三年あまり。五十二歳。いずれはトップに、と思っている。当然じゃないか。おれは豊臣本家の嫡男だぞ。

「いずれじゃダメだ」

新太郎は斬りつけるように言う。

「いまだ」

なんだと？

「いまを逃せば、もう永遠にチャンスはない」

統一は息を殺して聞き入る。

「使用人の社長が三代、続いた。四代目も丹波の側近、カミソリと評判の明智が最有力候補だ」

反論する材料はない。丹波はわかりやすい俗物だが、明智は違う。トヨトミが誇る冷徹なスーパーエリートは筆頭副社長に就任以来、丹波をコントロールする形で着々と実績を積み、その評価は揺るぎないものがある。自他ともに認める、次期社長最有力候補だ。

「明智もその気になり、次期社長の座を虎視眈々《こしたんたん》と狙っておる。しかもだ」

顔をゆがめ、しゃがれ声を絞り出す。

「やつらの背後には武田がいる」

バカな。武田の力は認めるが、裏で策を弄するタイプとは思えない。しかもいまは代表権のない相談役だ。日本産業団体連合会会長の要職からもとっくに退き、昔の名前で財界活動と講演活動に精を出すだけの老人だ。わがトヨトミ自動車への影響力はもはやゼロに等しい。

「確証はあるのですか」

思わず問いかけた。いや、と新太郎は首を振る。

「だが、あれだけの男だ。やつが唱えた持ち株会社の構想もまだ社内で燻《くすぶ》っておる」

たしかに燻っているかもしれない。社内の方々から時折、思い出したように持ち株会社の設立を望む声が聞こえてくる。しかし、すべて個々の会話レベルだ。仲間を募り、具体的行動に出るだけの実力、肝っ玉を持った人間はいない。第二の武田がそう簡単に出るわけがない。だからトヨトミの救世主、希代の経営者なのだ。

新太郎の怯えた声が這う。

「武田はなにかを仕掛けてくるはず」

薄闇のなか、すがるような視線が統一をとらえる。唇がわななくように動く。

「丹波―明智ラインの後ろに武田がいてもおかしくない。いや、いないと考えるほうがおかしい。なあ、そうは思わないか」

背筋を冷たいものが這う。統一は悟った。豊臣家のドン、新太郎は武田を本気で恐れている、豪胆で鳴る父がみずから解任した使用人に心底怯えている、と。

「統一、よく聞けよ」

苦渋を滲ませて父は息子に語りかける。

「明智が次の社長に就任し、使用人のトップが四代続けば、それは既成事実となる」

統一は無言のまま次の言葉を待った。

「豊臣本家は社長の座を永遠に手放した、この先も取り戻す気はない、とな」

「いやですっ」

統一は喉を絞った。豊臣家のドンを正面から見据えて言う。

「豊臣本家が社長の座を返上することは許されません。正統な血が途絶えてしまえばトヨトミ自動車は終わりです」

武田の影はともかく、豊臣本家が退くことはあってはならない。仮に中興の祖、豊臣史郎を出した分家が消えても、時代の流れで済ませられる。しかし、トヨトミグループの創始者、豊臣太助の直系に当たる本家は別だ。トヨトミ自動車の精神的支柱であり、すべてを照らし慈《いつく》しむ、輝ける太陽だ。大きく息を吸い、怒りの言葉を叩きつける。

「わたしは許しません。分不相応な野望を抱く明智をけっして許しませんよ」

三呼吸分の沈黙が流れ、新太郎が重々しくうなずく。

「その意気やよし、だ」

墓所に凛とした冷気が漂う。身震いした。

「いいか、統一」

新太郎は教え諭《さと》すように語りかける。

「リーマンショックの後遺症はこれからが本番だ。修羅場に慣れていない経営陣は右往左往して我を失う」

確信に満ちた物言いだった。

「そのときこそ、わが豊臣本家の出番だ」

はい、と統一は決意を漲《みなぎ》らせて前に出る。

「わたしはなにを」

新太郎はあっさり首を振る。

「なにもするな」

一瞬、頭が真っ白になり、次いで屈辱が身を灼いた。バカな。豊臣家の出番だぞ。おれは決意したんだぞ。この豊臣家の墓所で、トヨトミ自動車の礎を築いた偉大なる一族と番頭たちの前で。新太郎がぬっと顔を寄せる。海底に潜む深海魚に迫られた気がした。

「ただ、待っておれ」

ガツン、と横っ面を張られたような衝撃があった。耳の奥で声が聞こえる。国会議員だ。山崎幸二だ。

——プリンスはただ待てばいいんだよ——

「わかったな」

新太郎は肩に手をおき、影のように去っていく。頼りないステッキと靴の音が階段を降り、消えた。

線香の煙が漂う夜の墓所にひとり、統一は残された。

周囲を黒々とした墓石が囲む。太助と勝一郎、その妻たち。トヨトミ自動車を支えた一族の面々と、辣腕の番頭たち。おれは、と声に出さずに呼びかける。おれは、やれますか。

生臭い風が吹き、木の葉が乾いた音をたてた。再度、問う。

おれは社長になり、愛する父から武田の生き霊《いりょう》を追い払うことができますか。

耳を澄ます。返事はなかった。かわりに夜の圧《あつ》が濃く重くなる。豊臣家の墓所は苦悩する統一を呑み込み、闇の底へと沈んでいった。

リーマンショックから二ヵ月が経過した十一月、トヨトミの苦境はいよいよ深刻度を増した。どう手を尽くしても売れないのである。世界のクルマの販売量が加速度的に減少し、米国のテキサス工場をはじめ、工場の操業停止も各地で発生。豊臣市の本社では急遽、「緊急収益改善委員会」と銘打った極秘の幹部会議が招集され、善後策が話し合われた。

進行役はカミソリこと筆頭副社長の明智隆二。泰然と控える社長・丹波進の横で、ぐいと背筋を伸ばし、「いまトヨトミ自動車は生きるか死ぬかの瀬戸際であるっ」と一発大砲をぶちかます。全役員八十人の顔がこわばる。明智は続けて、さらなるコスト削減と徹底した販売強化をテーブルを叩かんばかりにして訴え、全員を睨《にら》みつけるように見回すと、大声でまくしたてた。

「赤字だけは絶対に避けなければならない、これはトヨトミの使命である、なにがあっても赤字は許さないっ」

どよめきが上がった。赤字だと、ホントか？　と役員の間で押し殺した言葉が交わされる。

前年度の営業利益は過去最高の二兆三千億円。それがいっきに赤字とは、想定外の緊急事態である。栄華を貪《むさぼ》ってきた役員たちが動揺する。顔色が変わる。統一は強く組み合わせた両手をじっと見つめて次の展開を待った。

「明智副社長、よろしいでしょうか」

長身痩軀の男が挙手し、返事も待たずに起立する。岡村泰弘、五十七歳。商品企画担当常務。統一が開発企画部次長の時分、課長として仕え、以来、側近を自任している有能な男である。

「トヨトミのために意見を述べさせていただきます」

こわばった顔に緊張を漲らせて言う。

「失礼な物言いがありましたら、この場に免じてお許しを」

なんだ、と明智が気色ばむ。

「まだ発言を許してないぞ」

「おかしいじゃありませんか」

岡村はいっきに対決モードに持ち込む。会議場内が緊迫する。

「明智副社長のやり方には納得できません」

会議室の方々から声にならない声が上がる。全役員が驚愕の面持ちだ。

「あなたは短期的な視点でコストを削り、決算のみをよく見せることを考えているが、そんな弥縫策《びほうさく》が通用するほど、事態は甘くありません」

「きみはなにを言っているのかわかってるのか」

明智が厳しい表情でたしなめる。

「ここは収益改善を話し合う場だぞ。つまり決算対策を考える重要な会議だ。きみの意見はまた別の機会にうかがおう」

これでおしまい、とばかりに座るよううながす。が、岡村は険しい目を向け、さらに声を張り上げる。

「この局面では短期的な収益対策を考えるより、売れ筋の車種の前倒し投入や利益率の低いクルマの投入を見送るなど、中長期的な商品戦略を考えていくべきです。でないと、トヨトミは泥沼にはまり込み、二度と出られなくなってしまいます」

黙れっ、と怒声が飛ぶ。つねに沈着冷静なカミソリが顔に朱を注いで吠える。

「企業は決算こそがすべてなんだよっ、赤字なんかに転落したら終わりだぞっ、トヨトミのブランドイメージが崩壊だ、きさま、責任をとれるのかっ」

「語るに落ちるとはこのことです」

岡村は傲然と指を突きつける。

「あなたは数字とコストカットばかりだ。われわれは銀行マンじゃない。トヨトミは誇り高き自動車メーカーです。社員が一丸となって脳みそを絞り、汗水垂らして魅力的なクルマを作り、お客さまに喜んでもらう。これが最も大切な仕事です。ほかになにがありますっ、自動車メーカーの本分を忘れてもらっては困りますっ」

そんなことはわかってるっ、と明智が平手でテーブルを叩く。こめかみに青筋を立て、我を忘れてまくしたてる。

「失礼な男だっ、トヨトミにはそんな無礼な役員などいらんっ」

「副社長のあなたにそんな権限があるのですか、勘違いしないでください」

うおっ、と野太い声が上がる。そうだそうだ、と同調した役員たちが叫ぶ。それをたしなめる怒声が飛ぶ。会議室内が騒然とする。三人、四人、と立ち上がり、拳を突き上げ、怒鳴りまくる。それに呼応してまた数人が立つ。場内がいっきにヒートアップする。殺気だった全役員が二手に分かれて睨み合う。いまにも乱闘が始まりそうだ。

やめろ、やめなさいっ、と張りのある大声が飛ぶ。社長の丹波だ。腰を上げ、コーラス部で鍛えた喉を存分に響かせる。

「きみらのトヨトミを思う気持ちは痛いほどわかった。熱い議論大いにけっこう。じつに素晴らしい。それでこそトヨトミ一家だ」

場内が静まっていく。丹波は両腕を大きく広げ、舞台のオペラ歌手のように自慢のバリトンで語りかける。

「忌憚《きたん》のない意見も、ストレートな怒りも、すべて社長のわたしが受け止めよう。また日を改めて存分に、腹蔵なく話し合おうではないか」

胸を張り、腹の底から叫ぶ。

「だから今日はお開きだ。ご苦労だった。全員、解散っ」

さっさとテーブルの書類をまとめ、突っ立つ明智の肩を抱き、会議室を出ていく。残された役員連中は憤懣やるかたないふうでしばらくその場に留まっていたが、ふたり、三人、と連れ立ち、出口に向かう。統一はその場に座ったまま、震えるような感動を味わっていた。すべては父、新太郎が描いた絵だ。息子の片腕、岡村泰弘を密かに呼び、因果を含める場面が見えるようだ。

自分はただ座っていればいい。こうやって――。顔を上げた。広々とした会議室にはもう、だれもいない。しんと静まり返っている。からっぽだ。統一は急に怖くなり、立ち上がった。


翌日、紛糾した緊急収益改善委員会を仕切り直すべく、副社長会が開かれた。この副社長会こそはトヨトミ自動車の最高意思決定機関であり、八人いる副社長のほか、社長の丹波と会長の御子柴、それに名誉会長の新太郎の総勢十一人が出席し、重要事案の最終決定を行うのである。

丹波と明智のふたりは、岡村をはじめ、うるさがたの専務、常務クラスがいない気安さもあってか、笑みさえ浮かべてリラックスしていた。が、すぐに異変が生じる。会の冒頭、なんの前置きもなく、名誉会長の新太郎が軽く挙手したのである。

「ちょいと質問があるのだが――」

出席者全員をゆっくりと、焦《じ》らすように見回す。丹波と明智はとくに、視線を突き刺すように念入りに。不穏な空気が満ちていく。統一は息をするのも忘れて、ただ待った。最近、と新太郎が言う。

「うちの会社は丹波くんと明智くんで、すべて物事を決めているようだな。いったいどういうことだい？」

場が音を立てて凍りつく。丹波と明智が真っ青になる。〝寡黙な主君〟の異名を持つ新太郎は大所高所から意見することはあっても、名指しで役員を批判することはまずない。それだけにこの丹波―明智体制へのクレームは強烈だった。豊臣家のドンが突き付けた明らかなレッドカードである。

新太郎はさらに追い込む。

「どうした、だれも答えないのか」

丹波と明智は逃げるようにうつむき、黙り込んだまま動かない。日頃は傲岸不遜を絵に描いたようなふたりが縮こまっている。他の役員も同様だ。統一は顔を伏せて次の展開を待った。一分、二分。ひりつくような時が流れる。名誉会長、と遠慮がちな声が這う。会長の御子柴だ。

「お時間もございませんし」

丸顔に笑みを浮かべ、懸命のとりなしにかかる。

「その重要議題はまた今度ということで」

「わかった」

新太郎はあっさり引き下がる。

「始めてくれ」

腕を組み、瞑想するように瞼を閉じる。御子柴が明智に議事の進行をうながす。はい、と一礼し、ペーパーを見る。その手が震え、青ざめた顔が脂汗に濡れていく。

「懸案の二〇〇九年三月期連結決算の営業利益、見込みでありますが、次の三案がございます」

酸素が不足した金魚のように大きく息を吸い、続ける。

「一千三百億円の黒字、あるいはプラスマイナスゼロ。それに二千五百億円の赤字、であります」

粉飾決算まがいの提案だが、損益の数字は為替レートなど、前提条件を変えることである程度操作できる。だが、トヨトミの現状は紛《まご》うことなき赤字である。現時点における真正の見込み数字は二千五百億円の赤字。公表されればじつに六十年ぶりの赤字となり、経営に多大な悪影響は避けられない。

「この三案でどれを採用すべきか、ご意見を募りたいと思います」

血走った目で副社長連中を見る。が、だれも顔を上げない。

「赤字はいけません」

社長の丹波だ。顔を赤らめ、野太い声を張り上げる。

「選択肢があるのなら、赤字は除きましょう」

そうですね、と明智が、わが意を得たとばかりに大きくうなずく。生気が戻ってくる。

「やはり赤字はよくないでしょうね。トヨトミブランドの毀損《きそん》だけは避けねばなりません」

丹波─明智ラインの落とし所はギリギリ「ゼロ」だ。黒字は無理でもゼロなら体面を繕《つくろ》える。世界同時不況のなか、経営責任を問われることもない。丹波と明智。大トヨトミを切り回し、わが世の春を謳歌してきたふたりは息を殺して同意の声を待つ。が、統一を含めて、だれもなにも言わない。様子見だ。全員、新太郎が下したばかりの強烈なレッドカードが頭にある。

静寂は突然、破れた。

「赤字はいかんが──」

新太郎が瞼を開ける。険しい目が丹波、明智に据えられる。

「ウソはもっといかんぞ」

ふたり、見えないパンチを食らったように顔をしかめる。三呼吸分の沈黙の後、会長の御子柴が、そうですね、と同調する。

「ウソはやめましょう」

そうだ、ウソはいけない、言語道断ですっ、そのとおりっ、異議なしっ、と副社長たちも先を争って同意を示す。あっというまに大勢は決した。丹波と明智はそろってうなだれる。全面屈服だ。いま、この瞬間、丹波－明智体制は終わった。新太郎が仕掛けた無血クーデターは、寸分の狂いもなく達成されたのである。

統一は湧き上がる喜びと、それに倍する不安を覚えた。本当におれがトヨトミを率いていけるのか？しかもこんな未曾有の危機を迎えている最中《さなか》に。

すがるように新太郎を見た。が、豊臣家のドンは一瞥もくれることなく、ただ虚空を見つめていた。その視線の先にあるのはさらなるトヨトミの苦境か、それとも豊臣家とともに繁栄する未来なのか、統一にはわからなかった。

十二月下旬、来年三月期の連結決算の見込みが二千五百億円の赤字と発表され、日本中が騒然とした。今年三月期の営業利益二兆三千億円から、じつに二兆五千五百億円の下落である。しかし、これはまだ序の口であった。トヨトミ自動車が味わう本物の地獄はこの後、到来することになる。

一方、トップ人事の異変はマスコミにいち早くキャッチされた。十二月末、トヨトミ奥の院の暗闘を察知した全国紙が社長交代を大々的にスクープ。同時に次期社長に豊臣家の御曹司、豊臣統一が就任すると報じ、寝耳に水の政財界は大騒ぎとなった。

トヨトミ自動車からの正式発表は年が明けて二〇〇九年一月中旬である。その間、スクープ記事をめぐるこんなエピソードがあった。大スクープを打った全国紙名古屋支局の記者がその直後、豊臣本家を夜回りで訪ねたところ、他社の記者に見られないよう、裏口から家政婦が入れてくれたのである。

豊臣本家は記者を徹底してオフリミットすることで知られており、これは例外中の例外だった。しかも統一の母親の麗子がみずから迎え、満面の笑顔で「あなたが社長人事を書いてくれた記者さんですか」と嬉しそうに語りかけ、倉庫から豊臣一族の写真を持ち出して、御丁寧にも家系の説明までしてくれた。加えて、「これから豊臣家の取材のことで必要なものがあったらなんでもわたしに言ってください」と告げ、記念にその豊臣家一族の古びた写真をプレゼントしてくれたというから、豊臣家の女帝こと、豊臣麗子の喜びのほどがわかる。

ともかく、統一の社長昇格の正式発表となる社長内定記者会見は一月中旬、ＪＲ名古屋駅前にでんと聳える五十階建ての『トヨトミタワービル』で行われた。竣工から一年あまり。この高層ビルはトヨトミの繁栄を象徴する偉大なモニュメントとして建設されたが、六十年ぶりの赤字が明らかになって以降、いまに砂上の楼閣になるのでは、歴史的赤字の豪華な記念碑では、と揶揄される、なんとも厄介な代物と化した。

名古屋の街を見下ろす会議室のひな壇に並んだのは統一と会長の御子柴、社長の丹波の三人。次代の社長お披露目の席とはいえ、社を取り巻く状況が状況だけに、そろって打ち沈んだ表情である。

テレビカメラの列と百人を超える報道陣を前に、統一が顔を紅潮させて表明した新社長としてのメッセージも悲愴感を露《あらわ》にしたものだった。こんな具合に。

「百年に一度といわれる未曾有の危機のなかで、トヨトミの舵取りという大役を担うことになりました。いまはただ、その責任の大きさに身の引き締まる思いでありまして、抱負などを申し上げる段階ではありません。とにかく、大変な船出になると覚悟しております」

華やかなはずの記者会見場はお通夜のように暗く沈んでしまった。しかも、豊臣家のプリンスを守れ、とばかりに記者の質問はいっさい許されないまま会見は終了。

報道陣の間では、「たいした実績もない御曹司で大丈夫か」「豊臣家悲願の大政奉還は失敗かも」「ほかに優秀なやつはいくらでもいるだろう」「ジュニアがトヨトミを潰しちまうぞ」と遠慮のない言葉も聞かれたが、実際、トヨトミ自動車の迷走は制御不能となりつつあったのである。

二〇〇九年の販売目標としてぶち上げた一千万台に、生産体制は到達したものの、リーマンショックの悪影響が尾を引いてクルマの需要は世界的に激減。トヨトミは生産体制をいっきに拡大した分、そのダメージも大きかった。ついには全生産体制の三割が過剰設備となり、自他ともに認める世界最強経営も崩壊。国内工場でも史上初の生産ライン停止が相次ぎ、社内は前代未聞のパニックに。先行きはまったく見えなくなった。

さらなる勝利を、とばかりに攻め込んだ一千万台体制が完全に裏目に出てしまい、トヨトミ自動車は創業以来の苦境に陥る。悪夢の始まりである。

自動車産業は万単位の社員を抱え、しかも生産設備は高額で巨大で、固定費が高い産業である。それゆえ、稼働率が落ちると、動かない設備はキャッシュを生まず、しかも働かない（働けない）膨大な人数の待機社員に給料を払うことになり、一瞬にして赤字に陥ってしまう。

史上最悪の減産体制と流れ出す膨大なキャッシュ。トヨトミ自動車は底無しの負のスパイラルに陥り、二〇〇九年三月期の最終損益は二千五百億円の赤字予想から大幅にダウンし、なんと五千四百億円という莫大な赤字を記録する。前年度の営業利益二兆三千億円から、じつに二兆八千四百億円の急降下である。絶叫マシーンさながらの業績の急激な悪化に〝トヨトミ・ショック〟なる言葉が生まれた。

第十二章　ナッパ服の王さま

日本商工新聞名古屋支社に再赴任して二年。安本はトヨトミ自動車担当デスクとして連日、〝トヨトミ・ショック〟関連の衝撃的な記事をチェックしながら、足元が崩壊していく恐ろしい感覚を味わった。

二十兆円を超える売り上げを叩き出し、二兆三千億円もの営業利益を記録した超巨大企業でもこんな事態に陥るのか。安本は半ば本気で、トヨトミ発の世界恐慌が起こるのではないか、と身も凍る恐怖を覚えた。

もっともトヨトミ自体はまだ四兆円近い自己資金を持ち、内部留保も十数兆円ある。急に資金繰りに窮することはない。だが、自動車産業は一次、二次、三次、四次とサプライヤー企業が階層的に連なる構造となっている。二次以下には零細経営の中小企業も多く、本体の海外事業強化にあわせて、身の丈に合わない海外進出を敢行した企業もある。

丹波―明智体制が推進したシビアなコストカットも含めて、無理に無理を重ねてきたサプライヤーが生産ラインの停止で資金繰りに窮し、経営破綻するような事態になれば、部品の供給が止まる。結果、トヨトミ自体、クルマが作れない状況に追い込まれ、遠からず破綻してしまう。トヨトミ自動車倒産、という恐るべき悪夢が現実のものとなる。

大丈夫なのか？　この難局に立ち向かうジュニアの胸中を思うと、なんともいたたまれない思いがした。

トヨトミ・ショック関連の記事が一段落した夜、安本はひとりの記者に声をかけた。

奥のデスクでぼんやりタバコをくゆらす年嵩《としかさ》の記者、多野木《たのき》聡《さとし》。安本より三つ年長の四十八歳。通称、古ダヌキ。トヨトミ自動車本社担当班のキャップ。自動車業界紙出身の転職組で、トヨトミ本社を担当して七年の最古参である。

「いまよろしいですか」

古ダヌキは返事のかわりに、眠たげな眼をしばたき、くわえタバコでのっそりと立ち上がる。小柄だが肩幅のある逞しい身体に、禿げ上がった大きな頭。よれよれの背広と無精髭。殴られすぎたボクサーのような不敵な面がまえ。昭和の無頼派の匂いを残す、天然記念物のような記者だ。

新聞記者にはさまざまなタイプがいる。血眼になってスクープを求め、派閥を作り、ひたすら出世を目指す飢えた猟犬型と、好きなテーマの取材をひとりでコツコツこなして満足する職人型。転職組の多野木は典型的な職人型で、トヨトミの内部に持つ人脈と蓄積した情報量は他の追随を許さない。もっとも、辣腕記者にも手痛い失敗はある。新社長内定のスクープを全国紙に打たれてしまった屈辱はその最たるもので、以来、多野木は休みも返上して取材に歩いているらしい。安本は声を潜《ひそ》めて問う。

「ジュニア、やれますかね」

ああ、そんな話ですか、と落胆の色を見せつつ、大儀そうに手元の椅子を引き寄せる。もっと建設的な話、たとえば大型新連載とか特集記事の企画の相談を期待したのだろう。恐縮する年少のデスクをよそに、古ダヌキは背もたれを跨《また》いでどっかと座る。そして、タバコを指にはさみ、椅子のキャスターを滑らせ、顔を寄せてくる。ヤニ臭い息がかかる。

「デスク、大丈夫ですよ」

にっと汚れた歯を剝いて笑う。

「バックに古ダヌキがいますから」

思わず、多野木さんが？　と喉元まで出かかったが、呑み込んだ。豊臣家の古ダヌキ、新太郎だ。

「全部、納得ずくでクーデターを仕掛け、息子を社長の座に押し上げている」

黙って聞き入るしかなかった。新社長内定のスクープを他社に抜かれた多野木は、お返しとばかりに猛烈な取材でトヨトミ奥の院の騒動を暴き、《豊臣家の無血クーデター》なる特集記事を書いている。そのなかで幹部会議の紛糾と、副社長会で丹波－明智ラインを粉砕した新太郎の怖さを詳細に描いてみせた。

「トヨトミ・ショックも織り込み済みでしょう」

しかし多野木さん、と安本は問う。

「五千四百億円の赤字ですよ」

いまも生産ラインの停止は続き、世界的な自動車需要減も好転の兆しが見えない。

「トヨトミ内部の極秘試算では来年三月期の決算が八千五百億円の赤字と見積もっています。しかも赤字は四年続く、とも」

あり得ない、と多野木は渋面《しぶづら》でタバコを振る。

「大政奉還が成ったんですよ。社内は全員右へ倣《なら》え、でそろって豊臣家を向いている。豊臣家とプリンスに恥をかかせてはいけない、と数字を厳しく見積もり、業績が少しでも上向けば、さすがは統一さん、というわけだ」

「そう上手くいきますか」

もちろん、とうなずく。

「豊臣家の旗の下、一致団結したトヨトミ自動車は強いですよ。ピンチになるほど求心力が高まります。悪いことは全部、スケープゴートの使用人におっかぶせて、逆境をバネに雄々しく立ち上がりますから。そういう会社なんですよ、泥臭い尾張がルーツのトヨトミ自動車は」

短くなったタバコを美味そうに喫い、続ける。

「権力を握ったジュニアは豊臣家の威光をバックに、どんどん攻めますよ。ジュニアと同等以上の能力の人間はトヨトミ自動車にごまんといますが、豊臣本家の血統はジュニアだけだ。分家ならともかく、創始者太助の直系である本家嫡男ならだれにも気兼ねなく、好き放題やれるでしょう」

それだけ言うと返事も待たず、どっこらせ、と腰を上げ、ちびたタバコを喫いながら悠々と立ち去る。

安本はいまいち納得できないながらも、反論できない自分が惨めだった。デスクは基本的に内勤である。現場記者の生の情報量にはとても太刀打ちできない。

その日の仕事を終えると、安本はパソコンをシャットダウンしてコートを着込み、編集部を出た。午前二時過ぎ。単身赴任して二年。さすがに足が重い。

娘の優子は第一志望の名門私立中学に合格した。妻の沙紀もヨガと絵画教室、公立図書館の読み聞かせのボランティア活動で忙しい毎日を送っている。一ヵ月に一度、東京へ帰宅のたびに、疎外感が強くなるのはひがみか、それとも四十五歳という年齢のせいか。

ため息を呑み込み、しんと冷えた廊下を歩いた。このまま管理職として朽ち果てていく己の姿が見えるようだ。

武田はどうしているのだろう。相談役として本社に部屋はあるが、ほとんど立ち寄らず、もっぱら東京を拠点に講演と財界活動の日々とか。手紙と電話で取材を何度申し込んでも秘書の段階でシャットアウト。日本産業団体連合会会長職を辞して以降は基本的にマスコミ取材は受けないのだという。

それにしても、と改めて思う。ああいう男こそが生まれついての傑物なのだろう。自分の年齢のときはまだマニラに左遷の最中《さなか》だ。その逆境からのし上がり、大トヨトミのトップに昇りつめたのだから、人間の種類が違う。能力はもちろん、パワーと生命力、胆力が桁違いだ。改めて、取材したいと思う。七十六歳の武田がいまなにを考え、トヨトミの未来になにを見ているのか。

統一が新社長に内定して以降、トヨトミ自動車はおおむね多野木が予言したとおりになった。

一月中旬に新社長就任が発表されたものの、正式の就任は六月の株主総会後の役員会で決まる。それまで半年近い期間、トヨトミのトップはあくまで丹波だ。しかし、統一の振る舞いは社長以外の何ものでもなかった。その象徴が四月一日の新年度方針の挨拶である。

本来は現社長の丹波がやるべき重要スピーチを統一が横取りしたことも驚きなら、マイクの前に立ったその恰好もまた驚きのひと言。いつもの英国製の高級スーツではなく、なんとグレーの作業服、一着二千円の通称ナッパ服で臨んだのである。

現場を大切にせよ、とのメッセージを込めたのだが、大政奉還の成ったトヨトミ社内では追従する者が続出した。役員から平社員まで、さっさとスーツを脱ぎ捨て、ナッパ服で勤務し始めたのである。社内の売店ではナッパ服が売り切れ、生産現場のない東京本社でもナッパ服を着込み、オフィスでパソコンを操作する者が珍しくなかった。

統一の社長就任と前後して、米国の自動車業界は歴史的なカタストロフィ（破滅の時）を迎えていた。

まずビッグスリーの一角、クライスターが二〇〇九年四月、万策尽きて破綻。次いで、世界の自動車産業を百年にわたって牽引してきた絶対王者、ＵＳモーターズも六月、破綻。負債総額がじつに千七百二十八億ドル（十六兆四千百億円）という製造業では史上最大の負債額を記録した。残るウォード・モーターも深刻化する業績の低迷に耐えきれず、保有株を売却して当座の資金をかき集めるなど、青息吐息の超低空飛行を続けていた。

トヨトミ自動車にとっても明日はわが身である。ひたひたと迫る破滅の音に、全社員が恐怖に打ち震えた。それだけに、満を持して登場した豊臣家のプリンスへの期待は高まる一方で、なにやら全能の神の趣《おもむき》さえあった。銀のスプーンならぬ、黄金のフリーハンドを与えられて、統一はトヨトミグループ三十万人のトップへと駆け上がったのである。それは粛清の嵐の始まりだった。

六月、社長に正式就任した統一はさっそく大胆な人事改革に乗り出す。全役員八十人のじつに三割、二十人あまりに退任を通告。過去最大の役員人事であり、粛清人事である。豊臣家の忠臣御子柴とその一派は難を逃れたものの、武田と丹波、ふたりのサラリーマン社長に忠誠を尽くした人間はことごとく追放されてしまった。

なかでもトヨトミの最高意思決定機関である副社長会を構成する副社長人事は苛烈を極めた。統一を除く七人のうち、生き残ったのは研究開発担当の二世、吉田拓也のみ。吉田は派閥色が薄く、しかも豊臣家の覚えめでたい二世である。さらに、ハイブリッドカー『プロメテウス』の開発責任者という多大な功績が認められ、首の皮一枚で繋がった。

あらたに副社長に就任した面々は統一の息のかかった人間ばかりで、その筆頭はもちろん、カミソリ明智と真っ向からやり合い、クーデターの口火を切った岡村泰弘。ほぼ末席の常務取締役から筆頭副社長に大抜擢され、管理部門（経営企画、経理、財務、総務、人事、広報など）を一手に握る、側近中の側近に昇格。身体を張った一世一代のケンカが実を結んだ恰好となった。

粛清の犠牲者には九鬼辰彦もいた。四年前、武田が会長職を退くと同時に秘書室から本社総務部に異動になり、一年前、五十歳で部長に就任。前途洋々たる役員候補だったが、あえなく社外へ放り出された。系列の不動産会社の部長職、という非情極まりない左遷である。

持ち株会社の研究会リーダーを務めた中西徳蔵も血祭りにあげられた。経営企画担当の常務取締役という要職から、なんと大阪の系列運送会社の監査役へ。さっさと辞めろ、と言わんばかりの苛烈な人事である。弁護士の資格を持つ中西は黙って受け入れ、一ヵ月後、辞表を叩きつけて東京で法律事務所を開業した。

統一はこの大粛清で社内に、〝トヨトミの惨状を招いたのはサラリーマン社長の武田と丹波、ならびにその一派。トヨトミが生まれ変わり、絶体絶命の崖っぷちから復活するには追放は当然〟との強烈な意思を示したのである。つまり、元凶は武田の海外拡大戦略であり、その路線をなんの工夫もなく継承し、規模をいたずらに肥大化させ、同時に会社を私物化して親族を優遇した丹波の責任は重大、罪万死《ばんし》に値する、と。

実際、社内では豊臣家のプリンスに期待する声はあっても、豊臣家の経営責任を問う声は皆無。業績悪化の責任はすべて使用人ふたりに押しつけ、豊臣の旗の下、再スタートを切ることに成功した。

もっとも、粛清人事で業績が上向くほどビジネスは甘くない。まして未曾有の危機を招いたトヨトミ・ショックの最中である。

統一は社長就任以来、毎日が苦悩の日々で、ストレスからくる過食でいっきに十キロも太ってしまった。いつしか眉間には深い筋が刻まれ、ささいなことで部下を怒鳴りつけることもしばしば。情緒不安定を疑う向きもあったほど。

それでも統一は軋《きし》みをあげる心身に鞭打ち、現場の改革にも乗り出している。見所のある四十代後半の部長クラスを集め、『未来のトヨトミを考える会』を結成。統一は選り抜きのメンバー約五十人を前に、若いきみらが現場中心で会社を変えてみろ、このままではトヨトミは早晩潰れるぞ、未来どころか明日もないぞ、家族ともども路頭に迷うことになるぞ、と猛烈な檄を飛ばし、覚醒を促したのだ。

『未来のトヨトミを考える会』を中心とする若手の側近集団はトヨトミの現状に危機感を募らせ、赤字からなんとか脱却すべく寝る間も惜しんで東奔西走したが、年長の幹部、管理職たちには「天下のトヨトミが潰れるはずがない、潰れるときは日本が沈没するとき、倒産などあり得ない、いざとなれば国が救ってくれる」と呑気な面々が大勢を占めた。ナッパ服を着こんで豊臣家に忠誠を誓っても、長年の成功体験が仇《あだ》となり、肝心の行動が伴わないのである。

危機意識のない幹部たちへ不満を募らせた統一は、ついに怒りを爆発させる。場所は本社工場。トヨトミが本格的に乗用車生産に乗り出し、日本にモータリゼーションを起こした由緒ある工場である。この本社工場の五十周年記念式典でその〝事件〟は起きた。

統一が事前に「地域社会のひとが主役になるようなイベントにしてほしい」と注文をつけたにもかかわらず、壇上に並んだのは歴代の工場長と担当役員ばかり。長年工場を応援してくれた地域社会の人々は無視され、トヨトミのお偉いさんを顕彰するだけの平凡なイベントに成り下がってしまった。

ただでさえ腹立たしいのに、壇上でふんぞり返る元役員に武田派の重鎮がいたから、怒りは頂点に。激怒した統一は血管がぶち切れそうな勢いで怒鳴り上げた。

「トヨトミの人間にスターはいらない、欲しいのは額に汗して懸命に働く社員だけだっ」

この〝スター〟が壇上のお歴々とともに、トヨトミの救世主、武田剛平を指していたことは言うまでもない。
周囲は真っ青になり、震え上がったが、統一の怒りは収まらない。あろうことか、記念式典を仕切った本社工場の総務部長を厳しく叱責し、それでも飽き足らず、閑職へ飛ばしてしまった。天下のトヨトミの社長が生産現場の管理職をみずから名指しして粛清するとは前代未聞。もともと豊臣家の人間は、自分の発言、行動の尋常でない影響力を自負しているため、ミスした人間が役員クラスであっても名指しで批判することはめったにない（だからこそ、クーデターの際の新太郎の言動は千鈞《せんきん》の重みがあったのだが）。

歴代の豊臣家出身の経営者には「おれが意見を言えば社員全員が考えなくなる。会社が思考停止に陥ってしまう。だからなにも言わない。社員とも馴れ馴れしくしない」と、寡黙無愛想で押し通した変人と紙一重の人物もいる。

それゆえ、ブチ切れた新社長の容赦ないお手討ち人事は衝撃的で、社内には異様な緊張感が張り詰めることになった。以来、お手討ち人事を恐れるあまり、鉛筆一本の購入でさえ、統一におうかがいをたてる雰囲気が出来上がってしまった。一種の恐怖政治である。

社内を粛清と容赦のない叱責、重箱の隅を突っつく細かい小言で牛耳る一方、対外的には〝人間嫌い〟ともとれる頑《かたく》なな態度を貫き通した。

ふつう、トヨトミのような注目企業のトップが交代した場合、記者会見だけでなく、内外の有力紙・雑誌の個別インタビューに応じ、己の経営哲学や社の未来構想等を述べるものである。まして超優良企業のトヨトミが歴史的な大赤字に転落した直後の社長就任である。創業家の御曹司がどのような手を使って再建に乗り出すのか、大げさでなく日本国中が固唾《かたず》を呑んで見守っていた。

ところが統一は個別インタビューどころか、立ち話という形のぶら下がり取材も、オフレコ懇談も、夜討ち朝駆けもいっさい受け付けない。社長に代わるスポークスマンも置かない。当然、メディアはマスコミ嫌いの偏屈者、と負のレッテルを貼りつけてしまう。実際は経験不足ゆえの不用意な失言を恐れたのだが、社長がこの態度では副社長以下、役員も右へ倣えで取材に応じなくなる。トヨトミ関連のニュースは極端に少なくなってしまった。

つねに生《なま》の情報を発信し、世間の注目を集めるべき経営陣が消費者に背を向け、ひたすら社長のご機嫌をうかがうという異常事態である。

ナッパ服の側近連中を引き連れて社内を闊歩するナッパ服の統一。そして運悪く遭遇し、恐怖と緊張のあまり硬直するナッパ服姿の管理職たち。傍目から見たらマンガだが、本人たちは大真面目である。

いつしかナッパ服の統一はこう囁《ささや》かれるようになった。

「叔父の芳夫にそっくり」

マニラに埋もれていた武田剛平という傑物を見出し、全権を与え、トヨトミ自動車の経営を一任した父新太郎と違い、叔父の芳夫は重箱の隅を際限なく突っつき回す神経質な性格が仇となり、自滅に近い形で社長を退任している。あのままトップに居座り続けていたらトヨトミは倒産していた、とまで言われた問題の叔父である。不吉な相似形であった。

ナッパ服以上に流行ったものもある。「戦犯」という言葉である。突発の退任や異動、理不尽な定期異動があると社内各所で「あいつは戦犯か」と囁かれた。つまり、トヨトミを崩壊寸前まで追い込んだ極悪人の一味か、と。

武田の拡大戦略と、それを忠実に受け継いだ丹波―明智ラインの舵取りのミスに加担した咎《とが》で「戦犯」の烙印を押された者に復活の目はなかった。

最大の戦犯は、巨額の赤字を招いた丹波進（前社長）と明智隆二（前筆頭副社長）である。ふたりへの報復人事は当然、非情なものとなった。まず丹波には社長経験者がスライドすべき会長職が用意されず、

〝副会長〟なる屈辱の新ポジションに。会長の忠臣御子柴は留任である。

明智は、再就職先がどこにもないという宙ぶらりんの状態が続いた。統一にとって、カミソリ明智こそは豊臣家の嫡男である自分を差し置き、社長に就任しようとした不倶戴天の敵だ。トヨトミグループ全体への見せしめの意味もあり、あえて放置したのである。

主だったグループ企業はそろって統一の報復を恐れ、明智の天下りを拒否。行き場のない明智を哀れに思った会長の御子柴が動き、子会社の会長職に押しこんだ。しかし、この天下り先はトヨトミ車を受注生産している地味なメーカーで、通常はヒラの取締役の天下りポストである。次期社長候補、と言われたカミソリの悲惨な末路に、グループ全体が震え上がった。

明智はその後、難病のＡＬＳ（筋萎縮性側索硬化症）を発症し、会長から相談役に異動。失意のまま逝去した。同じころ、統一の側近であるトヨトミ自動車役員もＡＬＳを発症したが、明智とは対照的に死ぬまでトヨトミの役員の地位を守っている。

後年、ＡＬＳの研究支援のために、氷水を頭からかぶる〝アイスバケツチャレンジ〟が世界規模で流行したが、統一も参加して氷水をかぶり、やんやの喝采を浴びた。その際、ＡＬＳに斃《たお》れた側近役員の遺影は背後に飾ったものの、宿敵明智の遺影はなかった。

社長就任から三ヵ月後、リーマンショックの後遺症も徐々に癒え、非情な粛清人事の果て、権力をほぼ手中に収めた統一はわずかながらも行く手に光を見出していた。米国のＵＳモーターズとクライスターは破綻したが、日本のトヨトミは生き残ったのである。

だが、のちにトヨトミ自動車を地獄のどん底に突き落とすことになる大事件がひたひたと迫っていたとは、統一には知るよしもない。

それは、アメリカの平凡な白人家族に降りかかった恐るべき悲劇から始まった。

二〇〇九年八月下旬、カリフォルニア州サンディエゴ。同州高速警察隊員から携帯電話で911コール（緊急電話）が入る。自動車運転のプロである高速警察隊員はその日は非番で、妻と幼い娘を含む家族を乗せ、高速道路をドライブの真っ最中だった。運転していたクルマはトヨトミが北米の富裕層をターゲットにした超高級セダン『ゼウス』である。

当日のやり取りを収めた録音データによれば、身の毛もよだつ恐ろしい状態だったことがわかる。

通信指令係「こちら緊急電話担当。どうしました？」
通報者「アクセルが動かない。トラブルが発生した。ブレーキも利かないんだ」
通報者はパトカーも運転するプロ中のプロである。なのに、この慌て方は異様としか言いようがない。『ゼウス』は時速二百キロで暴走。緊迫感はいっきにマックスに達する。
通信指令係「わかりました。クルマを停めることができないんですね」
通報者「ああっ、交差点が迫っているっ、交差点が迫っているんだっ、つかまって、みんな祈って……」

暴走した『ゼウス』はフルスピードでクラッシュ。車内の家族四人は即死した。

航空機のボイスレコーダーと同じ役目を果たした録音データを、テレビは繰り返し流した。交通事故史上もっとも悲惨、といわれた生々しいアクシデントの一部始終に全米が震撼。原因究明を求める声は燎原の火のごとく広まった。

この衝撃的な事故について、トヨトミ自動車は一ヵ月後の九月下旬、公式発表している。曰く、米国で発売したハイブリッド車『プロメテウス』、事故の当該車『ゼウス』など七車種約三百八十万台で、フロアマットがずれてアクセルペダルにひっかかり、ペダルが戻らなくなる可能性がある、と。リコールするか否かは明言していない。

この公式発表を受けて、米国運輸省長官は「『ゼウス』に乗っているひとはただちにマットを取り外すように」と異例の声明を出した。ふつう、リコールか否か調査中の段階で早々と運輸省長官が声明を出すことはない。背景には米国政府の意向があった。つまり異例の声明の背後には、米国政府はトヨトミに不快感を抱いている、とのサインがある。

しかし、悲しいかな、イエスマンと茶坊主の集団に成り下がってしまったトヨトミ上層部にこのサインを読みとれる者は皆無。仮にいたとしても、下手なことを進言して怒りをかい、お手討ち人事で飛ばされてはかなわない。結局、社内にリコールに向けての具体的な動きはなかった。

ちなみに事故車のフロアマットはゼウス専用のものではなく、市販の「全天候型」と呼ばれる少し大きめのマットである。一般的に米国のユーザーはフロアマットに無頓着で、何枚も重ねて使用するケースも珍しくない。

以後、この暴走事故は日米を股にかけた大問題へと発展するのだが、統一は米国運輸省長官の声明があった直後、東京で講演を行っている。

十月初旬。場所は十年あまり前、社長時代の武田剛平が記者会見を開いた内幸町の日本記者クラブ。一月の社長内定記者会見以来はじめて、統一が公の場で語るということで、会場となったホールには多くの記者や財界人が集まった。みな、マスコミ嫌いの統一の肉声に飢えていたのである。ホールに詰めかけた記者の関心はただ一点。米国の悲惨な事故について社長がなにを語るのか——。

演壇の前に立った統一は神経質そうにマイクの角度を調整し、コップの水を少し飲んで語り始める。

自己紹介と、トヨトミ自動車の予断を許さぬ現状。紅潮した顔が緊張を物語る。

しかし、統一はこの日、記者の期待とは裏腹に、翻訳されて評判のベストセラー経済書の一節を引いて雄弁に語った。こんな具合に。

「企業が凋落していく段階には五段階があります。第一段階は『成功体験から生まれた自信過剰』、第二段階は『規律なき規模の追求』、第三段階が『リスクと危うさの否定』、第四段階で『救世主にすがる』、最後の第五段階で『企業の存在価値が消滅』。そしていたずらに拡大路線を突き進んだ結果、わがトヨトミ自動車はいま——」

焦《じ》らすようにホール内を見回し、記者をはじめ聴衆たちが固唾を呑んで見守っている様を確認して言う。

「第五段階にあります。つまり消滅寸前です」

たいした反応はなかった。それがどうした、と言わんばかりのシラけた表情がそろって統一を眺める。本人は、武田の拡大路線を思いっきり否定したつもりだが、記者たちの関心はもはやそんなところにはなかった。案の定、講演後の質疑応答でベテランの新聞記者から辛辣な質問が飛ぶ。

「いまが消滅寸前なら、米国における『ゼウス』の暴走四人即死事故はダメ押しとなるとお考えか」

統一はとたんにしどろもどろになり、「安全安心だから、とトヨトミ車を購入したお客さまが不安を抱かれたことは申し訳ない。現在、原因究明中で、リコールを含めた具体的対応策は決まっていないが、お客さま第一で考えたい」と答えるにとどまった。

記者たちは落胆し、講演終了後、トヨトミは大丈夫なのか、ジュニアはなにもわかってないのではないか、アドバイスする人間はいないのか、とっくに一線から身を引いた武田への憂さを晴らしている場合じゃないだろう、と社長の危機感の希薄さを危惧する声が飛び交った。

実際、身内からも疑念の声が出始める。講演から半月後、場所はＪＲ名古屋駅前に建つトヨトミタワービル四十階、接待施設『トヨトミ尾張倶楽部』。月に一度、トヨトミグループ十五社のトップが揃う朝食懇談会、通称『社長会』である。

この社長会の席上、ジュニアへのおべっかが乱れ飛ぶ温《ぬる》い雰囲気に痺れを切らした長老格の社長が口火を切った。統一を名指しして質問をぶつけたのである。

「お得意先から連日、『ゼウス』の暴走事故の対処はいったいどうなってるんだ、との厳しい声が入っております。実際のところ、米国のフロアマットの使用でどういう問題が起こっているのか、正確に説明してほしい」

統一は顔をひきつらせ、「善処します」「いま対策を検討中です」とあいまいな回答に終始した。

日本のマスコミも手をこまねいていたわけではない。ある全国紙の名古屋支社は米国まで記者を派遣し、アメリカ・トヨトミが米運輸省高速道路交通安全局（ＮＨＴＳＡ）に提出した報告書をすっぱ抜いている。報告書の内容は《法的リコールに準じた扱いで対応し、フロアマットだけでなく、電子制御システムも改良する》というもの。日本のマスコミには、リコールを実施するか否か決まっていない、と発表したにもかかわらず、米当局には具体的な対処法を説明するという二枚舌を使っていたわけである。

ところがトヨトミ広報部はこのスクープ記事を「ＮＨＴＳＡのホームページの焼き直し。報道の価値はない」と一刀両断。さらに、他のマスコミに対し「あんな三文週刊誌のようなくだらない記事は書かないでもらいたい」と釘をさす始末。緊張感の欠片《かけら》もなかった。

十一月。マスコミが久しぶりにトヨトミ関連の記事を大々的に報じた。といっても米国の事故関連ではなく、Ｆ１である。リーマンショックから始まった経済状況の悪化を理由に、年間数百億円の経費の捻出は不可能、と全面撤退を決定。二〇〇二年、武田の主導で賑々しく参戦したＦ１だったが、わずか七年であえなくピリオドが打たれることとなった。

撤退記者会見の壇上で統一は「ファンの期待を裏切る苦渋の決断です」と前置きし、固い表情でこう語った。

「最終的に社長のわたしが決断しました。わたし自身、モータースポーツを心から愛し、推進しているひとりですが、社長になって立場は変わりました。トヨトミは涙を呑んでF1から撤退します」

会場内に冷え冷えとした空気が漂う。隣に座るF1のチーム責任者が目頭を押さえて嗚咽し、頭を下げた。

「泣いてしまって申し訳ありません。いっしょに苦労してきた仲間の顔がよぎってしまって……」

自動車担当記者にはカーマニア、レースマニアも多い。なかにはもらい泣きしている者もいた。しかし、統一の表情は鉄仮面のごとく変わらない。会見の最後、こう付言した。

「これでレースから撤退してしまうわけではありません」

会見場はどよめいた。が、それも一瞬だ。

「地域に根差したレースはアマチュアも含めて支援を続けます」

会見場から落胆のため息が漏れる。つまり、統一の趣味である草レースは続ける、と。

社長の道楽はしっかり継続かよ、と憤懣やるかたない表情で囁く若い記者がいる。これも武田路線の否定かもな、とベテランが冷ややかに応じる。

生き残るために泣く泣くF1を断り捨てても、御曹司社長の道楽優先、私情からくる鬱憤晴らし、わがまま、と捉えられてしまうところに統一の悲劇があった。

年が明けて二〇一〇年一月。米国で火の手が上がった品質問題が紅蓮《ぐれん》の炎となって日本へ押し寄せた。のらりくらりと言を左右にして具体的行動に出ようとしないトヨトミに対し、米国運輸省が「トヨトミは深刻度がまったくわかっていない。至急、しかるべき対策を要求する」と強烈なクレームを突きつけたのである。

慌てたトヨトミは一月下旬、『ゼウス』『フローラ』など八車種約四百万台のリコール（フロアマットとアクセル関係）を発表。

二月に入ると、品質担当の副社長が記者会見を開いてリコール問題の陳謝を行った。ところが、質疑が続いているにもかかわらず四十分程度で強引に打ち切ってしまったため、トヨトミの姿勢に対して批判が強まった。

さて、事態が日を追って深刻化するなか、社長の統一はいったい何をしていたのか？　本来なら、すぐさま米国へ飛び、記者会見を開いて火消しに努めるべき切迫した局面である。実際、ＯＢや関係者の間からも、一刻も早く米国へ行くべきだ、なにをモタモタしている、と苛立ちの声が多々上がっていた。

統一は重い腰を上げた。小牧空港から社有ジェット機に乗り、海を渡った。だれもが向かう先はアメリカと信じた。が、ちがった。ヨーロッパのスイスである。世界の要人が集う国際会議に参加すべく、統一は機上のひととなった。あるジャーナリストは一報を聞くなり、「行き先が違うだろう」とうなり、絶望のあまり天を仰いだという。

現地に到着するなり、リコール問題について日本のテレビ局の取材を受け、頭の整理がつかないまま「いまのまま乗ってもらって大丈夫」と答えてしまう。歴史的な大量リコールが発生している最中のコメントとしてはなんともお粗末だった。案の定、火に油を注ぐ結果となってしまい、統一は国際会議に出席することなくＵターンを余儀なくされてしまう。

さらに追い打ちをかけるように、別の方向からも鋭い矢が飛んできた。トヨトミの看板車種、ハイブリッドカー『プロメテウス』の不具合である。米国でブレーキの苦情が相次ぎ、欠陥問題が指摘され始めたのである。滑りやすい路面で一瞬、ブレーキが利かなくなる、との指摘だが、法律で定められた制動距離内で停止するため、トヨトミは深刻にとらえなかった。

ところが、技術系役員が記者会見で「フィーリングの問題」「強く踏めば停まる」「素人的に言うと、すっと抜ける感じ」と、まるで運転する側に問題があるかのような失言を連発したため、さらに窮地に追い込まれることに。

ついには国土交通大臣が「トヨトミは顧客の視点が欠如している」と批判。監督官庁トップの痛烈なダメ出しにトヨトミ側は慌てて社長の緊急記者会見をセッティングした。時すでに遅し、の感もあったが、ここから迷走が本格化していくのである。

国交相発言の当夜、JR名古屋駅前のトヨトミタワービル。急遽、記者会見に臨んだ統一は「お客さま第一」と繰り返すだけで、肝心の『プロメテウス』のリコールについては言及しなかった。準備不足、打ち合わせ不足が透けて見える、なんとも生煮えの記者会見であった。

四日後、またも記者会見が開かれる。世界中から殺気だったメディアが押し掛けるなか、統一は『プロメテウス』のリコールを発表。一連のリコールでトヨトミが対応すべき台数は、なんと自社の世界販売台数を上回る一千万台に達した。しかも、記者会見後は世界中にトヨトミの対応の遅さを批判するニュースが報じられ、史上最大級のリコールと併せて、トヨトミブランドは失墜の一途《いっと》を辿《たど》る。

二月中旬、米国議会から公聴会への出席を求められる。統一はいったんは、出席する、と発表したものの、その後の記者会見では「本社でバックアップしていきたい」と公聴会への出席を見合わせる考えを示した。これには海外メディアが怒り、トップの資格なし、無責任なトヨトミ、公聴会から逃げるな、と批判の集中砲火を浴びせた。海外メディアはトヨトミの広告で食っている日本のマスコミと違って遠慮がない。哀れプリンス統一はサンドバッグ状態となった。

翌日、業を煮やした米国議会は豊臣統一社長を正式に招致する、と発表。観念した統一は夜、記者団のぶら下がり取材に応え、公聴会出席を明言したものの「これで晴れ晴れと行かせてもらえる」「楽しみにしている」と場違いな発言を連発し、失笑を買った。余裕を演出したつもりが、完全なカラ回りである。統一は追い詰められ、崩壊寸前だった。

寒い。安本明は両手をコートのポケットに突っ込んだまま足踏みをした。ボロの革靴がカタカタ鳴る。午前零時。豊臣市内の住宅地に建つ武田邸。その前で安本は主《あるじ》の帰宅を待っていた。

今夜、テレビのニュースで統一のぶら下がり取材の様子を見るや、いてもたってもいられず編集部を飛び出した。内勤のデスクにハイヤーはない。自腹を切ってタクシーに乗り、はるばる名古屋からやってきた。

武田の妻、敏子とおぼしき声に留守を告げられ、以来、待つこと一時間あまり。しかし、寒い。底冷えがする。夜空を見上げる。銀色の星が無数に散っている。冷気が鼻の奥にツンと沁みる。前回の夜討ちは十四年前、か。まさか、こんなことになろうとは。

歴史的な大量リコールと、プリンス統一の迷走。そして待ちうける米国議会公聴会。いったいトヨトミ自動車はどうなるのか。無性に武田の意見を聞きたくなり、ここまでやってきたが――。

冷静に考えれば武田は代表権のない一介の相談役。しかも七十七歳。おれはいまさらなにを訊こうというのか。

視界の隅が光る。ヘッドライトだ。トヨトミの最高級車『キング』が迫る。

安本は白い息を吐いて駆け寄り、記者証を示す。『キング』が停車する。リアウィンドウが下りる。武田が胡散臭げに見る。そげたほおと、こめかみに浮いた老人斑。年齢相応の顔だが、目は昔同様、光を喪《うしな》っていない。きみは、と首をかしげる。

「日本商工新聞の安本と申します」

二秒ほど沈黙し、ああ、とうなずく。

「東京へ異動になったよな」

値踏みするように見据えながら言う。

「たしかここへ挨拶に来た」

目を細める。

「東京の記者会見でも会ったぞ」

老人の恐るべき記憶力に舌を巻いた。夜討ちはともかく、記者会見は十年あまり前、内幸町の日本記者クラブで多くの記者に混じって一度、質問をしただけだ。トヨトミのトップなら内外の要人をはじめ、数え切れないほどの人間に会い、重要な会談や密談、会合を連日重ねてきたはず。なのに、この無名の記者との取るに足らない出逢いを憶えているとは。驚くより先に恐ろしくなった。やはり人間の種類が違う。安本はこわばった顔を励まし、笑みを浮かべる。

「三年前、名古屋に異動になりまして」

ほう、と怪訝《けげん》そうな表情になる。

「異動の挨拶にしては遅いな」

こめかみが熱くなる。あれだけ手紙と電話で取材を申し込んだにもかかわらず、まったく届いていない。すべてを握り潰した秘書に怒りが湧いたが、すぐに思い直した。こうやって足を運ばなかった無精者の自分が悪いのだ。たしか以前の夜討ちで武田も言っていたじゃないか。腐らず諦めず、動き続ければなにかに当たる、と。

「挨拶ではありません」

武田の目が険しくなる。

「なら、取材か？」

安本は慌てて手を振る。

「取材でもありません。いまはデスクなので内勤専門です」

弁解しながら空しくなった。新聞社の細かな職制など、この男には関係ない。

「個人的におうかがいしたいことがあって来ました」

いっきに斬り込む。

「日本を代表する企業のトップがあのざまでは情けなくて見ていられません」

眉間に筋を刻み、睨《にら》んでくる。老いたりとはいえ、武田剛平だ。焔《ほむら》立つ怒気に圧倒されそうだ。両足を踏ん張って言う。

「武田さんも相談役なら、経験不足のジュニアの相談にのってやったらいかがです」

武田の顔色が変わる。口をへしまげ、怒鳴る。

「馬鹿もんっ」

迫撃砲をぶっ放したような怒声に、思わず一歩退がる。

「きみは新聞記者のくせに日本語を知らんな。相談役は相談される役だ。こっちから相談する役じゃない。社長が相談に来もしないのに、おれがのこのこ動けるか」

「ならば――」

安本は頭を整理して返す。

「ジュニアのまわりにアドバイスできる人間はいないのですか。あの迷走はあまりにも酷《ひど》すぎます。米国政府の怒りがまったくわかっていません」

武田の顔から怒気が消える。気まずそうに目をそらし、前を向く。

「全部、いなくなったからな」

横顔が寂しそうだ。せめて、と言葉を継ぐ。

「ツツミがいたらな」

ツツミ、堤。思い当たる名前があった。堤雅也。元『アメリカ・トヨトミ』の代表で、凄腕のロビイストとして有名な男だ。流した浮き名は数知れずのプレイボーイだが、調子にのりすぎたのか女性秘書にセクハラで訴えられ、和解した後、トヨトミを去った。もう五、六年前になるか。

「堤さんがいたら状況は変わっていましたか？」

武田は苦い笑みを浮かべ、忘れろ、とばかりに手を振る。

「歴史にイフなどなんの意味もない。おれとしたことが、今夜はどうかしているな。どうも疲れているようだ」

ウィンドウが音もなく上がる。

「武田さんっ」

「安本くん、きみも人間ドックに行けよ。過信は禁物だ」

おやすみ、と片眼を瞑る。ウィンドウが閉じ、徐行する。モーターの音とともに鉄門が開き、黒塗りの『キング』が消える。

安本は茫然と見送った。人間ドックだと？　まったく、なんて記憶力だ。この分だと百歳まで大丈夫だろう。

自宅に戻った武田は妻敏子の手を借りてスーツを脱ぎ、風呂に向かう。経験不足のジュニア、か。脳裏に浮かぶ二つの顔がある。粛清された九鬼辰彦と中西徳蔵だ。九鬼は恨み言ひとつ口にせず、ただ「父が亡くなっていてよかったです。いい夢を見させていただきました」とだけ言い、静かに去っていった。

中西は悔しさに顔をゆがめ「いつか持ち株会社が実現するものと信じておりました」と男泣きに泣いた。

廊下を歩く。足がふらつく。風呂の手前で嘔吐感を覚え、壁を伝ってトイレに入り、便器を前にしたとたん、熱いものが胃から喉へと逆流した。便器を抱えて吐く。あっというまに白い便器が真っ赤に染まった。

いかん。１１９番だ。としこ、と叫んだが、濁った声しか出ない。視界がねじれる。真っ赤な便器が熱した飴のようにゆがみ、千切れていく。四肢の力が蒸発し、ごろんと転がった。トイレのライトがいやに眩しい。目をしばたたいた。

敏子の金切り声が響き渡る。あなたあーっ、と叫ぶ声も聞こえる。大丈夫だ、敏子。おれはまだ死なん。死ぬわけにはいかん。くたばってたまるか。よりによってこんなときに――闇が深い霧となって武田を包む。視界がぼやけ、次の瞬間、電源を切ったようにブラックアウトした。意識が消えていく。漆黒の闇へと堕ちていく。まだ死なん。おれは、まだトヨトミの……。

重い瞼を開ける。敏子が泣き笑いのような顔で見つめている。

「よく寝てらした」

ここはどこだ？　明るい部屋とベッド。大きく切ったガラス窓の向こう、巨大なビルが銀色に輝いている。頭がはっきりしない。おれはどうした？　いつの間にかパジャマを着ている。敏子がハンカチで眼頭を押さえながら言う。

「病院ですよ。昨夜、救急車で搬送されました」

ぼやけていた意識が像を結ぶ。真夜中、トイレで血を吐き、倒れ――ベッドに肘をつき、上半身を持ち上げようとしたが、敏子に止められた。

「胃潰瘍です。大量の吐血があったから、しばらく安静にしてもらいます」

胃潰瘍。そうか。苦い笑みが湧いてしまう。右の腕に差し込まれたチューブと点滴スタンド。ガラス窓の向こう、陽光を浴びて輝くトヨトミの本社ビル。ならばここはトヨトミ病院。

「だから言ったじゃありませんか」

敏子が涙声で言う。

「そのうち豊臣家に殺される、と」

ふん、と武田は鼻で笑う。

「そう簡単に殺されてたまるか。現におれはこうやってピンピンしている。ざまあみろ」

敏子は、呆れた、とばかりにため息をひとつ。

「お医者さまがおっしゃるには、相当なストレスと過労が原因とのことですよ」

返す言葉がない。病室を見回す。簡単なキッチンとバス、トイレ。冷蔵庫。テレビ。窓際に四人掛けの応接セット。壁の丸時計は午前十一時過ぎ。たっぷり十時間、寝ていたことになる。おかげで身体が軽い。

ベッドに寝たまま医師の診察を受け、三日ほどの入院と絶対安静を告げられる。息子のような年齢の若い医師は去り際、「もうお歳なんですから無理しないでください。会社のみなさんも心配しておられます」と言い置き、看護師とともに出ていった。廊下で礼を言う男の声がする。

「敏子」

あごをしゃくる。

「会社の人間が来てるのか」

はい、と申し訳なさそうに言う。

「総務関係の方がおふたりほど」

武田は舌打ちをくれて返す。

「とっとと会社へ帰るように言ってくれ。こんなくたばりぞこないのジジイの心配をしている暇があったら仕事をやれ、と」

敏子は、処置なし、とばかりに小さくかぶりを振り、病室を出た。三分ほどして戻ってきた敏子は、ねえねえ、と囁く。

「お隣の部屋――」

右隣に目配せして言う。

「入院されているの、だれだと思います」

はあ？　敏子は腰をかがめ、さらに声を低める。

「みこしばさん」

みこしばさん、御子柴さん。

「心臓の調子が悪くて検査入院ですって」

眉をひそめて敏子が言う。

「あなたも御子柴さんも、トヨトミが心配でたまらないのよね」

武田は動いた。上半身を起こす。制する敏子を、邪魔だ、と振り払い、ベッドから降りてスリッパを履く。足元が少しふらつくが大丈夫だ。

「見舞いに行ってくる」

「おやめなさい、迷惑ですよ」

慌てる敏子を無視して点滴スタンドを押し、ドアに向かう。

「安心しろ。御子柴の間抜け面を見るだけだ」

廊下に出る。ガラガラと派手な音をさせて点滴スタンドを滑らせ、御子柴の病室の前に立つ。咳払いしてノックする。返事なし。そっとドアを押し開け、失礼するよ、と断り、なかをのぞく。

ベッドに小太り丸顔のじいさんが寝ていた。みこしば、と声をかける。瞬間、御子柴は電流を浴びたように、びくんと震え、サイドテーブルの丸メガネをかけるや、上体を起こす。みごとな条件反射だ。彷徨《さまよ》う右手は携帯電話でも探しているのか。次いで、ぽかんと見上げ、そうだんやく、と呟く。

「どうした、会長」

ドアを閉め、点滴スタンドを滑らせる。

「ゆっくり寝ている場合かよ。わがトヨトミ自動車は尻に火が点いている状態だぞ」

御子柴は丸顔をしかめ、片手で心臓を押さえる。

「相当悪いのか」

「軽い狭心症です。三日ほど寝ていたら治ります」

「おれと同じだな」

冷蔵庫の扉を開ける。

「胃潰瘍で血を吐いちまった」

なかにはミネラルウォーターとジュース類が数本。

「なんだ。しけてるな」

扉を閉める。

「おまえの好きなバーボンはないのか」

「いちおう、入院中の身ですから」

御子柴はゆっくりと、己の身体の状態を確かめるようにベッドから降り、スリッパを履いて、どうぞお座りください、と律儀にソファを勧める。武田はどっかと座り、点滴スタンドを引き寄せ、天を仰ぐ。

「しかし、お互い、因果な商売だな。ジジイになっても苦労から逃れられない」

御子柴は無言のままテーブルを挟んで座る。

「ストレスで血を吐くわ、心臓が悲鳴を上げるわ」

やってられない、と首を振る。

「ジュニア、大丈夫なのか。迷走に次ぐ迷走じゃないか。アメリカは怒りを通り越して呆れているぞ」

さあ、と御子柴は首をかしげる。

「周囲に有能な参謀がおりましたら、このようなことにはならなかったと思うのですが」

悲しげに目をしょぼつかせる。

「海図もコンパスもないまま荒海に乗り出して、大波に翻弄されるまま右往左往している状態でして」

「筆頭副社長の岡村泰弘はどうしている」

丸顔が暗くなる。武田はさらに言葉を重ねる。

「岡村は経営企画から総務、広報まで、管理部門を一手に握る側近だ。米国の情報はすべて入っているはず。岡村が中心になって優秀なスタッフをそろえ、ジュニアをフォローすればなんとかなるだろう」

常識に沿って考えればそうですが、とメガネのブリッジを押し上げる。

「論功行賞人事の弊害でして」

肩を上下させて嘆息する。

「どう背伸びしても部長クラスの器なのに、統一さんの社長就任にひと役買い、岡村は分不相応なポジションを得てしまいました。本人にとっても悲劇です。一生懸命、やってはいるようですが、国をまたいだ情報戦は根性と体力だけではどうにもなりませんから」

渋い面になる。

「わたしも他人のことは言えませんが」

「おまえはおれが社長に据えたんだ。いまさらおれの判断にケチをつけるな。過去は過去。どう愚痴っても元には戻らない」

おっしゃるとおりです、と背を丸める。丸顔が苦しそうだ。武田は努めて明るい声で言う。

「まあ、岡村ひとりに責任をおっかぶせても仕方がない。そもそもトヨトミが変わりすぎたんだ」

窓ガラスの向こう、白銀に輝く巨大な本社ビルを眺める。

「ジュニアはロビイストを嫌うあまり、ばっさばっさと斬りまくり、経費も削減の一途だ。もはやアメリカにまともな情報網はない。来るべくして来た事態だよ」

語りながら怒りが募る。

「アメリカどころか、日本もダメだろう。せめて役員連中は官僚、政治家、財界人と派手に飲み食いして人脈を広げ、つねに情報を得るべきなのに、経費削減と称して接待費を切り詰め、自由にカネも使えない。本来、トヨトミは宴会でドジョウすくいが踊れるようなやつが出世する会社なんだ。ところが最近は自称エリートの優等生ばかりだ。みな、経費削減を金科玉条のごとく守り、尾張の田舎にこもったままタコ壺化だ。ジュニアは節約と貧乏くさいシブチンを履きちがえておる。おかしな話だろ」

返事なし。御子柴よ、と呼びかける。

「最近、くたばった役員がいるか？」

ぎょっと目を剝く。武田は前屈みになって告げる。

「おれとおまえがくたばりかけているくらいだろう」

そんなあ、と御子柴が眉を八の字にして言う。

「相談役、冗談になっておりません」

「おれは本気で言っているぞ」

丸顔が引き締まる。

「昔、トヨトミの役員は在職中、激務で死ぬことが珍しくなかった。広報や渉外担当の役員はなにかコトがあると夜中まで駆け回り、あらゆる世界の人間とメシを食い、酒を飲み、情報をかき集めてきた。ましていまはトヨトミ存亡の危機だぞ。役員のひとりやふたり、死なないでどうする。管理部門を一手に握る岡村など、真っ先に死ななくてはいかん」

激烈な言葉が際限なく湧いてくる。

「本来の職務が果たせないなら、せめて前のめりに死んでみせろ。筆頭副社長が人身御供になり、トヨトミに活を入れ、ぬるま湯に浸かったまま危機感に乏しい社員どもをガツンと覚醒させろ。それができないなら単なる穀潰《ごくつぶ》しだ。潔《いさぎよ》く社を去れ。おれならそうする」

「相談役は特別です」

御子柴が声を震わせて言う。

「結局、統一社長の許に残った連中はみな凡人なのです。わたしも含めて」

重い沈黙が流れる。一分。二分。武田が点滴スタンドを握り、引き揚げようとしたとき、相談役、と御子柴が呼び止める。

「ひとつだけ教えてください」

すがるような眼を向けてくる。

「あの噂は本当でしょうか」

丸顔がピンク色に火照る。武田は黙って次の言葉を待つ。

「今回の件は米国の陰謀だとする噂です」

ほう、とあごをしごく。

「面白いな。暇つぶしにもうちょい詳しく聞かせろ」

つまりですねえ、と御子柴は勢い込む。

「USモーターズもクライスターも破綻しました。米国政府としては莫大な公的資金を注ぎ込んで復活しなかったら目も当てられない。ウォードも青息吐息です。アメリカが誇るビッグスリーが悲惨な状況のなか、トヨトミはリーマンショックの悪影響から脱しつつあります。米国政府が、これ以上日本のクルマに走り回られては困る、とばかりにトヨトミに難癖をつけ、豊臣家の御曹司を公聴会へ引き摺り出すべく、さまざまな工作を仕掛けてきたのでは。まして超高級セダン『ゼウス』とハイブリッドカー『プロメテウス』はわがトヨトミが世界に誇るフラッグシップ・カーです。この二枚看板を欠陥カーにしてしまえば当分は立ち直れない」

「膨れ上がる米国民の不満のガス抜きか？」

そうです、と大きくうなずく。

「トヨトミはスケープゴート、生《い》け贄《にえ》となったのです」

ふむ、と十秒ほど考え、武田は答える。

「可能性はあるな」

やはり、と御子柴は唇をへしまげる。

「アメリカともあろうものが、卑劣ですな」

それはちがう、と武田は言下に否定する。

「ビジネスは戦争なんだ。そして社長は最高指揮官だ。食うか食われるかだ。アメリカ政府が本気で攻撃に出たら日本のメーカーなどひとたまりもない。手前味噌だが、おれはアメリカの怖さがわかっていたからニューヨーク、ワシントン、ロサンゼルスに凄腕のロビイストを配置して可能な限りの対米戦略を講じてきた。米国政財界の重鎮を取り込み、大統領の地元に工場とサプライヤーのセットで進出した。ロビイストたちの根回し、懐柔が効いたからこそ、いくら儲けようがどこからも文句は出なかった。これは一朝一夕でどうなるものでもない」

なるほど、と丸顔が沈む。

「相談役が手塩にかけて育てた堤くんはその要《かなめ》でしたな」

苦渋を滲ませて語る。

「堤くんがいたらこんなことにはならなかった」

丸メガネを外し、パジャマの袖で目を拭う。

「本当に惜しい人材を失いました」

よせ、と武田は声を荒らげる。

「もう終わった話だ。いまさら蒸し返してどうなる。過去は過去だ。おれたちは前を向くしかないんだよ」

立ち上がり、点滴スタンドを押して窓際に歩み寄る。巨大な本社ビルと本社工場、研究所と研修棟。歩道を昼休みの社員たちが列を成して行き交う。明るい談笑が聞こえそうだ。いつもの豊臣市の光景だ。

アメリカ、か。社長時代の忌々しい出来事が甦る。あれは社長に就任して二年目だ。米国の貿易赤字が膨らみ始めると、トヨトミは武田の独断で急遽、輸出を自主規制した。すると、米国の自動車販売は好調なのに自主規制とは何事だ、とばかりにある全国紙が《牙を抜かれたトヨトミ》と弱気を揶揄する記事を掲載した。

武田は即刻、執筆した記者を社長室に呼びつけ、丸めた新聞を投げつけて怒鳴り上げた。

「おまえら、アメリカがどれほど怖い国か知らんだろう。あれほど国益に敏感な国はない。うちがこのまま輸出を続ければ、貿易摩擦が再燃してしまう。いまは目先の儲けより、アメリカの感情を損なわないことが大事なんだっ」

記者は真っ青になっていたが、さて、どこまで理解できたことか。おそらく十分の一も理解していないだろう。アメリカの怖さ、狡猾さは国際ビジネスの最前線で命を削って戦った者にしかわからない。アメリカを本気で怒らせれば、この穏やかな豊臣市も遠からず殺伐としたゴーストタウンと化す。

「相談役、どうすればいいのでしょう」

御子柴が震え声で問う。

「なにかできることはあるでしょうか」

「ないな」

即答する。

「ことここに至ってはもう打つ手がない」

背後で絶句する気配があった。武田は続ける。

「あとは豊臣の旗に頑張ってもらうしかない」

己にいい聞かせるように言う。

「残念なことにジュニアは凡庸な人物だが、おれたちにないものをひとつだけ持っている。豊臣の旗だ。あとはどこまで頑張れるか、だな」

重苦しい沈黙が病室を支配する。

第十三章　そして、公聴会へ

二月下旬。統一は米国に向かう社有ジェット機のなかで悶々とした時を過ごしていた。ワシントンまであと五時間。ベッド状に倒した座席シートに横になりながら就寝灯を見つめる。暗い機内にエンジンの音が低く重く響く。公聴会のシミュレーションは可能な限りやってきた。これまでの経緯を頭に叩き込み、国際法に詳しい弁護士のもと、あらゆる質問を想定し、回答を紡《つむ》いできた。いまは本番に備えてリラックスし、睡眠を取るときだ。なのに、眠れない。気が昂《たかぶ》り、目は冴えるばかりだ。

社長になって八ヵ月。公聴会を上手く乗り切れなければ終わりだろう。正直、自信はない。飢えた狼のような米国議会の議員連中と無慈悲なテレビカメラ。無理だ。両手で頭を抱える。

張り切って社長になったが、一年、もたなかった。トヨトミ自動車に永遠に残る汚点となる。いや、トヨトミ自動車そのものが終わってしまうかもしれない。よりによって豊臣家の嫡男が、トヨトミ自動車滅亡へのトリガーを引いてしまうのか。

どうしてこんなことになったのか。おれは一生懸命やった。起きている間中、経営のことばかり考えた。仕事の環境を整えるべく、幹部の陣容を大胆に組み換え、部下を厳しく叱咤激励した。みずからナッパ服を着こんで執務に励んだ。現場を大事にすればこそ、だ。

御曹司のパフォーマンス、と笑わば笑え。ナッパ服はおれの覚悟だ。不退転の魂の発露だ。粛清とか恐怖政治とか、多少の謂《いわ》れない陰口は覚悟していた。おれはリーマンショック後の最悪の状況で社長に就任したんだぞ。トヨトミは生きるか死ぬかの瀬戸際だった。前代未聞の荒療治は当然のこと。またそれに耐えなければ復活はない。おれは正真正銘、命懸けだった。

リコールも渋っていたわけじゃない。熟考し、事故の原因が判明するまでは軽々しいことはできない、と結論を出した。周囲も、おれの判断に諸手《もろて》を上げて賛成してくれた。筆頭副社長の岡村泰弘をはじめ、だれひとりとして反対しなかった。

公聴会の出席も同様だ。嫌だったわけじゃない。米当局の真意が見えなかっただけだ。迷走の挙げ句、こんなことになってしまったが、おれの判断ミスじゃない。あえて言えば、判断するだけの材料がなかったのだ。

マスコミ取材もわがままで避けたわけじゃない。豊臣本家の嫡男として、不用意な失言、誘導尋問が怖かった。が、それ以上に悪目立ちしたくなかった。ただでさえ「苦労知らずのボンボン」「実力不足の御曹司」「大甘世襲人事」と内外でさんざん悪口を言われているのに、インタビューなんかで笑顔を見せたら「調子に乗っている」「スター気どり」「バカボンボン」とさらにバッシングが激しくなるのは目に見えている。

おれは背中で勝負したいんだ。リーダーとして背中でトヨトミグループ三十万人を引っ張る男になりたいんだ。それのどこが悪い。

淡いオレンジの就寝灯が滲《にじ》む。涙が後から後から湧いてくる。統一は声を殺して泣いた。エンジン音が不気味な通奏低音となって響く。

どのくらい泣いたのだろう。ふいに脳裏が明るくなる。あの場所が浮かぶ。豊臣家の墓所。質素で清潔な、美しい切り花に飾られた聖地。おれがいつか眠る安楽の地。

暗闇にすうっと、一筋の光が射し込む。数々の苦難と誹謗中傷、妨害に耐え、一からトヨトミ自動車の礎を築いた豊臣家の人々。その艱難辛苦《かんなんしんく》を思えば公聴会くらい、いかほどのことでもない。おれには豊臣家の血が流れている。世界一の自動車メーカー、トヨトミをこの世に創出し、日本経済に大きく寄与した人々と同じ血だ。あの武田剛平が一滴も持たない血だ。おれは豊臣本家の直系だ。ふっと身体が軽くなる。忘れていたエネルギーが音をたてて満ちてくる。

ゴー・フォー・ブローク、当たって砕けろだ。おれには豊臣の、不屈の血が流れている。


アメリカでの公聴会への注目度は高く、前日夜は地元テレビ局のレポーターが統一の顔写真を掲げ、「トヨトミの社長の行方がわかりません」「彼はどこにいるのでしょう」「この顔を見かけたら連絡をください」と指名手配犯のように報道する始末。ホテルで事前の打ち合わせに余念のなかった統一は苦笑し、次いで本番の修羅場を思い、暗然とした。

翌日、現地時間の午後二時。ワシントン、米国議会下院の監督・政府改革委員会で行われた公聴会はのっけから統一を面食らわせた。わずか二メートルの至近距離で睨《にら》む報道陣のカメラの放列と、壇上に居並ぶ議員たちの険しい表情。場内を覆う緊張と殺伐とした空気。テレビカメラも数台、あらゆる角度から睨んでいる。

この公聴会の模様は全米ネットのテレビ局により、ライブ放送されるという。

統一は大変な場所に立ってしまったことを悟った。上手く乗り切れなければトヨトミの信用は失墜し、致命的なダメージを負ってしまう。臍《へそ》の下、丹田に力を入れ、議員たちを見据えた。胸のなかで、おれは豊臣家の直系、御先祖さんと同じ不屈の闘志を持った男、と言い聞かせる。少しだけ気持ちが落ちつく。

日本時間の午前四時。愛知県豊臣市の本社役員会議室には幹部社員が続々と詰めかけ、ふだんは世界各地の拠点とのテレビ会議に使われるスクリーンを見守った。

開始時間ちょうど、米議会専門チャンネルが公聴会の模様を映し出すと、スクリーンいっぱいに統一の緊張した顔が現れた。カメラが引く。右手を上げ、神妙な面持ちで宣誓を行う統一と、居並ぶ議員たちの厳しい顔、顔、顔。

その公開処刑のような光景に、トヨトミの幹部たちが思わずどよめく。社長、頑張れ、負けるな、と悲愴な声が飛ぶ。

会議室の隅では統一の父、名誉会長の新太郎が食い入るようにスクリーンを見つめていた。画面には幾度も英語で〝トヨトミ自動車創業者、豊臣勝一郎の孫〟のテロップが出る。

金髪クルーカットに分厚い巨体の、タフガイ然とした男性議員が質問に立つ。

「死亡事故が起きているのに、あなたはなぜ、トヨトミは安全、信頼できる、と顧客に言えるのですか」

開口一番、厳しい口調で糾弾する。統一は冷静に答える。

「死亡事故との因果関係が明らかになっていない以上、われわれはトヨトミのクルマを信じている、としか申せません。現に多くの顧客の方々はトヨトミのクルマを信頼して乗っておられます」

タフガイ議員は肩をすくめ、顔を大仰《おおぎょう》にしかめる。

「答えになっておりません」

「現状では、いまの言葉がせいいっぱいです。もうしわけありません」

頭を深く下げる。どっと場内がどよめく。事前のシミュレーションでは指南役の弁護士に、「アメリカの公聴会では謝った時点で負けを認めたことになる。むやみに謝らないように」と口を酸っぱくしてアドバイスされた。もちろん日本と多民族国家アメリカの違いは重々承知している。だが、ことここに至っては日本人として、いや豊臣家の人間として、誠心誠意、説明するしかない。

質問の二の矢が飛ぶ。

「あなたは社長なのに、どうして自分から記者会見を開いて陳謝と説明をしなかったのですか」

「因果関係が不確定なまま大事なユーザーとトヨトミファンの不安をいたずらにあおりたくない、との一心からでした。しかし、いまとなっては判断ミスでした。もうしわけありません」

再び頭を深く下げる。タフガイ議員がここぞとばかりに、興奮したプロレスラーのように顔を真っ赤にして指を突きつける。

「ミスを認めた以上、責任をとっての退任もあるのでしょうな」

いいえ、と首を振る。

「単に辞めることなら簡単です。しかし、わたしは豊臣家の人間です。トヨトミ自動車を再生させる責任があります。わたしは逃げません。豊臣家の人間として、逃げることは許されないのです」

きっぱりと言う。場内がざわつく。開き直りか、といぶかる声が聞こえる。統一は背筋を伸ばし、次の質問を待った。紳士然とした年嵩《としかさ》の議員がマイクに向けて問う。

「昨年夏の一家四人激突死事件からすでに半年が経過しています。なぜこれほどまでに社長であるあなたの説明が遅れたのですか」

口調は穏やかながら、質問は辛辣だった。統一は二呼吸ほどの間をおいて答える。

「わたしは三ヵ月前まで、問題の深刻さを知りませんでした」

老議員は、処置なし、とばかりに天を仰ぎ、顔をしかめて問う。

「トヨトミの社内には問題を迅速に報告しない、難題は先送りにしてしまおう、との特別なルールでもあるのでしょうか」

「すべてわたしの責任です。わたしに問題の深刻さを察知するアンテナがありませんでした。深く反省しております」

老議員の表情が一変する。眉を吊り上げ、怒りの形相で吠える。

「あなたには社長の資格がないっ、恥を知れっ」

統一はしばし言い淀み、口を開く。

「わたしには返す言葉もありません。資格がない、と言われればそうかもしれません」

記者の間から失笑が漏れる。議員たちが同情の眼差しを向ける。明らかな失言だ。しかし、統一はいまさらあいまいな物言いで逃げる気はなかった。誠心誠意、正面突破を図るのみだ。ゴー・フォー・ブローク。当たって砕けろ。腹の底で覚悟が燃える。マイクを引き寄せ、切々と告げる。

「この堕ちた信頼を取り戻すべく、生まれ変わった気持ちでこれからの日々を命懸けで頑張る覚悟です。しばし猶予を与えてください。お願いします」

統一は頭を下げたまま動かなかった。失笑が太く、大きくなる。万事休す。こめかみを粘った汗が伝う。不器用で愚直な豊臣家の人間。統一は己の身体に流れる豊臣の血の濃さを痛感した。

顔を上げろっ、と罵声が飛ぶ。カメラマンだ。その情けない面《つら》を見せろっ。

統一は背筋を伸ばした。無数のフラッシュが輝く。凶暴な光の放列が眼を射る。テレビカメラが鼻先まで寄ってくる。統一はあごを上げ、晒《さら》し者の屈辱に耐えた。噛み締めた奥歯が砕けそうだ。

「トヨトミは悪魔でしょうか」

凛《りん》とした女性の声が飛ぶ。

「わがアメリカにとって、トヨトミは唾棄すべき悪魔でしょうか」

栗色のボブヘアに碧眼の中年女性。たしかケンタッキー州の議員だ。同州ではトヨトミの米国単独進出の先駆けとなった工場が一九八〇年代後半より稼働。当時、従業員三千人で年間二十五万台を生産したが、トヨトミの発展に伴い、拡張に次ぐ拡張を重ねた。現在、従業員八千人を擁し、フラッグシップ・カー『ゼウス』を中心に年産六十万台を誇る、米国屈指の巨大工場となっている。

統一は副社長時代、彼女と一度だけ、ワシントンのパーティで挨拶を交わしたことがある。陽気で快活な、笑顔が素敵な女性だった。が、いまは別人だ。テレビカメラを正面から見据え、毅然とした表情で訴える。

「トヨトミの工場がケンタッキー州に来てくれて、州民は多大な恩恵を得ました。トヨトミは単なる日本の企業ではありません。世界各地でさまざまな人種、国籍の人々が働く真のグローバル企業です。ここアメリカでも万単位の雇用を生み出し、経済に大いに貢献しています。われわれの大事な友人をいたずらに叩くだけで問題は解決するのでしょうか」

フラッシュが消え、場内が静まる。

「問題の根源を冷静に見極め、ともに解決策を見出そうではありませんか。誇り高き米国議会の公聴会はけっして公開リンチの場ではありません」

他の議員たちはきまり悪げに下を向き、顔をしかめる。

「未来に向けた謙虚な反省と豊かな創造の場であるべきです」

それだけ言うと、女性議員は手元の書類に目を落とす。統一は感謝の意を示したかった。が、彼女は、自分の仕事はこれで終わり、とばかりにこっちを見もしない。

女性議員の発言は起死回生の一打となり、以後の質疑応答はスムーズに進んだ。統一は時折言葉に詰まりながらも、神妙な表情を崩さず、三時間あまりの間、すべての質問に真摯に答え、反省の弁を述べた。そして公聴会の最後、全議員とテレビカメラに向かい、こう語りかけた。

「わたしはトヨトミ自動車初代社長、豊臣勝一郎の孫であり、すべてのトヨトミのクルマにはわたしの名前が入っています。わたしにとってクルマが傷つくということは、自分の身体が傷つくことに等しい、と述べても過言ではありません。トヨトミのクルマが安全であってほしい、お客さまには安心して運転していただきたい、との気持ちは豊臣家の人間であるわたしがいちばん強いのです」

公聴会は無事終了した。終わった瞬間、豊臣市の本社役員会議室では拍手が巻き起こり、感極まって涙ぐむ者も、抱き合う者もいた。豊臣家の旗の下、みな心をひとつにして、無事公聴会を乗りきったことを喜び、統一の頑張りを称えた。ただひとり、新太郎だけは無表情で会議室を後にした。

公聴会を終えた統一はその足でワシントン市内のレストランに向かった。トヨトミ車販売店のオーナーたちがセッティングした激励会である。約三百人のオーナーと従業員たちに拍手で迎えられ、統一は全員に握手で応えた。

苦労人揃いのオーナーたちは、息子のような年齢の統一を口々に励ました。

イタリア系移民をルーツに持つ大柄なオーナーは、カンツォーネを唄うように朗々と語った。

「トヨトミのクルマは世界最高である。わたしたちは誇りを持って売っている。そして今日、公聴会でけっして逃げない気高い姿を見せてくれた我らがボスに深く敬意を表するものである。わたしたちはあなたの勇気と誠意を忘れない」

シカゴ生まれの小柄な老黒人は、言葉を嚙み締めるように切々と述べた。

「わたしは手のつけられない不良少年だったが、トヨトミグループの創始者、豊臣太助の伝記を読んで人生が変わった。苦学してハイスクールを卒業後、安価で高性能、故障の少ないトヨトミ車に惚れこみ、セールスマンになった。ハンバーガーを食いながら街を駆け回り、朝も昼も夜も売りまくった。いまでは二百人の従業員を雇う販売店のオーナーになった。わたしのアメリカンドリームはあなたのひいじいさんのおかげだよ。貧しい村の鍛冶屋からのし上がった豊臣太助は不屈の魂を持った本物のサムライだ」

そして目を潤ませ、統一を抱き寄せた。

「今日は太助の立派なひ孫と会えてとても感激している。逃げずに戦ってくれてありがとう、ボス」

ふたりを温かな拍手が包んだ。統一は涙を堪《こら》えるだけでせいいっぱいだった。

銀髪に高級スーツの、紳士然とした日系人オーナーは上気した面持ちでこう語った。

「トヨトミ自動車はわれわれ日系人の誇りです。ぼくは第二次大戦中、カリフォルニア州はモハーヴェ砂漠のマンザナー強制収容所で敵性市民として子供時代を過ごし、戦後は酷《ひど》い差別を数え切れないほど味わった。卑屈とコンプレックスの塊だった。しかし、不屈のエンジニア、豊臣勝一郎が育て上げたトヨトミ自動車が弱虫のぼくに勇気を与えてくれたのです。日本のクルマもUSモーターズやウォードに負けないんだぞ、と教えてくれた。ぼくの人生はトヨトミ自動車とともにあります。そして、今日は尊敬する勝一郎の孫であり、豊臣家の若きボスである統一さんの雄姿を拝見できて、こんな嬉しいことはありません」

ほおを紅潮させ、言葉に力を込める。

「ボス、アメリカを嫌いにならないでください。われわれは全員、トヨトミ一家です。これからもずっといっしょに戦いましょう」

怒濤のごとき拍手と口笛、声援が巻き起こる。統一はひたすら頭を下げ、オーナーたちに勧められるまま壇上に立ち、マイクを握った。熱気と興奮が渦を巻く会場を見渡す。漆黒の瞳、ブルーの瞳、鳶《とび》色の瞳がじっと見つめてくる。白人、黒人、ヒスパニック系、アジア系。統一は唇をぎゅっと噛み、深く一礼して語った。

「わたしは豊臣の人間です」

会場内がしんと静まり返る。

「トヨトミに中途入社以来、創業家の看板を背負うわたしに気軽に声をかけてくれる人はいませんでした。わたしは孤独でした」

語りながら胸が熱くなる。

「笑顔で近寄ってくる人はほとんどが出世と社内政治がらみです。いつしか同僚と距離を置くようになりました。心を許せる人はほんの数えるほどです。わたしは肩を怒らせ、攻撃的になり、自分の殻に閉じこもりつつ、働きました。社長になり、豊臣家の人間としてやっとトヨトミ自動車のために役に立てる、と張り切りました。しかし、みなさんもご存じのように、やることなすこと、すべてが裏目に出てしまいました。わたしは酷く落胆し、絶望しました。振り返れば入社以来、ずっとひとりで戦ってきた気でいました。今回の公聴会もそうです。しかし」

大きく息を吸って語る。

「愚かなわたしはいま、この場で気がつきました。わたしはけっしてひとりではなかったのだ、あなたたちとともに、世界中のトヨトミの社員とともに戦ってきたのだ、と」

静寂が五秒ほど続き、会場の中央から拍手が上がる。それがさざ波のように広がり、割れんばかりの拍手が満ちていく。統一は顔をゆがめ、涙を堪えたが、すぐに無理だと悟った。熱いものがほおを伝う。マイクをつかんだまま嗚咽し、ありがとうございます、と震え声を絞った。拍手はいつまでも鳴り止まなかった。

トヨトミ自動車のトップが激励会の席で涙したこのシーンは世界中に流れ、予想外の効果をもたらした。豊臣家の若き当主、豊臣統一は誠実で生真面目で涙もろいナイスガイ、との印象を深く刻みつけたのである。

仮に武田剛平ならけっして泣かなかっただろう。傲然と胸を張り、太々《ふてぶて》しい笑みを浮かべて葉巻をふかし、なんと傲慢で尊大な男、まるでジャパニーズマフィア、と批判されたかもしれない。では、忠臣・御子柴宏はどうか。情にもろい男である。人目もはばからずワーワー泣いて、大トヨトミの社長ともあろう者がなんたる醜態、情けないチキン野郎、と冷笑嘲笑を浴びたはず。能吏・丹波進は、どうせ嘘泣きだろう、と人望のなさが仇《あだ》になったに違いない。

豊臣家のプリンスだからこそ、予想外の同情と激励を得たのである。


一連の騒動の最大の山場、とみられた公聴会を無事乗り切った統一は社長としての風格を身につけ、社内でも一目置かれる存在となった。未曾有の修羅場が統一を大きくした、と社内外で評価された。

以後、トヨトミ自動車は豊臣家の旗の下、再生の途《みち》を順調に辿った。

翌二〇一一年三月の東日本大震災ではトヨトミ自動車本体の生産設備こそ一部の破損で済んだものの、サプライヤー企業の被害は甚大で、部品の生産中止が相次いだ。トヨトミの仕入れ先の被災件数は約七百拠点にも及び、これは一九九五年の阪神・淡路大震災の二十拠点を遥かに上回る、恐るべき規模のダメージである。サプライチェーン（部品供給網）は寸断状態となり、国内生産車輛の八割に影響を及ぼすと推定された。

本社はすぐさま部品調達部門と生産部門の精鋭から成る現地支援チームを結成。震災発生三日後には被災地に乗り込み、生産工場、サプライチェーンの復旧に当たった。

トヨトミにはノウハウがあった。一九九七年の『トヨトミ機械』岡崎工場の大火災である。重要部品を生産する国内唯一の工場が全焼したことで、二ヵ月以上の全面操業停止もあり得る緊急事態となるも、下請けメーカーが結集。工夫して代替品を作り上げ、僅か五日間で通常の生産体制に戻している。

このアクシデントを教訓に当時の社長、武田剛平が重要部品の分散生産強化に乗り出し、有事に備えたバックアップ体制を確立。東日本大震災では、十四年前の大火災を乗りきった自信とノウハウも併せて、被災のダメージを最小限に抑え、一ヵ月後には国内の全工場が通常稼働に戻った。

被災地に入った統一はヘルメット姿で陣頭指揮をとり、生産工場の被害状況を確認。支援チームに指示を与えつつ、サプライヤー企業、販売店を精力的に回り、激励した。

紆余曲折はあったにせよ、豊臣本家出身の社長としての自覚の許《もと》、統一はトヨトミ自動車の先頭に立ち、業績を順調に伸ばしていった。

ライバルはドイツのドイチェファーレン（ＤＦ）と、経営破綻から米政府の支援で復活した米ＵＳモーターズ。日独米の三つ巴戦となった。もっともトヨトミは東日本大震災があった二〇一一年こそ米独の後塵を拝したものの、その後は圧勝である。

二〇一四年の新車販売台数は一千万台に達し、米独を制して三年連続の世界一に。翌二〇一五年も一千万台を超え、売上高二十七兆円、営業利益二兆八千億円でともに過去最高値を叩き出している。

トヨトミ自動車が盤石の王国を築きつつあったこの時期、自動車業界の根幹を揺るがす大スキャンダルが勃発した。ヨーロッパの雄、ＤＦの排ガス不正ソフトウェア事件である。

ディーゼル車に不正ソフトウェアを搭載し、排ガステストを巧みにクリア。通常走行では規制値の最大四十倍の大気汚染物質を排出する〝欠陥車〟を六年にわたって販売していたというもの。大量の排気ガスを吐きちらす欠陥車の台数は世界中で一千万台を超えると推定され、その想像を絶するスケールに世界中が戦慄した。

ＤＦのダメージは測り知れず、対象車約五十万台の米国だけでも制裁金が最大で百八十億ドル（二兆千六百億円）、ほかに莫大なリコール費用、刑事裁判、株主およびユーザーの訴訟ものしかかる。

ライバルのＤＦが自滅し、さらなるトヨトミ躍進の好機到来、と思いきや、話はそう単純ではない。ＤＦの組織ぐるみの排ガス不正は、厳格化する一方の環境基準の前で立ち往生し、追い詰められ、悪魔の囁《ささや》きに乗ってしまった巨大企業の悲劇である。そしてそれは、トヨトミにとっても他人事ではなかった。

第十四章　誤 算

二〇一五年、十二月初旬。日本商工新聞名古屋支社。午前一時。安本明はトヨトミ自動車本社担当班キャップの古ダヌキこと多野木聡とふたり、タバコの煙が籠もる会議室にいた。

「だから、面白いネタだと思いますがねえ」

多野木はタバコを喫いながら取材メモをめくる。

「豊臣家、そこまでやるか、って感じでしょう。非情にもほどがある」

たしかに、と納得せざるを得ない。トヨトミ自動車内で進む露骨な武田剛平の〝抹殺〟。『創立八十周年記念映像特集』と銘打たれた二時間近い会社紹介ビデオに、武田が登場するシーンはたったワンカット。それも、解任に等しい社長退任会見の模様をほんの五秒程度。あの〝最大戦犯〟と忌み嫌われる丹波進でさえ五カット。側近の故・明智隆二も四カットである。

「デスクもご覧になったでしょうが」

昼間、じっくり腰を据えて見た。驚きのひと言だ。多野木が新しいタバコに火をつけて言う。

「とっくに引退した工員のじいさんの昔話を五分以上、ズームだパンだ感動的ＢＧＭだ、で延々と撮っているんですよ。それは現場が大事というメッセージはわかるが、酷《ひど》すぎる。武田がトヨトミと関係が切れたとはいえ、やっていいことと悪いことがある」

武田は一年前、相談役を退き、無役に等しい顧問の名を与えられたまま今日に至る。いまは本社に部屋もない。多野木は憤懣やるかたない口調で言う。

「あの偉大なる救世主、今日の隆盛の土台を築いた剛腕武田が、たったのワンカットじゃあおかしいでしょ。おれは納得できませんね。社史も、トヨトミ自動車公認のヨイショ本も、武田剛平を抹殺しつつある。その背景になにがあるのかを取材し、特集でバーンとやるのが新聞ジャーナリズムでしょうが。ええ？　デスク」

返す言葉がない。多野木の実力は折り紙つきだ。嫌でも六年前を思い出してしまう。豊臣統一社長内定のスクープを他社に抜かれ、屈辱にまみれた辣腕記者。その雪辱を果たすべく、徹底した取材で書き上げた特集記事《豊臣家の無血クーデター》は奥の院の人間模様と極秘会議の詳細を微に入り細を穿《うが》って描き、案の定トヨトミ自動車の不評を買った。出入り禁止とまではいかなかったが、広告局に圧力がかかったようで、本社のお偉いさんからクレームの電話が入った。トヨトミは大事な広告主なんだからやりすぎないでくれよお、会社が潰れちまうぞ、と半ば泣きの涙だったが。

今度も多野木はやるだろう。内容が内容だけに、下手したら出入り禁止プラス広告引き揚げだ。新聞斜陽の時代、広告局は激怒するだろう。そのとばっちりは当然、デスクの自分だ。最悪、クビだ。はあ、とため息が出てしまう。単身赴任も八年になる。いいかげん、東京へ帰りたい。このまま名古屋に塩漬けでは終わりたくない。クビはもっとイヤだ。

「豊臣統一は怖い男です」

多野木はしみじみ言う。

「名実ともに世界一の自動車メーカーになった以上、その栄光の欠片《かけら》も武田には渡したくない、というわけですよ。つまり、剛腕武田をトヨトミの正史から抹殺したいんだな。あれだけトヨトミに尽くした男をねえ。おれみたいな平凡な庶民には理解不能だな」

タバコ片手に取材メモをめくる。ふふっと笑う。なんだ？

「デスク、いまや無敵の統一社長にも悩みのタネがあるようですよ」

興味ありますか、とばかりに目を細める。悩みのタネ——安本はうなずく。

「まさかって話なんですけどね」

メモを繰りながら、しらっとした口調で語り始める。安本は息を殺して聞き入った。あの大トヨトミが——大変なことじゃないだろうか。二十分後、聞き終わったとき、全身が冷や汗で濡れていた。

「どうです、面白いですか」

ええ、とうなずくことしかできなかった。多野木はあごをしごき、遠くを見つめて言う。

「さて、リーマンショックに暴走クラッシュ、リコール、訴訟、公聴会、そして東日本大震災。数々の難局をみごと乗り越えてきたプリンス統一も、こればかりはどうでしょうねえ」

安本は何かに背を押されるように身を乗り出し、多野木さん、と顔を寄せる。

「そのネタ、わたしに譲ってくれませんか」

多野木は五秒ほど見つめたあと、困ったようにほおを指でかく。

「こんなワールドワイドで面倒くさい話、業界紙上がりの超ドメスティック記者のおれは興味ないし、取材する能力もないからどうでもいいけど——」

意味ありげな目を向けてくる。多野木が古ダヌキに変身する。

「ただっていうのもちょっと」

いいですよ、と安本は応じる。

「バーターでいきましょう。特集記事、どかんと書いてください」

おお、と古ダヌキは破顔し、商談成立、と右の手を差し出す。その筋張った手をがっちり握り返す。忘れていた記者の魂のようなものが、くたびれた五十一歳の身体に満ちてくる。


統一は苛立っていた。ガラス窓の向こう、冬の空はからりと晴れ渡っているのに、ここの空気はなんだ。

「きみたち、わかっているのか？」

返事なし。豊臣市の本社ビル、役員会議室。出席者は副社長八人と、会長の岡村泰弘。ちなみに前会長の御子柴宏は二年前、相談役に。名誉会長の新太郎は三年前、脳梗塞に倒れ、いまは療養中という名の寝たきり状態だ。

「わがトヨトミ自動車に、このままでは未来はないぞ」

全員、押し黙ったきり動かない。トヨトミ自動車の最高意思決定機関である副社長会がなんて様《ざま》だ。

統一は湧き上がる怒りを奥歯で嚙み潰した。ギリッ、と嫌な音がした。

「社長、よろしいですか」

会長の岡村が挙手する。どうぞ、とあごをしゃくる。岡村は卑屈な笑みを浮かべて言う。

「たしかに重要な問題ではありますが、現在、米国在住のスタッフが鋭意調査を進めております。その結果が出てから具体的検討を始めてもよろしいかと。欧州もアジアもまったく問題ありませんし、そもそも米国も数字の変化は出ておりません」

統一はなにも言わず、岡村を見た。六十四歳。しょぼっとした目がきまり悪げに下を向く。ごますりとヨイショでトヨトミ自動車の会長まで昇りつめ、世の成功者と確信している間抜け面。

失敗だったな、と思う。とても高級幹部の器じゃない。それでも部長、常務までは与えた仕事を過不足なくこなした。カミソリ明智とのケンカも怯《ひる》むことなく最後までやりきった。しかし、そこまでだ。

論功行賞人事で筆頭副社長に引き上げ、管理部門を任せるなど愚の骨頂。とんでもない人事だった。

つくづく自分が嫌になる。念願の社長に就任し、血迷っていたとしか思えない。虎の威を借りる岡村が煙たい実力者連中を排除したこともあり、気がつけば周囲は茶坊主ばかりだ。会社が順調なときはいいが、いざ危機となれば指示待ちのボンクラ揃いだ。ちくしょう、腹が立つ。己に、こいつらに。

「会長っ」

岡村はびくん、と背を伸ばす。統一は大声を張り上げる。

「頼んだぞ、しっかりやってくれよ」

「もちろんです」

神妙な顔で慇懃にうなずく。副社長連中も従う。まるで出来そこないのロボットを九体並べたようだ。いや、まだロボットのほうがよかったかもしれない。少なくともソフトやメカニズムに手を加える余地がある。


十二月中旬。北風の強い夜。午後九時。安本明は武田邸の玄関先に立ち、寒さに身を震わせながらインターフォンを押した。二分後、しつこいぞ、と野太い声がした。

安本はその場に固まった。武田本人が出たことも意外なら、しつこいぞ、はもっとわからない。六年近く前、夜討ちで訪ねたきりだ。

「だから、ダメだと言っただろう」

インターフォンが割れそうなでかい声が響く。

「粘っても無駄だ。風邪ひくぞ。とっとと帰れ」

武田さん、と呼びかける。

「日本商工新聞の安本と申します。以前、何度かお会いしていますが」

やすもとぉ？　とうなるような声が返る。

「左斜め上に監視カメラがあるから顔を見せろ」

言われるまま顔を向ける。じっと睨《にら》むカメラに笑いかける。

「おう、安本くんか。ブン屋ってのはどいつもこいつも雰囲気が似てるもんだな」

どいつもこいつも？

「今夜、二度もインターフォンを鳴らしたバカ野郎がいてな。たしか日商だったぞ」

かっと全身が熱くなる。名前は、と問う。

「タヌキ、とか言ってたな」

タヌキ、多野木。

「わたしの部下です」

「部下が断られたから上司が来たのか。だが、取材は受けんぞ。他のマスコミも同じだ。おれは顧問という名の無職のじじいだからな。もうトヨトミとはなんの関係もない。悪いな」

ちがいます、とインターフォンにすがるようにして言う。

「別件です。多野木の取材とは別でして」

「別件？　だが取材には違いないんだろ」

焦った。とっちらかった頭を整理して返す。

「いえ、取材ではありません。ですが、とても重要なことです」

沈黙。ヒュルル、と北風が鳴る。安本は首をすくめた。

「ブン屋はなにを考えているのかわからんな」

ひと呼吸おいて武田は言う。

「入れ」

モーターがうなり、鉄門が開く。インターフォンが怒鳴る。

「さっさと入らんかっ、おれは短気なんだ、すぐ気が変わるぞ」

はい、と応え、革靴を踏み出す。水銀灯が照らすコンクリートのアプローチを小走りに駆け、玄関前に立つと、ドアが開き、福々しい顔の上品な老婦人が迎えてくれた。

「主人がいつもお世話になっております」

妻の敏子だ。安本は恐縮し、突然の訪問の無礼を詫びた。さっさと来んかっ、と奥から胴間声が轟く。スリッパに履き換え、敏子の案内で廊下を歩く。外観と同様、ごくふつうの造りだ。左側の襖を開け、敏子に招かれるままスリッパを脱ぎ、和室に入る。

十畳ほどの部屋の中央に四角い大きな座卓があり、濃紺の和服姿の武田がいた。鋭い眼光と、柔道で鍛えた逞しい巨体。もう八十二歳のはずだが、鈍色《にびいろ》の鋼《はがね》のようなオーラがある。

座れ、とあごをしゃくる。安本は座布団を横に払い、畳に正座して頭を下げる。

「何年になる？」

突然問われ、戸惑った。なんのことだ？　武骨な顔がさらに問う。

「単身赴任して何年になるんだ？」

個人データを承知している。六年近く前、夜討ちを受けた際に調べたのだろう。安本は空咳を吐き、答える。

「八年になります」

ほう、と表情を和らげる。

「おれより一年、長いのか」

いや、その。フェルナンド・マルノス独裁政権下のマニラで七年も頑張り、いくつもの窮地を潜《くぐ》り抜けてきた豪胆な男に言われてもーー。こっちは一ヵ月に一度、東京の自宅に帰る軟弱なサラリーマンだし、名古屋と東京は新幹線でわずか二時間足らずだし。

「わかっていたらもう少しましなものが用意できたんだが」

襖が開き、敏子がお盆に載せたビール瓶とコップ、それに小鉢に盛ったイモの煮っ転がしとふろふき大根、キュウリと茄子のお新香を運んでくる。「年寄りの夕食の残りものしかありませんけど」

食欲をそそる香りがする。腹がグーッと鳴った。武田が笑い、敏子が微笑む。場の緊張がほどけていく。

「さあ、飲め。今夜は取材じゃないんだからな」

ビールを交互に注ぎ、喉を潤す。

「どうぞ足をお楽に」

「ありがとうございます」

「遠慮せずに食え。単身赴任じゃろくなもん食ってないんだろ」

老夫婦の言葉に甘えて足を崩し、小鉢に箸を伸ばす。どれもこれも美味かった。途中から武田はブランデーに替え、グラスでぐいぐい飲《や》る。

「それでなんの話だ」

酔いで赤くなった武田が問う。安本は箸をおき、ビールをひと口飲んで言う。

「世界中で始まるエコカー戦争です」

武田の顔がこわばる。

「釈迦に説法を承知で言いますが、世界に先駆けて本格化した米国カリフォルニア州のZEV（排ガスゼロ）規制は今後、きわめてシビアなものとなります」

語りながら、先日、多野木が明かしたトヨトミ内部で密かに囁《ささや》かれる、深刻な戦略ミスを反芻する。多野木はネタ元のエンジニアから聞いた話として、トヨトミはこのままではあと二十年もたない、と具体的数字を挙げて説明した。安本は続ける。

「日本ではエコカーの代名詞のハイブリッドカー『プロメテウス』も、カリフォルニア州ではすでにエコカーと見做《みな》されていません。エコカーはZEVのクルマ、つまり排ガスゼロ車だけです」

現在、純粋なZEV車は二種しかない。EV（電気自動車）とFCV（燃料電池自動車）である。EVは充電して走るクルマ。FCVはいわゆる水素カーで、水素を燃料とし、排出するのはCO_2ではなく水。肝心の走行能力は、EVが一回の充電で走行距離三百キロ程度だが、FCVは一回の水素充填で倍以上の六百五十キロ程度走行可能。ところが電気とちがい、水素は貯蔵が難しく、しかも引火しやすい。ガソリンスタンド代わりの水素ステーション設置は現状ではかなりのコスト高となる。

そしてZEV規制とは、カリフォルニア州で従来のクルマを販売する場合、その台数に応じて決められた割合以上のZEV、つまり排ガスゼロのクルマも売らなければならない、とのルールである。

ちなみに現状では、クルマを一万台販売するには、その一四パーセントの千四百台はZEVでなければならない。

もっとも、純粋なZEVだけでそれを達成するのは難しい。ZEVそのものを生産していないメーカーもある。そこでハイブリッドカーやプラグイン・ハイブリッドカー（家庭用電源などからプラグで充電可能なハイブリッドカー）もある程度繰り入れることができる。また、超過達成しているメーカーからクレジットと呼ばれる販売権を買うこともできる。つまり、CO_2排出権を購入する京都メカニズム（京都議定書の温室効果ガス排出量削減目標を国際間協力で達成する仕組み）のようなものである。それでも無理なら、州当局に罰金を払わなければならない。

　安本は情報を整理して告げる。

「このZEV規制が近い将来、かなり強化されるといいます。そしてハイブリッドカーはZEV繰り入れから除外され、ガソリンカーとしてカウントされる、と」

「エコカーではなく、ガソリンカーの一種か。トヨトミにとっては大打撃だな」

　武田は平然と語る。

「トヨトミはハイブリッドでぶっちぎりの世界トップを行く。年間販売台数は二百万台に迫る勢いだ。堂々たる大黒柱だな」

　十八年前、トヨトミが世界ではじめてハイブリッドカーの量産化に成功後、他社も続々と参入した。ヒット車も生まれた。しかし、いまだハイブリッド・イコール・トヨトミであり、エコカー・イコール・トヨトミである。パイオニアの威光はまったく衰えていない。

　だが、と武田の顔色が心なしか沈む。

「残念ながら、トヨトミのZEVはまだまだだ」

　ブランデーをあおり、ふう、と熱い息を吐く。

「トヨトミはジュニアの指揮の許《もと》、電気自動車（EV）ではなく水素カーを選択した。みごと、FCV（燃料電池自動車）量産化にも成功した」

　昨年末、世界初の量産型FCV『ティアラ』を発売している。

「ここまではおおむね順調だ。戦略は間違っていない」

武田は経営者の口調で言う。

「ところがハイブリッドと違い、いっこうに火がつかない。おれはこのまま世間から忘れ去られ、フェイドアウトしていくんじゃないか、と心配でたまらんよ」

『ティアラ』発売直後、トヨトミはＦＣＶの基本特許を無償で開放。〝水素カー仲間〟を集めるべく、大々的に宣伝した。堅実なトヨトミらしからぬこの大盤振る舞いは『プロメテウス』発売時、ハイブリッド技術を独占したがために多くの敵をつくり、結果的に普及が想定より遅れたことへの反省ともいわれた。しかし、ライバル各社は慎重な態度を崩さず、水素カーの普及はいまだ足踏み状態である。

価格は一台八百万円前後と超高級車並み。燃料を補給する水素ステーションも危険、コスト高の二重苦が祟《たた》り、日本国内では大都市圏に三十ヵ所程度が設置されたのみ。これではインフラと成り得ず、実際、『ティアラ』の年間販売台数は一千台程度にとどまっている。五年後には年間五万台を目指すというが、絵に描いた餅、計画倒れ、との声がもっぱらだ。

売れなければスケールメリットがもたらす販売価格の低廉化が実現せず、水素ステーションも増えない。負の連鎖である。

ハイブリッドカー『プロメテウス』に勝るとも劣らぬ莫大な開発費と優秀なスタッフを投入しながら、ビジネスとしての将来はまったく見えないまま。現状では大惨敗としかいいようがない。

「武田さんの危惧は当たっています」

武田はなにも言わず葉巻に火をつける。安本は懐から取材メモを取り出し、内容を確認しながら取材で得た独自情報をぶつける。

「このままではＦＣＶ（燃料電池自動車）はＥＶ（電気自動車）に駆逐されてしまいます」

それで、と葉巻を喫う。安本は続ける。

「現在、ＥＶのトップメーカーはカリフォルニアのシリコンバレーに拠点を置く『コスモ・モーターズ』です。世界で唯一のＥＶ専門メーカーでもあります。この『コスモ・モーターズ』は一台売るたびに五千ドル（六十万円）の赤字が出るという、なんとも凄まじい、採算を度外視した販売体制を続けておりまして」

ふん、と武田は鼻で笑う。

「うちの『プロメテウス』は発売当初、そのざっと倍の百万円の赤字だったぞ。五千ドルなど甘い甘い」

「会社の規模がまったく違います」

安本は強い口調で返す。

「しかも『コスモ・モーターズ』はＥＶオンリーです」

「投資で賄《まかな》っているんだろ」

目を細め、葉巻をうまそうにふかす。

「欧米の欲の皮のつっぱった富裕層が先行投資で莫大なカネを融通していると聞いた」

安本はうなずく。

「コスモのオーナーが口八丁手八丁のやり手で、ＥＶが世界の主流になれば莫大な見返りがある、とかき口説いてカネを引っ張っています。しかし、それももう限界です」

「本気で採算ラインに乗せようとするなら、何千億円もの開発費がかかる。現にトヨトミは『プロメテウス』に一兆円近くぶち込んでいる」

武田はブランデーをひと口飲み、苦々しげにかぶりを振る。

「焦《じ》れた富裕層のかわりに、今度はトヨトミからカネをぶん獲《ど》ろうってわけか」

そのとおりです、と答え、悲惨な未来図を披露する。

「ZEV規制が強化された場合、トヨトミはカリフォルニア州でクルマを売りたければ『コスモ・モーターズ』から巨額のクレジットを購入しなければなりません。当然です。トヨトミの排ガスゼロ車『ティアラ』はいまだビジネスにならず、自社分のクレジットを生まないのですから」

「エコカーとしてクレジットを生んでいた『プロメテウス』も一転、ガソリンカーにカウントされ、逆に売るたびにクレジットが必要なわけか。踏んだり蹴ったりだな」

「現行の、クルマ販売時の排ガスゼロ車占有率一四パーセントも、ZEV規制強化後、二〇パーセント前後に大幅アップすると思われます。つまり、トヨトミから出ていくキャッシュは加速度的に増加するわけです」

武田は葉巻を噛み、顔をしかめる。

ここだけの話ですが、と安本は声を潜《ひそ》める。

「この背景にはアメリカ政府の思惑があると思われます」

「ブン屋が好きな陰謀ってやつか」

武田は睨みをくれて問う。

「詳しく説明してみろ」

安本はコップに残ったビールを干して言う。

「コスモ・モーターズは現在でもクレジット販売で年間百億円単位の利益を得ております。ZEV規制強化後はこれが一千億円単位に跳ね上がるはず」

なるほど、と武田は遠くを見る。

「濡れ手で粟の大儲けだな」

「そしてコスモ・モーターズはクレジットで儲けた莫大な利益を自社のＥＶ開発につぎ込むでしょう。コスモにはＥＶ研究一筋の世界の頭脳が集まっています。潤沢な資金で高性能のＥＶが誕生すればＵＳモーターズもウォードも追随し、あっというまに世界の主流になります。哀れトヨトミの水素カーは駆逐され、ガソリンカーと成り果てたハイブリッドカーとともに沈んでいくはず」

語りながら怖くなる。

「しかもコスモ・モーターズの投資者のなかには『グーゴル』がいます。トヨトミから巻き上げた上納金でＡＩ自動車、つまり自動運転自動車とインフラのデファクトスタンダード（事実上の標準）を握れば、スマートフォン同様、トヨトミはアジアの下請け工場となります」

部屋に重い静寂が流れる。武田は憮然とした表情で葉巻をくゆらす。さすがに気分を害したか？　安本は息を殺して言葉を待った。三十秒後、「よくできた話だ」としゃがれ声が這う。

「トヨトミはクルマを売れば売るほど敵側にカネを吸い上げられる。そのカネで敵は強力な武器をつくり、容赦なくトヨトミを攻撃してくるってわけか。さんざんだな」

ふっと紫煙を吐く。

「それがアメリカ政府の陰謀か」

「二流ブン屋の妄想でしょうか」

いや、と首を振る。

「アメリカは怖い。それくらいのことは鼻歌交じりにやるだろう。栄光の自動車王国も没落して久しい。東洋の島国生まれのトヨトミに王座を明け渡し、はらわたが煮えくりかえっている連中も多い。ガソリンカーに代わる次世代カーの主導権を握るためなら、人殺しだってやるさ」

背筋がぞくりとした。人殺し、つまり、トヨトミのトップを殺す？　ダメだ。妄想がすぎる。

「それに――」

武田は目を宙に据えて言う。

「カリフォルニア州ってのが怖い」

そうだ。怖い。カリフォルニアは特別だ。全米で最大の自動車マーケットであり、背後をロッキー山脈に阻《はば》まれ、出口のないスモッグ地獄でも有名。上品で格式ばった東海岸を嫌う、知的革新派が移り住んだリベラルの聖地でもある。

自然と環境が重視され、大気汚染対策は世界に先駆けて一九六〇年代から進んだ。その流れは一九七〇年のマスキー法制定に繋がり、カリフォルニアは世界の排ガス規制の指針となった。以後も官民そろって地球温暖化対策に力を入れ、いまや世界でもっとも環境規制の厳しいエリアとなっている。DFの排ガススキャンダル以降、その傾向は強まるばかりだ。

安本の脳裏を悪夢のシナリオが駆け巡る。カリフォルニア州で始まったZEV規制は今後、強化され、全米に広がり、世界に影響を与える。シリコンバレー生まれのコスモ・モーターズは躍進し、USモーターズとウォード、それにグーゴルを巻き込み、EVは次世代カーの主役に躍り出る。トヨトミが社運を賭けた水素カー『ティアラ』は埋没し、大看板のハイブリッドカー『プロメテウス』も存在感を失い、トヨトミブランドは失墜。トヨトミ自動車にとって地獄のスパイラルである。

だからおれは、と武田のひび割れた声が這う。

「ニューヨーク、ワシントンだけじゃなく、ロサンゼルスにもロビイストを置いたんだ。とびっきり優秀な連中をな」

顔が無念にゆがむ。

「いまはたいしたやつがいないんだろう」

「残念ながら」

取材メモをめくる。

「カリフォルニアは特殊でして、政財界よりは市民運動に通じたロビイストが有用です。環境政策を司《つかさど》る『カリフォルニア大気資源ボード』なる組織は弁護士、大学教授、エンジニア、企業経営者などから構成されており、並のロビイストは手も足も出ません」

「札束で面《つら》をひっぱたいても、それがどうした、という変人揃いだな」

元剛腕社長は吐き捨てるように言う。

「トヨトミがいくらカネを持っていようと、その使い方もわからない状況か。絵に描いたような宝の持ち腐れだ。ロビイストを軽視してきた報いだ。ざまあみやがれ」

荒っぽい言葉とは裏腹に、表情は寂しそうだ。ボトルからグラスにブランデーを注ぎ、いっきにあおる。毒を飲んだように顔をしかめ、血走った目を向けてくる。で、と身を乗り出す。湿った熱が迫る。

「きみの今夜の用件はなんだ？　取材ではない、と言ったが、おれにトヨトミの苦境を伝えにきたのか？　ああっ」

下手なことを抜かしたらタダじゃすまさん、とばかりに眉間に筋を刻む。安本は正座して背筋を伸ばす。

「統一さんは孤軍奮闘されています。が、もうどうにもならないようです。仮に戦略を大転換し、水素カーから電気自動車に移行するにせよ、時間もエンジニアも足りません。実現しても世界の五番手、六番手がせいぜいです。勝負になりません」

「ZEV規制に歯止めをかけるしかないわけか」

「そういうことです」

武田は口をへしまげ、渋い面になる。

「カリフォルニアの特殊性に精通したロビイストなど、そう簡単には雇えないぞ。第一、いまのトヨトミにはロビー活動のノウハウがゼロに等しい。無理だな」

安本は座卓に両手をついて、武田さん、と語りかける。

「トヨトミ自動車を救ってもらえませんか」

武田の表情が変わる。ぽかんと見つめ、次いでぷっと噴き、破顔する。

「おれがか？　八十二のただのじじいだぞ。もう相談役ですらないんだぞ」

そうですよ、と正面から返す。

「もう相談される役じゃないんだから、待つ必要はありません。自由に動けるじゃありませんか」

武田の顔から笑みが消える。安本はさらに言う。

「電機、機械、エレクトロニクスが軒並みダウンしたいま、自動車業界は日本経済最後の砦です。トヨトミが潰れたら日本経済が終わりです」

武田は理解できない、とばかりに首をかしげる。

「きみはブン屋だろう。それだけのネタがあるんだ。腹をくくって記事を書けばいいじゃないか。それともトヨトミの逆鱗に触れて広告を引き揚げられるのが怖いのか？　執筆した責任を追及され、新聞社をクビになることが怖いのか？」

なんだと。こめかみが軋む。

「バカにしないでください」

震え声を絞る。

「わたしは、武田さんがトヨトミを愛しているからこそ、こうやって無茶なお願いをしに来たのです。ええ、自分でもバカだと思いますよ。一介のブン屋がなにやってんだ、と。でも、武田さんほどトヨトミ自動車のために頑張ったひとはいません」

語りながら目頭が熱くなる。

「独裁政権下のマニラに七年も塩漬けになりながら、くじけることなくファイトを燃やし、ギャングまがいの政商と肝胆相照らす仲となり、大きなビジネスをいくつも成功させました。片道切符の左遷から奇跡の大復活を遂げ、自工と自販合併後のトヨトミ自動車役員になるや米国ケンタッキー州に大工場新設という難事をやり遂げ、昼も夜もなく駆け回り、社長就任後は難攻不落の中国に攻め入り――」

もういい、と武田は手を振る。酔いが回ったのか、顔が赤黒い。目も虚ろだ。

「おれはなあ、九州の炭鉱町生まれの田舎者なんだ。自分のくだらない評伝など聞く趣味はないんだよ」

はあ、と肩が落ちる。全身の熱が引いていく。

「安本くん、きみの気持ちはよーくわかった。ありがとうよ」

あぐらを組んだまま、ほんとうにありがとう、と深く頭を下げる。安本は恐縮し、どうも、と一礼する。武田は頭を下げたまま動かない。一分、二分。微動だにしない。厳粛な時が流れる。

もしかして。そっとのぞく。感極まって泣いているのか？　あの剛腕、武田が？　米国議会公聴会の後、激励会で泣いたジュニアをテレビニュースで見て、社長たる者、めそめそするなっ、と怒鳴ったという鬼の武田が？　さらにのぞく。これってスクープか？　ふごっ、と鼻が鳴った。はあ？　ごおお、と鼾《いびき》が響く。なんだ。がっくりと脱力した。寝ている。それもぐっすりと。

襖がカラリと開く。敏子だ。さっと居住まいを正し、ごちそうさまでした、と礼をのべ、苦い笑みを浮かべる。

「武田さん、寝てしまわれたようで」

あらあら、と敏子は屈みこみ、武田の巨体を抱え、そっと横たえる。

「かなりお飲みになりましたから」

すみませんねえ、と敏子は頭を下げ、座布団を二つ折りして武田の枕にする。

「相当、失礼なことを言ったんじゃありません？」

そんなあ、と頭をかき、もう慣れました、と声に出さずに告げる。

「口はめっぽう悪いけど、気持ちのさっぱりした人なんですよ」

敏子は福々しい顔に笑みを浮かべて言う。

「相談役を退いてからは暇を持て余して、退屈だ、つまらん、おれはさっさとくたばりたい、とばかり申しましてねえ。今夜は思わぬお客さまがあって、とても喜んでいるんですよ」

まさか、と思わず声が出たが、敏子は真顔で言う。

「ほら、穏やかな寝顔ですもの。喜んでいるに決まってますわ」

武田は軽い寝息をたて、昏々《こんこん》と眠っていた。リラックスしきった表情だ。それを見つめる老妻の慈愛に満ちた顔。なにやら一幅の絵画のようだ。こっちまで穏やかな気分になる。

おくさん、と呼びかける。

「トイレ、お借りしてよろしいでしょうか」

はい、どうぞ、と廊下の奥を示す。安本は腰を上げ、廊下を歩き、清潔なトイレを使った。さっぱりして戻る途中、ふと足を止めた。左側のドアが少し開いている。葉巻の香りが漂う。武田の書斎だ。すんません、と心のなかで詫び、そっと押し開けた。もう二度と来ることはないだろう。ならば、少しでも武田という男のことを知りたい。

壁のスイッチを探る。オレンジの柔らかなライトが灯る。十二畳ほどの部屋には大きな飴色のデスクと黒革のチェア、ターンテーブルを備えた骨董品のようなステレオセット。床はフローリング。壁には造りつけの頑丈な棚。ずらりと並ぶレコードと本。古いジャズにクラシック。函装の本は全集で、夏目漱石と谷崎潤一郎、それにトルストイ。その他、哲学と宗教、経済学、歴史書、美術書。英文の分厚い本もある。

深夜、お気に入りのレコードをセットし、葉巻をくゆらせながら読書する武田の姿が見えるようだ。ライトを消して部屋を出た。

廊下を歩く。また足が止まる。電話台の下、電話帳に挟まったパンフレット。豪華クルーズ船、という文字が見える。そっと抜き出す。黄ばんだ古い旅行パンフレットだ。

和室に戻ると、座卓の小鉢やグラスはきれいに片付けられ、武田の身体には布団がかけられていた。

敏子が紅茶を運んでくる。香り高い高級品だ。ありがたく頂戴しながらパンフレットのことを訊いてみた。敏子は微笑み、語ってくれた。社長に就任した当時、心配そうな妻に、引退したら豪華客船で世界一周に行こう、と約束した武田剛平。殺人的なスケジュールをこなす新米社長を支えるうちに、そんな口約束はきれいに忘れてしまった妻。ところがなんの気まぐれか、深夜、旅行パンフレットを持ち帰った夫。邪険に接してしまったが、不器用で働き者の夫の気遣いが切なくて、捨てずに取っておいた妻の悔恨と未練。

「行かれたらどうです」

いえいえ、とかぶりを振る。

「短気なこのひとが百日も船の上で過ごせるもんですか」

愛おしげに夫の寝顔を見つめながら言う。

「社長を退いた後も産団連の会長だ講演だと忙しかったでしょう。無事務め上げただけで十分。生き延びてくれて本当に感謝しています」

しみじみした物言いが胸に沁みた。凡人には想像もできない夫婦の闘いの日々と、やっと訪れた安寧の時。安本はただ頭を下げることしかできなかった。

暇《いとま》を告げ、武田邸を辞去する。午後十時半。凍った風が吹いていた。街路樹がざわざわと生き物のように揺れ、真冬の夜空を黒い雲が凄い勢いで流れていく。

安本は顔を伏せ、背を丸めて歩いた。トヨトミ自動車の明日を思う。暗澹《あんたん》たるものが胸を塞ぐ。烈風が電線を震わせ、ヒイィーッ、と悲鳴のような音を立てて吹き抜けていった。


クリスマスの夜、午後七時。豊臣統一は緊張と不安を抱えながら、広々とした絨毯の廊下を急いだ。天井のスピーカーからバッハの荘厳な宗教音楽が流れ、大きな出窓にクリスマスツリーが飾られた西新宿の外資系ホテル。スイートルームが並ぶスペシャルゲストフロア。

左右の重厚なドアの奥からは、パーティでも開いているのか、談笑やクリスマスソングが微《かす》かに聞こえる。

立ち止まり、そっと前後を確認する。不審な人影なし。まったく、なにやってんだろ。秘書も連れず、華やかなクリスマスの夜に、こそこそと人妻との密会に出かける間男みたいな真似をするなんて。

指定の部屋番号は二〇〇一号。最奥の部屋だ。心臓がドキドキする。ドアの前に立ち、息を整える。

武田剛平から突然の電話があったのが一週間前。挨拶もそこそこに、緊急の用件がある、と言ってきた。クリスマスの夜、東京で二十分ばかり時間、とれるか、と問われ、秘書に確認。午後七時からなら、と答えると、武田は場所を指定、ひとりで来るように、と告げ、返事も待たず電話を切った。

猛烈に腹が立った。社長を社長とも思わぬ不遜な態度の武田と、気圧《けお》され、唯々諾々と従ってしまった気弱な自分。まったく頭が上がらない。蛇に睨まれた蛙だ。緊急の用件とはなんだ？　もしかして、退任通告とか？　きみには社長の力量はない、とかなんとか。バカな。もう相談役ですらない、八十二歳のじいさんだぞ。しかし、と頭の隅で囁く声がある。相手は武田剛平だ。いまだ社内に多数のシンパを抱えるカリスマだ。突然、クーデターを仕掛けてきてもおかしくない——。

ダメだ。すっかり萎縮している。これじゃあ会う前から勝負ありだ。カリフォルニアのZEV規制問題で悩み、追い込まれ、正直、剛腕武田がいたら、こういう局面で武田なら、と思ったこともある。心のどこかで武田にすがりたい、卑屈で弱い自分がいた。

こんちくしょう、おれは天下のトヨトミ自動車社長だぞ。総理大臣ともサシで話ができる男だ。いまさら、引退したじいさんにすがってどうする。

よしっ。両手で顔をぱんっと叩いて気合を入れ、インターフォンを押す。拳を握り、息を殺して待つ。ちょっとまってぇ、と甘い女の声が返る。あら？　しかも片言《かたこと》だ。イントネーションも日本人とは違う。

瞬間、頭がパニックになる。部屋を間違ったか？　二〇〇一号。大丈夫。この部屋だ。もしかして、外国人の愛人と密会？　あの武田が？　酒池肉林の引退生活を見せつけるために、わざわざ呼んだ？

かちり、とドアが開く。甘い香水が漂う。おう、とのけぞった。小麦色の肌に大きな瞳。栗色の艶やかな髪。年齢は二十代半ばか。細身の身体に象牙色のセーターとチェックのパンツ。ハーイ、と手を振る。輝くばかりの笑顔だ。焦りつつ、ハーイ、と返しながらも視線はセーターの膨らみに——。

マミー、と黄色い声が飛ぶ。背後から女の子が駆けてくる。三歳くらいの、目がくりっとした可愛い子だ。たしかマミーと呼んだ。ならば、武田の孫、いや子供、あのじいさんの？

「ほら、おじさんに挨拶」

今度は男だ。統一は弾かれたように顔を上げた。長身の男が現れる。オフホワイトのシャツにジーンズ。ラフな恰好が無理なく似合う、浅黒い肌の精悍な男だ。もうわけがわからない。男は女の子を抱え上げ、どうも、と軽く一礼する。だれだ？　白い歯と爽やかな笑顔。目尻の深いシワ。若く見えるが、六十前後だろう。自分と同世代か？　男は片手で女の子を抱き、軽やかに言う。

「ジュニア、久しぶり」

なんだと？　そのバタ臭い顔をまじまじと見る。こいつは——絶句し、背後に一歩、二歩、と後ずさる。なんでおまえが。統一は茫然と立ち尽くした。


二〇一六年四月初旬。タクシーは海岸通りからなだらかな坂道を昇り、国際客船ターミナル玄関前に停車する。安本は料金を払い、ビジネスバッグ片手に降りた。淡いブルーの空の下、錆を含んだ潮風が吹く。横浜港の春の風だ。

午後三時。横浜港大桟橋《おおさんばし》はひとで溢れていた。セール期間のデパートのようなにぎわいだ。無数の笑顔とカラフルな春の装いが目に眩しい。

磨き上げたガラスのドアを押し開け、ロビーに入る。高い天井とフローリングの床。柱一本ない広々とした空間。奥行きは優に二百メートルはあるだろう。前衛建築家の手になる巨大な音楽ホールのような建物だ。実際、ロビーの手前ではジャズのピアノトリオが演奏の真っ最中だ。にわか聴衆の輪が囲み、前後左右をトランクやボストンバッグを山と積んだカートが行き交う。

安本は広場のようなフローリングの床を速足で歩き、右手のカフェに向かう。老夫婦がいた。ダブルスーツの夫はつまらなそうに新聞を広げ、桜色のジャケットにスラックスの妻は分厚いパンフレットを熱心に読んでいる。

「武田さん」

なんだ、とばかりに新聞から顔を上げる。不機嫌そうだ。あら、と弾んだ声が飛ぶ。妻の敏子だ。こぼれんばかりの笑みを浮かべる。

「お見送りに来てくださったの？」

ええ、まあ、とあいまいに答える。勧められるまま横に座る。

「このたびは本当にありがとうございました」

敏子がかしこまって頭を下げる。いや、そんな。

「安本さんがこれを送ってくださらなかったら」

世界一周豪華客船の旅の最新版パンフレットを取り上げる。

「こんなこともなかったですから。ねえ、あなた」

同意を求められた夫はふん、と鼻を鳴らし、忙しさにかまけてすっかり忘れていたからな、と弁解するように言う。

昨年十二月、武田邸を辞した翌日、日本が誇る豪華客船のパンフレットに一文を添えて自宅に送った。差し出がましいようですがおくさま孝行をしてください、と。追記として、日本商工新聞の観光業界担当記者から紹介されたクルーズ会社の担当者の名と連絡先も書いておいた。こうやって敏子に感謝されると、少しはいいことをしたのかな、と思う。

「百日間、頑張ってください」

言ったあと、苦行じゃないんだから、と己につっこみを入れる。豪華客船の世界一周は富裕層限定の贅沢な旅だが、なかでも武田夫妻が申し込んだ部屋は最高クラスのロイヤルスイートだ。ひとり、二千万円は下らないらしい。庶民にはまったく縁のない別世界だ。

「大丈夫よ」

敏子はパンフレットを広げ、航路の地図を示す。

「ここまでは頑張るらしいから」

指先を見る。メキシコ、ユカタン半島の先端。カンクン。客船の航路を辿る。横浜から太平洋を渡り、バンクーバー、サンフランシスコ、サンディエゴと南下し、パナマ運河を通過してカリブ海を北上、やっとカンクンだ。一ヵ月あまりの航海になる。安本は首をひねりつつ問う。

「たしかカンクンは高級リゾート地ですよねえ」

目指す先が武骨な武田にそぐわない気がする。

「そうよ。この世の天国みたいなリゾートですって」

嬉しそうに敏子が言葉を引き取る。

「真っ青な海と白い砂浜のコントラストも最高らしいわよ」

「遅かれ早かれ、本物には行くんだ」

武田が憮然と返す。

「夫婦で予行演習もいいかと思ってな。まあ、おれは地獄だろうが」

「またそんな憎まれ口を叩いて」

敏子が苦笑する。

「安本くん、心配するな」

武田の表情が穏やかになる。

「船にはシガーバーもあるらしい。葉巻を喫いながら本でも読んでたら着くだろ」

「読書三昧、ですか」

「たっぷり積み込んでおいた」

目を細める。

「ずっと読みたいと思っていたチャーチルの『第二次世界大戦』とギボンの『ローマ帝国衰亡史』、それに『ドン・キホーテ』『平家物語』だ」

「全巻、ですか」

「当たり前だ」

こともなげに言う。どれも四、五巻から成る、読み応え十分の大長編だ。

「図書室も充実しているからな。暇つぶしには困らんだろう」

「映画もプールもあるようですけど」

「マージャンルームもカジノもある」

ほおがゆるむ。

「スポーツジムにマッサージサロン、クラシックコンサートもだ」

案外、楽しみにしているようだ。こっちまで嬉しくなる。

「船を見に行こう」

返事も待たず、武田は立ち上がる。

「屋上に展望デッキがある。抜群の眺めだぞ」

スタスタと歩いていく。安本は敏子に頭を下げ、慌てて後を追う。肩を並べるなり、ぼそりと口を開く。

「タヌキとか言ったな」

タヌキ、多野木。

「あいつの記事は文章に艶《つや》がない」

この二月、多野木が四回連続で書いた特集記事だ。救世主、武田剛平がトヨトミの正史から抹殺されようとしている数々の事実。豊臣家の非情と統一との確執。希代の経営者、武田の輝かしい実績とカリスマ性――。

「取材力はまあまあだが」

新聞記者にとって最高の褒め言葉だと思う。記事は文学ではない。取材力が勝負だ。

「タヌキ、出禁《できん》を食らったか？」

いえ、と首を振る。

「逆にトヨトミに動きがありまして」

横顔をうかがう。変化なし。

「会社紹介ビデオに大幅な修正が加えられそうです」

創立八十周年の記念映像を回収して、あらたに修正増補版を出す予定とか。噂では武田関連の映像が大幅に増え、実績紹介のナレーションも入るという。

「たかが八十周年で大仰なビデオなんか出すからだ」

武田は忌々しげに言う。

「油断しているとまた足をすくわれるぞ」

完全バリアフリーの大桟橋には階段がない。ふたり、なだらかなスロープを昇る。

横浜港に突き出た大桟橋は長さ四百三十メートル、幅七十メートル。その屋上のすべてがデッキボードと芝生から成る、吹きっ晒しの広場だった。海に向かって左側の埠頭に豪華客船が停泊し、その向こうに藍色の海原と横浜赤レンガ倉庫が見える。

しかし、大きい。見上げてしまう。約九百人の乗客と五百人のクルーから成る豪華客船は、そのまま巨大な白亜のホテルだ。周囲の見物人たちからため息と感嘆の声が上がる。

一眼レフのカメラを持つ利発そうな少年が母親に、全長二百四十メートルで幅は三十メートルもあるんだよ、東シナ海に沈んだ戦艦大和をほんの少しだけ小さくしたサイズだよ、と得意げに説明している。

安本は春の陽光を浴びて銀色に輝く豪華客船の、その威容に圧倒され、ただ眺めた。

おい、安本くんっ、と野太い声がする。振り返る。

「こっちだ」

広場の中央から武田が手招きする。

「なにをボーッとしとる。こっちの船だ」

背を向け、歩き出す。大桟橋の反対側、山下公園のほうの埠頭だ。オレンジに白の、これも巨大な船が停泊している。タンカー？　違う。船尾に大きく開いた搬入口が見える。自動車運搬船だ。

「どうだ、でっかいだろ」

武田はオレンジの壁となってそびえる船腹を見上げ、誇らしげに説明する。

「世界最大級の自動車運搬船だ。この運搬船一隻で八千台近い乗用車が運べるんだぞ」

へえ、と言うしかなかった。遥か上部のブリッジ（操縦席）で中学生くらいの少女が数人、笑顔で両手を振っている。子供向けの船内見学会らしい。

「デッキは十三層もある。つまり、十三階建てだな」

眩しそうに目を細める。

「こんな巨大な運搬船なのに、乗務員はわずか二十人だ。四交代勤務として、たったの五人でコントロールして太平洋を渡るんだから、日本人の技術ってのは凄いもんだよなあ」

しみじみと言う。トヨトミ自動車を率い、世界を股にかけて戦った男の言葉だけにずっしりとした重みがある。

「トヨトミ自動車もこれからが勝負ですね」

返事なし。

「ZEV規制もなんとか乗り切れそうですし」

一ヵ月あまり前、カリフォルニア州当局よりZEV規制の強化について説明があり、そのなかでハイブリッドカーは、既存の形でのZEV繰り入れが継続されることとなった。つまり、『コスモ・モーターズ』から巨額のクレジットを購入することなく、これまでどおり、クルマを販売できるのである。

「水面下で相当、活発なロビー活動があったようですね」

武田はただ自動車運搬船を眺める。

「トヨトミは優秀なロビイストを投入したと、もっぱらの噂でした」

武田は皮肉っぽい笑みを浮かべる。

「噂、だろう」

「カリフォルニアに行ってきました」

首をぐるりと回す。安本を見下ろす恰好になる。

「だれが」

「わたしが」

ほう、と目をすがめる。

「底無しの新聞不況の最中《さなか》、名古屋支社からアメリカ出張とはずいぶんと豪気なもんだ。日商は儲かってるのかい」

まさか、と素っ気なく返す。

「給料もボーナスも経費も、削られる一方です。こっちは二重生活の単身赴任で娘はまだ大学二年だから頭痛いですよ。なんとかなりませんかね」

武田は怪訝《けげん》そうに眉をひそめる。安本は言う。

「自腹です。売るほどたまった有休を使い、格安航空券で行きました」

「なるほど」

軽くうなずく。

「おみそれしたよ。名古屋と東京を往復するだけのドメスティックライター、タコ壺記者じゃないんだな」

「堤さんが無茶を言うもんで」

武田の表情に好奇の色が浮かぶ。安本は続ける。

「国際電話を入れたところ、渋るんで、オフレコでもかまわない、と告げたとたん、大笑いして」

あの若々しい快活な笑いはいまでも耳に残る。

「きみがぼくの自宅に来たら話してやる、ですよ」

「サンタモニカまで、か」

そう、ロサンゼルス郊外のサンタモニカまで。

「新聞記者が大嫌いだから、思いっきりハードルを高くしてやるんだそうです。他人の人生に土足で踏み入り、電話一本で簡単に済まそうとする、その安易な根性が気に食わないとも」

「セクハラスキャンダルでさんざん追っかけ回されたからな。恨み骨髄なんだろう」

「おまけにニューヨークも大嫌いだそうですね」

「あの野郎、人生をリセットしたんだよ」

リセット、か。サンタモニカの青い海に面したコテージ風の瀟洒《しょうしゃ》な屋敷。サッカーの試合ができそうな広い芝生の庭ではスプリンクラーが回り、ミストが淡い虹を描くなか、三歳の可愛い娘がダルメシアンと遊んでいた。まだ二十代のおくさんはメキシコ系の笑顔が素敵な美人だ。

短パンにオレンジのＴシャツと革のサンダル。引き締まった筋肉質の堤雅也は実年齢の六十三歳より十以上若く見えた。少なくとも、五十二歳のくたびれたブン屋より遥かに若いことはたしかだ。

「武田さんにはさんざん世話になった、とおっしゃっていました。トヨトミを辞めた後、経営コンサルタントとして独立した自分にせっせとクライアントを紹介してくれたのもあなただと」

屋敷を訪ねるなり、堤曰く、ガソリンは『プロメテウス』の十倍ガブ飲み、という自慢のクラシカルなピンクキャデラックに乗せられ、海沿いのハイウェイをドライブしながら話した。取材というよりは雑談だ。

「武田さんに頼まれたら、たとえ悪魔とでもビジネスをやるそうです」

「悪魔がジュニア、か？」

さあ、と首をかしげる。

「昨年のクリスマス休暇に家族と東京に滞在中、豊臣統一社長と会ったことは認めましたけどね」

武田は苦笑し、慰めるように言う。

「上々の取材結果だろう」

「残念ながらオフレコです」

武田は自動車運搬船に向き直り、きみも変わった男だ、と呆れたように言う。

「安月給の分際で、自腹でサンタモニカまでくだらない雑談をしに行ったのか」

「もうちょい深く話しましたよ。堤さんはこんなことも言ったな」

快活な語り口を真似て語る。

「仮にぼくが豊臣統一とビジネスをするなら、法外なカネをふんだくってやる。その代わりきっちり結果は出すよ。カリフォルニアはぼくの庭みたいなもの。知事からシリコンバレーの生意気な天才ども、〝ウェストコーストのジョーズ〟の異名を持つ強欲なベンチャー経営者たち、ダウンタウンのギャング、ホームレスまでツーカーだから、と」

そうだな、と武田は嬉しそうに言う。

「やつはおれが知る限り、もっとも優秀なロビイストだ」

それはそうでしょうが、と返す。

「今回、ジュニアとのビジネスはあくまでもサブ、大事なメインは別にあった、と教えてくれました」

笑みが消える。安本は畳みかける。

「自腹を切ってわざわざやってきた貧乏記者のわたしが可哀想になったのでしょうか。マリブの海鮮レストランでロブスターのグリルをご馳走してくれましてね。そこで教えてくれたんですよ」

ひと呼吸おいて言う。

「手紙です」

ほおが痙攣したように震える。

「武田さんから預かった手紙をジュニアに渡した、と」

それで、と先をうながす。安本は凄腕ロビイストの言葉を反芻して告げる。

「ぼくのロビー活動なんかよりずっと、遥かに強烈な破壊力がある、と明言していました」

「その根拠は？」

「武田さん直筆のジュニア宛の手紙だから」

ふん、と鼻で笑い、理由になってないな、と斬り捨てる。安本は問う。

「トヨトミは生き残れますかね」

横顔がこわばる。

「次のＺＥＶ規制強化を乗り切ったとしても、その次もある。ハイブリッドはもってあと十年でしょう。いずれガソリンカーに組み込まれる」

「そんな先のことは知らんよ。おれはもう死んでいるからな」

「年間一千万台のクルマを世界中で製造し、販売するメーカーです」

安本は自動車運搬船を指さす。

「このでっかい船みたいなものです。いったん傾いたら、なかなか修正できない」

五秒ほどの沈黙を挟み、武田は不承不承うなずく。

「いまのトヨトミは毎月、一兆円のキャッシュが必要だ。方向を見誤ればあっというまに座礁し、あたふたしている間に五兆、十兆と流れ出てからっけつ。呆気なく沈没してしまう」

言葉が力を帯びる。

「しかも、未来の敵は自動車メーカーだけじゃない。たとえば、きみも先日言及したグーゴルだ」

昂りを鎮《しず》めるように、ひと呼吸おいて言う。

「急激に進化するオートドライブだが、自動車メーカーはあくまでも人間の監視下の自動運転にこだわっている。飛行機の自動操縦のイメージだな。ところがグーゴルはこの段階をすっ飛ばし、すでに無人の自動運転カーで公道実験を開始している。つまりコンピュータ制御による自律走行だな。ハンドルもブレーキもないクルマがボタンひとつで目的地に向かって走るわけだ」

上手く想像できない。が、武田はかまわず語る。

「ＩＣＴ（情報通信技術）分野に圧倒的に強いグーゴルが脇目も振らず、自律走行一本で突き進むその理由は明快だ」

これが結論とばかりに言う。

「グーゴルが一番乗りで実用化を果たせば、グーゴル方式がデファクトスタンダードになるので、世界の交通システムにおける新しいビジネスを独占的に囲い込める。究極の先行者利益だな。トヨトミも、ＵＳモーターズも、ウォードも、全自動車メーカーはグーゴルの前にひれ伏すことになる」

唇を嚙み、悔しげに首を振る。希代の剛腕経営者、武田剛平が――。

「武田さん、こっちを見てください」

安本はボロ靴を一歩踏み込む。視線を回した武田と睨み合う恰好になる。

「わたしが今日、ここに来た理由は――」

武田の静かな目を見つめて言う。

「破壊力に満ちた手紙の内容を知るためです」

反応なし。豪華客船がボウッ、と大砲をぶっ放すような汽笛を鳴らし、それが合図のように電子音が響く。武田がポケットに手を入れ、スマートフォンを抜き出す。耳に当て、わかった、とひと言。

「女房からだ」

ポケットに戻しながら言う。

「乗船の時間だ。悪いな」

広い背を向ける。

「この続きは帰ってからやろう」

ふう、と詰めていた息を吐き、安本は言う。

「まさか豪華客船に箱乗りするわけにもいきませんしね」

肩が震える。笑いを嚙み殺している。受けたようだ。もうひと押し。

「カンクンで引き返したら一ヵ月後、おくさんと無事横浜まで戻ってきたら百日後になりますが」

「どっちでもいい」

「つまり一ヵ月以内に答えは出ている、というわけですね」

「神のみぞ知る、だ」

武田は潮風が吹くデッキボードを悠々と、老いたライオンのように歩き、スロープを下って消えた。

終章　幕が上がる

四月の終わり、ゴールデンウィークが始まる前に名古屋で大騒動があった。ＪＲ名古屋駅前のトヨトミタワービル内大ホールで豊臣統一の緊急記者会見が開かれたのである。

前日の告知で内容が伏せられていたこともあり、国内外のマスコミが殺到した。その数約五百人。会見前、熱気が充満する大ホールではさまざまな噂が駆け巡った。曰く、「豊臣統一に不治の病が発覚し、社長降板の発表があるのでは」「役員が重大な刑事犯罪を起こしたのかも」「海外の関連会社で巨額の焦げ付きが発覚したらしい」などなど。

午後二時からの会見が迫るにつれ、興奮は高まるばかりだった。ホール内のあちこちで携帯電話の電子音が鳴り、情報を求める記者たちの切迫した声が上がる。深刻な表情で語り合う外国人記者グループもいる。雑多なノイズでホールがわーんと鳴る。

「いやいや、緊張しますねえ」

つねに冷静沈着な多野木聡の顔が珍しく上気している。

「ジュニアの隠し子でも発覚したのかな」

芸能人じゃあるまいし、と安本は声に出さずにツッコむ。日本商工新聞名古屋支社からはほかに若手記者三人、カメラマンふたりが出席していた。

「多野木さんの許にも情報は入っていませんか」

辣腕記者は憮然とし、まったく、と肩をすくめる。

「トップシークレットのようですね。社員も知らねえもん」

ほら、と目配せする。場内整理に駆り出されたスーツ姿の社員たち。次々に旧知の記者から声をかけられるが、みな困った顔で首を振るばかりだ。

「こんだけ煽《あお》ってるんだ。つまんねえ発表だったら、いっせいにブーイングですよ」

あと五分。心臓が高鳴る。息を殺して登場の時を待つ。


「社長、やめませんか」

ホールの控え室。会長の岡村泰弘が涙眼で言う。

「あまりにも非常識です」

統一は大きくかぶりを振り、諭《さと》すように返す。

「数々の不可能、非常識を克服してきたのがわがトヨトミ自動車だ」

なあ、と周囲の役員連中に同意を求める。三十人はいるだろう。が、みな押し黙ったきり、逃げるように下を向く。重い空気が満ちていく。まるでお通夜だ。

ホールのざわめきが地鳴りのように響く。すでに会見場は内外の記者とカメラマンで満員だという。

足元から震えが這い上がる。これは武者震いだ、と言い聞かせて、統一は懐から二枚の便箋を取り出す。縦折りにした便箋を丁寧に開く。流麗な万年筆の文字を読みながら、昨年のクリスマスの夜の衝撃を思い出す。

西新宿の外資系ホテル。二〇〇一号室。現れた堤雅也は挨拶もそこそこにディナーに出かけるという妻と娘を送り出し、ふたりきりになった部屋で、武田から話があった、とプリントアウトした書類を寄越した。

《ZEV規制に関するロビー活動提案書》

驚き、戸惑いつつ目を通すと、アプローチすべき重要人物十人の名前とプロフィール、および具体的な接触方法、見込まれる効果が詳細に記してあった。

カリフォルニア在住という堤は、過去の因縁など微塵《みじん》も感じさせないまま、提案書を元に話を進めた。事務的な口調ながら、説得力抜群の話に引き込まれた。できること、できないこと、を明確に分け、その理由を理路整然と述べる様は、トヨトミ自動車のアメリカ戦略を一手に引き受けた凄腕ロビイストの面目躍如、といったところか。感服するしかなかった。

十五分後、八割方依頼を決め、条件を詰めた。料金は桁外れの、都内一等地に超高級ファミリー型マンションのひと部屋が買えるくらい。一割が手付け金で、九割は成功報酬だという。そのプロフェッショナルのプライドと自信に気圧《けお》される形で契約書にサインした。

帰り際、そうそう、と堤は笑って、大事なものを忘れていた、とジーンズのヒップポケットから封筒を抜き出した。カリフォルニアで遊び呆《ほう》けているぼくのロビー活動なんかよりずっと大事なものだ、と差し出し、付言した。

「あなたに直接渡すよう頼まれたんだ」

薄い封筒の裏には〈武田剛平〉の名前が。笑顔の堤に、さよなら、と手を振られ、部屋を出た。絨毯の廊下を歩きながら封を切り、二枚の便箋を読んだ。

冒頭の一行。

〈堤雅也くんは私が出会ったなかでもっとも優秀で愉快な男です〉

堤に関することはそれだけ。便箋の残りに記された文章を読みながら、衝撃のあまり、廊下にへたりこみそうになった。まさか、あの武田剛平が――。

社長、と呼ぶ声がする。統一は我に返り、便箋を畳んだ。記者会見進行役の社員が遠慮がちに言う。

「お時間です」

重々しくうなずき、便箋を懐に戻す。そしてスーツの上からぽんとひとつ、平手で叩き、磨き上げた革靴を踏み出す。

ホールを埋め尽くす人、人、人。沸き上がる熱気と無数の強烈な視線、睨《にら》むカメラの放列。いつ終わるともしれぬフラッシュに眩暈《めまい》がしそうだ。萎えそうな足を励まして歩き、峻厳な表情を崩さず登壇し、マイクの前に立つ。

急な記者会見開催の非礼を詫び、次いでにわか勉強で頭に叩き込んだ地球温暖化について語った。

「異常気象の元凶とされているCO$_2$削減をどう実践すべきか、世界一の自動車メーカー代表として、一レーシングドライバーとして、考えない日はありません。ハイブリッドカー『プロメテウス』を世界に先がけて量産化を実現させたのも、わが社がひとえに母なる地球の環境を第一に考えてきたからこそ、です」

記者たちがざわつく。どうやら『プロメテウス』の最新モデルの発表会、と誤解したらしい。露骨にしかめた顔がひとつ、ふたつ――二十はある。統一は演台の縁を両手でつかみ、声を張り上げた。

「しかし、悲しいことにわれわれ人類が繁栄し、幸せで豊かな生活を営むほど、地球温暖化は加速度的に進み、あと十年もすれば北極の氷はなくなる、と警告する科学者もいます。異常気象が多発し、五十年後にはアマゾンのジャングルはすべて砂漠化する、との予測もあります。南極の氷の十分の一が溶解するだけで世界の海面は七メートル上昇すると言われます。すでに房総半島くらいのスケールの巨大氷山がいくつも流出し、漂流しております。日本では海面が一メートル上昇すると、東京、大阪などの堤防で区切られた低地、いわゆる海抜ゼロメートル地帯を中心に、約百兆円の経済的損失が発生するとの恐るべき試算もあります」

拳を握り、熱弁する。

「大気汚染による年間の死者数は中国、インドでそれぞれ百万人超。ロシア、アメリカ、パキスタン、インドネシアでも数十万人が犠牲となっております」

記者たちが怪訝《けげん》な顔になる。今度は、トヨトミ社長、環境運動家に変身、とでも思ったのか？　もう少し我慢してくれ。不満が募るほど、衝撃は大きいから。

「残念ながら、このままでは温暖化と未曾有の大気汚染は進むばかりです。わが社も含めて、自動車業界は全力でCO_2、ＮＯｘ（窒素酸化物）、ＨＣ（炭化水素）の削減に取り組んでまいりました。しかし、既存技術の改善だけでは限界があります。どんといっきにジャンプしなければなりません。大胆なブレークスルーを実現しなければなりません。そこでわたしはここにひとつの、重大な宣言をいたします」

言葉を切り、ホールを見回す。全員、固唾《かたず》を呑んで見守る。フラッシュが止《や》む。しんと静まり返る。針一本、落ちても聞こえそうだ。脳裏に武田直筆の便箋が浮かぶ。それは〈社長にひと言〉と断ったうえで、こんなショッキングな一文から始まっていた。

〈今回の危機を乗り切ったところで、トヨトミ自動車はあと二十年もちません〉

武骨な風体に似合わない流麗な文字が、恐ろしいことを綴っていた。

〈認めたくはないのですが、世界の政治、経済、軍事を牛耳るのは欧米です。今日のさまざまな政治状況、地政学上の諸条件を勘案するに、トヨトミ自動車が世界の覇権を握る真の権力者たちの好餌《こうじ》となるのは時間の問題です。主要先進国が主導する環境問題対策で狙い撃ちされ、業績が雪崩を打って悪化し、いっきに崩壊に追い込まれるか、それとも欧米の自動車メーカーに買収されるか、あるいは巨大IT企業の傘下となるか……。日本国に守ってもらおうにも、もはや昔日《せきじつ》の国力はありません。現状のままではトヨトミ自動車に未来はない、と覚悟していただきたい。これは必然です。だれも逃れられない歴史の冷徹なジャッジです。あなたが嘆く必要はありません〉

社長に対する配慮も、敬意の欠片《かけら》もない文面だった。それだけにストレートに突き刺さった。

〈いまさらですが、豊臣家はたいしたものです〉

便箋の二枚目に入り、文章のトーンががらりと変わる。

〈技術もカネも人脈も資材もない、ほぼゼロの状況から、尾張の名もなき貧しい鍛冶屋がロマンだけを燃料に突っ走り、ついにはウォード、USモーターズを凌駕し、社員三十万人の世界一のトヨトミ自動車を作り上げたわけですから。その間、たったの八十年。大仰でなく、日本の、いや世界の奇跡です。だからこそ、一介の使用人にすぎなかった私は夢想するわけです。豊臣家の人間ならいまの状況を打破できる、幾千、幾万の罵声を浴びようが、コケにされようが、踏みつけられようが、あなたの御先祖さんたちが信念を持ってやり遂げたように、世界が瞠目する奇跡を再び巻き起こせる、と。

ビジネスは戦争です。社長はその最高指揮官です。最高指揮官の仕事は会社が進むべき方向を社員に示すことに尽きます。方向を誤ってしまえば会社は破綻し、社員とその家族は路頭に迷います。どうか怯むことなく、臆することなく、全世界三十万人の社員に正しい針路を示していただきたい。我らがトヨトミ自動車がさらなる五十年、百年を生き抜くために〉

そして最後、こう記してあった。

〈進むも地獄、退くも地獄。ならば統一さん、進みませんか。想像を絶する逆境のなか、ひたすら戦い続けて、前のめりに斃《たお》れていった豊臣家の人々の、その強靱な気高き魂を引き継ぐあなたであれば、必ずや成し遂げられます。私はあなたの力量を信じています。

武田　剛平〉

統一はスーツの胸を、懐の便箋を、拳《こぶし》で叩き、マイクに向かって語りかけた。

「トヨトミ自動車は二〇三〇年までに――」

あと十四年。

「ガソリンエンジンのクルマをゼロにします」

瞬間、会場を妙な空白が支配し、次いでどっと弾けた。カメラのフラッシュがババッと光り、それは、と悲痛な声が飛ぶ。顔を真っ赤にした中年記者が叫ぶ。

「脱ガソリンエンジン、ということですか」

ええ、と統一はうなずく。

「すべて水素カーに替えます」

ホールがどよめく。そんなこと無理でしょう、バカげている、と遠慮のない声が飛ぶ。統一は両手を掲げ、自信満々に答える。

「数々の無理、不可能をたゆまぬ努力と不屈の闘志、無限の英知で克服してきたトヨトミ自動車です。わたしは豊臣家の人間として約束します」

じゃあ、と若い女性記者が問う。

「トヨトミは電気自動車を駆逐し、水素自動車を次世代カーの主流にする、と考えてよろしいですか」

「それはユーザーが決めることとです」

ぐっと前屈みになり、記者たちを睥睨する。

「われわれに残された時間は十四年。死ぬほど考え、死ぬほど努力して、必ず実現します」

おれは武田剛平が認めた男。豊臣家の正統な血が流れる男。できないはずがない。全身に狂おしいほどのエネルギーが満ちてくる。

「二〇三〇年、世界中を水素カーが走り回っていることをお約束します」

ホールが騒然とした。興奮とも昂揚とも違う、行き場のない尖った熱が満ちてくる。半信半疑の記者たちが矢継ぎ早に質問を繰り出す。統一は丁寧に答えていく。

「おれはちょっと思考が追いつかないんだが」

多野木が壇上の統一を睨みながら言う。

「つまり、トヨトミ自動車がガソリンエンジンを全部とっぱらって、水素エンジンに替えるってことですよね」

安本はうなずく。

「そう言ってましたね」

「年間販売台数一千万台の超巨大自動車メーカーだ。無責任な夢物語でしょう」

「しかし、豊臣統一社長が記者団の前で明言したわけですから」

「それはそうですが……」

多野木はいまいち納得していない。当然だ。まともな頭で考えれば不可能だ。しかし、豊臣家の若きドンはやれると信じている。まだ荷馬車の時代、トヨトミグループの創始者、豊臣太助が国産乗用車の大量生産実現を信じたように。

はっははっ、と明るい笑い声が上がる。壇上の統一だ。殺気だった記者とカメラマンに囲まれ、吊るし上げのような質問に晒されながらも、なにがおかしいのか、愉快そうに顔をほころばせる。堂々たる風格だ。取りまいた報道陣がたじろぐ。安本はぼそりと言う。

「トリガーを引いた男がいるんですよ」

はあ、と多野木が首をかしげる。

「一発でジュニアを縛る鎖を解き放ち、あの壇上へ押し上げたとんでもない男が」

「どこに？」

安本はしばし考え、自信なげに答える。

「いまはパナマ運河あたり、でしょうか」

はっ、と肩をすくめ、多野木は取材ノート片手に駆け出す。どけどけえ、と逞しい短軀を丸めて記者の輪に飛び込み、猛烈な勢いで質問を繰り出す。

「たった十四年でガソリンエンジンが水素に替わるわけないでしょうが、あんた、いったいなにを考えてるんですかっ、エイプリルフールはとっくに終わりましたよ、忙しいおれたち集めて愚弄してるんですかっ」

丸めたノートを振り回し、顔を真っ赤にしてまくしたてる。

「豊臣家のボンボンならなにをやってもいいのかっ、社員たちの苦労を考えてみろっ、あんた現場の苦労がわかってんのかっ、ええ、このボケナス野郎っ」

おい、失敬だろう、と壮年の恰幅のいい記者がたしなめる。なんだ、てめえ、と小柄な多野木がつっかかる。おっさんこそなんだ、若い記者が参戦し、豊臣社長がやれると言ってるんだ、ちゃんと聞けっ、と怒鳴りつける。取っ組み合いが始まる。鼻っ柱の強そうな日本人記者が大柄な白人記者と英語でやり合い、ひとさし指を突き立て、トヨトミ自動車は世界ナンバーワンだ、と高らかに叫ぶ。

テンションが上がった記者たちが口々に喚《わめ》く。壇上の豊臣統一に迫り、怒鳴るように質問を叩きつける。進行役の社員が慌てて阻止するが、弾き飛ばされて消える。こもった熱気があっというまに破裂し、ホール全体がうおーんと揺れる。

落ちつけっ、鎮《しず》まれっ、と怒声が疾《はし》る。長身痩軀にダークスーツ。初老の紳士が決死の形相で駆けてくる。会長の岡村泰弘だ。統一の前に立ち、両腕を広げ、「われわれは実現しますっ」と震え声で叫ぶ。「豊臣家の旗の下、全社員が一致団結して脱ガソリンを必ず――」

記者連中に押され、呆気なく飲み込まれる。

いくつもの靴音が響く。高級スーツの集団がどっとなだれ込む。守れっ、社長、会長を守れっ、怯むな、ガードしろ、指一本触れさせるなっ。トヨトミの役員たちだ。スクラムを組んで興奮した記者たちを食い止め、社長と会長をがっちりガードする。

「わたしは約束します」

統一がマイクをつかんで叫ぶ。鬼の形相で大声を張り上げる。

「わたしは豊臣家の人間です、先祖に恥はかかせません、必ずやわがトヨトミ自動車は十四年後――」

待ち受けるのは天国か地獄か、安本にはわからなかった。ただ、新しい自動車の時代が慌ただしく、騒々しいファンファーレとともに幕を開けたことだけはわかった。偉大なる経営者にして孤高の使用人、武田剛平の手によって。

（了）

本書は書き下ろしの小説です。
登場する組織や人物はすべてフィクションであり、
実在の組織や人物とは関係ありません。

梶山三郎（かじやま・さぶろう）
経済記者、覆面作家

トヨトミの野望《やぼう》　小説《しょうせつ》·巨大《きょだい》自《じ》動《どう》車《しゃ》企《き》業《ぎょう》

2016年10月18日　第1刷発行
2021年 2月 9日　第16刷発行

著　者　梶山三郎《かじやまさぶろう》
発行者　渡瀬昌彦
発行所　株式会社 講談社
〒112-8001
東京都文京区音羽2-12-21
電話　編集　03(5395)3522
　　　販売　03(5395)4415
　　　業務　03(5395)3615
印刷所　株式会社新藤慶昌堂
製本所　株式会社若林製本工場

N.D.C.913.6 382p 20cm
定価はカバーに表示してあります。
ISBN978-4-06-219607-9